MONTÉE DES EAUX

"Domaine français"

DU MÊME AUTEUR

L'ENVIRONNEMENT VÉGÉTAL. FLORE, VÉGÉTATION ET CIVILISATION, Delachaux et Niestlé, 1972.
IL LIBRO DEI FRUTTI SELVATICI, Rizzoli, 1974.
LES SIMPLES ENTRE NATURE ET SOCIÉTÉ, EPI, 1983.
L'HERBE QUI RENOUVELLE. UN ASPECT DE LA MÉDECINE TRADITIONNELLE EN HAUTE PROVENCE, Éditions de la Maison des sciences de l'homme, 1986.
LE LIVRE DES SIMPLES MÉDECINES. UN PRINTEMPS DE LA PENSÉE MÉDIÉVALE DU CORPS ET DE LA NATURE, Vilo, 1990.
JARDIN DES SAVOIRS, JARDIN D'HISTOIRE, suivi d'un *GLOSSAIRE DES PLANTES MÉDIÉVALES*, Alpes de lumière, Conservatoire ethnologique de Salagon, 1992.
LE LIVRE DES BONNES HERBES, Actes Sud, 1996.
LA PLANTE COMPAGNE. PRATIQUE ET IMAGINAIRE DE LA FLORE SAUVAGE EN EUROPE OCCIDENTALE, Actes Sud, 1997.
LISIÈRES DU TEMPS, textes sur des photographies de Marie Baille, Filigrane, 2000.
ACTES DU SÉMINAIRE D'ETHNOBOTANIQUE DE SALAGON, organisé sous l'égide du Musée de Salagon, Mane, haute Provence, 13 vol., 2001-2020 (publications codirigées avec Danielle Musset).
LE LIVRE DES ARBRES, ARBUSTES ET ARBRISSEAUX, Actes Sud, 2004.
JARDINS DU CHÊNE BLANC, Actes Sud-Musée départemental ethnologique de haute Provence, 2005.
PETITE ETHNOBOTANIQUE MÉDITERRANÉENNE, Actes Sud, 2006.
AUX ORIGINES DES PLANTES, vol. 2, *DES PLANTES ET DES HOMMES*, Fayard, 2008 (ouvrage codirigé avec Francis Hallé).
BADASSON & CIE, TRADITION MÉDICINALE ET AUTRES USAGES DES PLANTES EN HAUTE PROVENCE, Actes Sud, 2009.
SIMPLES MERCIS, illustrations de Christine Morel, Thierry Magnier, 2012.
ELIO, roman, Actes Sud, 2014.
UNE ETHNOBOTANIQUE MÉDITERRANÉENNE, Actes Sud, 2017.
LA SUREXPLICATION DU MONDE, essai, Actes Sud, 2020.

ISBN 978-2-330-17537-5

PIERRE LIEUTAGHI

Montée des Eaux

roman

ACTES SUD
DOMAINE DU POSSIBLE HORS-SÉRIE

Dimanche 12 août, 7 h 10

Un bruit non catalogué m'a réveillé aux aurores, des choses s'entrechoquaient dans le jardin en contrebas. Je me suis demandé si les brebis n'étaient pas redescendues en catastrophe après une attaque de loups, c'est arrivé l'an dernier. Mais ce n'étaient pas les sonnailles, plutôt des boîtes ou des bidons. Avant d'ouvrir les volets, à cause de la lumière blafarde je me suis demandé s'il avait neigé dans la nuit, ça s'est vu en août mais la Terre se réchauffe. Je me rappelle avoir hésité à ouvrir, le petit vacarme inquiétait.

D'abord j'ai cru qu'un rêve se poursuivait : le bruit, mon lever jusqu'à la fenêtre, la lumière fade, et puis cette eau immense impossible à comprendre. Je me suis dit retourne au lit, laisse le rêve s'épuiser. Mais le corps, lui, est du parti de la réalité, aussi effrayante soit-elle ; il fait tout seul les gestes qu'il connaît ; il referme les volets comme si refermer les volets pouvait effacer le paysage monstrueux ; il fait tomber le pot de joubarbes de l'appui de fenêtre, on l'entend se briser sur la rocaille en dessous. Les mains tirent les volets ; le front s'appuie contre le mur de la chambre ; le mur est rassurant, il est frais, c'est le même depuis que je le connais, je pourrais aussi bien m'y fracasser la tête. À des moments pareils, on cherche quelque chose à quoi se raccrocher ; comme j'ai lu *Batailles dans la montagne*, je pense à un glissement de terrain, le torrent s'est retrouvé barré quelque part, il a monté et tout ennoyé. Mais ça ne tient pas, déjà que le torrent est au plus bas de son débit en août, impossible qu'une telle quantité d'eau s'accumule en une seule nuit, ni même en un an. Quand j'écris "une telle quantité d'eau", je refuse encore d'admettre ce que j'ai vu en ouvrant les volets : le golfe immense qui va du bas du village jusqu'à un horizon où les montagnes sont devenues des îles éparses, très loin. Plus de vallée, plus de villages ni de hameaux, plus de fermes, plus de routes ni de chemins, des arbres et des bois dont on ne voit que les houppes émergentes par-ci par-là, et ces grands bidons de plastique jaunes et blancs à se balancer tranquillement en bas du jardin, entourés de toute une flottille de bouteilles.

Alors j'ai bien tiré le rideau et regagné mon lit. Aussi dingue que ça puisse paraître je me suis laissé engloutir aussitôt par un sommeil de mille ans.

12 août, soir

J'écris pour ne pas devenir une pierre. Comment font les autres ? Même pas besoin d'essayer de ne rien penser : il n'y a plus de pensée. Par moments la mémoire fait d'elle-même une tentative d'apparition, on dirait qu'on va se rappeler et puis ça bute aussitôt sur des choses impossibles à mettre en idées. Je ne me demande pas ce qui a bien pu se passer, pourquoi je me sens aussi mal, je fais le simple constat de cette amnésie qui se sait amnésie, et tout se perd aussitôt comme un rêve qui s'efface d'autant mieux qu'on veut le retenir. Et je me renfonce dans la niche de papier où j'ai déjà cherché refuge en des circonstances bien moins extrêmes.

Je vais relater la première journée d'après le Déluge parce que c'est ma façon de ne pas devenir une pierre ; et pour témoigner qu'il existe encore des visages, des voix, des restes de la réalité en dérive à quoi il est peut-être possible d'arrimer la nôtre.

Je suis sorti vers 9 heures sans regarder la vallée. J'avais ouvert la fenêtre les yeux fermés au cas où la monstruosité se serait arrêtée dans le rêve. Je n'ai pas essayé d'allumer le portable ni d'écouter la radio. Je n'ai pas réchauffé le café. Je me sentais vide et froid, je ne pensais surtout pas à ces eaux qui noyaient toute ma pensée, je me tenais aussi loin que possible de moi-même. Quand j'ai vu le village au complet sur la place je me suis mis à trembler, on dit de tous ses membres, et c'est ça : je tremblais de tous mes membres. Personne ne disait rien, ne manifestait rien. Je me suis mêlé à ces gens immobiles ; j'en connaissais un bon nombre mais on ne se faisait pas signe ; personne ne regardait personne. J'ai pensé à une cérémonie funèbre qui allait s'enterrer elle-même. Je ne voulais ni voir ni écouter, je voulais rentrer et me recoucher. On devait attendre quelque chose mais quoi ça m'était égal. On est restés comme ça pendant au moins une heure. On pouvait aussi bien se transformer tous en statues. Certains se sont assis par terre, ou allongés les yeux fermés, on les aurait dits tout prêts à disparaître. Pour preuve de vie, des sanglots que le grand silence change en appels d'aigles ; je me suis rappelé que des jeunes de l'année tournaient au-dessus du village ces jours-ci ;

les aigles ne se sont aperçus de rien, à moins qu'ils s'étonnent du rétrécissement brutal de leur territoire. Les aigles n'ont pas déserté la mémoire. Une voix de fillette demande "maman, pourquoi il y a un lac ?" On entend des enfants vers le jeu de boules, je me demande si c'était il y a longtemps.

Et puis une dizaine de personnes sortent de la mairie ; on les aurait attendues jusqu'au soir c'était pareil. Mais tout le monde s'est retrouvé debout, ou a fait un pas, ou a levé la tête ; ce n'était pas dans l'espoir d'une réponse quelconque, chacun sait qu'il n'y a aucune réponse, mais le simple mouvement collectif a fait du bien, quelque chose survenait, cela donnait une place moins perdue dans la confusion du temps.

J'ai reconnu Matteo, notre nouveau maire, Léa, Denis, Laura, Claire, Matthieu et Paul, ceux qui restent de l'équipe municipale. Matteo avait des notes en main mais il ne parvenait pas à les lire, les mots n'arrivaient pas, il a remonté les deux marches du perron comme si deux marches suffisaient pour reprendre courage, il nous a regardés. "C'est difficile, je ne sais pas si j'arriverai à parler, on est tous atteints de plus ou moins près, vous vous rappelez comme il y avait du monde pour la Saint-Laurent ? On n'en reverra pas le dixième." Sa voix s'est cassée, il s'est essuyé les yeux. C'est le même accablement pour tous.

Ce qu'il nous a dit, c'est comme si je l'avais appris par cœur. "On ne peut rien comprendre, un jour on saura peut-être quelque chose. L'eau s'est arrêtée vers huit cents mètres. Il y a des villes au-dessus, on n'est pas seuls. Mais tout ce qui était en bas, tout ce qui venait d'en bas, c'est fini. Rappelez-vous qu'à cette saison on peut atteindre Méolane par la piste de l'Eau salée. On n'est pas coupés du monde. À Méolane, ils sont dans les deux-trois mille à cette saison, avec plein de savoirs et d'outils. On n'est pas retournés à la préhistoire. On n'a plus d'électricité, plus d'internet ni de téléphone mais il reste l'eau, les sources sont intactes, et surtout les idées. Le photovoltaïque fonctionne, on peut toujours recharger les téléphones, dans le monde il y a sûrement encore des gens qui téléphonent. Vous vous rappelez le nom de notre liste, en mai ? « Les Serres en commun ». Maintenant ce n'est plus la belle intention, c'est ça ou disparaître. Je crois qu'on partage tous la même peur, que l'eau se remette à monter. Pourquoi elle s'est arrêtée à huit cents mètres ? On n'en sait rien. Elle s'est arrêtée, voilà ce qu'on sait. Si on imagine que ça pourrait continuer on n'a plus qu'à se cacher la tête et attendre la fin du désastre. On ne peut même pas réfléchir à ça, on peut seulement faire le pari que le sale boulot est terminé, que ce qui n'est pas noyé va survivre. Ceux qui me connaissent savent ma tendance à l'optimisme ; là c'est difficile de se montrer optimiste, on peut juste se dire que l'eau nous a épargnés et l'accepter comme un fait à défaut d'y voir un privilège quelconque. Je crois que l'eau s'est arrêtée, voilà tout. Et qu'il faut s'en détourner le plus vite possible, ne pas lui laisser fabriquer encore plus de peur après qu'elle a dévasté la Terre."

Léa, elle, a fait beaucoup de bien en passant tout de suite au domaine pratique. Je me demande comment elle a fait pour s'y retrouver, pour se retrouver en quelques heures. Jamais un homme n'y serait arrivé. Elle a dit ce qu'il faut commencer, tout de suite. D'abord l'inventaire et la sauvegarde des réserves : dans deux jours les congélos fondent, on doit préparer les aliments périssables, cuisiner tout ce qui est cru, avec, précise-t-elle, du laurier, du thym et de la sauge parce que ça aide à la conservation ; à la limite on peut encore utiliser le gaz mais il faut l'économiser ; si c'est possible on se regroupe et on stérilise au feu de bois. Les viandes demandent trois heures d'ébullition à couvert, on les coupe en petits morceaux. Il faut saler correctement. On prend les plus grands récipients possibles qui vont au feu, les vieilles bassines par exemple. Il y a des maisons avec dans le gazon des grandes marmites à cochons pleines de géraniums ; si elles ne sont pas fendues c'est l'idéal. Pour les bocaux, tout ce qui ferme bien. On peut stériliser des petits pois ou de la purée de tomate dans des bouteilles. Il faut aussi économiser le savon, il faut tout économiser, les allumettes, tout. Il y aura une démonstration cet après-midi sur la place. D'ici là, on aura bouclé la liste des premières choses à faire. À midi, on termine les restes. Mais tout ce qui n'est pas entamé, les nouilles, les conserves, la farine, le sucre, le sel, le vin, tout ce qu'on gardait comme ça, on en fait une liste à déposer en mairie parce qu'il faut savoir rapidement sur quoi on peut compter. La nourriture, c'est le premier des biens collectifs. On va se cuire des grandes soupes, on a autant besoin d'être ensemble que de s'alimenter. Attention, dit encore Léa, on ne passe pas du libéralisme sauvage au kolkhoze, on est complètement en droit de rester chez soi, la soupe ça se transporte. Elle rappelle que les troupeaux ne pourront pas redescendre en plaine à l'automne, heureusement qu'on est une commune paysanne, quoi qu'il arrive on ne mourra pas de faim cet hiver, on va gérer ce trésor le mieux possible. Il va y avoir énormément de boulot.

Denis le forestier montre une feuille de papier jaunâtre, il dit on en a plein, c'est un formulaire de recensement des années 1980, le verso n'a pas été imprimé. On commence par écrire son nom, et puis combien on est de gens dans le foyer, de quel âge, etc. On va établir des fiches modèles, ce serait bien que tout le monde s'en inspire pour faciliter le dépouillement. Très important aussi, dire ce qu'on sait, par exemple le jardinage ou la médecine ou la menuiserie ou la mécanique, ce qu'on peut transmettre à d'autres. Il n'y a rien d'inutile a priori. Le mois prochain l'école rouvre, ce n'est pas arrivé depuis 1975. Sur la deuxième feuille, explique Denis, on note le mieux possible tout ce qui peut avoir un usage pratique ; tout est important, l'alcool ou le vinaigre, par exemple, ça peut servir à soigner, l'huile à graisser une scie. Les kleenex et le sopalin, maintenant c'est des compresses médicales, il faut revenir tout de suite aux torchons lavables. Il y aura d'autres listes à faire, d'abord pour l'outillage manuel, là aussi on doit savoir qui détient quoi. Tout est devenu précieux, même les clous tordus. On précisera mieux dans les jours qui viennent. Pour le moment, c'est l'état des réserves, l'inventaire des connaissances, rien ne doit se perdre. L'équipe municipale est loin de penser à tout, vos idées comptent autant que les nôtres, on se retrouvera à la mairie tous les soirs à 18 heures, dès ce soir pour un premier point. Ça va être non-stop avant l'hiver.

Matteo a encore rappelé qu'il y avait des gens en randonnée, ils peuvent tout ignorer de ce qui a eu lieu cette nuit, derrière les cols on perd la vallée de vue ; les bergers sans doute ne savent encore rien eux non plus, ils se demandent pourquoi la radio et le téléphone ne marchent pas. Où va-t-on accueillir tout ce monde, il faut déjà y penser. On laisse passer une semaine et on ouvre les maisons inoccupées. Les objets personnels, les choses précieuses s'il y en a, on les mettra sous clé. La nourriture et les outils iront à la réserve commune. Des arrêtés municipaux vont préciser tout ça. Il y a aussi des villages qu'on ne peut pas rejoindre. Vous connaissez la topographie du coin, collines, falaises, collines, falaises, villages sur les hauteurs. De ce côté-ci de la vallée, il y a Saint-Mayeul, un tout petit village, et deux hameaux au-dessus de huit cents mètres, inaccessibles maintenant. Au total bien moins de gens qu'ici. On ne peut rejoindre que le côté de Méolane et par là les grands massifs et les stations. On va voir si c'est possible de communiquer. Quand on est arrivés à la mairie on ne pouvait pas savoir que trois mois plus tard ce serait le plus exceptionnel régime d'exception de toute l'histoire humaine.

Vous savez, dit encore Matteo, de grandes régions du monde ont échappé à la montée des eaux, le Nord de la Chine par exemple, une grande partie du Mexique, Mexico est à deux mille mètres, dans l'Est et le Sud de l'Afrique on est souvent au-dessus de mille mètres, et le Népal, et les Andes. Là-bas il est probable que l'énergie et les chaînes d'approvisionnement se maintiennent. Ça ne concerne pas les pays les plus démocratiques, les tyrannies devraient encore serrer la vis. Ici, on n'a plus l'électricité mais il n'y a pas non plus de survivalistes armés prêts à défendre le moindre morceau de sucre. On a un grand malheur à dépasser ensemble et aussi de la confiance à refaire, j'y crois. En tout cas le fameux retour au Moyen Âge ne concerne pas toute la Terre. On s'efforcera de le prouver.

D'autres encore ont parlé, toujours de choses pratiques. Ça précise un rivage. On finit par croire que tout n'est peut-être pas fini.

On est comme des enfants au premier jour de la colo, complètement perdus, les parents sont repartis, on a besoin d'un emploi du temps rempli au maximum. Peu probable que nous, on apprenne des chansons et des jeux de plein air, mais ce qu'on va vivre maintenant ça doit se passer aussi dans ce ton-là sinon les temps morts deviendront des temps de mort.

Au déjeuner j'ai mangé avec peine deux œufs en omelette avec du pain déjà rassis. J'ai eu envie de finir le rouge mais l'idée que ça serait sans doute la dernière fois m'a tellement déprimé que j'en ai eu les larmes aux yeux. Pourtant je ne bois qu'un demi-verre en mangeant et pas à chaque repas. Je me suis dit que ce serait moins triste de partager le reste de la bouteille avec quelqu'un. Je ne peux pas penser à quelqu'un. Pleurer pour un verre de rouge m'a fait voir la fragilité de très près, les gens qui me connaissent disent que je suis hypersensible mais aussi hyper-résilient, tiens revoilà ce mot de merde qui sert à détourner toute compassion. Beaucoup vont craquer, c'est sûr. Là j'ai pris une feuille pour écrire : “À midi, j'ai pleuré parce que je voulais finir le vin rouge, je me suis dit que c'était peut-être la dernière fois que j'aurais ce goût dans la bouche, alors je partagerai avec l'un d'entre vous. Ce que je voulais expliquer c'est d'abord le sentiment que tout est devenu absurde, qu'il n'y a aucun avenir, chaque chose banale se fait terriblement difficile, vous savez tous de quoi je parle, mais aussi qu'il faut se projeter, comme on dit aux gens qui ne vont pas bien, cette fois complètement dans l'inconnu mais pas complètement dans le noir, je comprends mieux que jamais ce que ça veut dire être ensemble, c'est ce qu'on comprend tous je pense." À défaut de pouvoir parler, j'ai lu ça sur la place dans l'après-midi. D'autres aussi ont essayé de dire ce qu'ils éprouvaient. Ce sont des bulles qui montent du fond.

Personne ne regarde du côté des eaux. Comme si faire semblant d'ignorer l'impensable pouvait conforter ce qui reste encore du monde.

Sur la place on avait sorti des tables et des bancs, les gens notaient des choses en silence, ou peut-être faisaient-ils semblant. Avec une dizaine d'autres, je me suis porté volontaire à la préparation de la soupe. Pour le moment, tout vient des frigos et congélos. Magali, une cuisinière de collectivité en vacances avec ses deux filles, explique les quantités. Il faut beaucoup de légumes et de viande pour, combien sommes-nous, entre cent cinquante et deux cents ? On hésite à éplucher, à émincer, à saler, on a déjà peur d'en employer trop. On ne se parle pas, à peine si on se regarde et alors on baisse les yeux. Tout semble se passer au ralenti. Par moments il y a des pleurs. On est les survivants d'un attentat qui a fait des milliards de victimes et l'on ne peut incriminer personne. On est hébétés, il faut juste avoir de quoi s'occuper pour ne pas laisser la moindre pensée ressurgir, quand on arrive à fabriquer des pensées.

La soupe était bonne, il y en a eu assez pour chacun.

À un moment de la nuit je me suis levé pour fermer les volets restés entrebâillés à cause de la chaleur excessive. J'étais toujours aussi vide ; s'il y a eu des rêves ils devaient peser trop, la mémoire ne les a pas supportés. Une lumière clignotait en face et se reflétait sur l'eau. Je ne suis pas allé chez les scouts mais je sais ce que signifient trois brèves trois longues trois brèves. Avec ma frontale j'ai envoyé plusieurs fois trois longues jusqu'à ce qu'on me réponde de la même façon. C'est vers les Blaches, on ne les voit pas depuis le haut du village. Impossible de rien faire avant demain.

13 août, soir

À peine levé, me forçant à regarder le golfe, j'ai observé les Blaches aux jumelles, l'eau atteint le deuxième étage. J'ai agité plusieurs fois un foulard rouge on m'a répondu en blanc. J'ai prévenu la mairie, rien que des phrases mécaniques. Avec mes copains Julien et Matthieu on a construit une sorte de radeau-catamaran en nouant à la ficelle de lieuse des planches sur les gros bidons d'un mètre cube venus s'échouer en bas, ceux que les jardins récupèrent pour l'eau de pluie. Leur armature métallique a facilité l'assemblage. Julien a voulu qu'on fasse une sorte d'étrave, pour faciliter la navigation assure-t-il sans rire. Les rames, une planche clouée sur un manche de pelle, un plus gros modèle pour le gouvernail. On y a passé près de quatre heures. L'ensemble flotte correctement mais une fois qu'on est à trois dessus les bidons s'enfoncent des deux tiers c'est beaucoup par rapport au volume des flotteurs. La distance à franchir, environ trois cents mètres, ça nous semble un bras de mer. On a cherché sur la carte un passage de contournement mais si on essaie de suivre le bord, pas de voie plus facile, on arrive à des eaux encore plus larges, la traversée directe depuis Les Serres reste la meilleure option. On a emporté de l'eau, des biscuits, les trois bananes qui restent, une corde de rappel. Julien avait raison, l'étrave aide à maintenir un cap mais l'engin est difficile à manœuvrer, on pagaie agenouillés, on se relaie au gouvernail. On ne regarde que devant, pas l'eau pourrie, pas l'horizon. Heureusement c'est un jour sans vent. On navigue peut-être une demi-heure.

Aux Blaches la plupart des maisons sont complètement noyées, seuls trois seconds étages émergent. Ça me fait penser à *L'Île des Morts* de Böcklin. À la fenêtre qui a envoyé le SOS une jeune femme fait signe, elle a un gros chat gris dans les bras, un petit sac sur le dos, elle crie "merci ! merci !" On s'arrime à une attache de gouttière. "Vous savez descendre en rappel ?" demande Matthieu. Elle fait non de la tête, elle est complètement perdue. "Alors vous pouvez attraper ça et le passer autour de la rambarde ?" Il lui lance plusieurs tours de la corde. "Elle tient, cette rambarde ?" Il se suspend aux deux brins pour vérifier et puis se hisse jusqu'à la fenêtre à même pas trois mètres. "Pour le chat, vous avez un panier ?" On descend le chat dans une taie d'oreiller, il ne se débat même pas. Matthieu montre la position pour descendre, il dit "c'est comme si vous marchiez à l'horizontale à reculons, c'est facile vous allez y arriver". Elle y arrive. On la fait s'asseoir au milieu du radeau. Elle est pieds nus, trempée, blême. On n'a pas pensé à apporter des couvertures. On lui demande s'il n'y a pas des choses à prendre, elle répond "tout est resté en bas". Matthieu est redescendu et ramène la corde. Elle dit "merci, merci, vous m'avez sauvé la vie". Et puis "c'est l'un de vous qui m'a répondu hier soir ?" Je hoche la tête, ç'aurait pu être n'importe qui, j'ai juste vu le signal. "Je suis Marie j'étais en vacances avec d'autres." Je lui tends la bouteille d'eau, "vous devez avoir soif", elle prend la bouteille à deux mains comme une chose sacrée, "ah merci, merci, mais qu'est-ce qui s'est passé, qu'est-ce qui s'est passé mon Dieu ?" On se regarde avec Julien et Matthieu, "on ne sait pas ce qui s'est passé, je dis, on ne sait rien, la mer, ça doit être la mer, est montée de huit cents mètres dans la nuit, les neuf dixièmes du monde sont probablement noyés, on ne sait pas pourquoi ni comment, au village on s'organise, tu verras, on se serre les coudes". Je l'ai tutoyée on n'est plus à faire des manières. Elle mange machinalement les biscuits, partage les bananes entre nous quatre, elle dit "c'est sans doute la dernière fois qu'on mange des bananes". On va aller de dernière fois en dernière fois. Après elle se ferme, elle tremble, elle se fiche de savoir où on la conduit.

Pour le moment je lui ai proposé la petite chambre au-dessus de la réserve, ça sent presque trop fort les plantes mais il y a un coin toilette. Si quelque chose ne va pas qu'elle n'hésite pas à me réveiller. Je lui dis que comme on a à peu près la même taille elle peut prendre dans l'armoire ce qui lui convient. Pas sûr qu'elle ait bien entendu. Est-ce qu'on va pouvoir nourrir le chat, les chats du village ? Est-ce qu'ils savent encore chasser, ces trop bien nourris ?

Les chats du village ne savent pas qu'ils sont aussi des survivants.

Douze personnes en moins. Deux personnes âgées étaient en chimio, elles partaient en taxi médicalisé chaque matin ; aussi un couple jeune qui a perdu ses enfants. La vieille Mme Ughetto, qui a avalé des quantités de médicaments, écrit qu'elle a beaucoup de bocaux de tomates et de haricots, il vaut mieux, dit-elle, que ça aide les jeunes à passer l'hiver. La mairie prévoit un enterrement collectif demain.

J'ai fait des rêves terribles. Dans le pire il fait nuit, on m'appelle depuis un endroit sur la mer que je ne peux pas voir, comme d'un navire qui s'enfonce, j'avance vers les cris en marchant sur l'eau, tirant derrière moi des sortes de bouées en fer jusqu'à ce que leur poids m'entraîne et que l'effroi me réveille.

14 août, soir

On fait deux repas par jour. Le pain est déjà rare, on garde pour la soupe celui qui rassit. Deux personnes ont encore rejoint les douze d'hier. Les Serres n'avaient pas connu d'enterrement depuis trois ans. Comme c'est impossible de fabriquer des cercueils on a mis les corps en terre enveloppés d'un drap, chacun sous des lauzes disposées en toit, il y a eu un vote favorable à la fosse commune. Gilbert a les outils, il gravera la stèle le mieux possible dit-il. On ne va pas encore ajouter aux milliards de morts anonymes.

Mme Faure, celle qui met des fleurs à l'église, a lu un texte que personne n'a vraiment écouté. Matteo a encore dit (en substance, et en respectant autant que possible son langage incroyable) "le désespoir monte comme ont fait les eaux mais les eaux se sont arrêtées, elles nous laissent un monde où l'avenir existe toujours, aussi difficile qu'il soit. Il faut essayer de ne pas ajouter au désespoir, on respecte ceux qui ont décidé de partir mais chaque force qui s'en va manque à ce qu'il faut reconstruire de force commune. Presque tout ce à quoi on ne pensait plus au quotidien a disparu d'un coup, on va essayer d'apprendre à s'en passer, ou à trouver à le remplacer comme on pourra, mais c'est impossible de faire la même chose avec les êtres. L'espoir, c'est devenu un bien grand mot, mais travailler à refaire ensemble de la confiance c'est ça qui justifie la vie maintenant".

Les gens pleuraient. Quand on a élu la nouvelle équipe municipale, on était loin d'imaginer ce qui allait survenir. Au vu des circonstances, elle fait beaucoup plus que ce qu'on pouvait en attendre.

Chaque lundi, pour s'approvisionner, les bergers descendent en quad dans la vallée. Hier, en passant le col, ils ont eu l'explication du silence téléphone et radio. Vincent, le responsable de l'estive de Plan-Haut, est resté longtemps assis la tête dans ses mains sur un banc de la place. Il répétait "à quoi ça sert encore, mais à quoi ça sert, merde ?" On lui a dit ce qui tient lieu de commentaire standard maintenant : tout le monde est touché, on a tous envie de disparaître, l'instinct de survie s'active, on organise les choses au maximum pour les subir au minimum, etc., maintenant vous êtes au cœur du programme de survie, sans les brebis on ne passerait pas l'hiver, pour la bergerie on trouvera des solutions. "Et le fourrage, vous avez pensé au fourrage ? On peut faire pâturer tard par ici mais ça ne suffira jamais pour plus de six cents bêtes." C'est là que Matteo a parlé de la ramée qu'on coupait autrefois quand le foin manquait, les frênes surtout, il y en a des quantités au bord des champs, ça concernait aussi les chênes, on fera ça vers la mi-septembre, pas la peine d'affaiblir les arbres plus tôt, le frêne sèche très facilement, tout le monde s'y mettra. Vincent est recroquevillé sur le banc, Claire, une autre de l'équipe municipale, le prend dans ses bras. Elle qui a perdu son mari cherche à se perdre dans l'hyperactivité ; ceux qui résistent, c'est comme s'ils voulaient se devancer de plusieurs pas, est-ce que ça pourra tenir dans le long terme ? "Aujourd'hui tu ne remontes pas là-haut, tu restes avec nous, les alpages en ce moment c'est pas bon pour le moral, tu en penses quoi Yvan ?" C'est celui qui est descendu avec Vincent, il approuve, lui est de Méolane, il ne croit pas avoir perdu quelqu'un de proche, sa famille bosse en stations l'été, surtout VTT dit-il, du coup on se dit stupidement que oui, il reste les VTT. Ils vont remonter, si possible avec quelqu'un qui s'y connaît assez parce qu'ils sont déjà trop peu à garder et les loups sont dans le coin.

Il va falloir aussi faire avec les loups.

15 août, soir

L'Assomption est passée inaperçue. À Ribbes avait lieu un bal du 15 août mais Ribbes est sous les eaux. Quelques-uns sont allés à l'église mais qui prier encore ? Est-ce qu'il faut parler de colère de Dieu comme au temps de la peste noire ? Cette fois, si colère il y a, elle est plus terrible incommensurablement. La plus grande partie du pire est effacée, la plus grande partie du bien a disparu en même temps. Il est possible que ce soit une punition aveugle, il est possible qu'on en soit responsables, un emballement brutal dans les vieux équilibres détraqués, il est possible qu'il y ait une logique en arrière-plan, mais à l'arrière-plan de la logique ? De toute façon, même si on parvenait à identifier des causes d'ordre matériel on chercherait les causes des causes. On ne peut pas comprendre davantage une telle destruction que les origines du tout. Et pourquoi on survit, nous ? Seulement une question d'altitude ? Dans dix mille ans on racontera le Deuxième Déluge, et comment les humains survivants, etc.

On prend les repas à l'ancienne auberge des Chasseurs. Elle était en vente depuis dix ans. Le vieux M. Sauze qui gardait les clés les a remises à la mairie, tout le matériel est dans les placards, la cuisine a encore du gaz. C'est le plus grand local privé des Serres mais comme on n'y tient pas tous il y a deux services. La plupart des gens valides s'y retrouvent midi et soir, on mange en silence comme au réfectoire d'un couvent. On commence à peine à se regarder mais on ne se voit pas. Parviendra-t-on à détourner le sort qui tétanise ?

Marie est partie travailler à l'inventaire des nourritures. On s'est juste dit bonjour ce matin, elle a marmonné quelque chose que je n'ai pas compris. Je suis allé ramasser de la pariétaire au mur ouest du cimetière, elle est trop avancée et vaguement poussiéreuse mais c'est mieux que rien en cas de cystite. J'ai encore toutes les plantes de fin d'été à cueillir en double ou triple. Il faut que je remonte au Grand Bargès pour l'alchémille mais c'est loin.

Matteo et Bernard ont des vaches. En ce moment elles sont en liberté dans les taillis du haut. Ça signifie aussi de la viande, du lait, la possibilité de conversion au trait. Paul a un élevage de poules, Sébastien n'a pas encore récolté son champ de courges. On pourrait se retrouver plus mal lotis.

Cette nuit je marchais dans une ville déserte avec des immeubles immenses. Je cherchais à trouver le train qui doit m'amener chez Anne à Montpellier mais les guichets sont fermés, j'essaie de téléphoner mais l'appareil reste silencieux, quand arrive le train je suis sur le mauvais quai, je cours, je me perds dans un dédale de couloirs, je me retrouve dans l'avenue entre les tours où monte un gel vert, épais, qui engloutit tout, je cours devant lui, je crie, je me réveille terrorisé.

16 août, 7 heures

Copie (commentée pour moi) de ma fiche :

Noé Magnan, né en 1989, célibataire sans enfants [difficile d'écrire célibataire sans enfants]. Un peu myope. Petit souffle au cœur.

Mes grands-parents maternels sont d'ici. Je suis revenu habiter leur maison, occupée après leur mort par tante Élodie, une bonne personne simple et généreuse.

Maîtrise de lettres modernes. Reconversion dans l'herboristerie : école spécialisée, stages, formations diverses. Six ans de pratique professionnelle. D'Avignon où je passais les mois d'hiver je faisais les marchés.

Cueilleur-herboriste, fabrication de remèdes simples : poudres, sirops, macérations, teintures, etc. [comment faire quand il n'y a plus ni sucre, ni huile, ni alcool, etc. ?], plus ou moins conseiller en santé mais pas de formation médicale officielle.

Aux Serres j'ai le séchoir, l'atelier et toute la récolte de la saison. Je viens de reprendre la cueillette des plantes encore disponibles. [Comment transporter la récolte quand il n'y a plus d'essence ? L'alchémille, c'est au-dessus de mille six cents mètres, pareil pour l'arnica et la gentiane. Maintenant il va falloir beaucoup marcher et porter.]

On doit mettre en culture quelques plantes très importantes, dès cet automne : chardon béni, bardane, chardon-Marie, consoude, pavot au printemps. Le pavot se cultive facilement, j'en ai des graines. L'été prochain j'espère avoir de l'opium. Avec l'aide d'un pharmacien l'extraction de morphine est envisageable (quant au pharmacien ?).

Je peux déjà commencer à former des jeunes, c'est un domaine qui intéresse. D'ici octobre on peut encore apprendre des choses sur le terrain. J'ai les livres de base. Quand les remèdes pharmaceutiques seront épuisés on ne pourra plus compter que sur les plantes.

Pour ce qui est des formations il faut penser tout de suite à l'échange avec Méolane : que peuvent-ils apprendre de nous, et nous d'eux ?

Je peux enseigner en anglais [encore utile ?].

16 août, soir

C'est bizarre que rien ne remonte en surface à part les bidons et les bouteilles plastique. Le bois, arbres morts ou planches, affleure à peine, comme s'il avait la densité de ces bois exotiques aussi lourds que l'eau. La consigne est de récupérer tout ce qui ressemble à du bois d'œuvre mais encore faudrait-il le voir, et personne n'a envie de se tremper les bras dans ce liquide malsain plein de noyés invisibles.

Arrivée d'un groupe de randonneurs, sept ou huit jeunes. Ils restent debout sur la place à regarder les eaux, comme définitivement pétrifiés. On ose à peine leur parler comme s'ils allaient s'effriter sous nos yeux à la première question. La plupart sont, enfin étaient, étudiants à Marseille. L'un d'eux, dont on m'a dit c'est Khaled, un élève du conservatoire, répète "je ne vous reverrai jamais, jamais". Une fille qui pleure le serre contre lui.

Jours plus plombés que n'ont jamais été les jours des humains, mais pourquoi est-ce à nous de les vivre ?

Tant de douleurs partagées atténuent-elles les peines individuelles ? Il y a de temps à autre des moments où la souffrance m'empoigne aussi violemment dans la tête que, dans le ventre, les spasmes qui cassent en deux. On voudrait alors disparaître, mais disparaître maintenant ce n'est plus une image, c'est mourir. Et puis viennent les visages de tous les autres, on ne voit plus qu'une immense douleur comme une prairie obscure où les fleurs sont fermées, le dos des pétales est livide, toutes se ressemblent, dans la peine commune on ne reconnaît plus ce qui nous brise en propre. Et par un miracle sombre la similitude des malheurs atténue, rend supportable ce qui, loin des autres malheurs, nous terrasserait.

Une bonne nouvelle dans le relatif : le Pas d'Âne, association de balades avec des ânes installée plus bas dans la vallée, a été vu en bivouac du côté des Balmes de Vinhosc. Il y a des ânons avec eux, donc des chances d'avenir chez les ânes, donc de portage plus facile pour nous. Il va falloir installer tout ça sur une commune plus si agricole qu'elle n'en a l'air, où les landes et la forêt ont beaucoup gagné sur les terres cultivées depuis les années 1950. On devra donc aussi défricher.

17 août, matin

Marie m'a réveillé dans la nuit, emballée dans la couverture elle ressemblait à une Indienne des plaines. En claquant des dents elle balbutie "excuse-moi de te réveiller, j'ai de la fièvre, je ne me sens pas bien, j'ai dû prendre froid la nuit aux Blaches, j'étais trempée". Je lui ai dit "retourne te coucher, je t'apporte quelque chose". J'ai fait bouillir de l'eau, il doit rester encore pour six mois de gaz. Le mélange de thym et de fleurs de sureau c'est ce que prenaient les gens d'ici dans la grippe. J'ai encore de l'aspirine, je note de récolter l'écorce de saule blanc même si ce n'est plus la saison. J'ai sucré avec le miel de Jeannot, lui aussi aura du mal à rentrer ses ruches depuis les hauteurs où elles profitent des dernières lavandes. J'ai versé l'infusion dans un thermos, pris un duvet en passant et, à la réflexion, l'un des seaux en plastique qui servent pour les mûres et les myrtilles, le sureau c'est diurétique et les toilettes sont en bas.

Marie est enfouie sous les draps. Je lui dis "bois-en le plus possible avec une aspirine, et reste au chaud, ça va te faire beaucoup transpirer, je te mets un deuxième duvet, ce soir ça devrait déjà aller mieux. Affaiblie comme tu es ne descends pas l'escalier mais s'il y a urgence n'hésite pas à me réveiller, je me rendors facilement, je viendrai te voir dès que je serai levé". La petite voix qui a dit "merci Noé" m'a bouleversé car ce n'était pas celle que je ne vais plus jamais entendre. Dix minutes à me mettre du vide dans la tête avant de retrouver le sommeil.

Je suis monté la voir vers 7 heures en faisant le moins de bruit possible, elle dormait sous les deux couettes, j'ai laissé un mot sous une chaussure en haut de l'échelle de meunier : "Je pars en cueillette pour la journée, le thermos est rempli, reprends de l'aspirine. Je te mets aussi des biscuits et des pommes, je dis au village qu'on vienne voir de temps en temps. Repose-toi ! À ce soir. Noé."

17 août, 22 heures

La lampe solaire s'est rechargée dans la journée, j'écris sous cette lumière faible qui ne veut pas éclairer loin. Marie va mieux, je lui ai rapporté de la soupe populaire comme on l'appelle maintenant. Elle a dit "un de ces jours on arrivera bien à parler, de toute façon si on ne parle plus on meurt", et encore "merci Noé, je me sens en sécurité ici, en plus ça sent bon chez toi". Là-dessus elle s'est rendormie.

J'ai ramassé et mis à sécher de la busserole. Repéré un coin à prêle où je retournerai. Les deux plantes ensemble, c'est ce que je connais de mieux pour la lithiase urinaire, enfin les "boues" et les tout petits calculs. La deuxième coupe de reine-des-prés ce sera plutôt en septembre, pas au-dessous de mille mètres donc encore de longues marches, c'est une plante importante mais elle ne remplace pas l'aspirine. Penser à l'ortie contre les hémorragies. J'ai négligé la repousse de celle coupée en juin aux bergeries de Janssaud, elle est peut-être trop avancée maintenant. Faire savoir via la mairie de me prévenir s'il y a du regain d'ortie pas monté en graine, et qu'on en ramasse le plus possible pour les soupes de cet hiver. Bien vérifier ce que je peux encore récolter, je suis loin d'avoir toutes les plantes de base.

À la fin du dîner à l'auberge des Chasseurs on a du mal à se séparer, aucune envie de se retrouver plus ou moins seul. Mais il fait nuit à 9 heures maintenant, plus d'éclairage public dans le village, on a déjà le réflexe de tout économiser y compris les lampes solaires. Les gens commencent à se parler, sans rien dire de personnel, on s'en tient aux choses les plus immédiates : j'ai trouvé un carton avec une collection de boîtes d'allumettes pleines, dans l'atelier de mon père il reste tout son matériel de menuiserie, des bocaux et des bocaux de clous, est-ce que les tomates en conserve de deux ans sont encore bonnes ? L'inventaire de ce qu'on ne voyait même pas rassure, comme moi je me rassure avec ces plantes que je récolte sur le tard. Si on ne nous avait pas donné l'ordre de nous affairer on errerait comme des fantômes.

18 août, 8 heures

La commune a placardé des "avis" écrits grand pour être lus par tous. Ils reprennent plus ou moins ce qu'on attend des fiches.

- Dire ce que vous savez faire (sans électricité !), la ou les connaissances que vous pouvez transmettre.

• Ne plus utiliser les voitures. L'essence doit être gardée pour les nécessités importantes, le gasoil pour les tracteurs. Une seule voiture servira dans les cas urgents.
• Faire l'inventaire de l'outillage manuel : coupe et fente du bois de chauffage, travail du bois et du fer, ustensiles de jardinage, de construction, etc. Matériaux de construction : ciment, plâtre, mastic, etc.
• Inventorier les produits ménagers : savon, lessive, etc.
• Lister les médicaments. Séparer ceux dont la date de péremption est dépassée. Préciser si on a du coton, des compresses, des seringues, de l'alcool ou tout autre désinfectant. Un local approprié va servir de pharmacie commune.
• Répertorier les graines qu'on peut encore avoir chez soi. Indiquer si possible leur date d'achat ou de récolte.
• Laisser monter ou mûrir complètement une partie des légumes encore au jardin : tomates, salades, choux, carottes, courges et courgettes, etc. Il y aura une information sur la bonne façon de récolter et de faire sécher les graines. Trier des pommes de terre en mettant de côté les petites tailles pour la semence de l'an prochain.
• Au cas où l'on détiendrait des manuels de techniques artisanales ou de "recettes", en faire un bref descriptif ou les apporter à la mairie.
• Noter tout ce qui peut servir et à quoi on n'a pas pensé.
• Ne plus rien jeter !
• La station d'épuration est hors service, ne plus utiliser les toilettes. Ceux qui le peuvent les remplacent

par un trou dans le jardin, son contenu servira d'engrais. On mettra en place un procédé de récupération.

Un groupe de quatorze ou quinze randonneurs est encore arrivé sur la place, des étudiantes et des étudiants, surtout de Lyon d'après ce qu'on dit. Ils n'ont découvert le désastre que ce matin, une fois passé un col. Plusieurs sont allongés par terre, le visage dans les bras, d'autres se serrent sur un banc. Deux Blacks s'appuient à un mur en fermant les yeux comme s'ils priaient pour s'y fondre. On va les loger aux Chasseurs en attendant l'ouverture des maisons inoccupées.

Les réunions de fin de journée d'abord prévues à la mairie se passent à l'auberge, on arrive à se tasser dans la salle à manger après le repas. Ce soir, débat sur l'idée de déplacer tout le monde avant novembre à l'ancienne colonie de vacances des cheminots de Marseille, fermée depuis vingt ans mais encore en assez bon état, sans doute réparable. C'est à presque deux kilomètres mais il y a le chauffage central, on doit pouvoir reconvertir au bois l'ancienne chaudière à fuel. C'est exclu de passer l'hiver dans nos maisons qu'on chauffait à l'électricité, même les poêles à granulés de bois en dépendent. On va aussi voir s'il est possible d'organiser des regroupements dans les plus grandes maisons du village où des cheminées permettent d'installer des poêles, si poêles on trouve, mais il n'y a pas de grandes maisons par ici. D'où nécessité encore d'inventorier les réserves de bois et d'en couper du sec, avec le réchauffement des dernières années beaucoup de chênes ont dépéri. Si on s'arrête un peu sur les questions : avec quoi on va couper ce bois, comment on le transporte, c'est vite décourageant.

Les ronces ne font plus de pousses, j'ai quand même récolté ce qui s'y apparente encore. Maya et Adèle, deux filles d'un groupe piégé aux Serres, et une autre d'ici, Élise, qui a déjà cueilli avec moi, m'ont accompagné au bord des haies et puis au séchoir. Je leur ai montré des plantes encore reconnaissables. J'ai dit sans rire "premier exam en octobre !" Combien de temps prend une formation sérieuse ? Pas moins de deux ans. Je leur ai prêté des livres d'initiation, proposé de venir travailler ici quand elles veulent, et cueillette tous les matins cette semaine. Qu'elles prennent des notes en priorité sur les textes fondateurs comme Cazin et Leclerc, pas la peine d'aborder la chimie, en tout cas pour le moment, et pas avec moi ! Il faut trouver des crayons, du papier, en plus de les économiser. J'essaie de faire comprendre qu'il ne s'agit pas de revenir en 1860, pas davantage un siècle plus tard. La situation tire en arrière, comment conserver le maximum des connaissances d'aujourd'hui ? La masse des choses à faire avant l'hiver est un pari impossible et c'est le seul cap pour tenir.

Dimanche 19 août, 8 h 10

Le moment viendra où je n'aurai plus de papier, il faut déjà le réserver pour noter les remèdes. On pourra recycler les journaux, les livres pas nécessaires, mais ça signifie quoi aujourd'hui "livre pas nécessaire" ? La plus grande partie des bibliothèques mondiales est retournée à l'état de pâte à papier.

Ce que j'avais en tête hier soir revient tout le temps : la dépendance absolue où nous étions à l'égard des productions de la planète entière s'est défaite en quelques heures, les choses tellement ordinaires que leur provenance ne nous concernait pas manquent du jour au lendemain, c'est impossible de reproduire leur singularité aussi dérisoire soit-elle, chacune devient une présence terrible, un fantôme de chose. Ces allumettes bientôt épuisées sont peut-être du peuplier angevin transformé en Chine. Où ont été fabriqués le stylo à bille, les sachets pour les plantes avec même une fenêtre transparente, quelle foutaise, la lampe solaire, mes chaussettes, le savon, le pull ? Rien ne vient d'ici. Ces dernières années on s'efforçait de promouvoir les circuits courts comme on disait, circuits de tellement peu. Nous, ce qu'on peut encore tenter, non de maîtriser mais de gérer le moins approximativement possible, c'est : la nourriture, l'abri, le chauffage au bois, les remèdes simples. On se retrouve beaucoup plus perdus que la plus perdue des tribus indonésiennes dans sa forêt des hauteurs ; elle, du moins, a pu perpétuer l'usage simple de son territoire.

Je vais cueillir la racine de quintefeuille avec Élise, Maya et Adèle. Il pousse pas mal de cette potentille vers ce qui reste des jardins d'en dessous.

Trouver localités et cueilleurs pour la repousse d'ortie, à Noël ce sera peut-être le dernier légume, il faut en récolter au maximum.

19 août, 20 heures

Marie est toujours au tri et au classement des inventaires, on ne se voit presque pas. Ce soir on est rentrés ensemble de l'auberge. Je pensais qu'on appréciait de ne rien devoir se dire alors ça m'a surpris qu'elle demande "tu as perdu des gens très proches ?" C'était comme voir et entendre rouler la pierre du tombeau, le tombeau est vide, pas de ressuscité. J'ai fini par répondre "ma compagne, elle devait me rejoindre cette semaine, et son fils de sept ans". On s'est tus un long moment. J'ai fini par ajouter "et toi, Marie ?" Dans la pénombre je l'ai vue secouer la tête "moi je devais le rejoindre à Marseille hier". Arrivé à la maison j'ai posé la lampe solaire sur la table, on s'est assis au bord de sa lumière faible. Il m'est venu la question banale quand on ne sait pas quoi dire à une inconnue : "tu faisais quoi, avant ?" Elle a une mimique fatiguée. "Je viens juste de terminer médecine, et même plus un stéthoscope." J'ai pensé que la tisane du soir pardonnerait un petit sacrifice de gaz, le réflexe est déjà perdu de remplir la bouilloire électrique. "Je nous fais la tisane du soir, rien que des choses douces, en plus il reste du miel." Comme je ne savais pas comment poursuivre, j'ai dit n'importe quoi : tu ne vas pas manquer de boulot dans les temps qui viennent, tu as devant toi le nouveau pharmacien du village, l'apothicaire autoproclamé, remèdes du XIXe siècle pour la médecine du XXIe, on ne peut même pas en rire, ça doit être possible de trouver un langage commun, de toute façon on n'a pas le choix, etc. Elle a hoché la tête. "T'en fais pas, Noé, je ferai de mon mieux, si nécessaire je corrigerai ; les temps et les connaissances, tout se mélange en un truc impossible à comprendre." Là je me suis entendu dire qu'on serait sûrement tranquilles si on pouvait faire comme les marmottes, penser seulement à préparer l'hiver, mais on est des humains, on ne peut pas ne pas regretter, ne pas se projeter, et autres trucs éculés. Et puis ma tendance à l'imagerie plus ou moins usagée, doublée de la propension affirmée pour la formule définitive, a quand même trouvé à s'exprimer (j'ai honte de l'écrire). "Le passé a disparu corps et biens, l'avenir n'a plus d'autre sens que survie, et le seul présent vivable c'est peut-être l'amnésie." Elle ne s'est pas arrêtée au constat déprimant, elle m'a demandé "et tu crois encore en quelque chose ?" Croire en quelque chose ? "On ne peut plus penser à ses propres histoires alors on s'active pour tous ; quand on est deux cents Robinsons, plus de Robinson, le groupe de naufragés organise sa survie. Un jour, forcément, il y a des clivages. La seule chose à laquelle j'arrive à croire, c'est qu'il faut travailler à la survie de ce groupe dont on a la chance de faire partie." Je n'ai pas osé regarder par la fenêtre la nuit sans plus aucune lumière.

— Les gens qui se retrouvent isolés sans ressources d'arrière-plan, ils ont déjà compris que c'était fini, on ne peut rien faire pour eux, on ne sait même pas où ils sont. Nous, on est chanceux dans le relatif : encore quatre fermes, du bétail, des poules, des céréales, des forêts sur les hauteurs, les brebis vont redescendre en octobre et en même temps la nourriture pour l'hiver. En plus, ici, la municipalité applique ce qui l'avait fait élire en mai, les idées de bien commun et de partage, tu le vois au quotidien, ça facilite la transition si on peut encore dire ça.

— Tu parles bien, l'herboriste ! Elle est bonne ta tisane, c'est contre les idées noires ? Tu y mets quoi ?

— Mélisse, lavande, feuille d'oranger, primevère, un peu de mauve pour la couleur, la prochaine livraison sera sans feuilles d'oranger, rupture de stock.

— Je peux te demander encore un truc, Noé ?

— Vas-y, je te signale que tu ne m'as encore rien demandé.

— Est-ce que je peux dormir à côté de toi ? J'arrive pas à rester seule, la nuit je craque, juste dormir, d'ailleurs j'ai entièrement confiance, à moins que ce soit trop difficile pour toi.

— D'accord, moi aussi j'ai du mal avec la nuit, on fait duvets à part, apporte tes affaires, ce soir la télé est en grève.

Elle a souri.

20 août, 8 heures

J'écris au verso des factures, certaines impayées, le gros de la paperasse n'est pas ici. J'ai trouvé de vieux annuaires téléphoniques à l'impression pâle où il doit être possible d'écrire en surimpression. Penser à cueillir des fruits de nerprun des Alpes quand j'irai dans les hauteurs, leur suc est très teignant. Voir si la couleur tient à la lumière (avenir pas complètement découragé, alors ?). On peut aussi se demander pourquoi j'écris tout ça. Laisser encore une trace quand presque toutes les traces sont perdues ? Pour recommencer encore le monde ? Pour dire que des gens avaient choisi la confiance, même à l'aveugle ?

Marie s'est levée avant moi (ça devrait devenir l'habitude car je n'ai pas les réveils faciles), elle a laissé sur la table "merci Noé", écrit dans la marge d'un petit bout de journal. On arrive à trouver des restes pour le chat Caducée, une bête calme qui apaise.

La Montée des Eaux, c'était il y a une semaine, un mois, un siècle ? On ne se rappelle plus avant, on ne veut pas se le rappeler. Le rétrécissement vertigineux des terres émergées affecte la perception du temps. C'est la hâte générale, chaque jour ajoute de nouvelles urgences, tous les gens valides travaillent au calfatage du petit navire qui doit nous faire traverser l'hiver (encore de l'imagerie maritime, la pensée aussi s'ennoie). Par ici, l'automne peut venir vite, quelquefois avant fin septembre en dépit du réchauffement, que va-t-il se passer côté climat avec cette eau, des hivers pires, ou plus d'hiver du tout ? Il n'a pas plu depuis le 10, c'est bien pour la cueillette et le séchage mais la terre a besoin d'eau, c'est effrayant d'écrire ça.

On ne peut pas dire "mer" pour l'eau, encore moins "golfe" ou "détroit". On dit "l'Eau", ou "les Eaux", tout le monde comprend, je crois qu'il faut y mettre des majuscules comme on le fait pour Déluge ou Attila.

20 août, soir

Vers 13 heures alors qu'on quittait le repas de premier service, Julien m'a demandé "il n'y aurait pas un truc sur l'Eau vers là où était Chorgues ?" J'ai couru à la maison prendre les jumelles, lui dans ma foulée. "C'est des gens sur un radeau, six ou sept." Je lui passe les jumelles. "Tu vois plus clair que moi." Julien, on se connaît depuis au moins vingt-cinq ans, c'est un calme, dans n'importe quelle circonstance il garde son sang-froid et là il parle plus vite. "Six personnes, et ça m'a l'air d'être des chèvres, trois ou quatre chèvres, probablement attachées, dis donc leur engin flotte tout juste, et il penche."

Pas du tout envie de reprendre la mer. Le radeau de l'expédition aux Blaches est toujours attaché en bas du jardin, il faut être trois pour le manœuvrer,

Matthieu est à charrier du bois. “Je vais prévenir à l’auberge et chercher quelqu’un”, dit Julien. Le temps de sortir les rames, de vérifier le ficelage du plancher, sans oublier la corde, ni, cette fois, des coussins pour les genoux, il revient avec Marie la tenace. Je lui demande “tu es sûre de vouloir remonter à bord ? C’est nettement plus loin que les Blaches”. Elle me prend les jumelles. “Ils sont en mauvaise posture, allez, reprise du service de Samu, je sais barrer, j’ai fait du kayak, en plus je pèse pas lourd et on va revenir nombreux. Des gens nous attendront ici avec des trucs de secours.”

Pour rejoindre le radeau, on a peut-être ramé une demi-heure. J’ai redit à Julien qu’il avait eu raison d’insister pour l’étrave, ça aide à garder le cap. Marie s’y connaît à barrer, on avance à peu près droit. Comme le jour des Blaches on regarde exclusivement ce qu’on fait, on se concentre sur les gestes, on ne veut pas voir l’étendue d’eau, on imagine encore moins les profondeurs, c’est répugnant d’avancer là-dessus, on pourrait aussi bien ramer sur une scène de théâtre sauf qu’en dessous, ici, il y a en vrai la disparition du monde. De temps en temps on fait des signes au radeau mal en point, il a l’air de ne plus avancer. Ils crient “merci, merci”, comme avait fait Marie il y a une éternité.

Ça a l’air d’une famille, un couple un peu âgé, un autre dans la trentaine et deux jeunes enfants silencieux. Il y a bien quatre chèvres entravées, terrifiées, les yeux troubles, et quelques poules aux pattes liées. Plein de choses dans des cartons, une grande scie passe-partout rouillée. Leur radeau porte bien son nom, il est même en partie sous l’eau, tout de biais, difficile de comprendre comment ça surnage encore. Les flotteurs sont des palettes qui enserrent des bouteilles plastique, ça s'est défait vers l'arrière. On manœuvre pour les aborder de côté. "Merci, dit la femme âgée, merci, on n'en pouvait plus, on désespérait, par bonheur vous nous avez vus, par bonheur !" Ils disent merci avec l'air de ne même plus croire à leur chance. Le couple jeune et les enfants montent à bord de notre beau navire, qui s'enfonce mais ça va encore, le radeau déglingué corrige un peu sa gîte. On installe une amarre, on rame à quatre mais ça n'avance pas vite. Jamais, je le jure, je ne repartirai en radeau.

Ils viennent de notre côté de la vallée, vers l'est, une maison isolée maintenant prise entre l'eau et les falaises. Ils ont suivi le plus possible la rive, cogné quelque chose de complètement immergé, "peut-être une pointe de clocher" dit l'homme sans rire, après quoi, un flotteur abîmé, déstabilisés, ils se sont vus partir "vers le large", là il rit et pleure en même temps. "On se disait qu'il y avait une chance aux Serres, dit-il encore, on était venus à la Saint-Laurent, c'était une belle fête, on passait trois semaines chez les parents de Lucile." La dame âgée montre les chèvres. "Je ne pouvais pas les abandonner, c'est tout ce qui reste du troupeau, on faisait des fromages, on allait arrêter au printemps, j'ai emporté des faisselles."

Difficile de regagner le bord, on a l'impression d'être immobiles mais un courant invisible porte vers l'aval, le remorquage ralentit et déroute, par moments on se regarde en essayant de ne pas avouer l'inquiétude. Est-ce qu'il ne faudrait pas faire monter les vieux avec nous et larguer tout le reste, chèvres comprises ? Julien ramène l'amarre le plus possible pour rapprocher le radeau qui tire du mauvais côté, en relançant la corde il arrive à en installer une deuxième, ce qui réduit un peu la dérive.

"Barre à tribord toute, crie Marie, si on continue comme ça on dépasse le village et ce sera la galère, on vise le bord le plus possible en amont des Serres comme ça on a peut-être une chance d'arriver vers chez toi, Noé." Alors on pagaie plus fort côté rivage, non sans mal on parvient à virer, le courant nous aide, la terre se rapproche, on y va de toutes nos forces jusqu'à trouver l'eau calme, là c'est gagné, on reprend une nage à peu près équilibrée, sur la rive des gens nous hèlent. Quand on touche terre je m'effondre, j'ai l'impression d'avoir traversé l'Atlantique. Sans dire un mot on s'étreint, Marie, Julien et moi. Julien pleure en retrouvant sa compagne Flora qui l'engueule. "Vous êtes vraiment dingues, tu m'as rendue folle, déjà la première fois tu ne m'avais pas dit, jure-moi de ne pas rejouer les Hospitaliers sauveteurs bretons sur cette barcasse de merde." Les gens qu'on a secourus nous embrassent. "J'ai bien aimé le bateau", dit le petit garçon.

On désentrave les chèvres, elles tremblent. "Si on les laisse libres, elles vont s'enfuir, on ne les retrouvera pas." Luca, le jeune fils de Matteo, dit qu'ils ont un parc électrifié un peu au-dessus, c'est solaire donc ça marche encore, je vais les conduire, je sais comment faire. On met les chèvres en laisse, chacune est tenue par un enfant ravi. Les poules vont rejoindre un poulailler de fortune avant d'aller chez Paul. Le radeau-capharnaüm est vidé, il y a de nombreux outils à bois, quelques conserves, des œufs, je me demande s'il est possible de les faire couver. La famille naufragée est conduite à l'une des maisons qu'on vient d'ouvrir. Le jeune père est menuisier, sa compagne infirmière, l'artisanat et le personnel soignant s'étoffent. À Marie je certifie : c'est grâce à toi qu'on a pu regagner le bord, tu prends le commandement en chef de la flotte de sauvetage. "Pas de troisième fois, répond-elle, là on a simplement eu de la chance, à un moment j'ai cru qu'on partait pour de bon."

Des nuages arrivaient de l'ouest quand on est rentrés à la maison.

21 août, soir

Trop fatigué pour écrire quoi que ce soit. Il tombe une pluie lourde. En touchant les eaux néfastes elle produit une sorte d'écume.

22 août, soir

La pluie continue, Marie est aux inventaires, j'ai retourné les plantes qui sèchent, un capteur solaire thermique y aide, pas aujourd'hui (j'ajoute qu'il me donne aussi de l'eau chaude, le luxe !). Vers 10 heures arrive Antoine, instit dans la vallée et plus de vallée, on a donc un instit au village. Naturaliste universel il connaît les oiseaux, les papillons, les mousses, etc., en juin il avait projeté des photos d'insectes à la salle des fêtes en expliquant plein de choses, bon moment, la salle est toujours là. Sa passion universelle m'agace, peut-être qu'elle rétrécit encore mon amateurisme botanique. Il vient avec des bouteilles de San Pellegrino dans un panier. Comme ce n'est pas un jour à les ouvrir, encore moins en suisse, j'attends qu'il explique. "Soupèse ces deux bouteilles, dis-moi ce que tu en penses." Les bouteilles sont pleines, l'une est bien plus légère que l'autre, je lui demande ce qui fait la différence mais je crois avoir compris. "Je suis allé remplir trois bouteilles avec cette putain de flotte, comme on va forcément vers la pénurie de sel je voulais voir ce que ça laisse à l'évaporation, dans les 20 grammes par litre, mon vieux, c'est ce que dit mon pèse-lettre." Comme j'ai l'air de ne pas bien saisir il précise que la salinité moyenne des océans est de 35 grammes par litre, "et puisqu'un déluge n'a pas allongé la sauce en une nuit, tu peux me dire ce qui s'est passé ? Donc je suis venu voir si par hasard tu aurais une balance à plateau type Roberval, j'aimerais bien vérifier, ensuite tu pèses la bouteille la plus légère". La différence est tellement nette que la bouteille d'eau douce fait cogner son plateau. On se regarde. Une fois mesurée la tare d'une bouteille vide, je pèse l'eau salée : 665 grammes. "Bien moins de poids pour un même volume, à croire que les océans se sont dilatés d'un coup, dilatés d'à peu près un tiers, ne me demande pas comment, encore moins pourquoi, peut-être une réaction brutale à la diffusion universelle des microparticules de plastique, comment savoir ? Je vais raconter ça là-haut." En remballant ses bouteilles Antoine dit encore qu'il en a une de pas ouverte, on ne va pas la partager avec tout le monde, une cuillerée à café par personne, tu imagines ? Ce ne sera pas un crime de fêter un anniversaire avec la dernière eau à bulles. Ma crispation à son égard en prend un coup.

23 août, soir

Marie épluche des livres de médecine apportés à la mairie. “Rien que du général, le spécialisé est descendu chez les poissons. Du moins ça pourra servir à enseigner les bases.”

Qu’elle parle de poissons me fait penser à ce qu’il peut en être de la mer. Je ne connais pas la biologie marine mais je sais qu’il y a des étagements dans la distribution des organismes, à commencer par les algues, vertes, brunes et rouges à mesure qu’on s’enfonce, elles ne vivent pas au-dessous des profondeurs atteintes par la lumière, sans parler des herbiers de posidonies et autres plantes à fleurs des eaux littorales, si importants pour la fixation du CO_2 et la reproduction des poissons côtiers, tout cela se retrouve dans la nuit, c’est en train de disparaître. Et puis ce que la Montée des Eaux a noyé d’archi-polluant, à commencer par les centaines de centrales nucléaires, les puits de pétrole et les raffineries, les usines chimiques, les stations d’épuration. Est-ce que la mer ne va pas en mourir ? Et la Terre, est-ce qu’elle ne va pas mourir tout entière à la suite, est-ce que les régions émergées vont le supporter ?

Je vais voir sous l’évier là où j’entrepose les bouteilles entamées, je trouve le vin rouge espéré, l’apporte sur la table avec deux verres. “Ça te dirait ? Passage d’idées noires. Ce qui reste, c’est loin de suffire pour une cuite, juste pour changer le mauvais goût dans la cervelle.” Elle fait signe que oui alors je nous verse deux bonnes rasades. On boit lentement, en fermant les yeux. Tout ce qui rappelle le passé devient célébration, il faut s’en méfier.

— Ça me fait drôle de boire ça en secret, je me suis habituée à tout mettre en commun.

— Personne n'ouvrirait plus une bouteille pour lui seul, mais ça ne concerne pas les bouteilles entamées.

— Sauf d'alcool, et c'est moi qui réquisitionne !

— J'en emploierai aussi. On va faire fortune au marché noir !

Mine de rien ce peu de vin décontracte. Pas sûr que la frênette arriverait à produire le même effet, quand on fera de la frênette.

Je rappelle à Marie que, le jour des radeaux, on a récupéré, entre autres biens, deux enfants dont la mère est infirmière, Lucile je crois. En fait elles se sont parlé, elles préparent déjà la collaboration.

— Tu sais, dit Marie, si ma présence ne te pèse pas je préférerais rester ici avec toi, en tout cas jusqu'au printemps, je ne suis pas capable de me retrouver seule, pas davantage dans cet habitat collectif dont on parle pour l'hiver, je suis une enfant gâtée, j'ai besoin d'un territoire qui me rassure. Si ça fait problème je comprendrai, c'est moi qui ai demandé à dormir à côté de toi, si tu en as assez, dis-moi.

Je secoue la tête.

— Caducée fait du bien ici, sa maîtresse pareil. On n'a passé aucun contrat. Heureusement que j'ai aperçu ton signal des Blaches. Moi aussi je préfère rester dans ma maison cet hiver, j'ai un bon poêle, très économe, pas des masses de bois mais il reste du temps pour en faire. Sans doute ce sera avec d'autres gens. On a défini les limites du territoire. Pour le moment on fait avec les humains rétrécis que nous sommes devenus. Et je te rappelle qu'on est maintenant l'institution médicale des Serres, ça n'oblige pas à dormir ensemble mais ça suppose de l'entente, je crois qu'on y arrivera.

— Ça me va, Noé.

24 août, soir

Encore cinq suicides dont deux randonneurs, des gens sans aucun repère ici, trop archi-perdus. La pluie y a peut-être contribué. Matteo ne peut plus répéter ses paroles du 14. Gilbert a encore des noms à graver. Pour certains l'île du salut, pour d'autres l'île des morts.

25 août, soir

Vers 10 heures, bruit de moteur vers la piste de l'Eau salée, des motos, pas le tracteur de Matteo ou de Bernard ni la tronçonneuse encore en service. Les gens occupés au village ont cessé le travail et sont allés sur la place, j'ai laissé tomber l'ensachage pour les rejoindre. Il arrive trois trials conduites par des gendarmes, chacune avec un passager. Les gendarmes, uniforme et pistolet, nous sidèrent : la gendarmerie existe encore au chef-lieu de canton ? Matteo, qui s'occupait des bêtes restées dans l'étable sauvée de la noyade, finit par arriver, suivi par ceux de la mairie qu'on a pu prévenir. Entre-temps, les gendarmes, les deux élus de Méolane et la femme qui les accompagne ont répondu sans façon aux étreintes d'une bonne quinzaine de personnes.

— La piste est comment ?

— Correcte de ce côté-ci, mais très ravinée sur la montée depuis chez nous, les grosses pluies de mai. Ça sera impraticable cet hiver.

— Alors il faut penser à construire un bateau, ligne Méolane-Les Serres, qu'est-ce que vous en pensez ?

— Il y a un chantier naval dans le coin ?

Cette visite improbable a d'abord rassuré. Quand on vit dans ce qu'on ressent comme un dernier reste de monde toute reprise de contact avec l'en-dehors fait du bien. Mais après les nouvelles plutôt bonnes (peu de pertes parmi les habitants à l'année, dans les mille brebis encore à pâturer les hauts, etc.), on s'est demandé s'il n'aurait pas mieux valu laisser l'en-dehors à distance. Parce que, à Méolane, il y a eu panique, pillages, bagarres lors du saccage des deux supermarchés. "Qu'est-ce qu'on pouvait faire, dit un gendarme, on n'allait pas tirer sur les gens, on est douze à Méolane et c'est pas demain que la brigade va s'étoffer." Exacerbation du moi-d'abord égale absence de toute idée d'avenir commun possible. On tiendra un mois avec les sardines à l'huile et les nouilles volées, la suite pas la peine d'y penser. On ne change pas comme ça ses grands repères de vie, ouverte ou rétrécie. Aux Serres il y a forcément aussi des gens opposés à l'idée de partage. Ma tendance à enjoliver le monde (rural surtout) fausse les perspectives. Nos quelque deux cents habitants ne représentent pas les différents visages de la société, on n'a ni beaux quartiers ni banlieues problématiques ni magasins à dévaliser, mais forcément des gens qui, sans le crier sur les toits, rechignent à suivre les directives adoptées par la majorité.

"C'est pour ça que vous êtes venus armés, demande Léa, vous vous méfiez ?" Le gendarme hoche la tête. "On doit faire attention. Vous savez, à Super-Méolane, il y a plus de gens armés qu'à la brigade. Je ne dis pas qu'un chasseur de chamois devient comme ça tueur de flics, c'est du côté des trafics, on sait qu'il se vendait de la drogue, les réseaux marseillais sont arrivés en montagne et comme il n'y a plus de Marseille. Dans les circonstances, oui, on peut craindre des vols, des tentatives d'extorsion, plus de fonds mais de nourriture, et pourquoi pas l'envie de prendre le pouvoir, un truc à la Mad Max." L'un des deux adjoints de Méolane ajoute que la mairie recrute des volontaires pour constituer une sorte de milice qui multiplierait la "couverture sécuritaire", comme il dit. Une milice ! On est loin de ce qui se passe aux Serres, mais que cela nous alerte. Je demande si les gens qu'ils surveillent chez eux pourraient venir à l'occasion jusqu'ici. Peu probable, dit l'adjoint (à l'environnement !), mais tout le monde doit rester vigilant. Un nouveau souci.

Beaucoup de suicides aussi là-bas, surtout parmi les gens en vacances.

À midi on va tous aux Chasseurs. La part de soupe augmente, c'est-à-dire que la quantité d'eau croît au détriment de l'aliment solide, les réserves sont gérées au plus juste. Matteo explique notre ligne directrice, mise en commun des ressources, distribution des tâches sur le mode du volontariat, inventaire des choses utiles et des idées, préparation à l'hiver, essais de trouver des alternatives à certains manques, etc. Les gens de Méolane entendent la nécessité de fractionner une population au moins dix fois plus importante que celle des Serres en petites unités capables de plus ou moins d'autonomie, avec prise en compte des possibilités alimentaires, celles des milieux, etc.

Julia, la docteure arrivée de Méolane, Marie, Lucile l'infirmière font le point sur ce qui subsiste du système de santé. Là-haut, ils ont un petit hôpital – "l'atelier de réparation des skieurs", dit Julia – et deux pharmacies. Tout ça est mis sous étroite surveillance. Comme ici, des traitements doivent s'interrompre, des malades vont mourir. On ira jusqu'au bout des stocks et ensuite des gens comme moi prennent le relais, on ne pourra plus soigner les grands maux faute de grands remèdes, l'espérance de vie va chuter. Est-ce qu'ils pensent aux remèdes végétaux ? Ont-ils des herboristes fiables ? Ils ne savent pas bien. Alors, qu'ils envoient ici deux ou trois jeunes concernés, qu'ils apprennent au moins la base des bases, mais c'est à reporter au printemps. On va ramasser davantage de ce qu'il est encore possible de trouver, et agrandir les séchoirs. Pour la livraison on aura bien une solution, pourquoi pas les ânes ?

On hérite d'un talkie-walkie d'avant l'ère des mobiles, il peut se recharger avec une batterie photovoltaïque, ils ne savent pas si ça capte encore à cette distance. "On fait un essai ?" Quand l'appareil répond, très administrativement, "gendarmerie de Méolane", on n'en croit pas nos oreilles. "Ça marche, Élodie, ça marche ! Oui, tout se passe bien. On rentre ce soir comme prévu." Voilà qui élargit l'horizon !

Les visiteurs sont repartis vers 17 heures, après des échanges "très positifs" dit Julien. J'en saurai davantage demain. On ira chez eux bientôt, peut-être à pied avec ânes. J'ai abandonné le débat pour aller cueillir encore de la busserole dans la pinède au nord des Blayes. C'est un bon remède urinaire à essayer au cas où il faut stimuler les contractions dans un accouchement pas pressé. Savoirs livresques jamais mis en œuvre depuis plus d'un siècle. Oserons-nous les appliquer (mais difficile d'imaginer des naissances aux Serres) ? Ma doc intègre peu de travaux récents en phytothérapie, mes conseils d'herboriste concernaient le plus souvent les affections bénignes, ne proposaient qu'un appui pour les graves. Et nos médecins n'ont rien appris sur l'usage des plantes. À chaque pas on se cogne à la mémoire effondrée. En même temps, si on se perçoit comme des gens qui errent dans les ruines, c'est fichu. Comment fait-on pour

Endormi sur ces mots hier soir et monté reprendre ma nuit vers 11 heures. De toute façon je ne relate que des bribes. Marie dormait quand je me suis couché. De temps à autre elle fait un petit gémissement qui me bouleverse. Depuis qu'elle dort à mes côtés il me semble faire des rêves moins lourds. Ainsi, la nuit dernière, même impossibilité de prendre le train mais l'eau qui envahit la ville est basse, des poissons noirs y nagent, je voudrais les saisir parce que je n'ai rien à manger, j'avance en pataugeant et ne rencontre personne à qui demander mon chemin, j'erre dans un immense marécage urbain.

Dimanche 26 août, 8 heures

Cette nuit encore, coup de blues, sans doute les mauvaises histoires de Méolane, ça n'a pas privilégié le tout beau-tout gentil. De là à me demander si, au fond de moi, un personnage douteux ne s'est pas senti plutôt content de la coupure décisive avec le reste du monde : l'herboriste de marché devient du jour au lendemain le seul détenteur de la connaissance des remèdes, etc. Ai-je vraiment nourri ces pauvres fantasmes ?

“Herboriste de marché” fait ressurgir le visage d’Anne lors de la dernière foire bio de Montfroc. Trois ans qu’on partageait ce week-end d’octobre chaque fois réussi, Gaspard suivait les ateliers d’enfants, faisait des tours de manège. Elle si joyeuse de jouer à la marchande, elle si joyeuse, si belle, si simple. Son sourire, le prénom que j’évite de prononcer, que je m’interdis de penser, arrivent enfin les larmes retenues depuis un siècle, je pleure dans l’oreiller à en hoqueter jusqu’à ce qu’une main se pose sur mon épaule et que j’entende Marie. “Tiens bon, Noé, il ne faut pas s’en vouloir parce qu’on est restés vivants. Ça vaut beaucoup mieux de pleurer comme ça que de le faire en silence, au-dedans. Les larmes qu’on retient nous intoxiquent.”

26 août, 20 heures

Je ne m’interroge même plus sur le bien-fondé de cette chronique. Consigner les faits de la journée, dont les remous dans ma tête, tient lieu de raison suffisante. Écrire perpétue ce qu’on vit plus ou moins à la dérobée, ce qu’on souhaiterait ne pas vivre, ce qu’on apprend, ce qu’on voudrait oublier, ce qu’on répare avec les moyens du bord en espérant que ça tiendra. Comme dit Marie, “on a juste un monde à refaire”.

Après le repas de midi je vais voir s’il y a de l’ortie encore bonne à ramasser aux bergeries de Pierregrosse ; je fais une fixation sur l’ortie, on n’en a pas des quantités en réserve et il en faut des quantités. Aussi pour vérifier s’il y a toujours de la consoude dans les prés en dessous, ça ne vient pas beaucoup par ici. Alors que je passe au-dessus de l’ancienne ferme des Chalus, “restaurée avec goût” auraient dit les agences immobilières, je me fais héler par Matthieu, il est du groupe qui ouvre les maisons sans plus personne. “Tu as un moment ? Viens voir un peu !” Je n’avais jamais mis les pieds dans cette ferme depuis sa conversion en chic résidence secondaire. Maintenant la maison et ses dépendances léchées se dissimulent derrière des murs de cyprès bleus. La probable maison de gardien, un peu à distance, n’est pas davantage occupée. Grande piscine, “mobilier de jardin” en teck, cuisine extérieure avec barbecues à bois et à gaz, etc. Rideaux de fer sur portes et fenêtres. Si l’électricité fonctionnait l’intrusion aurait été déjà signalée à un service de surveillance. Forcer la porte n’a pas été facile au vu du tas de débris. J’entre dans un luxe ostensible, gros canapés de cuir, fauteuils épais, tables basses en verre, bar à hauts tabourets, peintures ornementales. “C’est par ici, descends, la trappe dans le couloir”, crie Matthieu depuis un sous-sol dont j’ignorais l’existence.

L’ancienne cave rénovée est un vrai bunker. Couloir avec des portes closes sauf celle du fond, son ouverture a dû demander plus d’efforts encore que l’entrée si j’en crois les burins, les masses et les éclats de béton. Ils sont assis sur des caisses dans une pièce assez grande aux murs couverts d’étagères. À la lumière des lampes solaires ils contemplent extasiés les étagères chargées de nourriture, conserves, pâtes, des quantités de pâtes, sacs de riz et de semoule, café, biscuits, huile, bocaux, paquets divers, roue de fromage, etc. Pendent des jambons, des saucissons, et même de la morue sèche. Plus de réserves peut-être qu’on en a au village. Je reste sans voix, finis par demander s’ils sont tombés sur un repaire de mafiosi survivalistes. “L’important, dit Denis, c’est que ça va aider sérieusement à passer l’hiver. On pourra même en apporter une part à Méolane la semaine prochaine.” Mais qu’est-ce qu’il peut bien y avoir dans les autres caves ? “Tu le sauras si tu prends le burin avec nous !” Je réponds que j’ai rendez-vous avec Mme Consoude vers Pierregrosse, elle ne supporte pas d’attendre, je vous rejoins demain matin. “Pour le moment on ne raconte rien au village”, ajoute Denis.

Marie dit que la mise en place du “dispensaire” avance bien. Ils ont trouvé un local dans le quartier du Barri, maison rénovée depuis peu, propre, avec photovoltaïque sur le toit, lumière assurée après quelques bidouillages. Pièce à vivre à convertir en salle d’examen, éventuellement d’opération. On va récupérer du matériel à Méolane, même un ou deux stéthoscopes, tu imagines ? Deux chambres. Une espèce de grand bureau à transformer en pharmacie. Gaël, le menuisier qu’on a sauvé des eaux, s’occupe des étagères. Chez moi la réserve aux plantes ne peut plus rien recevoir. Les grands contenants vont manquer, surtout qu’il s’ajoute les récoltes pour Méolane. Il faudra voir du côté des bidons récupérés. Pour le transport, des sacs en toile ? Quelqu’un sait peut-être tresser des paniers ?

Les journées archi-pleines pourraient nous assurer des nuits archi-oublieuses, mais il y en a surtout de difficiles avec les mêmes rêves persécuteurs qui tournent autour de l’impossibilité de joindre, d’atteindre, de s’échapper. Sans parler de l’eau, toujours présente sous diverses formes, monstrueuses ou sournoises, épaisses ou faussement transparentes avec des fantômes de poissons.

27 août, 8 heures

Hier soir après le repas Julien m'a demandé ce que je pensais de l'idée d'organiser une fête, pourquoi pas un bal. "Une fête ? tu ne crois pas que c'est un peu tôt ?" Il répond que plus on attendra, plus on oubliera de faire la fête, même après ce putain de truc de merde on n'est pas obligés de sanctifier le travail, de bosser douze heures par jour, de s'endormir à la nuit et en plus tu fais de sales rêves, de rebosser tôt le lendemain, etc., on n'a pas prononcé des vœux d'austérité perpétuelle, non ? Comme il voit que je peux me laisser convaincre, il propose déjà une date, le 12 septembre, premier anniversaire de la Montée des Eaux. "Tu penses qu'on peut dépasser le deuil universel aussi vite que ça ?" Il dit c'est mieux d'exorciser la douleur qu'y ajouter encore des cris et des larmes, mais bon, d'accord, ça peut paraître assez cavalier, alors disons pour la Saint-Michel, le 29 septembre, ça nous laisse un mois. "Tu en as parlé à d'autres ?" Pas encore, il voulait d'abord tester ma réaction. "Elle est favorable, tu vois bien, se cantonner dans un rôle de survivants oblige à baisser la tête, ça empêche d'avancer. Tu lances l'idée à la réunion demain soir ?" Il est content, il me serre contre lui. J'ajoute qu'il y aura sûrement des avis hostiles, alors il propose une petite cérémonie commémorative le 12, mini-bateaux avec bougie qu'on lance le soir sur cette putain de mer de merde. Crois-moi, je ne dis pas ça en plaisantant.

27 août, 21 heures

Ivre d'avoir trop bossé. À 9 heures, avec massette et burin, j'ai rejoint Matthieu et les autres aux Chalus, de là je comptais retourner à Pierregrosse. Ils avaient déjà attaqué la porte d'une deuxième cave, pariant une bonne bouteille qu'ils allaient en découvrir des centaines. On s'est relayés dans le déboîtage de la serrure, pas une sinécure car le pêne s'enfonce loin dans un cadre en béton renforcé par des plaques d'acier, pas d'autre solution que de démolir le mur. Après quoi, la porte ne s'ouvrant pas, on s'est rendu compte qu'il s'agissait d'une fermeture trois points. On a failli laisser tomber pour revenir un autre jour. Manon, l'une des jeunes en rando, est allée faire un tour au rez-de-chaussée d'où elle a rapporté une bouteille de porto entamée. “Vous ne pensez pas qu'on y a droit ? Vu ce qu'on a déjà découvert la commune nous doit bien une rasade !” On ne s'est pas sentis coupables de détournement de bien commun en vidant la bouteille ; elle a relancé le courage. Tandis que je tente de défoncer la dalle avec Denis et Manon, Matthieu et Jules s'échinent côté plafond. À midi on n'en peut plus, je retourne aux Serres avec eux pour déjeuner. Comme la curiosité l'emporte sur la fatigue, je reprends la démolition à 14 heures. Un boulot de dingues car il faut aussi creuser des sillons pour le trajet des pênes quand la porte s'ouvrira. Vers 15 heures on peut passer un bras, à 16 le corps. Il y a des caisses de vin, plein d'alcools, et aussi des kalachnikovs avec une quantité de chargeurs.

“Tu parlais d'une cache de mafiosi survivalistes, dit Denis, en tout cas il y a de quoi soutenir un siège, il va falloir mettre ça en lieu sûr. Et là je reprends ma casquette d'élu municipal : pas un mot sur les armes ! On n'a pas chez nous de groupe occulte qui cherche à s'emparer du pouvoir mais ce qui se passe à Méolane incite à la prudence, non ? Motus aussi sur les alcools, en tout cas avant la Saint-Michel !"

À Pierregrosse, plus tard, je n'ai vu que trois pieds de consoude, mais il pousse pas mal de bardane autour de l'ancienne bergerie. Multiplier les deux.

Il reste la troisième cave à forcer.

28 août, 22 heures

Récolte du saule blanc avec Élise. Facile en fin d'hiver, elle est pénible en août où l'écorce est devenue très adhérente. Élise tronçonne les rameaux de deux ans au sécateur et les effeuille, je les pèle au couteau. En bas du jardin, Adèle et Maya déterrent, lavent, épluchent, fendent la racine de guimauve. Je les ai invitées à répéter le mantra "constipation des bébés, toux sèche, aphtose, constipation des bébés, toux sèche, aphtose", etc. Il va falloir étendre le carré de guimauve, et trouver un terrain humide pas trop loin.

On reparle avec Marie de la fête de la Saint-Michel. Contrairement à mes appréhensions il n'y a pas eu de protestations ouvertes, au contraire, beaucoup de gens sont pour. Il faut dire que Julien avait d'abord annoncé la commémoration du 12 ("importante, je pense qu'on est tous d'accord là-dessus, pas nécessairement à répéter chaque mois"). De là, via une rhétorique tortueuse, il a glissé vers le projet de fête avec des adjectifs comme "très simple, respectueuse, joyeuse mais pas oublieuse, réparatrice", etc. On l'a applaudi. Les gens se sont mis à discuter des jeux de foire qu'il était possible de mettre en place avec les moyens du bord, entre casse-boîtes et tir à l'arc. On a déjà trouvé une accordéoniste et deux ou trois guitaristes. Matthieu dit qu'ils ont repéré un piano dans l'une des maisons de vacances.

"Tu en penses quoi, de cette fête ?" Marie regarde un moment le vague. "À force de ne parler qu'aux absents on s'absente à soi-même. Cette Saint-Michel a un côté forcé mais ce n'est pas non plus le repas de Noël à la maison de retraite. Et tous les jeunes, ils n'ont sûrement aucune envie d'en rester aux obligations de survie ! Toi tu as prononcé des vœux de trappiste ? C'est une bonne chose que les gens puissent se retrouver ailleurs qu'aux réunions de fin de journée, et surtout dans du léger. Julien a brisé le tabou du rire avec ses gros sabots. Cette idée de fête est super, il faudra y ajouter des spectacles, une chorale, tout est bon ; ce n'est pas seulement à la survie du corps qu'il faut penser." Je lui reverse de la tisane. "C'est bien que tu sois ici avec nous, Marie." Elle lève sa tasse comme on faisait avec le verre de blanc.

29 août, 8 heures

Avec ces écrits j'ai l'impression de voler du temps à la communauté, mais c'est plutôt l'emploi du mien que je surcharge. Quand je me lève, Marie est déjà au dispensaire. Je dépense du gaz pour me faire une théière de tisane. J'ai faim mais j'oublie en mâchonnant un bout de guimauve. Il faut qu'on monte à plusieurs au Grand Bargès pour ramasser de l'alchémille, ça prendra au moins la journée. Je repense à Méolane. Comment ils vont gérer deux mille personnes ? Il ne reste pas beaucoup de fermes là-haut.

La plupart des gens actifs se sont reconvertis dans les sports de neige, puis dans le VTT quand la neige s'est raréfiée. Est-ce qu'ils vont pouvoir constituer des réserves suffisantes ? On peut aussi aller à Méolane en VTT et, inversement, de Méolane aux Serres. Restez loin, pensées d'invasion prédatrice !

Je remonte à Pierregrosse pour la bardane. Ramasser des graines, repérer des pieds à transplanter. J'espère trouver assez de jeunes racines pour préparer deux ou trois pots de pommade. Passer aussi chez Jeannot prendre la cire. Voir s'il y a encore de l'armoise récoltable.

Les outils trouvés dans le village sont rangés dans une vaste remise près de la mairie. Sur une cloison en planches on a tracé le contour des plus nécessaires. Des logements style porte-parapluie accueillent les grands outils à manche. Bêche ou pioche, on sait à quel point c'est précieux.

C'est bientôt le temps de faire la récolte des noix, il faut en ramasser le plus possible, des arbres ont été préservés partout au bord des champs (sans doute le vieux respect pour leur bois superbe). On étale les fruits au sol dans une pièce aérée où ils sèchent sans risquer la moisissure. Pour les cakes de Noël, mais aussi pour l'huile de nos futures lampes. L'ancienne société paysanne de par ici s'éclairait à l'huile de noix, on devra y revenir tôt ou tard, c'est plus facile à gérer que la fabrication des bougies, d'autant plus qu'il faut économiser la cire (les bougies en noix pilée dont parle Rabelais dans *Pantagruel*, il paraît que c'est un mauvais lumignon qui sent très mauvais).

29 août, 22 heures

Après le repas du soir, Matteo, sorti tôt des Chasseurs, nous fait signe de le retrouver dehors, nous : les gens de l'équipe municipale et les fidèles de longue date. "Mauvaises nouvelles de Méolane, vive le talkie-walkie ! Il y a encore du grabuge chez eux. Un petit groupe à moto s'en prend aux gens isolés et les force à donner les réserves, ils ont blessé deux personnes par balles, on n'a pas encore repéré leur base, les gens se barricadent chez eux. La gendarmerie conseille la prudence car, de loin, on peut nous supposer vulnérables. En plus, là-bas, on commence à s'organiser pour la défense, les criminels se méfient et ne s'en prennent plus qu'aux hameaux écartés." On recule un peu dans l'ombre car d'autres gens quittent l'auberge. "Demain matin 8 heures on se retrouve à la mairie, il faut préparer la défense et répartir les armes des Chalus. Ah oui, trouver en vitesse quelqu'un qui pourra nous apprendre leur maniement, si vous avez une idée. Pas franchement dans les intentions des Serres en commun, c'est dur de devoir en arriver là."

30 août, 14 heures

En vitesse avant de repartir à Pierregrosse, où j'ai trouvé de beaux pieds d'hysope cultivée au bord de l'ancien jardin (à multiplier !). Les filles m'y rejoindront. Il y a aussi de l'ortie. Visiter toutes les anciennes bergeries.

Ce matin, "conseil de défense". Comme la piste de Méolane est relativement facile à surveiller, en tout cas les lacets qui descendent du col et ensuite pas d'autre option que le chemin au fond du ravin, on propose qu'il y ait chaque jour des gens avec des jumelles sur les pentes au-dessus de la piste. Les motos ça s'entend de loin. Quelqu'un descend en VTT prévenir le village. Geoffroy rappelle qu'il est possible de demander conseil sur les armes à Georges, un ancien gendarme très engagé dans les travaux préparatoires à l'hiver, comme on dit, en ce moment il est en train de fabriquer des arcs pour la Saint-Michel. On le sollicite dès que possible. Paul dit qu'il faut établir un plan de défense autour de la place, là où arrive la piste de l'Eau salée. On choisit quatre ou cinq maisons avec la vue la plus large, on y laisse une arme sans munitions, chacun sait quoi faire en cas d'alerte, à commencer par insérer un chargeur qu'il conserve avec lui, et se poste au bon endroit. "Dis donc, tu aurais fait l'école de guerre ?" demande Léa. "Non, mais à une époque j'étais accro des battues au sanglier, d'ailleurs j'ai toujours mon fusil, une arme en plus."

On a mis tout le monde au courant à la fin du repas, ça a jeté un froid rude. Pas de panique, dit Matteo, on organise un plan de défense du village, on a des armes en bon état. Ce qu'on vous demande, c'est d'être vigilants et de signaler tout ce qui vient du côté Eau salée. En cas d'alerte on sonne trois fois les cloches, enfin la cloche, tout le monde s'enferme à double tour, si on est loin du village on se cache le mieux possible. Il faut trouver encore dix ou douze volontaires pour assurer la deuxième ligne, ça demande du sang-froid, de savoir tirer au fusil, peut-être sur des gens. Il n'y a même pas quatre mois je n'aurais pas imaginé de devoir parler un jour de choses aussi dures. Là, c'est une menace sur notre liberté, sur notre survie, je prends les responsabilités qui sont les miennes administrativement mais ce n'est pas de gaieté de cœur. Ceux qui sont partants, et je rappelle que ce n'est pas la levée en masse, nous rejoignent demain matin à 8 heures au terrain de foot.

30 août, 21 heures

Maintenant on se sent menacés. Je me suis éloigné du village en traînant les pieds. À Pierregrosse, pas sûr qu'on entende le clocher. Cette histoire va peser sur nous aussi longtemps qu'elle n'aura pas trouvé d'issue. À peine un commencement de début de réparation et déjà la guerre. Qu'en est-il des sociétés aux régimes pourris sans limites nettes entre politique et mafia, entre religion et politique, ou bien de celles où des groupes paramilitaires se disputent le pouvoir ? Affirmer la démocratie, l'éthique du partage, ça peut vouloir dire aussi tuer des gens ? On est ramenés aux fondamentaux sur tous les plans. On a oublié en quinze jours le principe du moi-d'abord, pourtant à l'œuvre depuis des lustres plus ou moins déguisé en propositions politiques. Et l'on se retrouve confrontés à ce principe même.

Marie lève les yeux d'un livre de médecine :

— Je me porterais bien volontaire, je ne manque pas de sang-froid, je sais tirer.

— Mais imagine que tu sois blessée, ou pire, tu es archi-importante pour la commune, tu ne peux pas t'exposer.

— Même chose en ce qui te concerne, non ? C'est quand même bizarre, ce tri par ordre d'importance, il y a des hiérarchies de fait, je ne suis pas sûre à cent pour cent que ce soit une bonne chose, en même temps je comprends que le bien commun y oblige. Mais si tu vas au terrain de foot demain matin je t'accompagne.

— Alors on ira ensemble.

Avant d'aller nous coucher on avait déjà décidé de rester à notre place de Samu villageois (moi en apothicaire-aide-soignant-brancardier).

31 août, 20 h 30

L'équipe de la mairie a choisi les maisons autour de la place qui répondent le mieux aux directives de Paul. Six maisons, quatre habitées. On y a installé les armes trouvées aux Chalus. Mme Barthélemy, l'une des plus vieilles résidentes des Serres, a affirmé que, si elle y voyait encore suffisamment, elle se serait servie du fusil de chasse de son "pauvre mari". "Maintenant, ces salopards veulent ajouter la rapine au grand malheur des Eaux ! Ils ne vont pas défaire ce qu'on est en train de reconstruire, j'y crois voyez-vous !" Deux tireurs seront aussi postés de part et d'autre de l'accès à la place en venant de l'Eau salée de façon à couper un repli éventuel. La "deuxième ligne" se disperse dans les petites rues qui relient la place à la route de la vallée, maintenant coupée. La "première ligne" est constituée par trois de l'équipe municipale, dont Léa, il s'y ajoute Georges l'ancien gendarme et les quatre agriculteurs-chasseurs, ou ex-agriculteurs-chasseurs de la commune, Sébastien, Geoffroy, Bernard et Paul. Une trentaine de volontaires sont venus au terrain de foot. Aux douze tirés au sort, Georges a expliqué le maniement des armes.

Le village est crispé. Aux repas on ne parle que de l'invasion annoncée. Pour les cueillettes je choisis les endroits où l'on entend le clocher. Tous ceux qui travaillent à l'extérieur s'en tiennent plus ou moins au même périmètre. L'attente plombe, et si elle dure des semaines alors qu'on a tellement à faire ? J'ai recherché le fusil du grand-père Élie mais n'ai pas encore mis la main dessus, et s'il n'y a pas de cartouches ? Ambiance de western en noir et blanc où des figurants tiennent les premiers rôles.

Cette nuit, mauvais rêve suivi d'un gros blues. Je partais en barque avec Anne sur un lac tranquille mais le vent se levait, devenait de plus en plus fort, elle restait debout à l'avant, les yeux fermés, les cheveux sur le visage. Je lui criais "fais attention, c'est dangereux, assieds-toi", elle semblait ne pas m'entendre. J'étais aux avirons, le dos tourné, essayant de rester face aux vagues, j'ai regardé par-dessus mon épaule, elle n'était plus là.

Pour tenter d'effacer la scène terrible j'ai voulu me rappeler notre dernier échange jusqu'à en avoir mal à la mémoire, jusqu'à finir par le traduire en une épitaphe que j'aurais effeuillée comme une fleur innocente sur l'horreur des eaux (la formule en dit long sur l'égarement). Je mets ici cette page que j'aurais pu écrire le 12 août au matin si le monde n'avait pas chaviré :

"Le petit peuplement de myrtilles rencontré il y a longtemps bien au-dessus de l'Eau salée m'a fait crapahuter une bonne partie de l'après-midi, et rien du tout. Au retour, en bord de piste dans la hêtraie, les fruits noir éclatant de la belladone m'ont fait oublier la déconvenue, j'avoue un faible pour cette plante toute de lassitude funèbre. Fatigué, je me suis couché à 9 heures et endormi dans les cinq minutes.

Anne m'avait appelé un peu avant.

— Comment va ta journée mon bel amour ?

— Elle va jusqu'à l'éternité puisque tu dis ça.

— L'éternité c'est long, à la fin elle épuise.

— D'accord pour mourir d'épuisement avec toi ! Je te signale que tu viens de faire un alexandrin.

— Imbécile ! À ta voix tu as besoin d'une bonne nuit.

— J'ai couru pour rien après la myrtille, elle allait plus vite que moi.

— Dans huit jours tu me rattraperas.

— Je n'attends que ça, dors bien belle Artémis.

— Dors bien jeune satyre ! Et attention, Artémis est une déesse redoutable !

— Pas avec moi.

— Surtout pas avec toi."

1er septembre, 8 heures

On a l'impression d'avancer avec hésitation en regardant tout le temps derrière soi. Plus rien d'important à récolter aux basses altitudes, je continue l'ensachage, long car je ne peux plus imprimer d'étiquettes. J'ai encore une bonne réserve de sachets mais le jour arrivera où il faudra bien leur trouver un substitut. J'avais fini par ne presque plus penser à ce qui manque ou manquera, la menace tend à faire ressurgir les "pensées négatives". Marie est déjà au dispensaire, ils lavent des vieux draps et les découpent pour faire des bandages : l'infirmerie de la Grande Armée.

1er septembre, 21 heures

Il ne faut pas que l'expectative se poursuive longtemps, la préparation à l'hiver en souffre déjà. On attend pour déménager nourritures et boissons de la maison des Chalus (où la troisième cave n'est toujours pas ouverte). Comme j'en avais assez de travailler seul, j'ai proposé une sorte de cours à Maya, Élise et Adèle. J'ai rappelé les bases de la terminologie botanique à partir d'une poignée de fleurs tardives et de rameaux cueillis dans les rues et les haies du village, même si, un 1er septembre, il manque des familles importantes à commencer par les Légumineuses. Je leur ai rappelé qu'il faut savoir identifier à coup sûr les plantes médicinales avant de les utiliser, pas connaître la botanique à fond mais arriver à se débrouiller avec une flore. Les premières noix ramassées dans l'arbre au bas du jardin ont agrémenté la leçon. Maya et Adèle sont orphelines, Élise a perdu une partie de sa famille, elles s'investissent à fond dans le travail avec les plantes. Marie, revenue chercher un truc, est restée une heure avec nous, du coup j'ai redoublé de sérieux. (Là, elle a repris son bouquin de médecine mais laisse déjà entendre qu'elle aimerait mieux me lire.)

Dimanche 2 septembre, 7 h 45

Peut-être qu'ils vont nous laisser tranquilles pour finir.

2 septembre, 22 heures

À 9 heures, Luca, le fils de Matteo, est venu dire en haletant qu'il y avait réunion urgente à la mairie, je devais y aller tout de suite.

On s'est retrouvés à une trentaine. Matteo est bref : appel de Méolane, vers 8 h 45 des gens apprennent à la gendarmerie qu'ils ont vu passer cinq motos, deux avec remorque, sur le chemin qui monte au col des Trois Cabres, d'où descend de notre côté la piste de l'Eau salée, très probablement ceux qu'on attend, nos guetteurs ne les ont pas encore vus. En additionnant les temps, ça les amène ici dans trois quarts d'heure-une heure. Ils sont loin de penser à l'accueil qu'on leur réserve. Alors chacun à son poste ! Je vous rappelle qu'on ne tire pas les premiers.

On a couru vers les maisons qui nous sont assignées. Marie, Lucile et moi on est au rez-de-chaussée chez Mme Barthélemy, Paul monte à l'étage. La maison est bien fermée par de gros verrous côté rue mais on peut aussi entrer par une porte arrière, d'où son élection à la fois comme poste de tir et infirmerie. Une autre demeure de la place a la même fonction avec Élise et Germain, un soignant dont je n'ai pas le visage en mémoire.

Quand on entend la volée de cloches répétée trois fois on sait qu'ils arrivent dans le quart d'heure. On va rejoindre Paul. Il a ouvert la fenêtre en grand, entrebâillé à peine les volets. De près on a une vue assez large sur la place, pour peu qu'on recule le champ rétrécit jusqu'à n'être plus qu'un bandeau vertical. S'il doit viser et tirer, il faudra que le canon du fusil dépasse. La carabine à lunette est appuyée contre le cadre de la fenêtre. Paul sort de sa poche des balles qui effraient, il dit qu'il y en a trois dans le chargeur, il n'a pas tiré depuis quatre ans mais pense savoir encore. Paul est un grand type rieur, éleveur pas bio de poules cependant coureuses qu'il vendait sur les marchés, il a promis d'en sacrifier pour la Saint-Michel, “j’en compte une pour cinq-six personnes”. Il nous conseille de nous tenir contre le mur côté place.

Dix minutes d’attente et le bruit des motos, elles se garent vers les tilleuls, les cris de moineaux ont la résonance du fer battu. Paul s’agenouille en position de tir, il dit “j’en compte huit, pas avec du gros calibre apparemment”.

Ça commence par une voix de clown criée, traînante. “Alors, c’est déjà la sieste aux Serres ? Je ne vois personne mais je suis sûr que vous m’entendez. Soyez tranquilles on ne vient pas ajouter au bordel général, on a fait toute cette route plutôt pénible pour vous apprendre qu’il se passe des choses pas belles du tout vers Méolane, des bandes attaquent les villages isolés, maltraitent les habitants, emportent les réserves, quand on ne met pas le feu aux granges quelquefois avec le fermier dedans. Donc il se constitue des groupes de défense comme le nôtre, on assure une protection permanente en échange de nourriture. Protection, ça veut dire passages surprises de jour comme de nuit, surveillance, interventions armées si nécessaires, on y gagne des deux côtés. Personne ne répond ? On doit frapper aux portes ?”

“Il va vers les Chasseurs, dit Paul à voix basse, il a un pistolet, les autres se sont abrités derrière les arbres. La porte est fermée, il cogne, vous devez l’entendre. Ça ne lui plaît pas, il fait signe à ses copains, deux le rejoignent, ils ont des carabines et des pieds-de-biche. L’un surveille la place. Le chef a l’air de perdre patience, il regarde de tous les côtés, il pourrait me voir. Un gars fait sauter le panneau extérieur et casse une vitre, ils entrent, celui qui guette met son fusil à l’épaule, il y a du bruit et des cris dans l'auberge, vous entendez ? On n'a même pas pensé qu'ils pouvaient prendre des otages, quels nuls, mais quels nuls ! Ils ressortent avec Juliette, l'une des filles de Magali, le chef lui colle son pistolet sur la tempe, le salaud !"

Le clown éructe un nouveau discours. "Vous n'avez pas compris ? On est plutôt des gentils mais faut pas nous pousser à bout, on a deux remorques à remplir, c'est dans votre intérêt de vous y mettre tout de suite, pour bien vous montrer qu'on ne plaisante pas, une dans le pied." On entend une détonation et un hurlement. "La pro…"

Paul a profité du mouvement de l'autre pour tirer, tire encore. Suivent des échanges de coups de feu, des rafales, un vacarme de guerre. Et encore des tirs sur la deuxième ligne dans une rue latérale. Paul crie "merde ! merde !", laisse tomber son fusil. Marie se précipite, lance à Lucile "vite, un compressif !" On allonge Paul sur le tapis, son avant-bras saigne beaucoup. Lucile revient avec des pansements, fait une boule de chiffons, serre une bande. "Tu as des veines coupées, dit Marie, pour le moment on comprime, tu te sens comment ?" Paul rouvre les yeux, regarde le plafond, sourit. "J'irais mieux dans mon poulailler, mais si vous empêchez que je perde tout mon sang ce sera parfait."

Je regarde prudemment dehors. Il y a des corps à terre. Je dis "je vais chercher Juliette, il faut la mettre à l'abri". Marie : "tu ne peux pas la porter seul, je viens". Paul : "on n'a pas non plus pensé aux civières, ah les nullards !" On descend, on entrebâille la porte. Plus de tirs, aucun bruit, même les moineaux se taisent. En nous baissant pour la forme on arrive devant les Chasseurs. Celui qui parlait a le front éclaté, la cervelle semble bouillonner, il tient encore son pistolet. Juliette, le pied droit en sang, semble évanouie, on la soulève aussi délicatement que possible pour la porter dans la maison. Mme Barthélemy, pas plus effrayée que ça, nous ouvre la chambre du bas sur la cour, lit couvert d'un drap blanc par-dessus des serviettes éponge qui dépassent, table avec pansements et remèdes. "Pauvre petite, dit-elle, j'espère que ce n'est pas grave !" Marie (à moi) : "son pouls est faible mais ça va, enlève-lui ses chaussures, dépêche-toi, ça n'a pas l'air beau, passe-moi des gazes, l'eau bouillie salée, l'alcool, dans la bouteille en verre blanc. Elle a une fracture du deuxième ou du troisième métatarsien, ou des deux, il faudrait une radio et l'opérer vite, bordel de merde, on aurait pu profiter qu'elle est dans les vapes, ouvre grand la fenêtre je ne vois rien, est-ce qu'il sera possible de recoller les morceaux ? Une chance, on dirait que la balle est passée entre les deux premiers métatarsiens, ils n'ont pas l'air cassés. Il y a des bouts de chaussure dans la plaie, passe-moi la petite pince, mets la cuvette sous le pied, verse l'eau bouillie, lentement, c'est bien, encore. La balle a traversé le pied, la plaie en dessous est vilaine. Allez, je nettoie à l'alcool, heureusement qu'elle ne sent rien. Passe-moi les strips, oui, ça, les bandes collantes étroites, ouvre deux compresses, tiens-les par le coin, une giclée de Bétadine, j'espère qu'elle n'est pas allergique à l'iode. Tiens-lui la jambe un peu plus haut. Ça va ? Tu ne tournes pas de l'œil ? Donne-moi une bande, deux épingles à nourrice. Surveille-la, je monte voir Paul".

On entend des voix sur la place, les gens sortent. La guerre est finie. Mme Barthélemy vient aux nouvelles. Juliette émerge en geignant. Sa sœur et sa mère entrent dans la chambre, affolées, je leur dis "pas d'inquiétude, ça va vite se réparer".

La suite demain.

3 septembre, 8 heures

Un homme que je rencontre aux repas arrive sur les pas de Magali, c'est l'un des randonneurs de la mi-août, on ne s'est pas encore parlé. Il dit "Germain, chirurgien en préretraite, tu dois savoir que je m'occupe de l'autre poste de secours avec Élise, c'est juste pour voir en vitesse comment ça se passe ici". Je lui montre le pied bandé. "Marie ta collègue est en haut, elle pense qu'il n'y a pas d'os touché, tu vérifies, là on vient juste de faire le pansement. Au premier il y a aussi un blessé."

Juliette ouvre les yeux, dit d'une toute petite voix à Magali et Pauline penchées sur elle "il allait me tuer, il allait me tuer, j'ai peur de ne plus penser qu'à ça, si je suis là c'est que c'est fini, c'est vrai que c'est fini ?" Je fais oui de la tête, "c'est complètement fini, plus rien à craindre, il semble que tu n'as pas d'os cassés, tu n'as pas trop mal ?" Elle se redresse un peu, voit son pied bandé, me regarde à travers les larmes. "Ça pulse fort, en même temps j'ai l'impression de ne plus sentir l'extrémité du pied." Je remplis un verre d'eau, sors un paracétamol, "prends déjà ça, la maison ne propose pas un grand choix d'antalgiques". Du moins ça la fait sourire. Entre encore Mme Barthélemy qui s'assoit au bord du lit, prend la main de Juliette, lui dit "tenez bon mon petit, vous n'avez plus rien à craindre, le village a retrouvé sa tranquillité". Quand même, je pense, elle simplifie. Magali, les yeux fermés, s'est affalée dans le fauteuil. Repasse

Germain. “Ma fille avait proposé qu’on parte en randonnée, ma fille Carole, la rousse, tu l’as sûrement repérée, moi, jusqu’à aujourd’hui j’avais plutôt tendance à me faire tout petit.”

Arrivent Matteo et Julien, Matteo me fait signe de les rejoindre dans le couloir. Ils ne me laissent pas le temps de demander “alors ?”. “Terminé, dit Julien, ils sont tous morts, un en essayant de repartir à moto, un autre qui tirait au hasard en traversant la deuxième ligne. Les kalachnikovs, ça laisse peu de chances.” Matteo : “même les sociétés qui recherchent la paix en arrivent à la guerre, il faut se défendre, on tue, l’histoire des Serres ne voulait pas de ça mais c’est fait, c’est irrémédiable, tu vas l’écrire, hein, Noé ?” Et de notre côté ? “Jeanne a été tuée, elle était arrivée avec le groupe du Pas d’Âne, même pas le temps de la connaître, c’était l’une des douze volontaires tirés au sort, une balle en plein cœur alors qu’elle visait. Tué aussi Francis, il était arrivé avec le même groupe, un volontaire qu’on avait posté rue Haute mais il a jugé bon de sortir et de venir jusqu’à la place pour nous appuyer quand la fusillade a commencé. Une balle dans le cou. Geoffroy est salement blessé à la tête, Germain dit que c’est plus impressionnant que grave, un garçon dont j’oublie le nom a perdu un doigt, à part ça des éraflures. Et ici ?” “Juliette est blessée au pied, Paul a été touché au bras, peut-être sérieusement, Germain vient de monter. Ah, il faut prévoir des brancards, qu’on transporte les blessés au dispensaire, là-bas il y a davantage de matériel.”

“Je fais une bonne tisane de thym, annonce Mme Barthélemy, il reste du gaz.”

Lucile revient auprès de Juliette, je monte voir Paul. J’interroge du regard Marie qui fait une mimique

sans heureusement creuser plus profond. Il est sonné mais plutôt fier lui aussi de l'attention qu'on lui témoigne. S'il a su utiliser la kalachnikov, il ne s'en vante pas. Son épouse, Annette, une petite dame vive, le regarde comme un vainqueur d'Austerlitz.

Pas assez de recul pour estimer l'impact de cette matinée sanglante. On ne se remettra pas d'une telle violence de sitôt. Là c'est surtout la sidération. Les jours prenaient un cours, sinon tranquille, en tout cas régulier, dans le propos bien intégré par chacun de préparer l'hiver. Avec le risque aussi de se laisser entraîner dans une routine qui évite de penser, en tout cas limite les pensées négatives (comme disaient autrefois ces foutus livres de "développement personnel"). La confrontation aux prédateurs nous a ramenés à la réalité brutale d'un présent plus menaçant encore que la mauvaise saison à venir.

On ne va pas poster en permanence des guetteurs sur le chemin de Méolane mais il est probable que, pendant des semaines, on vivra en tendant l'oreille, des fois qu'il viendrait encore un bruit de motos du côté de l'Eau salée.

Les corps des assaillants ont été transportés dans un garage.

Aux Chasseurs, dont une petite salle est convertie en chapelle ardente, tout le monde rend une dernière visite à Jeanne et Francis. Il y a plein de fleurs. Mme Faure a apporté les deux chandeliers de l'église. Assise dans un coin elle murmure des prières, quatre ou cinq lui répondent. Beaucoup pleurent.

On a aussitôt prévenu Méolane. Il paraît que la gendarmerie ne sait plus où donner de la félicitation. Denis, à moitié ironique, dit qu'on leur a retiré une très grosse épine du pied. Confirmation affreuse : le groupe anéanti aux Serres a bien incendié une grange avec deux personnes dedans. Je me demande si leur accorder la fosse commune n'est pas un privilège excessif. Ils seront enterrés à l'extérieur du cimetière, là où la vieille Mme Blanc menait ses trois chèvres il y a longtemps.

Méolane encore : il est prévu un déplacement chez eux dans quelques jours. Les émissaires y resteront un moment pour aider à mettre en place la constitution des "communautés", l'inventaire et la gestion des ressources, des connaissances, etc., ils sont au moins dix fois plus nombreux que nous et le temps presse. Les motos avec remorque vont nous être très utiles, il y a encore de l'essence dans les voitures immobilisées. On espère rapporter du matériel médical, peut-être des médicaments, du papier, etc. Le troc redevient le mode naturel d'échange des biens, on ne pense même plus à un usage quelconque de la monnaie (faire des objets avec le métal des pièces ?).

J'ai appris autre chose ce matin : quand Marie, il y a trois ou quatre jours, disait qu'elle ne manquait pas de sang-froid, ce n'était pas de la vantardise. Je l'ai vue dans son rôle de médecin, le moins qu'on puisse dire c'est qu'elle le tient solidement. Ce n'est plus la fille épuisée qui nous hélait à une fenêtre des Blaches mais la décision et l'efficacité mêmes. J'ai à domicile le meilleur exemple possible de rigueur. Pas sûr que je n'en sois pas intimidé.

4 septembre, 14 heures

Jeanne et Francis ont été enterrés ce matin. On voyait à peine leur cercueil en lambris de récupération sous les fleurs de la fin d'été, cosmos, zinnias, dernières roses. Ce sont les premiers à mourir d'une violence extérieure après la Montée des Eaux. En trois semaines il est mort plus de gens aux Serres que durant les quarante dernières années. Tout le village était là y compris ceux des écarts. Matteo a dit que Jeanne et Francis s'étaient engagés pour la défense de ce qui justifie nos efforts quotidiens contre la peur et l'infamie meurtrière. Jeanne, arrivée de Montpellier où elle étudiait le chant, a aussitôt compris vers quoi on tendait, elle a partagé le projet des Serres comme la bonne raison de relancer sa vie. Elle allait monter une chorale au village. Francis venait de Grenoble, il était en stage au Pas d'Âne dans le cadre d'une formation d'accompagnateur en montagne.

Je voudrais, a dit Matteo, qu'on voie toujours en eux le meilleur de nos attentes, qu'on garde encore plus confiance maintenant que la leur s'est faite absolue. Jeanne et Francis sont morts pour la patrie du partage, ce à quoi on tient le plus.

Une chorale improvisée, accompagnée par deux guitares et un accordéon, a chanté du Brassens. Le monde dans sa dureté et ses brèves clartés continue de durer.

4 septembre, 21 heures

Je garde le papier blanc pour l'école, j'écris au dos des vieilles factures trouvées au grenier en cherchant le fusil. Marie dort ce soir chez Mme Barthélemy. On a préféré laisser les blessés là où on les a soignés, le dispensaire ne peut pas les accueillir tous, on sait maintenant qu'il faut l'agrandir et surtout améliorer ses capacités d'accueil. L'état de Juliette, Paul et Geoffroy est stable.

Germain a fait une liste du matériel qu'il espère voir rapporter de l'hôpital de Méolane. On a enterré les agresseurs sous une bâche et deux mètres de terre. Gilbert dit qu'il va graver une plaque en mémoire de la "bataille des Serres", sans rien sur les "ennemis" sauf leur nombre, et "quand même une croix parce que nous on est humains".

Pas franchement le moral. On est encore beaucoup trop dans le sillage du monde disparu (toujours la métaphore aquatique). Même si les voitures sont à l'arrêt, les tracteurs continuent de rouler, les tronçonneuses coupent le gros bois. On a encore des allumettes et du papier, des lampes solaires, et ce stylo à bille. On cuisine au gaz. On mange toujours des produits venus d'avant. On ne s'est pas vraiment essayés à l'apprentissage des techniques hors électricité alors qu'on devra se mettre à tisser la laine des brebis, s'instruire à la traction animale, etc. Les limites de notre fonctionnement réapparaissent brutalement avec les blessés d'hier : si Paul avait eu une artère sectionnée, aurait-on pu le sauver ? Le matériel médical qu'on rapportera peut-être de Méolane va élargir les possibilités de soins mais n'empêchera pas la fin des remèdes industriels.

Hier, je me suis rendu compte à quel point on manque de désinfectants, antihémorragiques, antibiotiques. Que sait-on de l'efficacité (éventuelle) de la poudre de lycoperdon contre les hémorragies ? Et les résines ? Oubliées en Occident depuis des lustres mais encore employées chez des "peuples de la forêt", certainement à réexpérimenter. J'ai rouvert un livre très fiable de Denise Delcour sur la médecine populaire en Briançonnais à la fin du siècle dernier, il cite la résine de mélèze pour "les coups", en cataplasme mais aussi par voie orale : "Mon père est tombé pendant les travaux d'un pont, avec sa hache, de très haut. On lui a fait boire de la résine diluée. Ça l'a guéri." Comment "diluer" de la résine ? Il faudrait aussi trouver un alambic mais on ne distillait pas beaucoup par ici.

Aucune plante antibiotique en réserve, que ce soit chardon béni ou piloselle, l'échinacée pourrait couvrir pas mal de problèmes externes mais où en trouver la graine ? Sans doute pas à Méolane qui est à deux cent cinquante mètres plus haut que Les Serres, nos saisons sont décalées. Le lichen d'Islande ? Et la transmission des connaissances ? Comment continuer à former des médecins, des chirurgiens, etc. ? L'école est censée reprendre dans les prochains jours, les enfants en ont marre des vacances. Maintenant ils jouent à repousser des envahisseurs !

On doit débattre rapidement de ces questions, même si la préparation de l'hiver est la priorité. Déjà qu'on risque de se retrouver à court de ressources bien avant avril. La masse de problèmes à résoudre dans les deux mois qui viennent décourage de seulement y penser (déjà dit).

(Un quart d'heure plus tard.) Pas le droit de maugréer, ni surtout de baisser les bras. Je suis en vie, et d'accord avec le principe de confiance d'abord, confiance d'abord, confiance d'abord. Je vais quand même aller voir s'il ne reste pas un fond de fond de quelque chose d'alcoolisé au fond du fond du placard. La vieille eau de coing éventée ?

5 septembre, 8 heures

L'idée de nous transporter tous à l'ancienne colonie de vacances de Berle est abandonnée. Trop difficile de convertir au bois la chaudière à fuel, sans parler de l'isolation quasiment inexistante, du toit qui fuit, de la distance à parcourir plusieurs fois par jour par beaucoup, etc. Après quelques aménagements, davantage démolition que construction, le rez-de-chaussée de la grande bâtisse servira de bergerie et de grange. Voilà les brebis casées. Reste à répartir les humains pour l'hiver entre le plus petit nombre possible de relativement grandes maisons. On a récupéré une douzaine de poêles suffisamment efficaces. Il reste deux mois pour que les groupes s'organisent, ce qui peut entraîner bien des discussions, sinon des conflits. Les gens qui, comme moi, restent à leur domicile devront en héberger d'autres en fonction de la place dont ils disposent. Comme je suppose qu'on va continuer de partager le même lit Marie et moi, je pourrai accueillir une ou deux personnes, en tout cas deux au-dessus de la réserve aux plantes. Cet hiver, du moins, nul(le) ne devrait souffrir d'isolement.

5 septembre, 18 heures

La vie reprend, pas comme avant. Je nous crois plus présents les uns aux autres. On a gagné en gravité, et, semble-t-il, en attention réciproque, quelque chose s'est dissipé de l'hébètement du mois d'août. Quand on se croise sur les chemins on se parle plus longtemps. La mort de Jeanne et Francis nous rapproche, c'est aussi une tristesse de le constater.

Chacun retrouve ses tâches plus ou moins urgentes. Les réserves alimentaires des Chalus ont été réparties dans plusieurs maisons du village, au sec et au frais. Les armes et munitions sont dans un lieu tenu secret. La troisième cave n'est pas encore ouverte, à croire qu'on laisse traîner pour accroître la surprise, beaucoup supposent une cache de drogue. On a aussi trouvé des choses intéressantes dans plusieurs autres maisons forcées : conserves, médicaments, outils, livres, etc. On espère encore tomber sur un dictionnaire d'agriculture du XIXe siècle, voire du XVIIIe, avec des planches et les explications nécessaires pour pouvoir reprendre les techniques de l'époque. Peut-être à Méolane ? Même si elles prolongent l'illusion que l'ancien monde ne va pas finir comme ça, ces découvertes contribuent à lisser l'humeur générale. Et puis, non, le vieux monde ne va pas finir comme ça. Les produits et denrées périssables confirmeront bientôt leur finitude mais pas mal d'objets persistent, ou bien ils trouveront de nouvelles fonctions. Ce n'est pas très compliqué de produire du charbon de bois, d'équiper une forge. Un jour on remodèlera le métal.

Penser dès maintenant à dégager l'emplacement d'une ancienne meule dans un bois favorable.

Les tracteurs tourneront encore quelques semaines, assez pour les labours et semailles. Demain, Bernard vient nettoyer une parcelle à l'abandon vers les anciens jardins. Un demi-hectare de bonne terre arrosable où mettre en culture des médicinales importantes. On va déjà extirper les ronces et les graminées coriaces. Ensuite labour peu profond, bon hersage, premiers semis. On fumera plus tard entre les lignes.

Les blessés sont rentrés chez eux, sauf Juliette dont la mère et la sœur habitent en face, Mme Barthélemy la dorlote, le pied blessé désenfle. Paul, le bras droit toujours en écharpe, réfléchit à la conversion du poulailler en production d'œufs mais la race qu'il élève ne s'y prête guère. Les poules sauvées des eaux pourraient y aider. Geoffroy, plus sonné que le jour de sa blessure, contribue à l'épuisement du stock de paracétamol.

En me relisant j'ai l'impression d'avoir cédé à une hâte vaguement mensongère. Avant-hier j'écris qu'"on ne se remettra pas d'une telle violence de sitôt". Deux jours après son passage, le cyclone est-il déjà en passe d'être oublié ? Possible que notre engagement obsessionnel dans l'action annule ou du moins éloigne et atténue les événements du passé proche. Je me sens à des siècles de la bataille sur la place. Et tout à l'heure j'ajoute que "la vie reprend" mais "pas comme avant". Non, sûrement pas comme avant, quelque chose de décisif a eu lieu aux Serres avant-hier mais sans doute n'est-il plus possible de rien ajouter à l'épreuve du 12 août, on y a largement fait le plein d'effroi, de terreur, de tout ce qu'on voudra de terrible. Aussi difficiles soient-ils, les chocs ultérieurs en deviennent relatifs. Ils reviendront à la surface plus tard, quand la nouvelle vie aura mis à distance le cataclysme fondateur. Les tombes de Jeanne et Francis entreront un jour dans les récits, elles vont traverser les années plus sûrement sans doute que ces pages.

Demain beau temps probable, le moment de monter au Grand Bargès ramasser l'alchémille. Prévenir Bernard que je m'absente. Les filles proposent que Joseph nous accompagne. Comme Maya et Adèle il est arrivé de rando le 17 ou le 18 août, il a envie de se mettre à l'herboristerie. Quatre jeunes en formation ! Pour ce qui concerne mes savoirs, la transmission semble assurée (pour autant que le transmetteur ne disjoncte pas).

6 septembre, 21 heures

C'est Marie à la manœuvre ! Noé a eu la mauvaise idée de glisser sur un rocher et de s'abîmer la main droite, pas de fracture mais une entorse du pouce sans déchirure de ligaments (j'espère). Il a la main enflée, il a mal, il ne peut plus écrire pendant quelque temps. Germain lui a fait l'attelle du siècle avec des lattes en cannisse et des lanières de drap, non sans l'avoir tartiné avec la "pommade contre les contusions" conseillée par le blessé lui-même. Là, l'herboriste me lance "tu peux noter qu'on a fait une belle récolte d'alchémille et que j'ai même trouvé des fleurs d'arnica sur un replat acide, assez pour le bocal de teinture que j'ai réussi à préparer en rentrant ?" En bonne secrétaire, je note, appréciant au passage la précision "replat acide" qu'il doit être le seul d'entre nous à comprendre. Je précise qu'il est avachi sur un fauteuil, les pieds sur une chaise, épuisé par les quelque cinq heures de marche de sa journée, avec, au retour, arnica frotté sur la main et ballot de plantes sur le dos. Heureusement qu'on arrive en fin de saison.

Vue du bord de la première (en ancienneté) médecin du village, ladite journée a consisté d'abord à s'enquérir de l'état des blessés. C'est Juliette qui pourrait inquiéter, la plaie de sortie de la balle se draine mal. J'ai enlevé les strips et laissé la lésion ouverte, pour le moment. Ceci étant, l'œdème et la douleur régressent, pas de fièvre. Paul craint tellement de relancer l'hémorragie qu'il évite le moindre mouvement du bras, on l'invite à bouger les doigts comme s'il pressait une balle de tennis pour activer la circulation et prévenir la stase veineuse. La plaie de Geoffroy commence à se réparer, mais il faut voir, les diabétiques cicatrisent difficilement. La perte de la phalange distale de l'annulaire droit chez Arthur, suturée avec du fil de coton trempé dans l'alcool (!), évolue bien. Maintenant l'entorse de l'herboriste : il dit (à raison) que ça (qu'il) ne pouvait pas tomber à un plus mauvais moment !

Même s'il est peu probable qu'on ait encore à traiter autant de problèmes en même temps, il va falloir réfléchir à des substituts corrects. Par exemple, pour drainer, est-ce qu'il est possible de remplacer le vieux crin de Florence en soie par du crin tout court prélevé sur un cheval (?), stérilisé avec les moyens du bord ? Je crains que ça favorise le développement bactérien. Voir avec Germain, un discret qui semble en connaître un bout.

Ce qu'on nomme pompeusement le “dispensaire” a montré ses limites. Est-ce que ça vaut le coup de l'aménager mieux ? Pour le moment, disons qu'on en fait l'entrepôt du matériel médical. L'inventaire des ressources, c'est plus reposant que les questions de soins sans réponses claires ou sans réponse du tout. L'herboriste a suffisamment raconté les manques, présents et à venir, pour que j'en rajoute. Allez, on va repartir du XVIIIe siècle avec les connaissances du XXIe mais sans les moyens de les mettre en œuvre. On est les marins d'un porte-avions qui se retrouvent sur un trois-mâts, des experts en électronique incapables de larguer une voile.

Eh, Marie, tu as dit que tu n'en rajoutais pas ! Après tout, la traversée entre Blaches et Serres a bien été accomplie par des marins d'occase et tu es là pour en parler ! Le XVIIIe siècle amélioré vaut mieux que l'abandon au désespoir du XXIe. Tu approuves, Noé ? Ta confiance ressassée, au bord de l'inquiétude, me convient davantage que l'exhortation bête à ne pas lâcher. Sur ce, au lit !

7 septembre, 7 h 30

Noé dort encore, sa capacité de sommeil me sidère. En décembre, est-ce qu'il s'endormira à 17 heures ? Je suis remontée en arrière dans son récit. L'herboriste est économe d'effets (malgré son langage châtié), avoue ses faiblesses, reste modeste quand il pourrait se mettre en valeur. Cette position simple me le rend encore plus sympathique. Bonne occasion d'en donner un portrait rapide : ni grand ni petit, mince et plutôt noueux, brun bouclé, (volontairement ?) mal rasé, yeux bleus tirant sur le vert (ou l'inverse), bouche du genre gourmand et souriant, mais le bonhomme est plutôt réservé, sinon timide, parleur peu prolixe mais excellent chroniqueur à la fidélité bien contrôlée. Même s'il dit ses écrits moins durables que les tombes de Jeanne et Francis, je suis prête à parier que, dans un siècle ou deux, leurs tombes resteront connues grâce à ses écrits.

Allez, je bois mon chocolat imaginaire accompagné de deux toasts bien beurrés non moins virtuels et je repars faire ma tournée. À 10 heures, on se voit avec Germain, aux Chasseurs où il y a tisane à volonté quasiment toute la journée (mais pas de croissants). On va discuter de ce qui a marché et cloché le 2 et les jours qui ont suivi. Noé, je te laisse gérer les bains locaux dont tu m'as parlé. Si ça ne va pas, préviens !

7 septembre, 21 h 30

Tu as eu raison d'attendre mon retour pour le pansement, je ne te vois pas bien tenir la bande et fixer les épingles à nourrice de la seule main gauche. Ta "pommade contre les contusions" ne montre pas encore d'efficacité mais non plus d'inconvénients. On va voir dans les jours qui viennent.

Et moi, aujourd'hui ? Surtout l'échange avec Germain. En ce qui concerne les événements du 2, on s'est dit que notre intervention n'avait pas si mal marché que ça, c'est surtout le matériel qui a manqué. Il va de soi qu'on ne peut faire ni radio ni échographie, ni installer de perf, ni suturer comme il faut, etc. Peut-être sera-t-il possible d'obtenir quelque chose du côté de Méolane, mais de toute façon ça restera limité. Comment va-t-on faire quand on se trouvera devant une appendicite à opérer en urgence ? On bute déjà sur l'anesthésie. Est-il possible d'opérer un enfant sous morphine, quand on en a ? Pas mal de contre-indications et de problèmes, dit Germain, dépression respiratoire, anurie, etc. Il faudra voir si on a le produit sous la main. Au dispensaire, pour le moment, on s'en tient à l'entrepôt du matériel et des remèdes.

Il faut que j'essaie de ne pas seulement relater des histoires médicales. Toi tu parles d'autre chose que de tes activités d'herboriste (mais bien peu des gens), tu es d'ici, tu y as des amis depuis l'école primaire, c'est ta famille. Tiens, puisque je te relaie dans cette chronique des jours difficiles, je termine ce soir par une fiche (brève) de présentation comme tu l'as fait en commençant :

Marie Papillon (c'est pas une blague !), née en 1991 à Marseille. Célibataire sans enfants. Famille engloutie. Je passais quelques jours de vacances dans un gîte aux Blaches, où Noé, Julien et Matthieu nous ont récupérés moi et mon chat.

Docteure en médecine (toujours à Marseille), je devais me spécialiser en gynécologie. Interne dans un service d'urgence (entre autres).

Nature fonceuse mais capable de déprime. Joue vaguement du piano.

En formation, d'une part aux nouvelles conditions d'exercice de la médecine, d'autre part à la pharmacopée végétale (avec Noé). On ne cesse pas d'apprendre, même sur les archipels !

Partante (avec Germain) pour mettre en place dès que possible des cours de secourisme et une formation à la médecine en raccourci. Les grandes lignes du savoir doivent rester aussi nettes que possible, ce qui n'est pas gagné d'avance. L'équipe municipale se chargera de trouver les postulants. Pour Germain et moi c'est un engagement à tenir sur deux ou trois ans.

J'adhère entièrement au projet des Serres.

8 septembre, 7 heures

Absents de tes chroniques, Noé : les autres. Je sais que c'est difficile, sinon impossible, de leur rendre à tous leur singularité, d'en parler pour eux-mêmes, pas seulement quand les chemins se rencontrent à un moment du travail, sinon pour la défense de la communauté. Qui sont Élise, Maya, Adèle, Julien, Matthieu ? Même toi qui es d'ici tu ne pourrais pas les raconter tous. Tu me connais un peu, mais pas du tout celles et ceux qui se sont retrouvés coincés aux Serres. Ils n'ont pas rencontré la tranquillité avec la certitude qu'ils n'étaient pas morts. Les fiches descriptives c'est une bonne chose, mais on n'arrête pas les gens à ça. On ne peut pas les résumer en aussi bref et les inviter dans la foulée à se joindre au groupe qui devrait par principe les rassurer mais auquel ils restent étrangers. Il faut leur donner la parole.

On en a discuté avec Germain. Il propose des entretiens avec ceux qui le souhaitent. Il a fait une psychanalyse, il croit pouvoir écouter, sinon conseiller. Je pense que ça lui ferait du bien à lui aussi. C'est un travail de plus mais Germain n'est pas engagé comme toi et moi, en tout cas pas encore, dans des occupations qui remplissent les journées. La première des thérapies serait de faire écrire à chacun son histoire, tu vas dire qu'il faut économiser le papier mais je ne crois pas que ce soit le bien le plus rare. Si les gens n'arrivent pas à se raconter, on peut le faire avec eux.

On est la société de l'an 1 des Serres. Pour une fois qu'on peut nommer chaque personne, savoir un peu de son histoire et de ses attentes. Pour qu'un jour on puisse dire "ils étaient ça, la confiance qu'ils invoquent était portée par ces gens-là". Ça concerne autant les natifs que ceux qui se sont retrouvés ici comme moi, ils ont perdu tous les repères d'avant au point de ne plus savoir qui ils sont. Puisque tu viens de te lever, je te relis ça à haute voix ? Tu dis que tu n'y as même pas pensé, comme si la fiche d'inventaire de la population suffisait à la rassurer, la population !

Et tiens, voilà une bonne occupation pour tes jours sans main droite : tu vas interroger les nouveaux habitants, les jeunes d'abord, ceux qui s'imaginaient une histoire très loin de ce présent, tu as vu comme ils font bande à part ? Il ne s'agit pas de leur attribuer des rôles ou des tâches supposés réparateurs mais de les aider à se retrouver comme des personnes avec une histoire propre, à poursuivre sans autres drames. Tu sauras leur expliquer le projet des Serres, c'est davantage qu'un programme de survie. De toute façon, Montée des Eaux ou pas, il fallait s'engager dans cette direction-là.

Attends, je note ce que tu me dis. "Tu as complètement raison Marie, j'ai la tête dans l'herbe, je ne pense qu'à ça, c'est important de récolter l'alchémille même en se faisant une entorse au pouce, mais davantage encore d'écouter les gens. Vraie aussi, ma fixation sur le manque de papier. Je vais profiter de la pause forcée pour faire du porte-à-porte, chez les nouveaux venus déjà, en commençant par Juliette et Arthur."

Noé, qui m'a relue, me demande d'ajouter une précision à propos de la teinture d'arnica (voir la chronique du 6) : "Comme on n'a pas d'alcool absolu ni même à 90°, j'ai employé un alcool de fruits à 40° (butin des Chalus). Ça ne donnera donc pas une teinture-mère orthodoxe mais on ajustera. Je remue le bocal tous les jours pendant deux semaines. C'est la seule teinture dont je ferai des dilutions homéopathiques."

Allons bon ! Va-t-il aussi falloir prendre l'homéopathie au sérieux ?

8 septembre, 21 heures

Témoignage de Juliette, rédigé par elle cet après-midi à la demande de Noé.

"C'est Juliette Mattei. J'ai seize ans et demi, deux ans de plus que ma sœur Pauline. On habitait

Marseille. Je comptais m'inscrire en biologie à Saint-Jérôme et puis faire médecine et partir en missions dans l'humanitaire. On est les filles de Magali la cheffe des cuisines. On avait loué un gîte aux Serres jusqu'au 20 août pour s'éloigner de la foule des plages, on a fait des balades super, on s'est baignées dans des trous d'eau, c'était trop bien.

Tu sais ce qui est arrivé la nuit du 11. C'est impossible de parler de ce jour-là, il n'y a pas de mots. Quand on s'est retrouvés sur la place le matin avec tous les gens silencieux, c'était comme un film de science-fiction devenu vrai tout d'un coup. Je nous ai vus comme des figurants à qui on vient d'apprendre que ce n'est plus un film mais la réalité. On ne comprenait rien.

J'étais en première, j'ai passé sans problème le bac français. Maintenant tout ça c'est fini. Est-ce qu'il faut dire ce que j'ai perdu encore ? Tout le reste de ma famille, mes copains du lycée, et Sergio, mon ami, on sortait ensemble depuis janvier. Je ne reverrai jamais les photos de cet été. Et il a fallu encore cette guerre dans le village. En même pas trois semaines j'ai vécu presque la fin du monde, on m'a prise en otage, on m'a blessée, on allait me tuer si Paul n'avait pas tiré d'abord. J'ai peut-être vieilli de cinquante ans, je ne me regarde pas dans les glaces. La nuit, je fais des rêves terribles mais ils ont l'air de s'atténuer, peut-être grâce aux tisanes de Mme Barthélemy.

Malgré ça, ici, il y a de la bonté, l'envie de continuer en se respectant le mieux possible les uns les autres. Avec des nuances quand même. On doit être plus d'une trentaine d'ados aux Serres, ou de jeunes adultes comme on disait, presque tous des visiteurs du mois d'août qui se retrouvent résidents sans doute définitifs du jour au lendemain.

Tu l'as forcément remarqué : on fait bande à part, on se met toujours ensemble aux repas, on se retrouve au jeu de boules, les gens doivent penser qu'on se rassure les uns les autres mais c'est bien plus que ça. Pendant la journée, dans les diverses équipes, tout le monde est sympa avec nous, si on se plante on nous montre comment faire. Mais ce n'est pas ça qu'on veut, ce qu'on veut c'est avoir nos propres rôles, prendre des initiatives, gérer des tâches de A jusqu'à Z, même s'il faut nous expliquer au début. Par exemple il y a des terres à défricher, un tracteur peut passer une fois et on se charge du reste.

Ce n'est pas parce qu'on vient du lycée, quelquefois du collège ou de la fac, qu'on doit rester à l'écart ! Si vous nous regardiez d'un peu plus près, vous verriez qu'on rassemble beaucoup de connaissances. Parlons pas du numérique ! Tu sais que Johan avait commencé une formation de charpentier, que Lola est une forte en maths ? Des choses comme ça. Vous parlez de transmission mais elle n'a pas encore commencé. Il faut relire les fiches ! Nous on a des savoirs tout frais, on peut aussi enseigner à notre niveau, faire l'école. Mais ce qu'on demande d'abord, c'est être ensemble le plus souvent possible.

En fait je n'ai pas beaucoup parlé de moi, c'est plutôt bon signe. Les copains me rendent visite, ils m'apportent des fleurs, surtout des champs, les dernières. Un de ces jours on va faire des propositions dans le sens de ce que j'écris ici. On finira par trouver le bon fonctionnement.

J'ajoute que notre mère est super. Tu la connais aux fourneaux des Chasseurs où elle fait des prouesses, mais il y en a aussi de moins visibles. Nous pousser de l'avant ma sœur et moi compte davantage pour elle que sa propre peine. C'est une grande chance qu'on ait pu s'arrêter aux Serres, je ne suis pas sûre qu'on aurait pu commencer à se reconstruire ailleurs.

Mon pied va mieux. J'espère être à peu près guérie pour la Saint-Michel."

Je te laisse transmettre à l'équipe municipale, Noé. Le témoignage de Juliette affirme qu'il faut tenir compte en vitesse de l'existence de sous-groupes dans le groupe, on n'est pas un kolkhoze, c'est bien ce qu'a dit Léa le premier jour ?

J'ai refait ton pansement. Impression que l'œdème régresse mais en ce qui te concerne je ne suis pas sûre de mon objectivité.

Pour demain, tu me demandes de te fixer un stylo à bille avec du scotch sur les deux dernières phalanges de l'index. Tu prétends que ça va te permettre de reprendre l'étiquetage des sachets. Tu serais pas un peu dingue ?

Moi, aujourd'hui, j'ai revu les blessés, poursuivi le tri des médicaments, essayé des systèmes de stérilisation. Quand il n'y aura plus de gaz ce sera compliqué. Avec Germain, on a tenté de dresser la liste des choses les plus indispensables qu'il faudrait rapporter de Méolane. Le peu qu'on a retenu c'est bien sûr déjà trop, il s'agit de matériel stratégique maintenant. C'est Germain qui va à Méolane, dans le domaine il s'y connaît mieux que moi. À propos, est-ce que tu sais que Carole, sa fille, est pharmacienne ? Elle pourra peut-être aider à la préparation des remèdes, elle va aussi à Méolane.

Mais ça suffit pour ce soir. Je passe encore la parole à un jeune.

(Rajout du 8 septembre)

Témoignage d'Arthur, rédigé cet après-midi lors de la visite de Noé.

"J'ai l'impression d'être devenu tout à coup très intéressant avec ma phalange en moins. Si j'avais perdu la main, ce serait le tapis rouge et la couronne de laurier ? Non, j'exagère, c'est juste surprenant de devenir visible après un mois à essayer de se faire remarquer le moins possible.

Peut-être que je me suis porté volontaire pour me faire remarquer. Non, c'était plutôt pour me sentir des vôtres, pour devenir l'un des vôtres. Ça aurait pu arriver sans la nécessité de perdre un bout de doigt je suppose.

Les précisions sur mon identité ? Arthur Desmoulins, dix-neuf ans. Je commençais un cursus d'agronomie avec l'intention de me spécialiser dans la bio. Mon frère Eliott était en voyage au Népal quand c'est arrivé, il est probablement toujours en vie mais se reverra-t-on jamais ? Le reste de ma famille a disparu. J'aime autant ne pas donner de détails. En août on avait organisé une randonnée dans le Queyras avec les copains de Lyon. En se retrouvant à Méolane, comme on avait pris une certaine avance sur le programme, on a décidé de passer le col des Trois Cabres et on s'est retrouvés aux Serres le 12. Dans la nuit, pas la peine de préciser.

C'est une grande chance qui nous a fait arriver aux Serres. Vous vous y prenez plutôt bien avec ce merdier fantastique, pas sûr qu'on aurait trouvé la même intelligence ailleurs. J'ai envie de m'engager dans votre projet pour aussi longtemps que ce sera possible. Et j'ajoute que pour vous aussi c'est une sacrée chance de nous avoir parce que, même si nous ne sommes pas tous de l'agro, on a la terre dans le sang et la terre a besoin plus que jamais de gens comme nous. On est tombés pile sur une expérience en vraie grandeur !

Il y a aussi nos demandes. La première est qu'on ne soit pas dispersés dans les maisons et les équipes. Ce n'est pas qu'on le vive mal, tout le monde est super sympa. Mais on a besoin de rester entre nous. Au lycée ou à la fac on est tout le temps ensemble, on part en vacances ensemble, on monte des projets ensemble, on a envie de continuer à fonctionner comme ça. Une autre chose qui nous rapproche, une chose dure, c'est qu'on a presque tous perdu nos parents et nos proches, on n'a pas besoin d'en parler, on sait ce que ressentent les autres.

Il faut des actions destinées à la trentaine de jeunes qui se sont retrouvés ici (et ajouter ceux du pays), on a beaucoup de connaissances à partager, des idées à appliquer, on ne veut pas disparaître comme groupe d'âge. Si on peut occuper ensemble deux ou trois maisons ça nous fera un territoire à nous. On doit pouvoir réaliser des projets qu'on prend en charge entièrement, en cohérence avec les intentions générales. Vous n'avez pas pensé à tout, nous non plus.

J'espère qu'on pourra en parler bientôt avec l'équipe municipale.

À part ça, il me reste assez d'annulaire pour enfiler une alliance. Personne n'en parle, mais trente jeunes, ça fait aussi dix ou quinze couples possibles. Vieux monde, tu n'as pas fini d'en baver !"

Tu as vu ça, Noé ? Ça recoupe ce que nous dit Juliette. Vous, les anciens, levez un peu le nez du sillon pour répondre à la demande des jeunes ! Arthur a raison de dire que reconnaître les différences est un enrichissement. La société des Serres ne va pas devenir anonyme, je suppose, mais elle ne s'est pas encore regardée elle-même. Tu vois à quoi ça mène de se faire une entorse au pouce droit ? Et attention : ce n'est qu'un début !

Dimanche 9 septembre, 7 heures

New York est sous huit cents mètres d'eau. L'histoire du XXIe siècle a rejoint celle des dinosaures. Hier soir un satellite a traversé le ciel en direction est-ouest. Je me suis demandé si quelqu'un sur Terre pouvait s'intéresser aux signaux qu'il émet probablement toujours en direction de notre silence. Ça m'a fait penser aux gens de la station spatiale. Ils ont vu l'envahissement des continents par les eaux. Ils savent que leurs réserves de nourriture s'épuisent, qu'ils vont mourir de faim. La technologie la plus avancée ne les préserve pas. Est-ce qu'on peut se pendre en apesanteur ? Il doit suffire d'ouvrir une écoutille.

Cette nuit, Noé a rêvé tout haut. Il disait, criait presque sur un ton de reproche "Anne, ne pars pas, mais ne pars pas !" Toi aussi je dois te nommer, mon absent, pour m'assurer un peu mieux chez les vivants.

Il faut une cérémonie commémorative. Je vais proposer qu'on vienne dire en public le nom de nos disparus sans forcément rien ajouter de plus, qu'on rassemble un à un les visages engloutis, qu'ils soient là un moment avec nous. Même si le deuil est trop vaste il faut l'entreprendre pour empêcher que la douleur mine en silence jusqu'à provoquer de nouveaux effondrements.

Noé descend. Je lui lis ma prose du matin. Il dit "je ne me rappelle pas avoir fait ce rêve, ce qui m'habite de plus dur finit par me devancer, peut-être que ça n'a même plus besoin de moi. Pour la commémoration, il y a déjà eu des propositions, Julien l'avait évoquée aux Chasseurs à la fin août, les événements ont mis tout ça à distance. Oui, ton idée peut nous aider à commencer le deuil. On en reparle à midi".

9 septembre, 14 heures

J'ai vu Julien en début de repas. Il avait pensé à de petits bateaux en papier posés sur l'eau, le soir, chacun avec une lumière. Il avoue que c'est nul, une vraie cérémonie pour touristes. Surtout on ne veut rien avoir à faire avec les eaux mortes de chez les mortes.

L'énoncé des noms, tu l'imagines où ? Sur les marches de la mairie, là où Matteo vous avait parlé le matin du 12 ? J'étais encore coincée aux Blaches, tu es le mieux placé pour te le rappeler. On se retrouve là où les gens se sont réunis la première fois. Julien a une voix qui porte mieux que la mienne, donc il a dit que c'était un peu court question délai, les événements des derniers jours l'expliquent, il s'agit juste de dire les noms de ceux que nous avons perdus, on partage leur présence, on se libère un peu du poids. Dans l'ensemble les gens sont partants, sans élan particulier mais une fois lancés les témoignages aideront à l'allègement, j'en suis sûre. Comme je suis sûre que ce sera un moment difficile.

Transmis les témoignages de Juliette et Arthur à la mairie. Qu'ils proposent une réunion avec les jeunes.

9 septembre, 21 h 30

Tu as fait quoi de ta journée, Père Noé ? On s'est à peine croisés à midi. Je ne te vois pas occupé à ronger ton frein. Tu dis que tu as participé au nettoyage de la parcelle dégagée par Bernard, qu'il est grand temps de commencer les plantations. Tu arraches les ronces de la main gauche ? Pardon si je me moque, je sais que tout est urgent, et c'est vrai qu'il vaut mieux une seule main que pas de main du tout. Tu penses que le terrain sera prêt à quel moment ? Vers le 15 si tout avance comme prévu. La pluie de ce soir va rendre le sol plus souple.

Et moi ? Lectures laborieuses (dont l'un de tes livres de phyto, Noé, il m'est tombé des mains, ça nous fait remonter au XVIIIe siècle !). Visites aux blessés. Pas de nouveaux problèmes, même si Juliette cicatrise lentement. Il faudra qu'on parle d'antiseptiques à défaut d'antibiotiques. Ce n'est pas si simple dis-tu. Quand tu veux. Il faut pouvoir compter sur au moins un bactéricide d'usage externe. Il n'y aura pas toujours de l'alcool, et il vaut mieux pour la désinfection des mains que pour les plaies. Tu penses qu'il faut voir du côté des résines, elles ne sont pas solubles dans l'eau, ça complique leur emploi.

Oui, il y a des essais à faire, l'expérimentation revient partout maintenant, y compris dans les actes hier encore machinaux. Tu dis qu'on a tellement ironisé sur les plantes médicinales, ou qu'on les a cantonnées au labo au lieu d'en faire l'essai clinique. L'hégémonie industrielle ne supportait aucune concurrence, aussi marginale fût-elle. Et maintenant qu'il n'y a plus de remèdes industriels il faut faire avec des manuels de phytothérapie dont on dirait qu'ils se sont entendus pour répéter les mêmes choses vagues. Tu es complètement d'accord avec ça : il faudra noter de façon détaillée tout emploi qu'on va faire des plantes, établir des fiches précises de suivi des traitements, qu'à terme on puisse au moins distinguer l'efficace de l'inutile, et préciser l'efficace. On trouvera un éditeur plus tard !

Chaque chose en son temps, disait-on avant. On est passé à toutes choses en même temps. Ça me donne envie d'aller dormir. Mon portable éclaire encore grâce au sac à dos photovoltaïque, pense à t'en servir pour recharger le tien, tu vas peut-être recevoir un appel du Tibet, sait-on jamais ?

10 septembre, 7 heures

Comme c'est une fille en intérim, je vais parler d'un truc de filles. On va faire comment pour les règles ? Dans mon sac j'ai encore une boîte de tampons entamée. En Sibérie, les femmes employaient de la mousse sèche, ça tenait lieu d'éponge. S'il y a de la mousse par ici, c'est surtout en altitude, il faudra voir. Pour le moment, réquisition des vieilles serviettes de toilette et découpage en bandes. J'ai découpé des kilomètres de tissu ces derniers temps. Parlons pas de la lessive sans savon. Robinson n'a jamais eu à s'interroger là-dessus. Question subsidiaire : où peut-on acheter des graines de lin et de chanvre ? Car un jour on aura forcément tout découpé.

Pas davantage aujourd'hui.

11 septembre, 21 h 30

Journée galopante. Le gang qui fracture les maisons de vacances a fini par venir à bout de la troisième cave des Chalus. Comme plusieurs l'avaient supposé, elle cachait de la drogue, beaucoup. Pour s'y retrouver, on a fait appel à l'expertise de Carole la pharmacienne, fille de Germain. Héroïne, cocaïne et, plus intéressant, des kilos de morphine-base et divers appareillages et produits pour la convertir en héroïne : une manufacture de chnouf en pleine nature ! Comment un tel bastion du trafic de stupéfiants a-t-il pu se constituer et fonctionner sans doute pendant plusieurs années à deux kilomètres d'un village, sans attirer l'attention plus qu'une villa un peu cossue ? La morphine est particulièrement bienvenue si on parvient à en tirer des formes au moins d'emploi oral, sinon injectables. On ne parlait que de ça ce soir. La perspective d'un recours contre les pires souffrances physiques rassure.

Avec Lucile, j'ai repris l'aménagement problématique du dispensaire. On a rassemblé un bon nombre de remèdes dont à peu près la moitié n'a pas dépassé la date de péremption (on conserve aussi ceux qui l'ont dépassée d'un an ou deux...). Pour l'instant, on ne va pas manquer d'alcool, même si on s'arrête à 60°. Pour la désinfection courante on dilue l'eau de Javel récupérée dans les cuisines. Il faut déjà penser à des moyens de distiller.

Noé passe beaucoup de temps à pester contre ce qu'il ne peut pas faire. Il est allé cueillir des repousses d'achillée dans les prés au-dessus de la rivière (je ne sais pas son nom, elle coule peu en ce moment). Selon lui c'est un remède antihémorragique, utile aussi sur les ulcères de jambe. Il va falloir que j'intègre tout ça, et expérimenter, vérifier, noter ! Sa main semble aller mieux, il n'y a probablement pas de déchirure des ligaments, faut-il l'attribuer à la pommade à la consoude qu'il s'applique matin et soir ? Je vais devoir faire avec des médocs sans AMM, dont chaque prescription sera un test. Désormais, invention de, plus que retour à la pharmacologie végétale clinique (a-t-elle jamais existé, du moins en Occident ?). On attend encore quelques jours pour libérer le pouce, Noé, tu seras peut-être de nouveau un droitier actif à la Saint-Michel !

12 septembre, 17 heures

C'est Manon qui a parlé la première, elle était arrivée avec le même groupe qu'Arthur. On avait mis un gros bouquet devant la mairie, les fleurs du moment, asters et cosmos, plus belles encore d'être les dernières. Matteo avait passé l'écharpe tricolore, c'était la fois émouvant et surréaliste, comment penser encore en termes de nations, d'États, de pays ? La commune était là au complet, Juliette assise sur une chaise, Paul et son bras (ankylosé) en écharpe, Geoffroy avec sa tête de Bédouin, et tous les autres.

Elle a dit (à peu près) “ici, la plupart des gens de mon âge sont orphelins. Ça ne se voit peut-être pas au premier abord, Les Serres c'est un orphelinat à ciel ouvert mais on y est respectés, tout le monde s'efforce de nous accompagner, on a eu beaucoup de chance, je vous dis merci, merci, surtout qu'un bon nombre d'entre vous sont aussi en deuil. De toute façon je ne peux pas citer tous ceux que je ne reverrai plus, maman et papa, mon petit frère Gilou, mes oncles et tantes, mes nièces, ma grand-mère Sophie, ma copine Claire, ça fait déjà beaucoup. Quand il y a trop de morts on n'a pas assez de larmes, et pourtant, vous voyez…". Elle s'est caché le visage dans les mains, beaucoup de gens pleuraient, moi avec eux. "On parle quelquefois de nouvelle famille pour les orphelins, je ne vais pas dire que vous remplacez ma famille, pas du tout, ici c'est une famille pour les gens perdus, elle fait du bien, on est heureux de s'être retrouvés chez vous, merci les sœurs et les frères."

Moi, sans que je sache bien comment, je me suis aussi retrouvée à côté du bouquet, j'ai dit à peu près que j'avais été sauvée aux Blaches par un radeau de la Méduse conduit par Julien, Matthieu et Noé (dans la foule, ils me font des grimaces), que j'y avais perdu deux copains, et ailleurs mon ami Blaise, mon ami Blaise (là j'ai forcément pleuré, je ne me rappelle pas), et ailleurs mes parents, ma petite sœur Lou, et tant d'autres, on a tous tellement de noms. J'ai dit aussi, comme Manon, comme bien d'autres, que j'avais eu la chance incroyable de me retrouver aux Serres, chez des humains, que ça valait le coup d'essayer de recommencer avec des gens comme vous.

Les gens ont parlé pendant près de trois heures. Il y a eu beaucoup de noms et de pleurs. On s'est retrouvés dans une brume de noms où le drame s'estompait un peu. À mesure que l'après-midi avançait, de plus en plus de ceux qui s'étaient promis de n'être là qu'en spectateurs montaient les deux marches. Le pari du partage des peines était gagné, un soulagement venait sur les visages, la foule de nos morts émergeait un moment, rencontrait les vivants entre deux sanglots, s'apaisait en nous allégeant.

Matteo a dit quelques mots justes comme il sait faire, et puis il annonce, moitié pleurant moitié riant, que la commune propose quelques bouteilles qui proviennent du pillage des villas par le gang municipal, que c'est un luxe ponctuel mais à la hauteur de l'émotion, qu'on ne doit pas s'attendre pour autant à l'ouverture d'un bistro de pays dans le village.

C'était la transition qu'il fallait. On a plus ou moins séché nos pleurs, on s'est rapprochés des tables à tréteaux, où, miracle, apparaissent des bouteilles et des verres. On se détend, on se parle, on boit, jus de fruits pour les enfants, apéro pour les adultes, il y a même des chips et des cacahuètes. Les goûts de l'ancien monde rencontrent celui des larmes et, pour quelques minutes, une heure, un jour, le dispersent. Cela vaut mieux que tout requiem.

À la tombée du jour, n'en déplaise à Julien, nombreux étaient celles et ceux (celleux ? Comme ces crispations semblent absurdes aujourd'hui) qui, avec des pages d'annuaires téléphoniques et autres catalogues, ont fait des bateaux en papier et sont allés là où la route de la vallée disparaît sous les eaux pour lancer une petite flottille sans avenir chargée d'amour sans fin. Chaque navire emportait un cosmos, un aster, des pétales de zinnia ou de rudbeckia (Noé m'a dit les noms). Un inhabituel vent du sud a poussé la mini-armada vers le large. La cérémonie aurait fait détourner la tête aux pires démons des eaux glauques.

13 septembre, 21 heures

Léa, Carole, Denis, Germain et Matthieu sont partis pour Méolane ce matin sur trois des motos récupérées. Celle conduite par Matthieu tire une remorque qui bringuebale et déséquilibre la conduite. On a fait le plein en siphonnant deux voitures. Ils apportent les denrées qu'on peut encore partager : riz, pâtes et même un jambon des Chalus, alcools doux, plantes médicinales choisies par Noé, surtout thym et sureau, le mélange qui m'avait sortie du "coup de froid" (comme disent tes livres, l'herboriste !), où il voit un recours utile contre les grippes à venir. Se sont ajoutés en dernière minute cinq paquets de morphine à l'intention de la pharmacie, et un sac de grains de seigle, une céréale de terres maigres plus à sa place chez eux qu'ici, dit Sébastien, il va quand même en semer une parcelle dans les jours qui viennent mais c'est long à venir, il faut semer fin septembre.

De l'autre côté du col, les aliments vont surtout prendre une valeur symbolique, que représentent-ils pour plus de deux mille personnes ? Denis et Matthieu aideront les Méolanais à faire le point sur l'inventaire des ressources et des connaissances, la distribution des tâches, etc. La situation là-bas est bien plus compliquée que la nôtre. On en saura davantage dans quatre jours.

Ce soir, coucher de soleil d'anthologie sur cette eau qu'on ne veut pas voir. Je n'ai pas pu m'empêcher de le faire remarquer à Noé, non sans évoquer, avec le plus de tact et de circonlocutions possibles, les rapports entre son prénom, la nouvelle Arche des Serres, le mont Ararat déjà atteint, le crépuscule annonciateur, etc. Contrairement à mes appréhensions, il a beaucoup ri, m'a tapé sur le bras (avec la main gauche), a trouvé les phrases bien construites dont il est spécialiste. “Eh oui, c’est superbe, ça ignore complètement le désastre en dessous, ça nous ignore complètement, mais que sait-on des intentions d’un coucher de soleil ? Que sait-on de celles des Eaux qui ont tout noyé ? Tu as raison de me rappeler qu’il y a toujours ce truc qualifié de beauté. En fait je n’osais pas te dire que je trouvais ça magnifique, moi aussi.”

14 septembre, 7 h 15

On ne pourra pas empêcher que des pans entiers de la connaissance se perdent. Moi, par exemple, qu’est-ce que je peux transmettre de ce que j’ai appris en dix ans d’études ? Où sont les profs, les livres, la biologie, la génétique, les stages dans les divers services, le matériel, l’imagerie médicale, les remèdes ? Faut-il s’efforcer d’enseigner ce qui n’existe plus ? C’est impossible d’empêcher le rétrécissement des savoirs dans à peu près tous les domaines de la pensée comme des techniques, idiot d’espérer les perpétuer à l’identique.

Maintenant, la position lucide c’est se demander ce qu’on peut conserver de maîtrisable. En médecine, forcément l’anatomie, la physiologie (sans microscope), la pathologie (dans ses grandes lignes et pas à pas), la thérapeutique (plus ou moins du XIXe siècle). L’important, beaucoup plus que s’échiner à répéter l’inutile, c’est inventer, introduire de la nouveauté. On ne peut pas faire un présent un peu solide avec seulement des restes de passé, et non plus perpétuer des connaissances forcément déconnectées de tout l’arrière-plan technique disparu.

Il va falloir construire une médecine le plus possible appropriée à ces temps rétrécis, elle ne devra pas obéir à l'ordre universel de rétrécissement. Elle sera loin de répondre à tout, il faudra faire l'impasse sur des maux qu'on savait guérir, mais il ne sera pas interdit d'innover, d'autant plus que le nouveau monde va sûrement connaître de nouvelles pathologies (d'autres disparaîtront). On est dans le bouleversement complet des repères, forcés d'en établir d'autres pour ne pas stagner. La transmission à laquelle il faut s'atteler ce sera aussi construire un savoir neuf, sinon c'est l'extinction assurée des connaissances.

En parallèle, ne surtout pas oublier l'expression artistique, elle a su se réinventer en permanence sans dépendre forcément des états précédents. Paul Klee naît douze ans après la mort d'Ingres ! (Pas d'ordi pour vérifier, c'est de cet ordre.) Le monde qui nous revient oblige à un saut de même nature. Ça vaut pour la peinture, la musique et la poésie aussi bien que pour l'agriculture, la médecine ou l'enseignement. Serons-nous assez inventifs ?

Voilà un sujet à mettre autant que possible au-devant des doutes et des appréhensions. Je dois en parler avec Noé. Et là je me demande si l'écouter ou lire ses textes ne m'a pas déjà influencée : ce que je viens d'écrire a un ton dogmatique où je ne me reconnais pas trop. Marie, attention à ne pas devenir une femme sous influence !

14 septembre, 21 heures

Les bergers sont descendus au ravitaillement. Leur vie là-haut sans téléphone ni radio, loin de tout échange, redevient pareille à celle de jadis. Deux jeunes les ont rejoints il y a une semaine. Vincent est devenu lointain, il ne te regarde pas quand on se parle disent ses copains, j'espère qu'il va tenir encore un mois. Il a approuvé la conversion de la colonie de vacances de Berle en bergerie (où les travaux avancent bien), du moins sait-il où ira le troupeau cet hiver, et qu'il pourra compter sur du fourrage. Magali leur prépare des plats à réchauffer. On les charrie en leur disant qu'ils peuvent se rattraper avec les myrtilles (s'il en reste encore).

À propos de plats : pas mal d'entre nous supportent mal le manque de petit-déjeuner. Mais on n'a pas de pain, rien pour le remplacer. Pour le moment, dit Magali, je propose de cuire des espèces de galettes avec la semoule trouvée aux Chalus, ça durera ce que ça durera. On pourra aussi démarrer la journée plus tard, on avance le repas de midi à 9 heures et celui du soir à 18 heures, on ne fait qu'une pause d'une heure à midi où l'on avale un truc trompe-la-faim mais je n'ai que de la tisane à vous offrir. Ça peut aller avec les jours qui rétrécissent.

Au passage, un coup de chapeau à Magali : elle tient la gageure de nourrir deux cents personnes deux fois par jour avec des produits dont on ne sait pas d'où elle les tire (d'un chapeau magique ? Ou alors la table se charge toute seule comme dans les contes ?), et malgré les redites (en ce moment, retour fréquent de la soupe aux nouilles), elle y ajoute au quotidien une bonne dose d'inventivité. Huit personnes la secondent.

D'un côté constat du manque, mais d'un autre une trouvaille qui pourra peut-être aider à compenser. Les jeunes qui explorent les ruines ont visité l'ancien moulin du Bèveron au-dessus de Pierregrosse, pas si ruiné que ça disent-ils, même si le bief est envahi par les ronces, la roue (en fer, horizontale) enfouie dans les détritus, etc. À l'intérieur les meules sont toujours en place et le mécanisme semble en bon état. La situation du bâtiment, aujourd'hui à distance des chemins carrossables, a pu prévenir les dégradations. Toutes les vitres ne sont pas cassées ! Les ex-futurs ingénieurs de l'équipe envisagent une remise en état, pas impossible assurent-ils.

D'intérêt plus immédiat : la quinzaine de fûts métalliques de deux cents litres entreposés sous un hangar attenant, bien fermés, pleins de grain d'il y a au moins quarante ans. Comment ont-ils pu rester là aussi longtemps en bon état (seuls deux fûts sont détériorés) ? Cette question intéresse moins les agriculteurs des Serres que la conservation éventuelle de l'aptitude germinative : des expériences de levée sont déjà en cours. Car il s'agit de blé tendre panifiable, variété complètement abandonnée par ici au profit du blé dur, expliquent-ils. Le plus tout jeune Sébastien croit se rappeler qu'un paysan de la vallée en avait cultivé il y a longtemps et qu'il ne savait pas quoi faire de sa récolte, insuffisante pour intéresser un silo. C'est peut-être sur celle-ci qu'on est tombés. Du coup le village se met à rêver de pain (sinon de gâteau à Noël), même si le moulin n'est pas prêt à se remettre à moudre. Le grain abîmé intéresse le poulailler de Paul.

Noé continue à recueillir les récits, moi à fourgonner au dispensaire et à visiter les blessés. Juliette est sortie d'affaire, son pied cicatrise bien mais la blessure restera vilaine. Chez Arthur, le doigt se répare sans autre problème. Le bras de Paul, toujours engourdi, ne peut pas compter sur la kiné, je lui conseille des extensions progressives et de ne rien porter de lourd. Sur arrière-plan diabétique, la blessure de Geoffroy n'évolue pas bien, je ne peux que lui conseiller de surveiller ce qu'il mange mais côté régime on est tous à la même enseigne, sur large base de glucides. Les protéines sont plutôt ornementales. Encore une question à se poser : qu'est-ce qu'on fait des pathologies chroniques quand on peut seulement en traiter les symptômes ? Chez Geoffroy, comment trouver un succédané au tulle gras, faut-il essayer la poudre de ce plantain que Noé appelle "badasson" ? Il le dit efficace contre les plaies qui cicatrisent mal. Comment stériliser une poudre ? Dans un bocal bien fermé au bain-marie ?

Assez pour ce soir, et la lampe vacille. Noé dort déjà.

15 septembre, 7 h 15

Les jeunes prennent possession de leur quartier. Ils occupent cinq maisons voisines au bord du village côté ancienne route de Chorgues. Ils ont enlevé ou déplacé du mobilier, démonté et remonté des lits à étage de la colonie de vacances. La mairie, malgré les limites en carburant, consacre un vieux fourgon moins gourmand qu'un 4×4 au transport des choses lourdes. Du coup on a rapporté de la colonie, en sus d'une douzaine de lits, deux poêles et leur tuyauterie, non sans en arriver à un poids suffisant pour racler la bande herbeuse du milieu de la route. "Vous inquiétez pas, m'a lancé Arthur quand je suis passée les voir hier, on n'installe pas un lieu alternatif contestataire, qu'est-ce qu'on pourrait contester, mais c'est un espace à nous d'où il sortira forcément des idées renversantes, alors accrochez-vous !"

Une chose à rajouter, demande Noé, à propos des hirondelles. Celles qui habitent les étables de Matteo, Bernard et Sébastien sont parties vers le 8 septembre, et voilà que certaines reviennent, elles ne retrouvent pas le chemin du pays où elles vont l'hiver, pour autant que ce pays émerge encore, elles se remettent à tourner au-dessus des prés comme si c'était le printemps, elles sont complètement perdues. Que feront-elles quand il n'y aura plus le moindre insecte ? Certaines vont-elles survivre ? Elles, en tout cas, n'ont pas à être punies. C'est dégueulasse, dit Noé, oui, c'est dégueulasse.

15 septembre, 21 h 15

J'ai surpris Noé à monder (comme il dit) des plantes en se servant de la main droite. Il a rougi comme un enfant attrapé la main dans le sac, et a cru bon de se disculper avec une histoire tordue. "Je te jure que je ne saisis rien, je tiens les tiges avec les quatre doigts valides, j'enlève les feuilles avec la main gauche, j'ai ôté le bandage pour qu'il ne se retrouve pas plein de feuilles cassées." Pour le culpabiliser un peu plus, j'ai dit qu'il était un grand garçon responsable sachant ce qu'il faisait, que comme amie je n'avais aucun reproche à lui faire, par contre, comme médecin, je déplorais qu'il n'ait même pas attendu deux semaines au cas où le pouce l'aurait exigé, qu'on ne pouvait pas vraiment savoir puisqu'on n'avait pas de radio. "Montre voir" j'ai ajouté.

Il m'a tendu la main, c'est vrai que l'œdème est presque résorbé. J'ai appuyé un peu là où ça doit faire mal quand le tendon fléchisseur est touché. Je lui ai demandé de plier le pouce très doucement, ce qu'il arrive à faire, la sensibilité locale se maintient, pas d'atteinte neurologique. "Tu sais, je lui ai dit, quand on sait bien ce qui se passe, on commence la rééducation très tôt pour éviter l'adhérence du tendon au canal digital, sinon le risque est élevé d'immobilisation définitive du doigt, en tout cas quand on ne peut pas réopérer. Tu peux reprendre l'usage de la main entière, mais avec prudence, donc tu es à moitié pardonné !" Là j'ai vu qu'il baissait la tête, regardait ses pieds. "Ça va, Noé ?" Il a fait oui de la tête mais je voyais bien que ça n'allait pas. "Qu'est-ce qui se passe, hein, dis-moi ?" Toujours la tête baissée il a répondu à peu près que ça n'était rien, que, bon, je lui avais pris la main, c'était une sensation en train de se perdre plus sûrement que la mobilité du pouce, on était devenus des espèces de moines occupés à plein temps à réparer un monde en ruine, on se transformait en êtres abstraits, désincarnés, et merde, je me sens de plus en plus proche de mes plantes sèches, c'est juste un coup de déprime, ça va s'arranger, merci Marie, merci.

Alors j'ai pris (doucement) la main blessée pour lui donner un baiser.

Dimanche 16 septembre, 8 heures

Noé à la plume. J'écris clandestinement pour ne pas me faire gronder, et aussi parce que ces mots auront un ton plus personnel que ne le permet une chronique destinée (comme on sait) à la publication. Marie, partie en catastrophe voir un enfant qui pourrait démarrer une appendicite, n'en aura pas connaissance, ou alors bien plus tard.

Je me relis et vois déjà comme c'est un détour tordu pour dire que le geste de Marie hier soir a beaucoup remué l'herboriste. Qu'elle lui tienne la main dans une intention médicale l'avait déjà ému. Je suis trop réactif mais surtout autocomplaisant quand je me fabrique des histoires. Peu probable que les gens des Serres se voient comme des êtres abstraits, sûrement pas les jeunes dans leur nouveau quartier. J'invente un renoncement général pour contourner ma propre difficulté à reprendre pied dans la réalité.

Marie n'est pas seulement une personne capable de s'engager pleinement dans les situations extrêmes, une fonceuse fragile comme elle se décrit, c'est aussi une miraculée devenue miraculeuse sans que je veuille le reconnaître, chercher à me neutraliser ne l'efface en rien. On se connaît depuis un mois, où je me suis efforcé de ne pas la voir. La fidélité à Anne, le regret d'avoir perdu Gaspard ne me demandent pas d'oblitérer le présent (ce tellement fugace !), ou alors je suis de ceux qui nient toute possibilité de futur : peut-il jamais arriver à se construire sans que les propositions du présent soient entendues, aussi imprécis que soit le présent ?

Je dois déjà à Marie l'écho du portrait qu'elle a fait de moi l'autre jour :

Brune aux yeux bleu clair, plutôt grande (elle me dépasse de 2-3 centimètres), traits affirmés avec sourcils un peu froncés qui lui donnent un air décidé même sans rien à décider, nez presque droit, bouche très mobile autour d'une ligne de lèvres à la fois intelligente, grave et moqueuse, tout cela dans un ovale pas forcément parfait, un peu hâlé, avec marges de cheveux courts hâtivement coupées. Portrait attestant que j'ai bien regardé le visage, serait-ce à mon insu !

Et puis je laisse cette page à la place qu'elle ne voulait pas occuper. Inutile de chercher à me défiler, en plus. Tu la liras donc, Marie.

16 septembre, 21 heures

Toujours le même. Marie est restée au dispensaire à surveiller l'enfant opéré dans l'après-midi. Je suis allé à Pierregrosse prélever des pieds de bardane, les plus jeunes possible, qu'il va falloir installer dès demain. Je fais de mon mieux pour ne pas solliciter le pouce mais ce n'est pas évident de déraciner des bardanes avec la seule main gauche. Sébastien, qui cure une ancienne bergerie au cas où (avec trois jeunes pour l'aider), a déversé avant-hier une pleine remorque de litière sèche au bord du champ. Elle a sûrement perdu beaucoup d'azote depuis le temps mais ça conviendra à la bardane et au marrube. On a préparé une planche d'environ cinquante mètres carrés. Mise en place demain.

Les réserves de gasoil baissent dans les fermes. Et la traction animale est encore loin de remplacer le moteur thermique. Ceux qui s'occupent de la conversion coupent en deux, à la cisaille et à la scie à métaux, une vieille deuche et une 4L reléguées sous des granges pour en équiper la moitié arrière de brancards. Les chevaux de trait restent à trouver. Il me vient des images de la campagne ukrainienne des dernières années du XXe siècle ; là-bas, ceux qui sont épargnés par la Montée des Eaux conservent au moins la traction hippomobile, le matériel et les savoirs associés.

Marie fera le bilan de la rencontre Les Serres-Méolane.

17 septembre, 21 heures

La délégation à Méolane a rapporté de quoi gérer le problème de Sarah. La maman est arrivée en catastrophe hier matin au dispensaire, sa fille avait très mal au côté droit du ventre. Les signes étaient cohérents, d'interprétation facile (même sans confirmation scanner), mais que faire ? Pas d'ATB pour contenir l'inflammation, on ne pouvait qu'attendre. J'ai demandé qu'on prévienne Germain dès son arrivée, qu'il passe au dispensaire s'il rapportait de quoi opérer. Vers 14 h 30, à son entrée dans ce qui tient lieu de salle d'op, sans lui laisser le temps de prononcer un mot je lui ai dit dépêche-toi de prendre ta douche, il y a une sorte de pyjama aussi propre que possible dans la penderie, tout est désinfecté au maximum. On a transporté l'enfant dans la salle d'intervention (qu'on n'appelle quand même pas "le bloc"), on lui a dit de ne pas s'inquiéter, que ce n'était pas grave, ce soir elle n'aurait plus mal. À la maman on a répété la même chose, surtout pour nous rassurer Germain et moi. On n'avait que de la morphine et pas sous une forme appropriée. Germain a dosé au mieux, la petite s'est vite endormie. Ne parlons pas des surveillances cardiaque et respiratoire. Méolane avait fourni des kits de matériel (jetable, on va le conserver après stérilisation), des fils de suture, dont résorbables, du drain, des masques et des gants. Ça a été rapide, l'intervention ne présentait pas de difficultés particulières, Germain est d'une grande dextérité, il en a profité pour bien m'expliquer le protocole et les gestes. Pour désinfectant, un fond de Bétadine avec date de péremption limite. La fillette s'est réveillée en disant qu'elle avait encore un peu mal mais moins. Je suis restée dormir sur place. Ce matin, pas de fièvre notable. Sarah a recommencé à boire peu à peu dans la nuit. À 7 heures, Lucile m'a remplacée.

Pas l'énergie ce soir de résumer la visite à Méolane. Mieux vaudrait en charger quelqu'un(e) de l'équipe, mais avec le ton que prend maintenant cette chronique ! Ça m'amuse, Noé, qu'on communique par écrit tout en dormant côte à côte. Le nouveau monde invente bien des paradoxes. C'est vrai qu'on avance tous plus ou moins sur un fil, une main qui se tend vers nous déstabilise plus qu'elle ne rassure. À force, on pourrait s'imaginer avec un parachute dans le dos, plus occupés à vérifier s'il tient bien qu'à prendre conscience d'une terre qu'on n'a même pas quittée. Il faut cesser de vivre avec la peur de tomber, même dans des bras, non ? Est-ce que, maintenant, la fidélité n'obligerait pas à tirer le regret vers l'avant pour le convertir peu à peu en cette fameuse confiance que tu te plais à invoquer ?

18 septembre, 14 heures

Sarah va bien. Pas de fièvre. La maman nous a étreints en pleurant, témoignage de reconnaissance qui n'était pas d'usage à l'hôpital !

En ce qui concerne la visite à Méolane, j'en ai demandé un résumé à Léa, pour (ai-je dit) le journal que tient Noé de ce qui se passe depuis le Déluge.

À propos de nos attentes médicales l'apport est notable puisqu'on n'avait rien. Outre ce qui est cité plus haut il nous est donné : peu de médicaments, mais deux stéthoscopes, un tensiomètre manuel, du matériel d'examen basique mais aussi gynéco (peu), des outils chirurgicaux, quelques vieilles seringues en verre stérilisables avec leur jeu d'aiguilles, quatre ou cinq sets de perfusion, deux cathéters veineux et une vingtaine de seringues (naguère) jetables. Le dispensaire s'est donc étoffé, il peut recevoir les problèmes à son niveau. Quant à ceux qui le dépassent… Il est grand temps de bien définir les quelques plantes de base.

Dans un tout autre domaine : les parents de Lucile, ceux au radeau qui médusait, annoncent qu'une de leurs quatre chèvres a mis bas un cabri (hors saison). Ce sera le bouc du futur troupeau, pas sélectionné pour des qualités laitières mais un nouvel élevage peut démarrer.

18 septembre, 21 h 15

Rapport de Léa sur la délégation à Méolane :

“Quand on n'est pas habitué à faire du trial, le dos en prend un sale coup. On est donc arrivés là-bas assez démantibulés. C'est vrai que le chemin devient vraiment mauvais côté nord.

L'accueil a fait oublier la route. Il y avait plein de monde, on criait « bravo Les Serres », « merci Les Serres » ! On a fini par comprendre que c'était en rapport avec la guerre d'il y a trois semaines. En tout cas vous pouvez être sûrs que notre village est entré dans la légende, ils nous ont reçus en héros de western ! On nous a servi un vin de myrtilles vraiment très bon (surtout quand on a oublié le goût du bordeaux).

Notre séjour a été fastueux : on dormait chez les gens, dans des chalets pas vraiment style coucou. Et, j'ose à peine le dire, on a eu du café et du pain au petit-déj' ! Sans beurre, le pain, mais, moi en tout cas, avec un miel excellent !

La situation est tendue là-haut, on sent qu'ils craignent des mois difficiles. Nos suggestions, quand ils nous ont rendu visite, ont été la plupart entendues. Mais ils sont nombreux. Ça n'a pas été simple de répartir les gens, d'autant plus que l'habitat est pas mal dispersé. Sans oublier les réticences des fatalistes ou des après-moi-le-délugistes qui ne veulent pas entendre parler d'actions collectives ni de bien commun. La redistribution de la population se met quand même en place, avec les cinq ou six hameaux pour repères de base. Cet hiver, ils prévoient d'occuper des immeubles récents zéro énergie. Ils ne manquent pas de bois, hêtre en particulier, ni de poêles aptes à brûler des bûches. La question de la nourriture reste préoccupante. Quelques pillards ont compris l'absurdité de ce qu'ils avaient fait et restitué leur butin, mais ça ne va pas compenser les manques.

Le passage des réserves du congel au bocal est loin d'avoir bien fonctionné. Moralité : pas mal d'aliments gaspillés dans les premiers jours. Dès la fin août ils ont interdit l'usage de la voiture individuelle sauf urgence. La station-service au supermarché en bas du village avait fait le plein peu de jours avant la catastrophe. En économisant au mieux, les tracteurs et autres engins indispensables peuvent compter sur peut-être une année de carburant.

Il ne reste que cinq agriculteurs sur un territoire bien plus vaste que nos terres émergées à nous, et ça concerne surtout vaches et foin. Ils s'arrachent les cheveux quand on leur dit qu'il faut absolument semer des céréales tout de suite. À part l'un d'eux qui avait un contrat pour du seigle, ils ont oublié ce qui n'est pas en rapport direct avec le troupeau. À part le foin, et encore, ils achetaient tout à l'extérieur. Comme chaque ferme possède un silo d'orge destiné aux bêtes, Denis a suggéré d'en réserver la moitié pour le semis (mais est-ce de l'orge d'hiver ou de printemps ? Ils ont aussi du « triticale » ; si j'ai bien compris c'est un hybride de seigle et de blé, pas du tout sûr comme semence). D'ici là, sélection des parcelles, labours, etc., ce qui met la grosse pression côté sillons. Le cultivateur d'orge a un semoir, et du gros pain sur la planche. À propos de pain, j'ai bien été obligée de dire que l'orge ne s'y prête pas mais aussi que tout l'Himalaya en fait des galettes. Au pire on le mange en bouillie.

Côté jardins et graines de légumes, c'est pas l'abondance non plus mais l'inventaire n'est pas terminé. Comme ils ont plus d'eau que par ici, les jardins sont beaux, on a vu pas mal de poireaux et de courges aux abords des hameaux. Les éleveurs vont privilégier la production laitière et le fromage. Quant au millier de brebis qui pâturent en altitude, il faut leur trouver le gîte et le couvert pour la mauvaise saison. Comme chez nous, ce sera la ressource alimentaire majeure. Denis a expliqué l'importance de ramasser bientôt les feuilles de frêne, un arbre courant aussi par chez eux.

Une chose à dire à propos d'animaux : depuis l'an dernier Méolane héberge un petit élevage de chevaux de Mérens, une bête de trait rustique, bien adaptée aux régions montagneuses. Il serait possible d'en échanger un contre un couple d'ânes.

L'inventaire des compétences en a bien sûr fait apparaître de nombreuses. Pour ce qui concerne la santé, vous savez déjà qu'il y a un dentiste à Méolane, une pharmacie, deux médecins, des infirmières, trois kinés. Une anesthésiste et un chirurgien sont plus ou moins associés à la clinique de la station de ski mais ils ne venaient que l'hiver. Je n'ai pas bien compris la nature de cette espèce d'hôpital en campagne, à la fois maison de convalescence et clinique saisonnière. Vous savez que la population pouvait s'élever jusqu'à dix ou douze mille personnes aux vacances de février ? La station, un drôle de truc vu les circonstances, a pas mal de ressources, les restos des réserves, tout ça difficile à gérer, la répartition est loin d'être faite. Il est probable que certains dissimulent encore de la nourriture.

Ce qu'on avait apporté les a surpris et plutôt amusés (la fourmi qui offre un cadeau à l'éléphant !). On ne peut pas partager un jambon cru, même gros, entre dix fois deux cents personnes ! Si j'ai bien compris, ils le tireront au sort entre les groupes, quand les groupes seront à peu près constitués. La morphine intéresse beaucoup la pharmacienne qui pense pouvoir en obtenir une forme injectable. Elle et Carole ont beaucoup discuté de la préparation des remèdes, se revoient dès que possible. Ils n'ont pas d'herboriste comme Noé, dont la visite est espérée bientôt, son enseignement aussi, au printemps. Ils souhaitent lui envoyer deux ou trois jeunes en formation. Noé, tu dois penser sérieusement à mettre en place l'Institut de phytothérapie des Serres (IPS), avec le soutien financier des instances publiques départementales et régionales of course.

Ce qu'on était peut-être le plus fiers de rapporter, c'est les cahiers, les crayons, et les livres scolaires périmés dont les instits ont volontiers débarrassé le fond des armoires.

Je laisse à Germain la relation des contacts entre médecins.

Les gendarmes, maintenant assignés là-bas pour des lustres, diversifient leurs fonctions, transportent les malades ou les gens âgés, font circuler avis et décisions municipales, donnent un coup de main aux inventaires et aux collectes, etc. De gardes champêtres et surveillants routiers, ils sont passés à l'assistance tous azimuts. En signe de reconnaissance, la mairie leur donne l'une des bouteilles venues des Chalus. Tentative de corruption des représentants de la loi ?

L'échange avec Méolane est vraiment positif pour les deux parties. Ils ne sont pas tirés d'affaire, ils n'ont pas la chance de s'être retrouvés comme nous dans un équilibre presque déjà établi entre population et ressources, ni d'avoir choisi le principe du partage avant qu'il devienne absolument vital. Mais on est là pour les conseiller !

Denis en dira plus long aux Chasseurs, dans les jours qui viennent.

Détermination et courage à toutes et tous !

Léa."

Ce serait bien de réunir plusieurs contributions comme celle-ci. La chronique témoignerait alors d'autres regards que des nôtres, même si, dans toute œuvre collective, la cohérence tend à régresser à mesure que le nombre des contributeurs augmente (ouh là ! encore une remarque façon Noé !). Le mieux serait sans doute de passer le relais quand nous, on en aura assez de courir.

J'avoue que la dérive intimiste me plaît : la liberté d'être soi finit par l'emporter sur l'obligation de raconter en général. D'ailleurs est-ce que je ne dis pas "nous" alors que je suis en intérim dans ces pages initiées par Noé, dont il ne parle à personne, si ce n'est par allusions (je le trahis encore en disant à Léa qu'il tient un "journal"...) ?

On communique par notes quotidiennes interposées, comme si un(e) domestique venait remettre chaque matin le billet de Madame à Monsieur et de Monsieur à Madame, alors que Madame et Monsieur se retrouvent parfois au petit-déjeuner. Voilà que le récit des suites de la catastrophe prend des tonalités de comédie de boulevard. Qu'on l'admette ou non, la vie retrouve un cours fantaisiste, avec tout à côté les trois quarts de la Terre engloutis, et elle nous utilise dans son plan de relance.

Je laisse ces mots à l'intention de Monsieur. Monsieur a-t-il passé une bonne journée ? Monsieur est monté chercher quelque chose dans la chambre et a déjà dû s'endormir. Depuis 7 heures il pleut bien.

19 septembre, 8 h 15

Noé au stylo-bille. Le pouce va vraiment mieux, j'arrive à le bouger sans que ça fasse mal. La pommade à la consoude n'y est sans doute pas pour rien. Je vais demander au docteur si, au bout de quinze jours d'immobilité, je peux abandonner complètement l'attelle et commencer les mouvements de rééducation (mais lesquels ?). De toute façon, je ne peux pas empêcher la main droite de reprendre du service, même réduit, il y a trop à faire. Hier on a planté la bardane et le marrube. S'ajoute une ligne de guimauve (éclats des pieds de mon jardin) au plus bas possible du terrain, là où le sol est profond et frais, pas loin du bassin à sec qu'il est possible de remettre en eau. La consoude va suivre. Je pense qu'il faut attendre au moins deux ans avant de commencer à récolter la racine de guimauve.

Marie fait sa tournée du matin. La blessure de Geoffroy l'inquiète. Il y a des plantes d'action antidiabétique comme l'olivier, l'épine-vinette, la feuille de myrtille et aussi la centaurée rude (où l'ai-je lu ?), mais pour quelle forme de diabète, à quel stade ? Je suis chargé de préparer du badasson en poudre. Je n'en ai que de l'année dernière, ramassé plus bas, on en trouve par ici mais peu. Ce plantain inconnu des livres est un cicatrisant de premier ordre, trop tard cette année pour en récolter les graines. Pour finir, la part de médicinales cultivées va excéder les récoltes en milieux naturels. La docteure exige que la poudre soit stérilisée dans un bocal au bain-marie, au moins une heure. Est-ce que ça suffira ? En tout cas l'ébullition va encore tirer sur le gaz. Elle prévoit ensuite une décoction et l'application du marc entre deux linges fins pour ne pas souiller la plaie. J'espère que ça marchera, d'abord pour Geoffroy mais aussi pour l'image de mes remèdes végétaux soupçonnés d'inefficacité.

On passe à l'automne, les cueillettes se raréfient. Il reste pas mal de plantes à multiplier, armoise, hysope, grande camomille, absinthe, etc. Je manque des graines de ces herbes bisannuelles dont je n'aurais jamais pensé à récolter les semences il y a deux ou trois mois, chardon-Marie, bouillon-blanc, plus ou moins bourrache, etc. ; je savais où les retrouver dans ce qui, tout naturellement, serait devenu l'an prochain.

J'ai repensé cette nuit à l'impact effrayant de la Montée des Eaux sur toute la vie terrestre. La plupart des animaux et des plantes ont disparu avec au moins 80 % de l'espèce humaine. Et qu'en est-il de la mer avec le changement d'état de l'eau elle-même ? Si elle est morte, les chances d'avenir sur ce qu'il reste de la Terre sont bien minces. Sur des îles perdues dans un océan pourri, toute idée de futur est vaine. Voilà des pensées négatives pour un début de journée. Il faut retourner au champ, planter, pailler, faire comme si le futur se refaisait vraiment un peu à chaque geste.

On nous pressait de vivre au présent, la formule magique ! Ça suffisait que les heures se satisfassent d'elles-mêmes, demain était un autre jour, etc. Aujourd'hui c'est seulement l'avenir qui compte, dès qu'on se lève on y consacre toute l'énergie au point de négliger le vécu, à peine si on s'interroge sur le sens de ce qu'on est en train de faire, tout va dans le même sens. En plus mes idées tournent à l'abstrait, je pourrais finir par ne plus être que de la théorie.

C'est moi qu'a commencé : j'ai envie de parler comme un enfant puisque tout est à reprendre à zéro. Quelle chance l'entorse au pouce, tu ne savais sûrement pas que c'était un traitement indirect de la cécité ! Comment supposer que ce journal du bord des eaux troubles deviendrait le serviteur éclairé qui remet chaque matin le mot de Madame à Monsieur, de Monsieur à Madame ? On les lit chacun de son côté, ils nous font sourire, ils reconstruisent du présent pas factice, on les garde chacun dans la poche où il y a peut-être la dernière pièce de monnaie ou le dernier ticket de métro, comme si rien de terrible ne s'était passé, comme si la vie continuait, parce que la vie continue. D'ailleurs dans huit jours c'est la Saint-Michel, on ira danser sous les tilleuls !

Pour le moment faire une poudre de badasson sans moulin électrique, avec mortier de marbre (?) et pilon en bois. Et après retourner au terrain.

19 septembre, 20 h 40
(Caducée sur mes genoux)

Selon tes conseils, Noé, j'ai mis la poudre de badasson à macérer pour la nuit, 5 grammes dans 150 grammes d'eau. Pour éviter une contamination quelconque au transport, je fais bouillir demain matin chez Geoffroy (où il reste du gaz), un quart d'heure à feu doux, filtration et préparation de la compresse. Tu as intérêt à ce que ça marche ! La blessure de Geoffroy n'est pas belle à voir. C'est le plus souvent au pied qu'on a des complications du diabète, ici tous les facteurs à prendre en compte ne peuvent pas l'être. On va traiter cette plaie en faisant comme si l'arrière-plan ne comptait pas.

J'ai aussi revu Juliette, son pied est quasi réparé. En un autre temps on aurait sans doute repris la cicatrice, mais bon, sous une chaussette on n'y verra que du feu. Je lui ai quand même conseillé de ne pas forcer sur la gigue le 29. Paul commence à déplier son bras. Pas de problèmes chez la petite Sarah.

Oui, Noé, c'est une réalité nouvelle. Je ne me vis plus seulement comme la survivante échappée par la fenêtre, après quoi je m'étais remise à faire des gestes comme la poupée des *Contes d'Hoffmann*. Maintenant la vie va au-delà de l'obligation d'agir pour ne pas penser. Tu m'as accueillie sans rien me demander, tu te retrouvais aussi seul que moi, j'aurais pu te servir de poupée plus ou moins manipulable sans même m'en rendre compte. On a fait tout ce qu'il fallait pour ne pas se voir, on vivait le présent à l'aveugle, moi avec le tri de fiches, toi avec tes redites sur le manque de papier, les choses secondaires prenaient toute la place, on ne se demandait pas pourquoi on restait vivants. On ne le comprend pas beaucoup mieux aujourd'hui mais on sait que la vie finit par s'oublier en tant que vie quand elle devient machinale, et alors on ne s'aperçoit même pas qu'on disparaît. Beaucoup d'entre nous ont l'air de faire le deuil d'eux-mêmes. J'espère que la Saint-Michel va nous secouer.

Je crois qu'on se voit en vrai toi et moi. Mon SOS a rencontré un secours presque anonyme, ensuite la réalité est réapparue sous la forme d'une main, la main a trouvé un regard, le regard s'est mis à chercher plus loin que la petite espérance des marmottes (entre parenthèses les marmottes n'ont pas perdu un seul guetteur !). Bientôt, tu vas voir, quand on aura envie de se parler on n'aura plus besoin de penser à l'épuisement des stylos-billes. Pour le moment, si tu es d'accord, on poursuit ce jeu qui amuse et fait du bien. Et surtout dis-moi si tu penses que j'en fais trop avec cette chronique où rien ne prévoyait des suites aussi étonnantes à la cueillette de l'alchémille !

Un mot à propos de Caducée : les restes des repas aux Chasseurs (quand il y a des restes) ne sont pas riches en protéines animales. Mon chat a oublié le goût des croquettes, il s'habitue aux croûtes de fromage (quand il y a du fromage), aux fonds de gratin de courge et aux restes de soupe. Il partage ce menu avec les trois ou quatre collègues du village que je le vois commencer à fréquenter. Surtout, je le soupçonne d'avoir été initié à la saveur des moineaux, en témoignent les petites plumes brunes sur le seuil, au matin.

20 septembre, 8 heures

Le blé tendre trouvé au moulin du Bèveron ne germe presque pas, trois ou quatre grains sur cent, et encore. Sébastien veut quand même en semer "cinq ou six kilos", dit-il, avec l'intention de récolter au moins quelques épis l'an prochain pour relancer une culture.

"L'épuisement des stylos-billes" n'a aucune importance puisque l'hiver à venir ne touchera pas aux réserves du cœur (c'est d'un niais !). La docteure me permet de commencer la rééducation du pouce. Écrire, dit-elle, est un exercice qui le sollicite peu, en tout cas moins que les méninges.

Avant de retourner au terrain je vais aller voir Mme Barthélemy et lui demander de raconter un peu sa vie. Par elle j'aurai accès à la société des gens âgés. Ils se réunissent sur les bancs au jeu de boules, comme de vieilles hirondelles contentes de se répéter les histoires de jeunesse, quand toutes les bergeries les accueillaient. Quand le temps est gris, ils se retrouvent aux Chasseurs autour d'une tisane, avec cartes, tricot (on défait les vieux pulls pour en faire de nouveaux) et petits ragots. L'ancienne auberge est devenue un lieu important de la sociabilité villageoise où les questions d'âge ne font plus obstacle à l'échange.

20 septembre, soir

Témoignage de Mme Barthélemy, écrit sous sa dictée à 17 heures.

“Tu te rappelles, mon petit, que tu attachais des plumes à la queue de mon chat Jasmin ? La pauvre bête, tu lui mettais un élastique pendant que tes copains la caressaient, et après vous glissiez des plumes de poule sous l'élastique, même une fois de faisan, le malheureux se retrouvait avec un volant au derrière ! Ce que j'ai pu vous maudire !

Plus tard, après la mort de Marcel, mon pauvre mari, à l'époque tu savais déjà conduire, tu venais changer la bouteille de gaz, tu me demandais toujours si j'avais besoin de quelque chose. Et quand j'avais des courses à faire, ou toi, ou Julien, ou Matthieu, vous me descendiez dans la vallée, cette vallée qu'on ne voit plus aujourd'hui.

Certains disent qu'on l'a bien cherché, le Ciel nous aurait punis. Je n'en crois pas un mot ! On ne punit pas les bons en même temps que les méchants. C'est sûr qu'on ne saura jamais pourquoi cette eau est montée, mais ce qui compte c'est qu'il reste des humains avec l'envie de continuer, ce que vous montrez tous les jours, toi et tes amis de la mairie.

Est-ce qu'il faut toujours en arriver à des situations désespérées pour y voir un peu plus clair ? J'ai l'impression d'avoir appris plus de choses importantes dans ce dernier mois que durant toute ma vie, et je vais avoir soixante-dix-neuf ans.

Je regrette que Marcel n'ait pas participé à la guerre contre les bandits de Méolane, lui qui dénonçait toujours l'injustice. Tu ne le sais peut-être pas, il avait aidé le centre d'accueil des réfugiés, à Briançon.

Je suis contente que ma maison ait servi de forteresse et d'infirmerie. Ça m'a fait rencontrer des gens formidables. Ton amie Marie, la doctoresse, c'est quelqu'un ! Je suis devenue très copine avec la petite Juliette, quel courage elle a ! Maintenant on se voit presque tous les jours. C'est difficile de se dire qu'il faut de grands malheurs pour rapprocher les gens mais je suis heureuse d'avoir connu ça de mon vivant.

Ce que je faisais avant ? Je ne te l'ai jamais dit ? C'est vrai que j'ai eu plusieurs métiers, le dernier c'était secrétaire au garage qu'on avait repris avec mon mari, à Sérignon. Tu te rappelles que Marcel était garagiste ? Quand il est tombé malade, Henri notre mécanicien a repris l'affaire, un garçon sérieux, ensuite je suis remontée vivre dans la maison de mes parents.

Je ne t'ai pas parlé de notre fils Simon, si tu le connais c'est de loin, il est plus âgé que toi. Comme plombier chauffagiste à Méolane il va devoir s'adapter. La mairie a fait des recherches et contacté tous les gens des Serres qui ont de la famille là-bas. Par chance, mes deux petits-enfants et leur mère étaient rentrés de vacances. Tout va bien pour ma famille, j'espère qu'on finira par se revoir. Je leur ai déjà parlé grâce au téléphone de la mairie.

Tu veux encore connaître mon prénom ? C'est Marthe. Je ne rencontre pas souvent des femmes qui s'appellent comme ça, les modes changent et puis on oublie et puis ça revient. Pense à mon prénom quand il naîtra une fille aux Serres. Ne fais pas cette tête-là, s'il n'y a plus de naissances aux Serres c'est vraiment pas la peine de vous démener comme vous faites !"

20 septembre, 20 h 30

Noé a repris ses étiquettes. Pour le moment il découpe très attentivement les vieilles fiches de recensement de la mairie en rectangles de (c'est quoi la taille des étiquettes, Noé ?) 8 par 5 centimètres. Il saurait sans doute raconter l'événement de la journée plus drôlement que je ne peux le faire.

"Vous avez vu arriver un couple craignos à vélo ? a demandé Théo vers midi. Quand ils m'ont vu débarquer devant eux avec le fusil ils ont fait le big sourire hollywoodien après s'être signés." Il y a maintenant un guetteur (caché) chaque jour sur la piste de l'Eau salée, Théo était de garde ce matin, c'est un jeune de l'équipe qui travaille au moulin du Bèveron. Le fusil, c'est surtout pour prévenir le village au cas où.

Ils ont dû se reposer un moment car ils ne sont entrés aux Chasseurs que vers 13 heures. Un couple en fin de quarantaine, allure neutre, sans particularités vestimentaires (chez nous on a les tenues les plus disparates, parfois extravagantes). Après quelques questions, vous venez de Méolane ? c'est pour voir les durs de près ? etc., on les a invités à partager le repas, non sans les avoir prévenus que, sauf contingences particulières, Les Serres avaient décidé de s'en tenir à une population accordée aux possibilités du territoire, qu'on n'accueillait plus personne à demeure. Ils ont répondu pas de problème, on est seulement de passage, on voudrait juste dire quelques mots à la fin du repas.

Je ne sais pas ce qu'ils ont pu échanger avec leurs voisins de table. Après l'absence de fromage mais un super-dessert à la semoule et graines d'anis sucré au miel, ils se sont levés, ont regardé le plafond comme pour en recevoir l'assentiment et ont tenu à peu près ce discours : "Frères et Sœurs, merci pour votre accueil et ce repas, on est venus jusqu'ici pour partager la Parole (je mets des majuscules pour traduire l'emphase) qu'il nous a été donné de recevoir le lendemain du Second Déluge, quand il est apparu que le Monde se trouvait maintenant tout près du point de Non-Retour Ultime, que la Dernière Chance nous était donnée, à nous les Survivants, de considérer Enfin nos Fautes et de nous Repentir devant l'Éternel, ce qui veut dire…"

À ce moment-là, interruption dans la salle. "On est peut-être d'accord avec vous sur un point, on ne sait pas pourquoi ce que vous appelez le Second Déluge a eu lieu, personne ne peut l'expliquer, mais si c'est une punition de l'humanité avec tous ces milliards de morts sans distinction d'âge ni surtout de responsabilités dans le mal qui a été fait à la planète, alors non, non et non, on ne veut pas se repentir, on veut montrer à votre Éternel qu'on croit en la capacité de bien de l'humanité, on fait tout ce qu'on peut pour ça, après il fera le tri s'il s'y retrouve !" Approbations bruyantes dans la salle. Mme Faure, celle qu'on a tendance à qualifier de grenouille de bénitier, se lève alors et dit "pour moi, c'est sûr que Dieu n'a pas voulu ça, ou alors c'est un Dieu mauvais, je crois qu'il regarde notre monde avec désolation, c'est ce Dieu-là que je prie. Ici, croyez-moi, on essaie de réparer les dégâts que Dieu n'a pas voulus, ce qu'on fait va dans le sens de ce que disent les

Évangiles, on espère, on partage, on se méfie des faux prophètes !" Alors là, tumulte d'approbations, applaudissements nourris, deux ou trois se lèvent pour embrasser la vieille dame, elle semble n'avoir jamais été aussi contente, je suis sûre qu'elle a trouvé de nouveaux fidèles.

Intervention de Matteo, lui toujours parfaitement calme. "Ici toute expression est libre mais pas question de chercher à convaincre de façon unilatérale, les idées avancent par le débat, je vous suggère donc de poursuivre l'échange avec ceux que ça intéresse, les autres savent ce qu'il y a à faire sur les chantiers. Si vous souhaitez rester ici pour la nuit, pas de problème, on vous trouvera un gîte. Bon après-midi à toutes et tous !"

Cinq minutes plus tard, il ne reste aux Chasseurs que le couple de Méolane et six ou sept personnes qui semblent avoir plus envie d'en découdre que d'obtempérer à la bonne parole.

C'était la chronique du passage aux Serres de la Mission d'évangélisation du 20 septembre.

"Je n'aurais sûrement pas fait mieux, dit Noé après m'avoir lue. Ce que tu écris à propos de Mme Faure est superbe, je la mets en priorité sur la liste des gens à rencontrer. Quant au couple de Méolane, tu sais qu'ils ont préféré repartir dans l'après-midi ? Il paraît que les mots de Mme Faure les ont pas mal ébranlés. Je me demande si, pour finir, l'Éternel ne les a pas conduits aux Serres pour leur remonter les bretelles !

Eh, Marie, dis-moi, tu ne trouves pas que ça marche pas mal à deux voix ? On finira par se mettre à un roman."

21 septembre, 20 h 30

Bientôt la Saint-Michel ! On ne parle que de ça. Des rumeurs circulent sur un sketch monté par les jeunes. On a préparé des jeux, répété la musique, apporté les palettes qui serviront d'estrade. Il y aura bien un tir à l'arc, Georges en a taillé cinq, en frêne, Paul a fourni les plumes pour les flèches. On prévoit un repas extraordinaire. Ça se passera sur la place plutôt qu'à la salle des fêtes sauf mauvais temps, la proximité immédiate des Chasseurs facilite l'intendance.

Comme il a plu ces derniers jours les champignons pointent leur nez. Denis, monté dans la hêtraie pour repérer un tracé favorable à l'éventuelle future schlitte, la voie en rondins où l'on descendra les bûches sur un traîneau approprié (et voir au passage si les chevreuils s'obstinent à décapiter les jeunes sapins, oui, ils s'obstinent), a rapporté une bonne quantité de cèpes. Magali laisse courir le bruit qu'il y aura une soupe excellente demain soir. Comme la soupe devient le plat principal aux Chasseurs, on affirme en plaisantant que l'eau, ressource inépuisable, finira bien par rendre les autres ingrédients inutiles.

On invite le plus possible de volontaires à partir en cueillette mardi, surtout pour séchage et conservation. Si possible j'en serai.

Pour ce qui concerne Geoffroy, j'ai jugé bon d'éviter tout pansement humide, je préfère lotionner la plaie et la laisser à l'air toute la journée. Pas d'évolution défavorable ce soir. Pour la nuit, j'ai évité le plus possible la compression. Comme la réserve de badasson est limitée, je refais bouillir la décoction. À cette saison elle devrait bien se conserver trois jours. Demain je passe le relais à Lucile et on travaille avec Germain sur les questions de prévention.

Et l'herboriste ? Après le travail au champ il est allé à la rencontre de Mme Faure, dont il rapporte le témoignage ci-dessous. Je me demande si les vieilles dames du village ne se sont pas entichées de Noé. Je lui lis ce passage et il me regarde avec un sourire comme d'avant le Déluge.

21 septembre, 21 heures

Témoignage de Mme Faure, écrit de sa main cet après-midi (belle écriture ronde de vieille instit. Il faudra imiter le mieux possible l'original s'il se fait des copies) :

"Je m'appelle Aline Faure, j'ai soixante-treize ans, je ne suis pas la doyenne des Serres. Je suis née ici, et y suis revenue à la retraite. J'étais institutrice des écoles chrétiennes, les écoles sous contrat comme on disait, j'ai fait plusieurs postes dans la région, j'aimais beaucoup mon métier, je crois que les enfants m'aimaient bien aussi.

Je me suis mariée en 1985 avec André, un homme bon et ouvert. Nous avons vécu ensemble dix ans, il est mort dans un accident en montagne. Nous n'avions pas d'enfant. Je n'ai pas refait ma vie, ça ne pouvait pas être aussi bien que ce que j'avais connu. J'ai des neveux en Savoie et je suis comme une grand-mère pour leurs enfants. Ils étaient en altitude quand la mer a monté. J'espère qu'ils sont tous en vie, mais c'est peu probable que je les revoie jamais.

À la fin août j'ai proposé d'intervenir à l'école. Aujourd'hui, Antoine dit qu'ils vont me confier deux après-midi d'intervention avec les grands ! Le matin je ne suis guère vaillante. C'est peut-être après ce que j'ai dit hier à ces pauvres gens de Méolane. À tous les moments difficiles du monde on voit des exaltés qui prêchent la repentance générale sans jamais se poser de vraies questions sur ce qui les motive.

Moi qui suis croyante, je pense que ce qui se passe ici aux Serres vaut beaucoup mieux que le repentir (après quoi, on recommence souvent les mêmes erreurs). Ici, on essaie de mettre la bonté et le partage en œuvre, c'est cela qui peut changer le futur. Même s'il est bien étroit, notre futur, il faut y travailler de toute son âme et de toutes ses forces.

Le Dieu auquel je crois ne fait pas mourir aveuglément des milliards de gens, il est du côté de ceux qui réparent. Je vis ce qui se passe aux Serres comme une prière quotidienne et c'est davantage une prière de reconnaissance que de demande. Alors, quelles que soient les difficultés et toutes ces grandes peines, je suis heureuse de finir mes jours en un lieu et à un moment où c'est le bien qui compte plus que tout, où les gens oublient les soucis personnels pour y contribuer.

Ça ne signifie pas que je voie tout en rose ! La situation attise aussi les violences, on l'a malheureusement vécu de près. En rétrécissant comme il vient de faire, le monde n'est pas devenu par miracle tout beau tout gentil. Espérer le rendre gentil, c'est bien sûr une idiotie, les humains naissent tous avec une part d'ombre. Mais, croyants ou pas, nous sommes perfectibles, avec la vie nous est donnée une chance d'éclairement. C'est ce qui se passe ici, on essaie de faire mieux, plus juste, on ne maudit pas, on ne geint pas, on essaie de garder la tête haute, je me retrouve entièrement dans cette attitude. À quoi servirait de vouloir se relier à un dieu si on ne s'est pas d'abord préoccupé de réparer le malheur des humains ?

J'espère vivre encore assez longtemps pour apporter ma petite pierre à l'édifice commun, et aussi pour démontrer une fois pour toutes que je ne suis pas la bigote idiote qui va à l'église fleurir les statues ! C'est la bonté que je fleuris, ça finira par se savoir. Après tout, peut-être les prédicateurs de Méolane sont-ils venus jusqu'ici juste pour que je puisse écrire ça. Alors je les en remercie !

Pour le moment, il faut tenir bon jusqu'au printemps prochain. Courage à tous ! Et que certains viennent de temps en temps avec moi à l'église rassurer l'Éternel."

Noé, tu ne penses pas qu'il est temps de mettre en place un Conseil des anciens ? Quand on lit Mme Faure et Mme Barthélemy, est-ce que ça ne suffit pas à donner de l'élan à tout ce qu'on peut faire, même en rechignant ? La vieillesse gênait, elle faisait peur, on l'avait transformée en secteur de consommation profitable aux grands patrons des EHPAD, aux voyagistes et aux fabricants de pantoufles. Quand je parle avec Geoffroy, je vois aussi qu'il est loin d'avoir la pensée courte. Il faut en débattre. Je vois bien une sorte de Sénat aux Serres, consultatif mais pas seulement. Et même si la plupart des anciens ont disparu avec les EHPAD. Tu en penses quoi, Noé millénaire ?

22 septembre, 20 h 40

Les jours raccourcissent. La semaine prochaine on passe au déjeuner à 9 heures et au dîner à 18 heures.

Ça fait un intervalle d'à peu près huit heures entre les repas. J'espère qu'il n'y aura pas un simple report du moment redouté par certains, où surviennent affaiblissement et vertiges. L'important est de gérer au mieux des ressources limitées, pas de consoler la fin des jours fastes.

L'idée de constituer une sorte de Conseil des anciens aux Serres répond à celle exprimée par les jeunes de rendre les classes d'âge visibles. C'est juste, Marie, on avait annulé la vieillesse, on la considérait a priori comme trop déconnectée, incapable de suivre le rythme des changements socio-technologiques. Nous, si on est encore dans la hâte, c'est pour ne pas perdre irrémédiablement ce qu'il reste possible de sauver de l'ère technologique. On va tenter de cerner ces questions de plus près et d'en débattre aux Chasseurs. Restituer une réalité sociale active aux gens âgés ne peut qu'aider notre tentative de faire vraiment société (en me relisant, je retrouve encore le théoricien plus ou moins pas clair. Tant pis : ça donnera du travail aux chercheurs qui auront trouvé ce manuscrit dans les grottes des falaises).

Ce qui a été planté au futur jardin médicinal reprend sans problème. J'ai jugé bon d'ajouter une ligne de menthe verte et une autre de menthe poivrée, celle-ci surtout pour les boissons d'été. Dans la matinée, il m'est revenu en tête que je n'avais pas de feuilles de noyer. C'est une plante qui n'est plus guère usitée, sauf en gemmothérapie. Je crois me rappeler que l'une de mes informatrices avait parlé d'injections de décoction pour une métrite. À vérifier. C'est limite pour la récolte mais ça vaut la peine d'aller vérifier et de cueillir ce qui reste de bon. On en trouve à deux pas du village et ça se sèche très facilement.

Tu m'appelles "Noé millénaire". Sur le moment ça m'a semblé peu compréhensible mais là je pige : je suis un colporteur de vieux savoirs. Même si je n'ai pas sur le dos un reste de la toison de Chiron le centaure guérisseur (celui qui galopait dans les prés de l'Olympe, ah le veinard !), j'espère que tu ne me vois pas en créature mythologique. J'aurais plutôt l'impression d'être aux savoirs ce que la fourmi est au traité de médecine dont elle traverse la page : qu'a-t-elle pu apprendre ? Cependant la fourmilière se prépare à l'hiver, les apports minuscules finissent par faire des réserves suffisantes, on n'est pas forcément tenu de connaître l'importance de sa contribution quand on contribue. Tu reconnaîtras encore ici ma propension naturelle (native ?) à pontifier ! Que de fioritures pour contourner ce que nous finirons bien par nous dire.

Dimanche 23 septembre, 7 h 15

Hier, avec Germain, on a encore parlé de prévention. On peut juste constater, pas empêcher qu'une quantité de pathologies nous échappent, cancer, diabète, insuffisance cardiaque ou rénale, pour n'en citer que quelques-unes. Est-ce qu'on pourra intervenir davantage sur une lithiase biliaire ou une hernie étranglée ? Reste la prévention, mais elle suppose une grande attention à l'équilibre alimentaire. Nous qui sommes déjà bien contents de pouvoir manger (presque) à notre faim, nous ne pouvons pas gérer les régimes particuliers, tel celui de Geoffroy et son diabète. Comment moduler, sinon supprimer, d'un bord sans les moyens de compenser de l'autre ?

Il va falloir s'en tenir à des principes généraux, revenir à ce que les gens d'autrefois avaient trouvé utile, comme les cures saisonnières avec ces plantes qu'ils appelaient "dépuratives". Que des "remèdes du foie" au sens large, des "sudorifiques", des plus ou moins diurétiques puissent aider le corps à "évacuer les crasses qui l'encombrent", cela me déporte très loin de ce que j'ai appris ces dernières années ! Il faudra pourtant le réexaminer sans a priori. Comment parvenir à faire se rencontrer sans contradictions excessives l'ancienne représentation du corps, les soins qu'elle sous-tendait, et les savoirs actuels ne serait-ce qu'au niveau des pathologies ? J'ai déjà évoqué ça.

Avec Germain, on propose un bilan de santé de tous les habitants. Disposer d'un état même approximatif des bien-portants et des gens plus ou moins à risques va permettre non de cibler (comme on disait) des consommateurs potentiels de médicaments, mais de parvenir à la meilleure adéquation possible entre les maux et les moyens dont on dispose pour les contenir, sinon les guérir. La mairie va encore devoir fournir du papier !

Germain abandonne pour le moment l'idée de psychothérapie, trop d'engagements plus ou moins chevauchants, plus ou moins urgents. La mise en place et le suivi d'un bilan de santé pour tout le monde sont prioritaires. En même temps on commence la formation de Juliette, Pauline et Joseph, premiers candidats à l'apprentissage des bases de la médecine. C'est sans doute mettre la charrue avant les bœufs, mais ils vont au moins apprendre des éléments de la clinique en même temps que de physiologie et de pathologie, sans parler du secret médical qui soulignera aussitôt l'importance de leur démarche. Et on va les former avec d'autres le plus précisément possible au secourisme, qu'ils puissent l'appliquer sans tarder.

Je vais aller rejoindre les gens aux champignons, pas eu l'énergie de me lever à l'aube. Propose à Noé d'y monter avec moi.

23 septembre, 20 h 30

C'était bien de partir ensemble, on ne s'est accordé aucun loisir depuis un mois, on n'en avait même pas l'idée.

La hêtraie commence aux alentours de onze cents mètres. Il y a une bonne heure de marche, on a le ventre peu rempli, on suçote des herbes. Vers 10 heures les hêtres ont succédé aux chênes blancs. Je connais des coins à cèpes mais c'est sur une autre piste. Comme on n'avait pas le temps de monter plus haut on a marché encore dix minutes avant d'entrer sous les arbres. On est descendus dans une combe d'exposition nord-ouest où la forêt plus claire et un sol moussu plaisent aux champignons. Les conflits habituels entre gens d'ici et récolteurs venus des villes n'auront pas lieu cette année, on se félicite amèrement de reprendre possession de nos forêts.

On a dérangé un chevreuil, tenté en vain de discuter avec un écureuil énervé, fait s'envoler peut-être un autour, trouvé assez de cèpes pour remplir les deux paniers. Pas mal d'autres champignons de septembre, en particulier les très bonnes russules vertes et violet foncé. La consigne était de s'en tenir aux cèpes à cause des risques de confusion. Il faudrait trouver le temps de revenir.

En redescendant le chemin on n'a rencontré personne, les autres étaient déjà rentrés au village. Les paniers se faisaient lourds. À un moment, après qu'on s'était arrêtés un moment pour souffler, j'ai senti que ta main prenait la mienne, il m'est venu une énergie à porter des tonnes, j'ai entonné la chanson des nains de Walt Disney quand ils rentrent du boulot.

De temps à autre tu posais ta tête sur mon épaule. On a regagné Les Serres avec nos trouvailles miraculeuses.

23 septembre, 21 h 30

Oui Noé, miraculeuses. Il faudrait peut-être que je retourne dormir au-dessus de la réserve de plantes, les bonnes odeurs qui montent dans la chambre ont une influence apaisante.

24 septembre, vers 20 heures

Cent cinquante-deux kilos de cèpes au total ! La consigne est de les couper en lamelles qu'on met à sécher au soleil (il se refait généreux), soupes d'hiver obligent. Les sujets plus ou moins avancés vont s'ajouter aux prochains repas.

La cicatrice de Geoffroy évolue de façon satisfaisante. Bon effet du badasson ? Un seul patient ne prête pas à statistiques. Le bras de Paul s'assouplit. La petite Sarah a repris l'école et ça c'est un vrai grand succès.

On a décidé de rencontrer les habitants dans l'ordre alphabétique, sinon le bilan général va traîner au gré des disponibilités de chacun et on ne s'en sortira pas. La liste des résidents anciens et nouveaux dressée par la mairie facilite les choses. Aux Chasseurs, demain, on préviendra les A qu'on les attend au dispensaire entre 10 heures et midi chaque jour, permanence partagée entre Germain et moi. Comme on s'appelle tous par le prénom, faut-il s'y tenir ou retourner au patronyme ? Cela conduit droit au fichage, mais qu'on se rassure : il n'y a plus d'intelligence artificielle ni d'algorithmes pour séparer l'acceptable (le soumis) du soupçonnable (l'un tant soit peu critique). Le plus inquiétant de l'affaire : allons-nous trouver deux cents feuilles de papier identiques ? Je suppose que le pillage bien réglé des villas a rechargé les réserves de papeterie.

Je laisse au maître des lieux (et des tisanes) le soin de conclure la journée.

24 septembre, vers 20 h 30

Un de ces soirs, on décroche les pots à lait et on va chercher la soupe, j'invite (avec assistance du traiteur) Julien et Flora, Matthieu et Charlotte, pourquoi pas Antoine et son eau à bulles, et on se fait une soirée entre amis. Il est bon d'exercer son droit de retrait de temps à autre. Plutôt la semaine prochaine car c'est la Saint-Michel dans cinq jours.

Fait sans doute le plus notable de la journée : le défrichage a commencé sur les terres les plus aptes à la remise en culture. Certaines sont délaissées depuis au moins cinquante ans et les arbres ont beaucoup gagné. On s'en tient aux moins envahies, quatre ou cinq hectares. Comme les vaches de Matteo et Bernard les pâturent au printemps, les herbes sont rases, les épineux dominent, genévriers, églantiers, aubépines, prunelliers par places. Une quinzaine de jeunes ont pris les choses en main, choses rebelles car il faut couper du bois dur bien défendu et surtout dessoucher. Bernard les accompagne au tracteur, arrache les souches avec câble et crochet. En fin d'après-midi, le gros de la broussaille s'empile au bord de la première parcelle. Un labour superficiel sortira les racines encore en place, après quoi griffonnage dans les deux sens, semis début octobre. "Comme je ne suis pas très sûr de la semence, dit Bernard, ni de la fertilité de la parcelle, j'emblave en seigle ici, graines et terres incertaines vont peut-être s'épauler, je réserve les bonnes terres au blé."

J'ai trouvé des feuilles de noyer correctes, elles sèchent. Mais il est trop tard pour ajouter à la trop petite réserve de millepertuis. J'aurais dû y penser en août, c'est le seul antidépresseur végétal dont on dispose.

La Saint-Michel est dans toutes les têtes. La Société d'éclairage des Serres n'a pas de groupe électrogène mais, dit la rumeur publique, on a fabriqué suffisamment de bougies (avec quoi ?), flambeaux et autres lumignons pour éclairer la soirée. Magali reste discrète sur le détail des agapes mais il paraît qu'il y aura des grillades, ce qu'on peine à imaginer et non sans une certaine prudence (ni salivation) : la disette a-t-elle jamais permis des grillades ?

Les jours raccourcissent, la question de l'éclairage s'affirme. Les lampes solaires ou à manivelle ne tiendront pas toujours. Il va falloir recourir aux services de la SES, elle planche sur la question depuis des semaines. On va apprendre à dormir longtemps (ça ne m'inquiète pas). Quand il faudra allumer les poêles, il y aura une certaine redistribution des habitants. Du coup, Marie, tu ne pourras pas te réfugier au-dessus de la réserve aux plantes. La question de l'apaisement se reposera donc.

24 septembre (bis)

Après avoir fait le tour des noyers, je suis passé chez Geoffroy et Annette. Couple du vieux modèle où l'homme parle et l'épouse approuve, mais c'est dit à presque deux générations d'écart, les protagonistes, eux, s'en sortent plutôt bien. Je leur ai demandé s'ils acceptaient de résumer un peu leur vie, pour la petite histoire du village ai-je prétendu, je rassemble le plus de témoignages possible des gens du pays et des nouveaux arrivants. Vous savez aussi bien que moi que ce qui se passe depuis août n'a pas d'équivalent dans la grande histoire. Ce n'est que de la chose écrite mais ça pourra aider les générations futures à comprendre ce qui arrive aux humains. Ils sont d'accord, Annette veut prendre le temps de réfléchir avant d'écrire elle-même ce qui vaut d'être raconté, dit-elle. J'insère à la suite ce que Geoffroy m'a dicté cet après-midi.

"Tu vois, je suis né ici, j'y ai passé presque toute ma vie. Mes plus grands voyages, c'est quand j'étais engagé comme mécanicien dans l'armée de l'air, je suis allé plusieurs fois en Afrique, j'avais du mal avec la chaleur mais j'aimais bien les camarades, l'esprit de corps. Ne me demande pas trop pourquoi on nous envoyait une fois au Tchad, une autre fois en Côte d'Ivoire. Avec Annette, on s'est rencontrés à Marseille en 1985, quatre ans avant la chute du Mur. Une belle histoire, hein Annette ? À ce moment-là les parents voulaient arrêter, je me suis décidé à reprendre la ferme, Annette était d'accord qu'on aille vivre aux Serres, elle n'aimait pas la ville.

On est sans nouvelles de nos deux fils, on espère qu'ils sont toujours vivants. Lucien, l'aîné, était à Mexico pour son boulot, c'est haut Mexico, les Eaux sont restées loin. Jérôme son frère est moniteur de VTT et de ski en Haute-Savoie, lui aussi doit être en vie. C'est bien difficile de ne plus avoir de nouvelles, on s'appelait souvent. Peut-être qu'on reverra Jérôme.

Les parents élevaient des vaches et faisaient leur fourrage. À l'époque c'était plus simple que maintenant. Après, il n'est plus resté qu'un abattoir dans le département, ça devenait compliqué, on ne pensait pas encore à la vente directe. J'ai préféré abandonner les vaches, les parents de Matteo les ont reprises. J'ai travaillé sur contrat pendant plusieurs années avec un producteur artisanal d'huile de table, je faisais du tournesol, du colza, certaines années de la cameline ou du carthame. Tu dois te rappeler mes champs de carthame, une merveille quand ça fleurit. À côté de ça, blé dur et luzerne comme tout le monde. Je m'en sortais moyen mais l'un dans l'autre… Quand je me suis arrêté, Matteo et Bernard ont repris les terres. On a gardé la maison.

Depuis que j'ai eu l'âge de tenir un fusil, je chasse le sanglier. Avec Sébastien, Bernard et Paul, et plusieurs autres qui ne sont plus là, on faisait une fine équipe ! À l'époque, les Chasseurs, pas choisi au hasard ce nom, c'était le café du village. On s'y retrouvait tôt le matin, et vers midi pour le pastis, au retour de la battue. Je te prie de croire qu'il y avait du sanglier au menu ! J'ai demandé aux copains s'ils étaient d'accord pour griller cinq ou six cartouches quand les glands vont tomber. Maintenant il y aura beaucoup plus de sangliers que de chasseurs, on a de grands taillis de chênes par ici, les bêtes arrivent de partout, il va falloir faire attention dans les champs, quand ça déboule ça te dévaste tout. Et maintenant, la viande fraîche, c'est pas de refus ! Dans quelques jours on mange de la daube, tu vas voir ! Entre parenthèses, je préfère tirer sur des sangliers que sur des gens, même si c'est des pourris.

Ma tête ? Ça se répare de mieux en mieux chaque jour. Je crois que c'est beaucoup grâce à ton amie Marie, enfin on se dit qu'elle est ton amie, il a fallu cette saloperie de flotte pour qu'on ait deux médecins et une infirmière au village ! En tout cas ton docteur Marie m'a trouvé une plante, je ne sais plus son nom, elle a refermé la plaie, je sais bien que le diabète y est pour quelque chose mais ça c'est une autre affaire !

Je te raconte un peu de tout et pas grand-chose. Ma femme fera mieux, tu verras. Et si tu as envie de nous suivre à la chasse, j'ai trois fusils, en plus on n'a plus besoin de permis !"

25 septembre, 20 h 15

Nouveaux visiteurs de Méolane, encore un couple à vélo, jeune cette fois, avec remorque de fortune et gros sacs. Repérés à la jumelle, ils ont passé ce qu'on appelle pompeusement le check-point sans même s'en rendre compte, leur allure ayant été jugée inoffensive par le guet de service, qui ne s'est pas montré. Ils avaient dû bivouaquer sous le col. Arrivés sur la place dans l'après-midi, ils ont bu à la fontaine et se sont assis par terre, adossés à un tilleul (m'a dit Juliette, depuis les Chasseurs elle les a vus débarquer). Il se peut qu'ils se soient endormis car ils semblaient vaguement étourdis quand les gens sont arrivés pour le repas du soir.

On délègue l'accueil des "étrangers" à quelqu'un de la mairie. À dire vrai, il en passe très peu, ceux qui venaient avec des intentions agressives ont mal fini, les prédicateurs sont repartis. Personne ici n'est doué pour la reconduite à la frontière mais la décision de "s'en tenir à une population accordée aux possibilités du territoire, sauf contingences particulières", a été prise à la quasi-unanimité, c'est la plus raisonnable. Cette fois, on a compris qu'il s'agissait de "contingences particulières". Blaise et Maria avaient quitté Méolane avec l'intention de ne plus y revenir.

— C'est vraiment compliqué là-bas, explique Maria, l'accord est loin d'être fait sur la redistribution des habitants, une partie des gens se braquent, ils ne veulent pas admettre que la seule option viable est la mise en commun, on finit par se demander si certains ne préfèrent pas mourir plutôt que partager. À la station, certains sont bouclés chez eux jusqu'à épuisement des réserves, ils ne veulent pas sortir. Les jeunes se regroupent et agissent, les moins jeunes essaient de s'y mettre, pas mal de vieux freinent des quatre fers mais ils ne sont pas les seuls dans le déni. Le choc est tellement fort, on est ligotés par les habitudes consommatrices, on nous a tellement appris à privilégier le chacun pour soi. C'était beaucoup plus simple d'envoyer trente euros par internet après une catastrophe au loin que de s'impliquer soi-même aujourd'hui pour affronter ce qui touche en direct.

— Vous nous apportez quoi, demande Denis, je veux dire comme connaissances utiles ? On ne refuse pas les nouveaux venus par principe mais il faut se serrer la ceinture si on veut tenir tout l'hiver, on en arrive au donnant-donnant, on accueille de préférence ceux qui répondent à l'un ou l'autre de nos besoins. Je suppose que Les Serres sont prises en exemple à Méolane, mais il s'agit d'abord d'une simple question numérique, si beaucoup de Méolanais débarquaient ici il faudrait tout reprendre à zéro, en plus compliqué encore. Chez nous le nombre d'habitants, résidents et gens en vacances correspondait à peu près aux possibilités du lieu, il ne peut pas y en avoir beaucoup plus.

— Tu oublies les antécédents, l'élection de la nouvelle municipalité, l'option mise en commun, dit une voix dans la salle.

— C'est juste, Matthieu, ici on avait une longueur d'avance.

— On a pensé que nos métiers faciliteraient les choses, moi je suis dans la construction traditionnelle, je connais la chaux, y compris sa fabrication.

— Moi ferronnier, dit Blaise, forgeron, un peu maréchal-ferrant. Je sais faire du charbon de bois. Mais il a fallu laisser l'enclume à Méolane, vous imaginez, transporter une enclume à vélo ? Déjà qu'on en a salement bavé dans la montée à pousser les biclous sur un chemin impossible !

— On ira chercher ton enclume, dit Denis, au pire à dos d'âne. Venez avec moi jusqu'à la mairie, on va trouver un endroit où vous installer. En plus c'est fête après-demain !

— Alors on peut rester ?

— Je crois que tout le monde est pour, non ?

Le resto applaudit. Blaise et Maria ont les larmes aux yeux. Les Serres comptent deux habitants de plus.

25 septembre, 21 heures

Bien raconté, Noé ! Tu devrais te mettre à la fiction ! Je te propose un sujet vendeur : la mer monte de huit cents mètres en une nuit, un village isolé par les eaux se retrousse les manches au lieu de s'abandonner au désespoir et entreprend la construction difficile d'une nouvelle relation avec la Terre et entre les gens (il me semble avoir déjà lu ça quelque part). Tu ferais allusion par-ci par-là à tes connaissances en herboristerie puisque la médecine est à reprendre aussi bien que tout le reste. Si ça te disait, je pourrais me faire conseillère en santé. N'est-ce pas un thème palpitant ?

À propos d'herboristerie, je ne peux que constater l'éventuel effet positif de ton badasson sur la plaie de Geoffroy : elle se répare, je dirais contre toute attente. Mais le diabète n'est pas forcément impliqué ici. Je veux bien écrire aussi que ta pommade à la consoude a possiblement aidé la réparation du pouce. Mes petites connaissances en statistiques conseillent l'observation d'autres cas avant de s'essayer à conclure. Allez, battez-vous, faites davantage de vélo, organisez un tournoi de rugby !

Côté fiction, une idée d'idylle. Pas loin du village de Gaulois obstinés, une fille se retrouve coincée au dernier étage d'une maison noyée, aussi perdue qu'une ourse blanche sur un morceau de banquise. Après des signaux dans la nuit (son portable marche encore), elle est sauvée par trois garçons qui ont fabriqué un radeau de fortune. L'un des garçons c'est l'herboriste, celui qui a répondu à l'appel. Il héberge la fille sans même lui demander son avis, d'ailleurs elle n'a pas plus d'avis que lui. Un peu plus tard il s'aperçoit qu'elle habite chez lui, qu'en plus elle dort dans son lit (mais chacun son sac). Ils finissent par échanger trois mots, puis six, puis douze. L'herboriste écrit un journal de la catastrophe. Comme il s'abîme la main, la fille accepte de poursuivre ledit journal pendant deux semaines, après quoi la main se répare, le texte prend le ton du dialogue, où des sous-entendus de sous-entendus se pointent. Un matin qu'ils partent ensemble aux champignons…

Mais il faut entretenir le suspense. Dans quatre jours, fête de la Saint-Michel. Les archanges ont de grands pouvoirs, paraît-il.

26 septembre, 20 h 15

À trois jours de la Saint Michel, niveau de distraction élevé sur les chantiers et aussi dans ces pages. On a monté la scène, construit les stands, apporté tréteaux, plateaux de table et chaises. Il est arrivé aux cuisines des caisses emballées de tissu dont on ignore le contenu. Le ciel sans nuages semble voir ça d'un bon œil. Les bergers vont-ils descendre ? On les a prévenus mais comme ils ne sont plus là-haut que pour deux ou trois semaines et qu'il faut économiser l'essence.

À propos de brebis, donc de future consommation de viande, on a compris qu'il était impossible de sacrifier des bêtes au village. L'équipe en charge de l'ancienne colo de Berle s'active maintenant à convertir une annexe en abattoir suffisamment distant de la bergerie. Il est prévu un hangar pour les toisons, qu'on pourra laver (et nous dans la foulée) quand le succédané de savon sera au point (s'il y arrive !). Il faut aussi penser à loger les bergers sans les assigner à résidence à côté des bêtes.

Le plus notable de ma journée : préparation des dilutions d'arnica jusqu'à 9 CH. Comme il faut ménager l'alcool, j'ai commencé avec seulement 10 gouttes de teinture-mère pour 1 000 gouttes d'excipient (quelque 20 millilitres d'alcool, j'ai un compte-gouttes gradué jusqu'à 100), cela neuf fois de suite, avec les "succussions" d'usage. Ça a bien pris deux heures. Précisons que je ne suis pas un fan de l'homéopathie, mais j'ai plusieurs fois constaté les bons effets des dilutions d'arnica.

Dans le séchoir il reste encore pas mal de plantes à monder comme la busserole et la myrtille, mais c'est moins urgent.

Le partage des connaissances avec Élise, Maya, Adèle, auxquelles s'est ajouté Joseph, tend à se relâcher. La saison des cueillettes est terminée, et surtout, depuis au moins une semaine, les jeunes sont à fond dans la préparation de la fête. On reprend les choses sérieuses en octobre ou en novembre, en tout cas cet hiver. C'est tellement plus facile de se colleter avec les choses dont la réponse est immédiate qu'avec des idées dispersées, si ce n'est dispersantes, expertes en procrastination.

Je me vois faire du remplissage. Marie va dire en se moquant que je me plais à gâcher du papier. Alors je termine en lui disant à demain rendez-vous au bal sous les tilleuls.

26 septembre, 21 heures

Mais quelle robe vais-je mettre ? Il est trop tard pour demander conseil. Ou alors, puisque tous les accoutrements sont permis (et même encouragés), pourquoi ne pas t'emprunter la salopette verte découverte l'autre jour bien pliée dans l'armoire, et le chapeau de toile blanche ? On fait pratiquement la même taille. Je trouverai bien un chiffon rouge à me mettre autour du cou et ce sera le look de la parfaite jardinière. Seul le costume marin est vivement déconseillé.

Il paraît que ça va être le banquet. J'ai vu Paul, il a laissé entendre que. Entre parenthèses son bras s'est bien assoupli. Et puis, ne te rengorge pas, la plaie de Geoffroy se referme. En attendant d'expérimenter sur une cohorte en double aveugle avec placebo, on va mettre ça sur le compte du badasson. Donc je t'encourage vivement à cultiver cette plante. J'ai trouvé dans ta doc un article qui concerne la production des macrophages, les globules blancs qui dérivent des monocytes, ils absorbent et détruisent les agents pathogènes, le badasson en stimulerait la production. Même si c'est une connaissance devenue lointaine, je la transmettrai à mes futur(e)s étudiant(e)s.

Tout le remue-ménage festif m'amène à penser (je suppose que d'autres y arrivent aussi) qu'on force un peu sur l'enjouement. Ça ramène les visages perdus à la surface, je les retrouve tout près, je me demande s'ils réapparaissent et nous appellent parce qu'ils craignent un oubli définitif. Je voudrais pouvoir les rassurer, leur certifier qu'ils sont bien là, que je ne vais pas les abandonner. Mais suis-je sincère ?

Tu as écrit quelque part qu'on s'efforçait de vivre au futur après avoir été si longtemps sommés de s'en tenir au présent, que le passé était devenu trop lourd pour qu'on le porte, qu'on était pris entre passé impensable et futur dévorant, et qu'il fallait pourtant refaire du présent, c'est-à-dire de la vie vécue. Je sais bien que c'est la seule issue viable, mais c'est difficile d'y arriver alors que le deuil attend toujours son dû, tu le sais aussi bien que moi. On est dans une vie haletante qui demande de brûler des étapes, de regarder le moins possible en arrière, mais les déchirures n'ont rien à faire de ça, elles continuent de s'ouvrir et on voit qu'il reste beaucoup de choses dures.

Que pouvons-nous faire, toi d'Anne, moi de Blaise ? Devons-nous accepter de les perdre ? Comment leur laisser une chance de continuer à vivre à travers nous si nous regardons loin ailleurs ? Et si nous leur accordons une importance excessive, ils nous empêchent d'avancer. Oui, on doit laisser un peu la bride sur le cou au présent, il finira par trouver la bonne allure du passé, je veux y croire. Quand j'ai pris ta main le jour des champignons, j'ai voulu poursuivre sous une forme différente ce que la mort a interrompu. Je n'ai rien trahi. Je pense que tu me comprends.

À bientôt sous les tilleuls.

27-28 septembre

Deux jours de presque pause dans la chronique, on n'a jamais soustrait autant d'heures au travail depuis le 12 août. Au travail nécessaire, car la préparation festive est peut-être encore plus soutenue que le boulot habituel. On est passés d'une activité à l'autre (monter les stands, transporter les tables, bancs et chaises, tresser les guirlandes et jusqu'à balayer la place, trouver sinon inventer des costumes, etc.) sans avoir eu le temps de s'interroger sur l'opportunité de tout ce chambardement.

En bon bosseur incorrigible (même s'il se réveille tard), je suis quand même allé vérifier l'état des plantations. En gros elles vont bien, sauf qu'il y a des morts subites de jeunes plants, bardane en particulier, qui pourraient s'expliquer par l'appétit d'une bestiole comme courtilière ou ver blanc car les racines sont sectionnées. Il va falloir trouver une parade sans passer par l'un des nombreux pesticides rescapés de l'immersion (il doit y en avoir davantage que de médicaments !). Mais les boutures ne sèchent pas, c'est bon signe. Nos cultures médicinales prennent bonne allure.

Demain on est de sortie toute la journée !

29 septembre

C'est la Saint-Michel !

Dimanche 30 septembre, 18 h 30

Noé prétend que je pourrai raconter mieux que lui le côté clair de la fête. Je m'y mets sans plaisir particulier, on est tous sonnés, mais le bon doit rester le bon.

D'abord les guirlandes de buis qui vont d'arbre en arbre, elles évoquent à Mme Barthélemy et aux rares de ses contemporains restés au village les fêtes de leur jeunesse. Sébastien dit qu'il se rappelle un temps où les époux à la sortie de l'église devaient enjamber la barre fleurie, un bâton houssé de buis, piqué de fleurs. Ça se serait fait encore en Provence cette année. Voilà pour ce qui survit de l'ethnographie.

Guirlandes au-dessus de l'estrade. Sept stands, des chevrons plus ou moins bien habillés en draps de couleur mais vrais stands comme dans les foires de village qui se respectent. Tir à l'arc avec cibles dessinées sur papier kraft fixé à des bottes de paille, au milieu un rond rouge de 5 centimètres ; les trois flèches dans le rouge font gagner des livres. Casse-boîtes : sur des étagères au-dessus d'une toile réceptrice cinq boîtes de conserve empilées, trois deux une, qu'il faut faire tomber en lançant au maximum trois balles de tennis, pas si facile qu'on pourrait le penser ; pour prix une partie gratuite. Une pêche à la ligne : canards en bouchons et récompenses hétéroclites entre ballons et peluches de seconde main of course. Mini-casino avec roulette et baccara, on mise des galles colorées en rouge, bleu et vert (trempées dans l'encre ?), attribuées par le croupier ; il paraît que celui qui a remporté le plus de mises gagne une bouteille en fin de journée ; les joueurs se pressent. Loterie aux vrais tickets de petit papier roulé en cylindre ; on paie avec de la monnaie d'avant dont il est dit qu'elle servira à forger des "pièces de machines" (?) ; les gains sont à la hauteur : de vrais outils, un peu usés mais parfaitement utilisables, l'exploration des garages et autres ateliers en a fourni certains en plusieurs exemplaires ; il est précisé que "la loterie est réservée aux bricoleurs expérimentés". Un vrai jeu de quilles. Évidemment la pétanque. Cela sur fond musical du groupe Le Brame des Serres (dit un calicot polychrome), cinq musiciens issus des nouveaux venus ; leur répertoire va du folk à on ne sait pas très bien quoi mais c'est de la musique sympa ; la batterie rassemble des ustensiles de cuisine, des boîtes et des caisses. Tout ça sur joli fond de petit brouhaha, conversations, exclamations et cris d'enfants.

Jour ô combien d'exception : la cuisine propose des amuse-gueules comme petits bouts d'anchois sur canapé de polenta et tranches de champignons vinaigrés. Il va bien y avoir des grillades : outre les divers barbecues récupérés à droite et à gauche, sur des foyers entre pierres ou briques les grilles de frigo entament une vie inverse au-dessus des braises.

À midi tout le village est sur la place. On a pallié le manque de chaises municipales avec les sièges les plus disparates. Les plus vieux occupent, en milieu de tables, la place la plus favorable à l'écoute périphérique. Sur son fauteuil roulant, Mme Coste, la doyenne du village (je ne l'ai pas encore vue, elle se méfie des médecins, ils vous enterrent avant l'heure), côtoie Geoffroy, Sébastien, leurs épouses, et cinq ou six jeunes. Autour de deux tables accolées, la vingtaine d'enfants lorgne côté barbeuc sans trop s'impatienter encore.

La rumeur s'est vérifiée : il y a bien du poulet grillé. Paul a sacrifié la quarantaine de bêtes qu'en d'autres temps il aurait vendues au marché de Saint-Symphorien. Un poulet pour cinq personnes, j'ai pensé que ça pouvait aller dit-il modestement, les tables l'applaudissent (il ne dit pas qu'il a fourni le poulet de bien des soupes depuis plus d'un mois). Et avec le poulet ? Un riz (des Chalus) au curry, apporté par Magali en personne, ses filles (Juliette boitille mais semble ravie), les serveuses et serveurs du jour (on n'a pas pu accepter tous les volontaires), chacun avec la chemise blanche façon veste et le super-empressement affecté. Applaudissements, vivats, cris indistincts. Et comme boisson ? Personne n'ose y croire avant de l'avoir vu couler : du vrai vin (des Chalus encore) dans les carafes de l'auberge des Chasseurs, une par table. Aux enfants du jus de pommes. On murmure que la mairie aurait des réserves infinies.

Silence mémorable. On contemple respectueusement l'aile, la cuisse, le croupion, la peau croustillante ponctuée de thym. On se regarde, certains hochent la tête, le repas de la Saint-Michel côtoie la cérémonie sacrée. Et puis on se décide à consommer le sacrifice. Comme si les Instances Supérieures avaient décidé que voix serait rendue aux humains, ce ne sont plus alors qu'exclamations satisfaites et autres signes de contentement, répétés au dessert quand on nous sert le riz au lait et les fruits au sirop, de nouveau tus à l'arrivée du café, où la sidération l'emporte un moment sur l'imminence du plaisir avant que les tables se lèvent pour acclamer la cuisine. Caducée, ses copains et les trois chiens du village (en voie d'amaigrissement) ont une bonne provision d'os de poulet (on n'en est plus à craindre un éventuel étranglement des chiens !).

Le café bu, une intervention de Matteo semble aller de soi. Celui que le village qualifie d'Assurancetourix se fait plus économe de paroles à mesure que les semaines passent et que le travail sollicite davantage (et qu'on lui fait des retours !). Il dit à peu près ceci : “à la Saint-Michel, on met les petits plats dans les écuelles (rires gênés). On va finir par penser que les réserves sont inépuisables. Vous savez tous qu'elles ont été dopées par ce qu'on a trouvé dans les caves des Chalus. Aujourd'hui, vous le savez déjà aussi, il n'y aurait pas eu de poulet grillé sans le travail de Paul et d'André son fils, qu'assistent Fabrice et Justine (applaudissements et vivats), ni de riz au lait sans les vaches de Bernard et son épouse Christine, et n'oublions pas leurs jeunes fils Justin et Bastien, tous les quatre ils instruisent à la baguette Laure et Fabien (idem). Je lève aussi mon verre à la mémoire de Jeanne et Francis, ils auraient beaucoup aimé partager ce moment avec nous". Et alors tous les gens valides se sont dressés et ont levé leur verre. Les derniers mots de Matteo se sont perdus dans le brouhaha. J'ai cru entendre le mot "Noël" mais Noël est à des années-lumière.

Tout raconter en détail occuperait des pages. L'après-midi, foule sur la place, les bergers sont descendus, Vincent a l'air calme. Vers 15 heures, théâtre de marionnettes suivi passionnément par les petits. À 16 heures, spectacle mimé sur l'histoire récente des Serres, un peu confus mais très applaudi. La première scène est terrible : les Eaux, un grand drap vert soutenu par des formes rampantes, s'avancent et recouvrent enfants et adultes endormis. À 17 heures, pause café-chocolat (!). Vers 17 h 30, chorale Les Voix des Serres sous la conduite de Mme Bernard, une formation dont on n'apprend qu'aujourd'hui l'existence, dont la Cité des Jeunes (comme ils qualifient leur quartier) a fourni la majorité des membres. Chant, guitares, accordéon. Au programme, surtout Brassens, que tout le monde a en tête, dont les textes sont parfois revus (par exemple, sur l'air de la *Supplique pour être enterré sur la plage de Sète* : "Les vacances n'étaient pas prévues à la mer, / On était allés voir les hauts glaciers qui fondent, / Les bouquetins qui se morfondent", etc.). Le groupe, dont on se demande comment il a pu mettre son programme au point en si peu de temps, est bissé plusieurs fois. À 18 heures, le bal.

Déjà le jour baisse, il reste deux heures avant la nuit. Les musiciens du Brame des Serres sont de nouveau sur scène. Ils commencent par une sorte de valse lente. Et voilà Sébastien et Christine, Paul qui invite Mme Barthélemy, Gaël et Lucile, et d'autres encore, oublieux de la venue des Eaux, et alors, Noé, je me suis tournée vers toi, tu m'as regardée avec bonheur, tu as pris ma main, ton autre bras autour de ma taille, et nous avons commencé à danser avec l'assentiment des amis qui souriaient, et peut-être des morts dans les sphères célestes ou les espaces quantiques, selon les antécédents culturels.

Dimanche 30 septembre, 20 h 45

Oui Marie, nous avons dansé les yeux dans les yeux comme disent les chansons, la fidélité aux clichés nous faisait rire. Nous avons oublié les Eaux, les morts étaient peut-être à nos côtés, leurs mains frôlaient les nôtres, dans l'ombre ils approuvaient notre choix de continuer, contents de la légèreté qui nous entraînait sous les tilleuls.

J'aimerais poursuivre sur le même ton, raconter la soirée d'hier qui s'achève avec le jour. Les lampes à huile éclairaient peu, moins vives que les sourires. Après la soupe de 20 heures (je la précise : abats de poulets, oignons, restes du riz, improbable mais bon), les derniers rires, les embrassades, on regagne les maisons. On se donne la main Marie et moi. Dans l'ensemble, le village trébuche moins le soir : "on se fait à la nuit", dit Mme Barthélemy. Avec l'ombre des vies il n'en va pas de même.

La porte à peine refermée, on y frappe. C'est Matthieu, tout essoufflé :

— Il faut que vous veniez, Manon a disparu, elle n'a pas rejoint la maison avec les autres. On la cherche.

— Enfin, elle est grande, Manon, et les aventures d'après bal ?

— Pas du tout son style d'après ses copains, ils sont inquiets. Ceux qui ont des lampes de poche se retrouvent devant les Chasseurs.

— On vient.

C'est la nuit, les petites lumières semblent l'épaissir. Fouiller le village est facile mais dès l'envers des maisons il y a les jardins, les appentis, les hangars, les chemins, les haies. Cinq ou six groupes se dispersent dans l'obscurité. Si Manon s'est avancée dans la campagne il faudra revenir le matin. On explore le moindre recoin mais la lampe des portables s'essouffle, plusieurs s'en retournent déjà. Vers 21 h 30 on entend des appels du côté cimetière. Elle est allongée au pied du mur, pas loin du terre-plein où gît la bande de Méolane (tout le monde évite cet endroit). Germain est déjà là. Marie s'agenouille, prend le poignet de Manon, recherche le pouls.

Germain (à Marie) : "elle est inconsciente, pouls un peu accéléré, plaie transversale au cuir chevelu, plutôt superficielle mais souillée. Les pupilles sont normales, les réflexes aussi, pas de saignement d'oreilles. Pour le moment je dirais traumatisme crânien avec perte de connaissance". Il montre un gros bâton à moitié pourri. "Tu as vu ce truc ? On a dû la frapper avec ça, elle a des éclats de bois dans les cheveux. Je ne pense pas qu'il y ait fracture mais attention au risque d'hématome. Attendons qu'elle reprenne connaissance, elle nous en dira plus, si elle se rappelle." Marie regarde autour d'elle. "Il faut la transporter au dispensaire, et la civière, bon Dieu, qui s'occupe de la civière ?" Dans un à-propos théâtral surviennent alors Gaël (le menuisier compagnon de Lucile, trop de prénoms, on ne s'y retrouve plus) et ses copains, avec ce qui a tout l'air d'une civière, bois et grosse toile. "C'est bien ça que tu veux ? C'est mieux que pas de civière du tout, les pieds se replient." Marie les empêche de soulever la blessée. "Attention, on doit la tractionner pour la mettre sur la civière, un problème vertébral c'est toujours possible, je vous montre."

Matteo nous a rejoints entre-temps, il me prend à part. "Les fêtes finissent mal aux Serres. Juste après la Saint-Laurent, noyade universelle, et aujourd'hui agression le soir même, est-ce qu'il va falloir craindre Noël ? Alors il y a aussi chez nous quelqu'un capable de ça."

Dans le halo faible des fenêtres du dispensaire les gens attendent en silence. Quelqu'un amorce une remarque : "comme s'il fallait absolument que…". La même question est dans toutes les têtes : qui est l'enfant de salaud ? Lucile vient dire que Manon est sortie de l'évanouissement, et puis (elle hésite), si vous repérez un homme, cheveux clairs, plutôt grand, visage ou bras griffés, Manon ne se rappelle pas l'avoir vu avant.

À ce moment-là je pense à l'arnica dont j'ai préparé des dilutions, d'où aller-retour à la maison aussi vite que l'autorise la nuit. Et puis, à Marie : Tu lui donnes ça, arnica 9 CH, cinq-six gouttes dans un peu d'eau toutes les deux heures, une minute sous la langue, ça marche dans les traumatismes. Depuis les préoccupations médicales elle me sourit, pas sûr qu'elle m'ait reconnu.

Je rentre en compagnie de Julien et Flora, Matthieu et son amie Charlotte, encore une nouvelle disent les plus ou moins indigènes (Matthieu est connu comme le cœur d'artichaut dans le village, là il se pourrait que ce soit plus durable, ce que je souhaite, elle semble très sympa). On n'arrive pas à parler. Au moment de se quitter, Julien demande comment on va faire maintenant pour ne pas se soupçonner tous les uns les autres, ce salopard a mis un ver dans le fruit. Je rappelle que Manon dit ne pas le connaître mais on est nombreux, on peut ne pas mémoriser un visage. Quelqu'un venu de l'extérieur (mais d'où ? comment ?) aurait été remarqué.

La Saint-Michel se termine en sombre.

Une fois à la maison, Marie au dispensaire, la fête et le bal tout brouillés, ma page noircie au propre et au figuré, le plus sage est d'aller dormir.

1er octobre, 8 heures

Aujourd'hui commencent les p'tits-déj'-déjeuners, deuxième service à 9 heures. J'espère y rencontrer Marie mais elle a déjà dû retourner au dispensaire. La coupe du frêne pour la ramée qui devait avoir lieu aujourd'hui est reportée à demain. Luca vient de me le dire en allant à l'école, ajoutant qu'il y a réunion à 14 heures. C'est aussi aujourd'hui 1er octobre que prend effet le conseil communal tournant. Proposé par la mairie début septembre, il réunira les gens élus en mai dernier et un nombre égal de volontaires tirés au sort, chacun disposant d'une voix. L'équipe municipale est renouvelée tous les trois et non tous les six ans, on ne peut se représenter qu'une fois. Pour le moment la distribution des fonctions ne pose pas problème.

Après le repas je vais voir comment se portent les plantations de vivaces. Les pluies ont aidé la reprise. Antoine m'a parlé de quelques pieds d'armoise aurone près d'une ruine au-delà de Pierregrosse. Avant de l'introduire il faut que je me renseigne sur cette médicinale, l'ancienne "arquebuse", abandonnée depuis des siècles.

Une idée soudaine me fait reporter la suite à ce soir.

1er octobre, 19 h 20

J'ai filé aux Chasseurs, sûr d'y retrouver quelqu'un de la mairie. À l'entrée du resto, Léa, Denis, Matthieu et quelques autres faisaient semblant de ne pas surveiller l'entrée mais scrutaient chaque nouvel arrivant de la tête aux pieds. J'ai fait signe à Denis qu'on se retrouve à l'écart, d'abord je lui ai dit que leur guet ne servait à rien, le type n'allait sûrement pas se jeter comme ça dans leurs bras. Et puis, écoute, un grand plus ou moins blond que Manon n'a jamais vu avant, ça ne te dit pas quelque chose ? Yvan, celui de Méolane, il garde là-haut avec Vincent, on le connaît peu, c'est le premier été qu'il vient ici, je ne dis pas que c'est lui l'agresseur mais ça ne vaudrait pas le coup de se renseigner un peu en appelant Méolane ?

— Tu me suis à la mairie ?

Le talkie-walkie marche toujours mais on s'en sert peu. Les nouvelles de Méolane restent mitigées. Ils disposent de bonnes réserves de nourriture, la nécessité de semer le plus possible de céréales semble entendue, la conversion au mode collectif avance mais des blocages absurdes persistent. Je sors sur le perron, m'assois sur les marches, je voudrais que le cauchemar se termine mais il restera toujours tapi quelque part, comme patiente cette eau chargée de mort derrière les toits du village, la lumière du matin lui fait des reflets pêche.

— Tu as peut-être mis dans le mille, dit Matteo derrière moi, Méolane a un dossier sur Yvan, son nom de famille c'est Laurenti, il a fait un séjour en prison, une histoire de vol avec violences, sorti il y a deux ans et on l'a perdu de vue. Il s'est mis au vert pendant six mois en venant garder les bêtes par ici, les alpages, ça aide à se faire oublier. Je leur ai dit qu'il avait sans doute pris un vélo et qu'il pouvait très bien rouler vers chez eux en ce moment, s'il n'est pas déjà arrivé. Il a des parents là-bas, c'est un réseau qui peut le cacher. Les gendarmes vont surveiller la route au pied du col. Et après, je leur ai demandé, si vous mettez la main dessus, vous en faites quoi ? Évidemment ils n'ont pas pu me répondre. Alors, je leur ai dit, prévenez-nous, il s'agit d'une tentative de meurtre, pas du vol d'un œuf, on ne peut pas laisser ce mec-là dans la nature.

Je fais remarquer que soupçon ne fait pas culpabilité, même si le soupçon qui a démarré dans ma tête se renforce.

— Ça veut dire qu'il va falloir le juger.

— On ne va pas le balancer à l'eau une pierre aux pieds.

— Pour le moment on doit rechercher des témoignages, est-ce que quelqu'un aurait vu Manon parler avec un grand type plutôt blond, des choses comme ça. Je vous laisse faire la com, la paperasse m'appelle. Vous savez que je suis joignable à tout moment par téléphone. Il faut trouver aussi des volontaires pour un aller-retour jusqu'à Plan-Haut, si Yvan n'a pas reparu ce sera un indice supplémentaire.

Pendant le déjeuner, Denis est monté sur sa chaise et a résumé la situation. Au cas où, qu'on vienne le voir à la fin du repas, et quelqu'un ou quelqu'une répète cette annonce au deuxième service. Et si deux ou trois d'entre vous se sentent dispos pour une grande balade, la cuisine leur prépare le pique-nique.

Avant de retourner au champ, je passe au dispensaire. Cinq ou six copains de Manon attendent devant la porte, c'est l'équipe qui défriche vers chez Sébastien. Est-ce qu'ils savent comment elle va ce matin ? Très choquée, répond une petite brune avec une moue dégoûtée, pas de suites graves, aux blessures physiques en tout cas, on attend de la voir. Je jette un œil par la fenêtre, moi c'est juste pour deux mots à Marie. Je frappe légèrement au carreau. Survient Lucile, grand bonjour et tentative de faire comprendre par signes que. "Elle arrive, collégien", dit Lucile. Marie a le visage fatigué mais elle me sourit. On se regarde un moment sans parler, envie de lui effleurer la main et puis quoi encore ? "Tu peux dire à Manon qu'on a une piste sérieuse, ce n'est pas quelqu'un du village, on va le retrouver, rassure-la. Et si jamais tu veux te reposer, je connais une maison avec odeur d'herbes sèches, et tu vois ici des gens qui patientent depuis l'aube, ils voudraient bien faire la bise à une amie si c'est le bon moment." Marie referme la fenêtre, entrebâille la porte. "Pas de visites à l'hôpital le matin (cinq secondes plus tard, le temps de voir s'afficher l'air dépité), mais exception pour la famille, entrez." Elle ne referme pas avant de m'avoir fait un deuxième sourire.

Les réserves assurées pour la journée malgré tout ce qui nous pèse sur l'échine, je pars au champ en sifflotant (discrètement) l'air des Sept Nains.

1er octobre, 20 heures

On va finir par faire blocs à part Noé et moi. Blocs pour liasses de papier disparates, mais la pénurie s'éloigne depuis qu'on a trouvé des tonnes de copies vierges dans la maison de vacances d'un prof, il en raflait peut-être de temps en temps pour les mémoires qu'il n'a pas pu écrire.

Manon se remet, mais les idées restent sombres. Elle avait discuté avec l'homme et lui avait dit qu'elle faisait des études de paléontologie. Il invente une histoire de tronc de palmier fossile employé en linteau, à voir absolument, et l'entraîne jusqu'au cimetière. Elle ne veut pas parler de ce qu'elle a subi mais ce serait bien qu'elle y arrive, peut-être avec Germain mais c'est un homme, par nature suspect dans les circonstances. Pour le moment on la garde au dispensaire, les copains de la Cité des Jeunes se relaieront bientôt auprès d'elle. La gendarmerie de Méolane n'a rencontré personne sur la route du col. Pour ce qui est de Plan-Haut, il faut attendre car les émissaires auprès des bergers ne sont pas redescendus ce soir. Pas très envie de savoir que ce type continue de rôder par ici. Comme il a faim il devra s'approcher du village.

Ai-je le droit d'écrire que je suis vannée ? Tout le monde ici se donne au maximum. Ce soir je me dis que le dispensaire, tout imparfait qu'il soit, est quand même une bonne idée. Le niveau d'asepsie horrifierait le directeur d'hôpital le plus négligent mais on fait avec les moyens du bord. Encore à propos de soins : il se peut que ton arnica 9 CH, Noé, aide à réparer le traumatisme de Manon, au point de vue physique en tout cas. Mais c'est un cas particulier, dans une situation où il n'y a que des cas particuliers on ne peut rien conclure, et mieux vaut ne pas avoir à répéter souvent l'observation.

Avec Noé qui écrit à côté de moi sur le même pupitre, on ressemble à des lycéens tenus de rendre compte d'une sortie scolaire, est-ce qu'il ne vaudrait pas mieux ? (Mon idée s'est perdue.) Est-ce que la fête du 29 est contredite ? Est-ce que la pesanteur qui nous tombe dessus en annule toute la légèreté ? Aucune machinerie humaine sans grains de sable. Même dans les thébaïdes des premiers siècles il devait se tramer des guéguerres. Aux Serres, attention : le bruit court qu'une pénurie d'huile menace. Il est temps de boucler cette chronique du 1er octobre !

Pour se brosser les dents, on en est à la poudre de feuilles de sauge, des prospecteurs recherchent une argile fine. Quant aux brosses elles-mêmes…

Noé ? Noé dort sur sa page. Demain, tout le monde au frêne.

2 octobre, 20 heures

(C'est Marie, au cas où on ne distinguerait plus.) Longue journée, plus beaucoup d'énergie, peu de lumière. Pas de nouvelles d'Yvan Laurenti sauf la certitude qu'il n'est pas retourné à Plan-Haut. Les bergers ont évoqué un type bon travailleur mais renfermé, ne participant jamais aux veillées, toujours l'air de ruminer.

La tête de Manon se répare bien mais pas au-dedans. Plus long demain ?

3 octobre, 19 h 30

Hier, avec la récolte du frêne, on a bossé comme des dingues. À peu près tous les Serrois valides sont partis après le déjeuner, les uns à 9 heures, les autres à 10. On dit maintenant "déjeuner" pour le repas du matin, ce fourbe qui veut faire aussi office de p'tit-déj'.

Première étape, l'espèce de bocage au-dessus du Jas Neuf, un plateau peu pentu vers l'ouest avec des prés plutôt riches où les éleveurs coupent le meilleur de leur foin. Pas un vrai bocage mais quand même des alignements irréguliers où dominent les frênes. Denis a montré la façon de couper qui épargne le plus possible les arbres : ne jamais faire de moignons d'où rejetteraient des pousses anarchiques, permettre aux branches de poursuivre leur plan de croissance en laissant un "tire-sève", tailler de cette façon-ci les jeunes pieds destinés à devenir des têtards fourragers, de cette autre les arbres adultes autrefois traités en colonne, etc.

Outre beaucoup de vieux draps pour transporter la récolte, on a apporté tout ce que le village possède de tranchant : scies, hachettes, serpes, faucilles, couteaux de cuisine, ceux-ci plus nombreux que les premières. Blaise va devoir forger en priorité des serpes et des faucilles pour le fagot, sans parler de la moisson. Si on pouvait survoler la scène de très haut on verrait une fête religieuse tibétaine déployant ses grands drapeaux de prière. Il y a aussi toutes les échelles du pays, et le pôle infirmier pour les probables coupures et les possibles chutes. Marie viendra dans la journée quand Germain la remplacera auprès de Manon. La consigne, dont on ne mesure pas encore la rudesse, c'est : un mètre cube de feuilles fraîches par personne, branches exclues. Ceux qui disposent d'une pièce non occupée, d'un garage ou d'un grenier propres rapportent le ballot chez eux, sinon on dépose les feuilles à la salle des fêtes. On les étale au sol sur les toiles, le moins épais possible, on les retourne souvent, elles sèchent vite sans s'abîmer. Comme elles deviennent cassantes, on les replie alors dans les draps pour éviter les pertes au transport.

L'armée récolteuse prend position, dresse les échelles, étend ses toiles, vérifie les tranchants. Denis fait le tour des équipes, montre ce qu'on prélève, ce qu'il faut conserver, ce qu'on fait des branches effeuillées (quand elles sont bien droites on les met de côté pour les tomates ou les haricots de l'an prochain). Les récolteurs finissent par intégrer les conseils. Ceux qui n'ébranchent pas les arbres enlèvent le plus possible de bois à ce qu'ils ramassent au sol. Au bout de trois heures, quand on fait la pause, il y a déjà de jolis tas de feuilles. On avale des litres d'eau. Quelqu'un demande "vous savez où on peut trouver une bonne bière bien fraîche ?" Je pense au demi avec la mousse qui déborde, j'en salive au point que c'est douloureux.

Je fais équipe avec "mes élèves", Adèle, Maya, Élise et Joseph. J'en profite pour résumer quelques usages du frêne, un antirhumatismal utile en cures longues, délaissé depuis longtemps, à expérimenter. Autrefois réputé comme aphrodisiaque mais les textes ne sont pas clairs, c'est associé à toute une symbolique autour de l'arbre avec les serpents en bonne place. Comme par hasard, au XIXe siècle, on a des observations intéressantes de médecins sur le traitement des morsures de vipères avec le jus des feuilles fraîches, ça, il faut le garder dans un coin de la tête !

Comme c'est une belle journée sans vent on laisse les feuilles ressuyer sur les draps. Encore deux stations de récolte. On change de commune mais plus personne pour protester. Les Serrois de longue date n'ont pas franchi la limite d'un pas léger, de temps à autre ils jettent un œil vers en bas, là où était Le Revest-de-Clap, nos petits ennemis quotidiens, nos cousins, nos copains, les voisins qui assuraient notre supériorité comme nous la leur. On a l'impression pénible d'attenter à leur bien, alors notre barde et maire l'apaise. "Pour ceux qui viennent d'ailleurs, je voudrais dire qu'on est passés sur les terres du Revest-de-Clap, c'est la commune voisine, du dessous malheureusement, ils ont tous péri, je leur dis merci et je les salue." Alors on s'est immobilisés pendant une minute, un chant de merle passe là-dessus et on pense que les Revestois disparus nous entendent.

Marie rejoint l'équipe vers les 13 heures. À son arrivée elle me dit bonjour en frottant son front contre le mien, j'en oublie complètement le frêne, elle fait la même chose avec Caducée donc plus de raison d'être jaloux. Je vérifie la bonne écoute de ma leçon en demandant aux élèves de lui redire à quoi sert le frêne, m'aperçois que ce n'est pas tombé dans des oreilles sourdes. Et Manon ? Elle est avec Germain, il saura peut-être atténuer le choc post-traumatique. Ce soir elle dort à la Cité des Jeunes, peut-être la meilleure thérapie.

Pas d'accident grave mais quand même une sérieuse coupure. Nettoyage à l'eau bouillie et pansement imbibé de trois ou quatre gouttes d'huile essentielle de lavande (on en trouve dans presque chaque maison). J'ai lu dans une enquête des années 1980 que lors de la récolte de cette plante à la faucille les blessures ne s'infectaient jamais. De toute façon c'est ce qu'on a de mieux.

En fin de journée, au vu de la quantité de feuilles ramassées, le pari a l'air tenu. Les équipes au bord de l'épuisement regagnent le village et il faut encore suer sous les ballots même si on les porte à plusieurs. La répartition de la récolte dans les diverses maisons est tout sauf évidente, trop de feuilles, pas assez de surface où les étaler. On croise Mme Faure qui se rend aux Chasseurs, les anciens s'y retrouvent l'après-midi, on lui explique le problème, elle n'hésite pas une seconde. "Mais il y a aussi l'église, ce n'est pas parce que j'y mets des fleurs qu'on ne doit pas y faire sécher des feuilles ! Vous vous débrouillez pour enlever les bancs et les chaises, je sais que vous remettrez tout en place." Avec les "salons" des grandes maisons, la salle des fêtes et trois ou quatre garages on parvient à tout étaler. Restera le transport jusqu'à la bergerie de Berle (nouveau nom de l'ex-colonie de vacances), où l'équipe "moutons" a ouvert une grange dans un bâtiment annexe. Ce sera une nouvelle ponction dans la réserve de gasoil mais les bêtes disposent d'un bon complément pour l'hiver. Les humains se retrouveront moins bien lotis.

On verra avec Vincent si l'on doit aussi couper de la ramée de chêne. Il faudra se hâter car les arbres jauniront bientôt. Et il va falloir commencer la récolte des glands. Le chêne, heureusement, c'est l'arbre dominant à notre altitude. En France on n'a pas (ou que très peu, et pas ici) de glands doux, mangeables tels quels, comme au Maroc ou dans le Sud de l'Espagne. Les nôtres ont beaucoup de tannins, on doit les préparer pour les rendre comestibles, par exemple en les faisant bouillir dans plusieurs eaux avant de les consommer. C'est une ressource très importante, des tonnes et des tonnes rien que sur ce qui reste de la commune, et l'année semble bonne. Je préfère ne pas trop penser aux mois d'hiver où ça pourrait devenir la seule nourriture.

La lampe vacille, Marie dort déjà. Vais essayer d'atteindre le lavabo et de me brosser les dents sans faire tomber trop de trucs. C'est une drôle de gageure d'en faire un maximum et en plus de raconter ce qu'on a fait.

4 octobre, 19 heures

Manon a regagné la Cité des Jeunes où ses copains l'ont fêtée (avec prudence). Aucune nouvelle d'Yvan Laurenti. Les gendarmes de Méolane sont sur tous les fronts, plus occupés à essayer de définir le contour des communautés que par la recherche de l'agresseur. Ils ont du moins fait le tour de la famille, qui dit ne rien savoir. Aucun signe d'une présence éventuelle aux Serres. Comme les vélos sont devenus un bien commun, on ne sait plus où se trouve celui qu'on avait enfourché la veille. Des gens ont vu un homme répondant à la description d'Yvan en train de parler avec Manon le soir du bal. On en sait largement assez sur Y. L.

Maintenant, j'espère que tu ne vas ni te couper avec la dernière lame de cutter ni te brûler avec la dernière allumette en lisant ce qui suit. Tu sais que le bilan de santé des Serrois a commencé aujourd'hui avec les prénoms en "A". Plutôt bon dans l'ensemble, les pathologies chroniques ont l'air sous-représentées, peu d'antécédents lourds, mais il faut voir la suite. Le scoop (sans trahir le secret médical) est ce "cas" des plus intéressants pour la communauté : il va y avoir une naissance en mai prochain ! Ça reste anonyme jusqu'à ce que l'intéressée décide de l'annoncer elle-même.

À part ça, plus de papier toilette (tu te rappelles comme les gens en faisaient des stocks lors des crises sociales ou sanitaires !), plus de tampons et pas encore de substitut, le savon arrive à sa fin, la lessive n'en parlons pas, les brosses à dents s'aplatissent, les crayons raccourcissent, les allumettes se raréfient, le sucre n'est plus qu'un souvenir, les lampes à huile seraient prêtes il ne leur manque que l'huile, etc.

Flottement général depuis la Saint-Michel (ou bien c'est moi qui doute ?). Cette fête qui aurait dû nous allonger les ailes semble plutôt les rogner. Pas seulement à cause de l'agression de Manon, c'est aussi comme si nous avions mangé la carotte qu'on s'était mise devant le nez et qu'on avançait en hésitant sans plus savoir vers où. Le travail de préparation à l'hiver, c'est un engagement trop vague : même si on ne le montre pas trop on a le découragement facile. On ne va quand même pas fêter Halloween, ni les anniversaires, et Noël est encore loin. Il faut en discuter avec les jeunes, ils sont plus à l'aise que nous avec l'usage du temps. Les jeunes : comme si je n'en faisais pas partie ! Mon statut de première arrivée post-catastrophe ne m'octroie pas le titre d'ancêtre des nouveaux venus.

Humeur bien fluctuante ! Vite, je me prescris trois cuillerées à soupe par jour de sirop du Dr Coué, fameux contre l'asthénie et les risques de déprime. Il ne faut pas penser à ce qui va manquer ou manque déjà, mais se féliciter de ce qui est acquis, et bien acquis : bois de chauffage, feuilles de frêne, lait des vaches, poules, miel, et aussi dispensaire – à considérer non au regard du bloc opératoire mais de l'infirmerie napoléonienne –, etc.

Et toi Noé, tu te précises chaque jour un peu plus comme les couleurs d'automne sur les pentes (on pourrait trouver moins niais !).

5 octobre, 8 heures

Pas nécessaire d'ajouter à ce que tu as écrit hier soir, mais j'en ajoute bien évidemment. Comme toi je ressens ce "flottement" que l'automne favorise sans doute. On va bientôt faire le point sur "l'état d'avancement des travaux", ça précisera la situation, j'espère que ça pourra la rééquilibrer.

Si on avait du temps pour la balade on irait voir de près les taches rouges au pied des falaises. C'est l'arbre à perruque, le fustet, un cousin des sumacs, comme eux il pète le feu en octobre, une merveille ! Il faut regarder ses feuilles devant le jour, on voit la transparence des nervures, "chaque feuille est un vitrail". Dire "c'est beau", ce ne serait pas la bonne définition des humains ? Ce qui nous différencie des, etc. Mais les nazis trouvaient belle la musique du quatuor juif qu'ils allaient gazer. L'autre soir, rappelle-toi, la beauté du coucher de soleil sur les Eaux pourries. Qu'est-ce qui ment dans ces histoires ? Qu'est-ce qui est vrai quand il est vrai que c'est beau le coucher de soleil sur les Eaux pourries (certains assurent qu'elles puent, se serait-on habitués ?). Est-ce que je mens moi aussi quand je dis que. Au secours, docteur ! Les remèdes Coué ne suffisent plus. Je ne connais pas de plante contre le doute.

Qu'est-ce qui ne ment pas ? Plein de choses éparpillées : la chorale des jeunes, la minute de silence au-dessus du Revest, les feuilles de frêne sur les draps, l'offre de Mme Faure de les mettre à sécher dans l'église, tes derniers mots, Marie. Ça suffit, les déplorations !

5 octobre, 19 h 35

Par moments je me demande pourquoi je continue à noircir des feuilles alors qu'on a oublié l'entorse au pouce. Cette chronique, c'est ton truc à toi, ta béquille à toi, qu'est-ce que je continue de faire avec ? Est-ce qu'il ne faudrait pas envisager une pause dans le dialogue par journal interposé ? En même temps y contribuer devient nécessaire, ça donne un ancrage à nos foutues vies flottantes, censées regarder seulement vers l'avant parce qu'elles ont trop à oublier. D'autres nous rejoindront, ils écriront avec nous un passé acceptable, ils ont déjà commencé. On pourra revenir un jour sur ce qui s'est fait, dire "on a vécu ça, on est repartis de ça". Nos attentes, nos questions, nos incertitudes, nos craintes, nos bonheurs, tout ça fabrique du passé commun. Ça me va d'en être, je veux contribuer à fabriquer cette mémoire-là.

Griot, ça te dit quelque chose ? Un griot récite les généalogies et les hauts faits de sa société. Je te nomme griot des Serres, avec la charge de lire à voix haute ce que le griot, assisté d'une femme-médecine griotte (n'est-ce pas charmant ?), a consigné sur les fondations de la nouvelle mémoire. Tu auras le droit de sélectionner ce qu'il te semble bon de partager. Voilà qui pourra occuper les veillées d'hiver ! Les commentateurs futurs qui reviendront au texte original apprendront que le griot et la griotte, un jour… Mais ceci est un chapitre annexe. Comme dans *Les Mille et Une Nuits* il y a des histoires emboîtées. Le génie n'est pas encore sorti de la lampe.

Ouf ! Je voulais faire une pause mais il y a encore tellement à dire !

6 octobre, 7 h 40

Quand je me suis mis à ce journal le jour même de la Montée des Eaux, c'était pour me lancer une bouée (tant pis pour l'image). Sur le moment je l'ignorais, bien sûr. Comme c'était impossible de parler à qui que ce soit, je me suis parlé à moi-même. Il est probable que d'autres, ailleurs, tiennent aussi la chronique des heures et des jours d'après. Plus tard on fera peut-être l'analyse comparée de nos témoignages, ce qui ne manquera pas de passionner les historiens et autres sociologues (l'ancien prof est insubmersible).

Il s'est écrit une histoire dans l'histoire dès le moment où je t'ai aperçue à la fenêtre des Blaches, Caducée dans les bras. À notre insu car on ne se voyait pas, tu étais seulement une personne piégée et moi quelqu'un qui venait te secourir. Dire qu'on ne se voyait pas, et on l'a répété plusieurs fois, ce n'est qu'à moitié vrai, même quand on ne veut pas voir on voit. C'est surtout qu'on n'était pas concernés par ce qu'on voyait, on avait fabriqué ce radeau improbable et on était partis sur une eau à proprement parler innommable vers une personne qui demandait du secours, Julien, Matthieu et Noé agissaient sans se demander pourquoi.

Peu à peu on s'est vus. Tu n'aurais pas demandé à dormir à côté de moi si je t'avais rebutée pour une raison ou pour une autre, que j'aie accepté tient à des raisons analogues. Les gens se retrouvaient plus seuls que jamais des gens au monde n'avaient été seuls, ceux qui nous étaient proches dans le petit espace sauvegardé ne le compensaient pas, personne ne pouvait remplacer qui que ce soit, et en même temps il fallait se remettre à voir, à reparler, ne fût-ce que pour se donner des limites, retrouver une présence dans le monde grâce à celle des autres, ceux qui n'avaient pas disparu. Je me rappelle, quand tu as été malade, tu m'as dit à peu près "si on ne parle plus on meurt". C'est pour ça aussi que j'ai poursuivi ce journal, et qu'il soit passé à deux voix signifie déjà qu'on n'est pas morts.

Quant à occuper la place du griot ! Oui, c'est une bonne idée qu'il y ait ce retour, comme on disait, aux gens du village, ce qu'on a écrit peut aider à la cohésion. Il nous reste à sélectionner les passages trop personnels, pour le dire comme ça. Mais pas sûr qu'on trouve le temps de recopier de quoi faire une version expurgée ! Tu imagines les interrogations des commentateurs du XXVe siècle qui auront trouvé les manuscrits dans des jarres cachées dans ces grottes des falaises encore à découvrir ! Ça ne veut pas dire que je nous croie en train de rédiger les nouveaux Évangiles.

6 octobre, 18 h 30

Beaucoup de choses aujourd'hui, j'espère pouvoir tout dire.

Ce matin, travail au champ avec Élise, Adèle, Maya et Joseph. Les plants ont à peu près tous repris. On a pu colmater le bassin et, même si l'arrivée d'eau reste maigre, il se remplit. Joseph voudrait installer sous le bassin ce qu'il appelle maintenant la "zone humide", une fois la réserve pleine elle bénéficierait de la surverse. On pourrait y introduire des plantes franchement hygrophiles comme la reine-des-prés et la salicaire. Même s'il n'y a guère de surverse estivale, à moins d'une évolution du climat vers plus d'humidité, c'est une idée à creuser (ah, ah !). On ne prétend pas créer un marécage ex nihilo mais, dit Joseph, un réseau de mini-canaux avec des vannes qui diffuseraient l'eau de part et d'autre, une sorte de jardin d'oasis. On a bien sûr plaisanté sur l'arrivée des dattiers aux Serres dans l'hypothèse d'une aggravation du réchauffement (mais trouve-t-on encore des dattiers quelque part ?). J'ai proposé à mes aides de s'occuper de l'arquebuse dont m'a parlé Antoine, je leur pointe la ruine sur la carte et à eux de retrouver cette armoise qui reprend très facilement de boutures.

À midi, toujours pas de nouvelles d'Yvan Laurenti. Une fois qu'on est à Méolane on peut continuer loin, mais rejoindre la première ville émergée suppose un haut niveau en alpinisme. Et comment passer inaperçu parmi des gens aux aguets qui affrontent les mêmes soucis que les nôtres ? L'accueil n'est plus la première des priorités dans les anciennes stations, familiales ou non, je suppose que c'est plutôt tire-toi en vitesse.

On a commencé à faire l'état d'avancement des travaux, comme on dit moitié sérieux, moitié rigolards. Malgré des faiblesses, le bilan n'est pas mauvais. Près de cinq hectares défrichés et labourés seront bientôt semés. La qualité de la semence par contre est incertaine : seigle déjà un peu vieux de Bernard, chez Paul orge des poules incitées à pondre davantage et qui devront en plus se passer d'orge. La semence de blé dur ne manque pas, celle du blé tendre trouvée au moulin a de bien faibles aptitudes germinatives mais donnera peut-être de quoi faire une petite parcelle l'année prochaine. Pois chiche et lentille provenant des placards et autres réserves domestiques seront semés au printemps. Il reste assez de gasoil dans les fermes pour finir l'année, mais peu probable que la traction animale lui succède sans à-coups ; là, pas encore de solution – mais Bernard vient de castrer deux jeunes veaux, espérant les voir bientôt sous le joug, joug dont on a trouvé un modèle converti en lustre au plafond d'une maison "réquisitionnée". Qu'échanger contre un couple de chevaux de Mérens ? Les outils attelés qu'on a pu réunir sont en moyen ou mauvais état.

La bergerie est presque prête pour les brebis qui vont bientôt descendre. Comme on ne peut pas conserver la viande (mais essais de fumage en cours, avec du lapin !), le troupeau ne diminuera que peu à peu. Les anciennes terres cultivées passées à la friche, très étendues, sans parler du taillis, assurent un pâturage d'hiver correct, mais les agneaux nés pendant l'été ne seront pas vendus et l'on risque de se retrouver avec plus de bêtes qu'il n'en faudrait pour les disponibilités fourragères. Côté poules, Paul a le renfort des coqs venus des autres fermes et des trois ou quatre pondeuses sauvées des Eaux, mais pour que son poulailler se mette à pondre il faut aussi du grain, etc.

On a rentré assez de bûches et installé les poêles appropriés. Le charbon de bois réclamé par la forge de Blaise, le nouveau venu de Méolane, va réactiver les anciennes charbonnières. Denis a rappelé qu'il y a une coupe de l'hiver dernier toute prête à mettre en meule dans le taillis de hêtre, on ne l'a pas enlevée à cause de la difficulté du transport, mais le charbon de bois est léger, il pourra être descendu facilement. Blaise compte lancer une charbonnière avant la fin du mois. Plusieurs sont impatients de participer à l'opération qui suppose de passer trois ou quatre nuits dans la forêt.

Au moulin du Bèveron les réparations avancent bien, ces derniers temps grâce encore aux compétences ferronnières de Blaise. Même sans enclume il a su reforger des pièces déformées, ses trucs pour débloquer les engrenages ont marché (huile venue du coffre des voitures). La remise en eau du bief et du canal d'arrivée (terrassement important) devrait débuter avec les prochaines pluies d'automne quand le ruisseau reprendra un cours crédible. Certains voient une possibilité de pisciculture dans le bassin, des carpes, encore faudrait-il trouver les carpes, et qu'il reste assez d'eau l'été ! Du moins pourra-t-on peut-être avoir de la farine pour la bûche de Noël.

Ce qui concerne l'éclairage reste incertain. Pas de suif (en attendant la graisse des moutons) pour mouler de mauvaises bougies, et la cire est trop précieuse. L'équipe a fait des lampes à huile avec des boîtes de sardines (certaines tirées des buissons, toutes rouillées), elles brûlent de l'huile de table, ne fonctionnent pas moins bien que ce qu'on peut espérer d'une lampe à huile. Les mèches sont en coton tressé. L'an prochain on ramassera beaucoup de noix après avoir fabriqué un pressoir. Que d'énergie pour passer la marche arrière ! Pour le moment, si le photovoltaïque est réservé au dispensaire, dont le toit était déjà équipé, on envisage d'alimenter le resto avec des panneaux récupérés à droite et à gauche (par exemple aux Chalus, qui disposaient aussi de l'autonomie électrique). Sans oublier les vélos avec un alternateur à la place de la roue arrière. Il y a aussi deux ou trois réservoirs de gaz, l'un aux Chalus, les autres associés à des maisons de vacances, mais les déplacer pose des problèmes techniques pour le moment insolubles.

Maria a déjà commencé à monter un four à plâtre. L'autre matin aux Chasseurs elle a sorti la carte géologique du coin (toujours dans sa poche, dit-elle) et nous a montré les niveaux où il y a du gypse. La cuisson du calcaire pour la chaux, qui demande une température bien plus élevée que le gypse du plâtre, ce sera pour plus tard. Elle assure que le plâtre grossier en crépi résiste aussi bien aux intempéries que la chaux. Grâce à elle, Gilbert sort de ce qui semblait l'assigner à la gravure des plaques funéraires. Notre vieux maçon est enthousiasmé à l'idée de se mettre à fabriquer les matériaux de base qu'il a employés toute sa vie sans trop s'interroger sur leur provenance. Maria et lui se sont aussitôt reconnus comme collègues, les voir discuter ensemble aux Chasseurs est un plaisir.

Côté pharmacie, le volet médicinal, dont l'approvisionnement me revient, est loin d'être satisfaisant. À cette saison, évidemment plus de plantes printanières, je n'ai ni lierre terrestre, ni primevère, ni coquelicot, ni tilleul, etc., tout cela est resté en bas, l'huile de millepertuis aussi est sous les eaux. Le volet industriel, si on peut encore le qualifier comme ça, s'est déjà beaucoup rétréci et fabriquer du paracétamol n'est pas pour l'an prochain. Cependant, les deux pharmaciennes, Carole et sa collègue de Méolane, ont des projets autour de la morphine et de l'aspirine. Reste à souhaiter que l'hiver ne complique pas trop une situation sanitaire (visible) pas des plus mauvaises.

Pour ce qui concerne le sel, Antoine propose de transporter des chaudrons à la source de l'Eau salée et de faire évaporer sur place, où le bois de feu ne manque pas. Notre instit-naturaliste assure que le taux de sel est élevé puisque le petit marécage sous la source héberge deux ou trois plantes des sols salés comme la samole, et même, mais là j'ai peine à le croire, une salicorne. J'irai voir avec lui. Quant au sucre c'est plus compliqué. Où peut-on trouver des graines de betteraves sucrières ? On n'a pas de jus de raisin à faire réduire. Il va falloir étendre le rucher (où Jeannot a déjà plusieurs disciples très attentifs).

Le flottement, ce serait d'abord du côté des produits de la vie quotidienne dont l'origine importait peu quand il suffisait de tendre la main au supermarché. Des choses comme l'encre à écrire se fabriquent sans problème (écorce d'aulne ou galle de chêne pulvérisées plus limaille de fer), mais où trouver de la soude pour faire du savon, sans parler des corps gras à saponifier (ici aussi on attend la graisse des moutons) ? La saponaire est rare dans le coin mais on peut envisager de la mettre en culture. Et que substituer aux allumettes ? Marie a déjà évoqué ce qui manque au niveau domestique. Bientôt on ne pourra même plus se torcher avec du papier journal ! Tous les efforts portent sur l'immédiatement nécessaire, à commencer par la nourriture, même si là aussi il faut se montrer prudent. L'essentiel des pommes de terre a été réservé pour la semence de l'an prochain. Le seul légume qui apparaisse désormais sur les tables aux Chasseurs est la courge, on va en manger jusqu'à l'épuisement des réserves de Sébastien (et des mangeurs) et cohabiter avec elle dès qu'il commencera à faire froid (elle gèle vite, autrefois les gens la conservaient dans l'étable). Il y a encore des poireaux et des carottes dans les jardins, gardés pour la graine. Je ne suis pas arrivé à sécher beaucoup d'ortie. Les salades des champs vont réapparaître mais on ne peut pas les ramasser n'importe où ni n'importe comment, et surtout on est nombreux.

D'autres questions restent en suspens, à commencer par la transmission des connaissances. L'école, qui englobe désormais le niveau collège, va bien. Les enfants adorent Mme Faure. Gagnés par les passions naturalistes d'Antoine, ils vont ensemble sur le terrain avec enthousiasme. Julie est douée pour l'enseignement des maths et de la grammaire, plusieurs intervenant(e)s y ajoutent la physique-chimie, l'anglais, l'italien. Pour ce qui est de l'histoire, et surtout de la géo, les temps sont compliqués. Du côté des grands, les propositions restent imprécises, on attend de l'hiver qu'il autorise à la fois la disponibilité des professeurs et celle des étudiants. Les apprentissages manuels, eux, progressent sans plan établi, à la ferme ou à l'atelier les équipes se perfectionnent peu à peu autour de ceux qu'on appelait avant les "maîtres de stage". Les stages sont prévus pour durer *in saecula saeculorum*.

Il va falloir que je me fasse un peu de méthode pour la transmission qui débutera vraiment au printemps. Rien que dire le mot "printemps" donne de l'élan, ça sous-entend qu'on aura réussi à passer l'hiver.

D'ici au printemps… Les Robinsons pas solitaires que nous sommes font comme leur modèle du XVIIIe siècle : ils accumulent les occupations, mais cette fois pas pour éloigner les risques de solitude ni seulement assurer la survie : pour reconstruire un monde, rien que ça. Dans cette hâte, il se fait des enclaves calmes et le bruit qui en profite est celui des cœurs battants. Marie, tu vas dire que j'en arrive franchement au nunuche, c'est tout à fait ça, j'assume puisque, tu le sais bien, ça rend idiot.

Dimanche 7 octobre, 6 h 30

Noé dort encore, ça va de soi. Moi qui, enfant, n'arrivais pas à me lever à temps pour l'école, le tempo de l'hôpital, complètement déréglé malgré des allures strictes, a fini par m'enseigner un sommeil à la demande. Maintenant, j'en suis à ne plus savoir précisément ce qui s'est passé la veille tant les activités s'empilent. Germain et moi on arrive à la lettre B du bilan de santé. Ça reste assez bon dans l'ensemble, même si on rencontre des cas ennuyeux, comme une probable polyarthrite rhumatoïde et on n'a évidemment pas de recours dans les maladies auto-immunes, et ce qui ressemble à une hépatite B, à suivre de près. Pas évident, la perte des moyens diagnostiques et thérapeutiques (nième ressassement). Sur le plan général, on relève pas mal de signes du stress post-traumatique : insomnies, cauchemars, fatigue, baisse d'intérêt pour le partage social et les activités, etc. C'est un problème qui peut entraîner bien des ennuis. Apaiser pourrait devenir plus difficile encore que guérir.

Toujours rien sur Yvan Laurenti. Je me demande ce qu'on ferait de lui si on le retrouvait. Comme on ne va ni le fusiller ni le pendre, qu'il est impossible d'ouvrir une prison pour lui tout seul (sans doute, il pourrait avoir un jour de la compagnie, mais faut-il penser à ça ?), ou de lui attacher un boulet aux pieds, etc. C'est un problème qu'on ne va pas résoudre en le refilant à d'autres.

J'ai de quoi ajouter une page sans creusement de tête ni épuisement de stylo-bille, celle que m'a remise hier Arthur de la part de Martin, l'un de ses copains de Lyon, ex-futur ingénieur (il travaille aussi à la remise en état du moulin). Elle a sa place évidente dans notre chronique, dont tout le village semble maintenant connaître l'existence. Elle renferme une proposition des plus intéressantes. Le moment de la bifurcation, où notre micro-histoire quittera la grande histoire sur la pointe des pieds, pourrait bien approcher, cela signifiant aussi que nous trouvions, toi et moi, une autre forme d'expression de ladite micro-histoire. Crois-tu qu'elle est devenue assez grande et responsable pour se séparer, en tout cas dans le principe, de l'espèce de sociologie aussi belle que bringuebalante qu'on fabrique ici plus ou moins à deux ?

(De Martin, remis le 7 octobre)

"On m'a dit qu'il se fait une sorte d'encyclopédie des événements et réflexions aux Serres depuis le jour de la noyade générale. Je ne connais pas encore les encyclopédistes, je ne sais pas s'il s'agit d'une seule personne ou d'une équipe. Quoi qu'il en soit, tous les gens ici ont des choses qui leur pèsent sur le cœur, dans la tête, sur le dos, partout, beaucoup d'entre nous sont écrasés, et même si l'on s'efforce de paraître solides, on est des gens fissurés qu'un coup de plus peut casser. On a donc plein de choses à évacuer avant d'essayer de consolider. Les paroles du 12 septembre, c'était utile mais pas suffisant, comme les décorations ne guérissent pas les blessures.

Ce que moi j'ai à dire ici pourra paraître décalé, mais aussi aider à mieux se situer. Devant les mêmes problèmes, les réactions sont loin d'être identiques.

Juste pour me présenter : Martin Chemin. Je me suis retrouvé aux Serres avec la bande de copains lyonnais à la fois piégés et sauvés. J'étais dans une école d'ingénieurs. Je voulais travailler dans le domaine des énergies renouvelables pas menteuses, pas en elles-mêmes destructrices à un niveau plus ou moins caché. Je m'intéresse aussi à la philo. J'ai sûrement perdu toute ma famille, c'est aussi pour ça qu'avec les autres jeunes dans la même situation on est soudés comme la famille la plus soudée. Le serment de nous entraider toujours, de nous écouter mutuellement, de travailler le plus possible ensemble à remettre en état ce monde foutu à au moins 90 %, on ne l'a pas prononcé dans une cérémonie, mais c'est tout comme, la cérémonie a été le plus grand sacrifice de tous les temps, ça suffit pour des millénaires.

Je viens de finir un livre américain trouvé dans notre nouvelle maison, traduit en français en 2013 sous le titre *La Constellation du chien*. D'après

Mathilde, qui l'a lu avant moi, ce roman aurait fait un tabac au début des années 2020 lors de la pandémie de covid-19, sept ans après sa sortie. C'est une dystopie où plus des neuf dixièmes de l'humanité disparaissent à cause d'une sorte de grippe meurtrière, l'histoire s'accordait parfaitement alors à la peur de fin du monde réactivée par le virus.

Donc, presque tous les gens sont morts, les villes brûlent (on ne sait pas pourquoi) mais il reste des supermarchés remplis. Des bandes tatouées, armées d'arcs et de massues cloutées, se promènent dans la nature, pillent et massacrent. Les bons sont des sédentaires surarmés tirant sur celui ou celle qui vient avec obligatoirement des intentions mauvaises (serait-ce un enfant). Le narrateur, lui, est un gentil aviateur, poète, pêcheur de truites, il tue par obligation, partage le gîte au bord d'un aérodrome à l'abandon avec un ex-commando qui a fait l'Afghanistan (sur-surarmé, il a même des mines et un mortier), il finit par enlever (dans son vieux Cessna) une fille et son papa, lui aussi ex-commando, parce que la sécheresse menace le petit éden secret de la mini-famille, les deux ex-commandos se tombent dans les bras, etc.

Ce que je veux dire, c'est que, à l'arrière-plan de ce bouquin, il y a l'exaltation du postulat survivaliste : c'est le plus fort-plus malin qui gagne, les autres sont d'abord des menaces. Mais le narrateur gentil va quand même apporter de l'aide régulière à une sorte de secte évangélique mal en point. Ça répond complètement au schéma américain de la société : en premier lieu la violence, directe ou détournée via la spéculation et autres mascarades du profit, ensuite une générosité bien comprise et affichée.

Par rapport à ce qui se passe ici, je me suis posé des questions. Il y a eu la bataille des Serres contre de vrais méchants (je sais d'où viennent les kalachnikovs, no problem) mais on n'a pas pour autant construit des fortins aux entrées du village avec des guetteurs prêts à tirer sur tout ce qui bouge. Mieux que ça, l'intention de base, ici, c'est la mise en commun, et maintenant la reconstruction à la fois en moins et en mieux.

Ce que je me demande, c'est pourquoi on choisit toujours la guerre, aux USA et en d'autres pays obsédés par l'ennemi, sans aucune pensée d'échange ni de réparation, et qu'aux Serres, ailleurs aussi dans l'ex-Europe j'espère, on privilégie le partage. Les sociétés surarmées doivent finir par ne plus penser qu'à travers une lunette de visée. Les malheureux dont l'aventure s'est terminée sur la place du village étaient de ce bord-là, même sans fusils à lunette. Cette guerre, c'était une mini-guerre mondiale, pas forcément des bons contre des méchants, mais de ceux qui pensent contre ceux qui obéissent. On a eu la chance de se retrouver chez des gens qui s'efforcent de penser.

D'où cette proposition : est-ce qu'on ne pourrait pas se mettre à réfléchir en commun sur tout ça, reprendre l'idée du café philo, ces réunions conduites par des intellos discrets sachant laisser la parole aux non-intellos qui n'en ont pas moins des idées, et bien des choses à dire ? Ça pourrait être l'amorce d'une université populaire, un lieu de réflexion, dans la foulée du programme de la mairie. À la Cité des Jeunes, on est partants pour se lancer là-dedans.

Parmi les sujets à débattre en priorité, je propose : « Presque fin du monde : comment continuer ? » Je le redis à haute voix à la fin d'un prochain repas, du même coup je saurai peut-être qui m'a lu !

Salut et fraternité !"

7 octobre, 20 h 40

Les choses se précipitent. Le journal est passé au dialogue et maintenant d'autres paroles y cherchent place. Ta suggestion, Marie, d'y accueillir les témoignages extérieurs a ouvert une brèche, les gens ont terriblement besoin de parler après des semaines de sidération. La "bataille", les nouveaux morts ont sans doute posé un second couvercle sur le mutisme, notre vie archi-occupée ne suffit pas à faire diversion. Il faut trouver des systèmes de décompression (de "décompensation", c'est bien ça qu'on dit ?) avant que les couvercles sautent ou, pire peut-être, que la pression s'épuise avant un apaisement partagé.

On n'a pas fait de "retour sur catastrophe(s)", on a supposé que parler une fois en public de ceux qu'on a perdus pouvait suffire à tranquilliser, pour le moment en tout cas. Je ne vais pas dire que ç'ait été cautère sur jambe de bois, ça a fait du bien, mais, comme dit Martin, un rituel n'efface pas miraculeusement les peines individuelles. L'humanité n'a jamais vécu un tel choc, ses ondes vont se propager pendant des siècles. Je me dis que beaucoup de sociétés, maintenant, peuvent avoir des réactions pareilles aux nôtres, elles foncent tête baissée dans une idée plus ou moins valide de l'avenir, se détournent tout de suite de ce qu'il est impossible de seulement penser, mais l'impensable travaille toujours en nous comme le ver bien caché dans la poutre, il faut l'éliminer avant que la maison s'effondre.

J'aime bien quand tu qualifies de "sociologie aussi belle que bringuebalante" ce qui se construit maintenant ici entre les mots et les actes. Ça s'est imposé presque de soi-même. Tu m'as signalé que ce journal ne donnait pas la parole, je suis allé la chercher, seulement des petits portraits-témoignages, et le bruit se répand que quelque part au village on rassemble des écrits, et il vient de nouveaux témoignages spontanément. Le texte de Martin montre bien qu'on veut le partage des pensées, pas seulement des savoir-faire. La proposition de café philo, il faut la saisir au vol, d'autant plus que ça aidera forcément à la délivrance des têtes.

Pour ce qui concerne les cœurs, on ne va pas établir une statistique des possibilités de rencontres dans la nouvelle société serroise, ce qui voudrait dire faire le décompte des gens établis (!) et des célibataires, la balance des âges et des sexes, distinguer les préférences sexuelles, etc., une sorte de flicage où toute la commune serait distribuée dans de petits tiroirs et on n'apprendrait rien de plus. Je préfère m'en tenir à ce que tu appelles les "micro-histoires". Chacun(e) a la sienne. Si, du dehors, on peut aider les micro-histoires, leur permettre de se vivre plus clairement, ça contribue à la souplesse de l'ensemble. Comme on a tous reçu le même coup, il y a bien de la thérapie commune à mettre en place, thérapie de groupe pour le bien des singularités.

On est confrontés à une férocité incompréhensible. La Montée des Eaux, c'est peut-être un sale coup d'extraterrestres en train d'observer passionnément, pour leurs archives des sales coups, les diverses façons de se dépatouiller maintenant à l'œuvre chez les humains (comme des "enfants méchants" s'amusent de voir courir en tous sens les fourmis dont ils ont dévasté l'habitat). Nous, les petits Terriens-cobayes, on leur dit merde aux extraterrestres, on s'obstine dans ce qu'il semblait nécessaire de réparer bien avant leur sale coup, on continue à vouloir faire de l'humain plus conscient (mon vieux refrain). On transforme le coup de massue en coup de fouet salutaire et on se tire encore une fois de l'ornière.

Tu connais bien mes rengaines. Quand il s'agit de ce qui nous concerne toi et moi, ça se passe plutôt dans l'improvisation. Je ne vais pas refaire l'historique de notre micro-histoire à nous mais tu sais aussi que la récitation des mythes d'origine conforte les sociétés et les assure dans la durée. Est-ce qu'on fait société à deux ? Notre mythe d'origine est si peu banal qu'on le redira dans mille ans. Je ne sais pas si on nous aura transformés alors en jumeaux primordiaux, ceux qui ont engendré le peuple des récitants. Ce qu'on peut affirmer : on représente beaucoup d'ancêtres et aussi d'espoirs et d'amours qui voulaient se vivre, ils n'ont plus que nous pour s'accomplir, il faut se montrer à la hauteur.

Dans la pratique ? Je ne suis pas sûr qu'il nous soit possible de sortir de ce récit maintenant à plusieurs voix, même en catimini. On ne va pas se mettre à faire chronique à part, on ne sait pas de quoi demain sera fait, comme dit la sagesse populaire qui n'avait pas prévu le Deuxième Déluge. Notre micro-histoire est une pièce d'un patchwork qui parle, dialogue, interfère, elle choisit encore ses interlocuteurs ; un jour tout cela sera regardé comme la tapisserie d'une apocalypse qui cherche à se convertir en renaissance. Ugh, j'ai parlé ! Mais la femme-médecine aura de toute façon le dernier mot. Entre-temps nous aurons su réserver à ce qui concerne seulement la micro-micro-histoire de Marie et Noé la bonne place qu'elle mérite.

8 octobre, 7 h 15

Un dernier commentaire, mon capitaine de l'Arche. Si on respecte toi et moi une distance un peu pareille à celle de Tristan et Yseult (cette nuit encore, Caducée vient entre nos duvets comme l'épée dans le roman, Caducée changé en épée : l'image est quand même raide !), ce n'est pas seulement à cause de la catastrophe, de nos fidélités noyées, etc., il s'agit aussi de la peur de défaire l'étonnement d'avoir rencontré un nouvel autre. Ce qui se recrée nous semble tellement fragile que ça en devient intouchable, comme si on avait gonflé une bulle de sécurité entre nous et qu'on redoutait de la voir éclater à la moindre inattention. Je sais, j'ai embrassé ta main, je t'ai pris par la main, j'ai dansé contre toi, et nos allusions grosses comme ça, mais ça ne contredit pas l'épée-Caducée. J'ai toujours peur, et toi aussi, je sais. Si on attend que les Eaux baissent pour changer de registre, on risque d'attendre longtemps. Mais on est bien ensemble dans ce roman courtois qui traverse une forêt terrible, je me sens toujours en sécurité chez toi, avec toi. Même ta façon de parler sentencieuse me plaît car elle n'est pas affectée, je sais qu'elle te protège, du coup j'en suis rassurée. Il s'est déjà fait des passages, on va tomber sur une clairière, forcément, et là les sorts se déferont, tu verras.

Aujourd'hui, suite de l'inventaire des petits et gros bobos. On va finir les B mais certainement pas les C. Rencontrer tous les habitants des Serres est une bonne chose, pour autant j'espère ne pas les revoir avec une demande médicale au-delà de nos moyens. On ne sait rien de ce que le nouvel état du monde va ralentir ou accélérer côté pathologies, mais on peut déjà prévoir une baisse de l'espérance de vie. Le bilan positif au 8 octobre, ça tu le sais depuis longtemps, c'est qu'on réunit plutôt des bonnes, et même des très bonnes têtes. Tu vas voir que je vais finir par prétendre que la Montée des Eaux c'est de la sélection naturelle juste précipitée !

8 octobre, 19 h 20

Allez, pendant qu'on y est, encore une dose de commentaires tous azimuts. Autant moi que les autres on peste contre l'inaccessibilité de l'information (par exemple, où trouver une image, un schéma de charrue à traction animale, ou la recette élémentaire du savon, quand on n'a pas les livres et qu'internet a rendu l'âme ?), et même on garde le réflexe de chercher le mobile dans sa poche quand il y aurait un moment à immortaliser (ce mot nous reste aussi en tête), on est débranchés pour longtemps et maintenant il faut se rebrancher sur la réalité au premier degré, elle propose des prises partout, elles sont sous nos yeux, on les cherche et on a beaucoup de peine à les trouver.

La réalité était devenue un puzzle infini, dispersé par les images qui fabriquaient à côté de nous le fameux univers virtuel où l'on pouvait, certes, trouver des aides formatées mais aucun secours durable. Et l'univers virtuel s'est résorbé d'un coup alors qu'on avait déjà perdu l'usage simple du monde. Ça signifie qu'on avait remis tout l'avenir aux pouvoirs technoscientifiques (comme on disait), dont on ne pouvait pas imaginer qu'ils allaient disparaître, on attendait même qu'ils sachent vaincre l'obligation de mourir, en effacer la peur chez les humains désormais rassurés par la possibilité de télécharger un jour l'application Vie Éternelle.

On retrouve l'obligation très ancienne de faire avec le réel brut, non enjolivé, non éparpillé, non reformulé en morceaux simplistes prêts à consommer, ni expliqués une fois pour toutes par la croyance. On est devant lui avec les savoirs du XXIe siècle qui ne servent plus à grand-chose. On employait des machines hors de la compréhension commune mais parfaitement "interactives", elles nous permettaient d'avoir en quelques secondes sous les yeux un livre rarissime de la Bibliothèque nationale, le cours de nos actions chez Véolia Environnement, la photo du petit-fils en vacances à la Réunion, ou de se gaver de séries bien addictives, de jouer avec les inventions de la console qui n'a jamais rien consolé, l'essentiel étant de prendre ses distances avec le réel, de se rapprocher de celui qu'on réduisait à des calculs d'un bord et à des images démultipliées de l'autre. Ce monde à la fois compliqué et facile nous altérait la pensée. Maintenant c'est un autre monde, et il va falloir construire une pensée à sa mesure aussi rétrécie dans l'espace qu'inexplorée dans ses possibles.

Il faut que je m'arrête ici. Sinon nos nombreux lecteurs à venir finiront par m'attendre à la porte de la maison avec des pancartes (il restera bien des cartons) où je pourrai lire : À bas les intellobscurs, assez de paroles tordues, on veut du clair, on n'est pas des têtes à concours, etc. Mais je saurai répondre : on est tous des têtes neuves, on doit aussi bien réapprendre à penser qu'à faire du feu sans allumettes !

Et nous, on fera semblant de se rencontrer le jour où la colombe reviendra sur l'Arche un rameau d'olivier au bec (ou analogue, j'aime pas trop la rengaine roucouleuse). C'est pour bientôt.

Moins lyrique : aujourd'hui, première récolte de glands sous les arbres isolés et sur les lisières, là où les pieds produisent le plus, d'abord pour les cochons de Sébastien et les poules de Paul, un peu pour nous. En ce qui concerne les poules, comme on ne sait pas trop si elles les acceptent, s'ils sont toxiques ou non pour elles, Paul va les ajouter peu à peu à leur ration. Sinon, boulot fastidieux en perspective : on va essayer d'en peler le plus possible car leur enveloppe dure et immangeable contient encore plus de tannins que la chair. Une fois écorcés, on pourra les faire sécher plus facilement, et aussi les torréfier et les broyer pour un substitut de café. Ça s'est fait en d'autres moments difficiles de l'histoire. Il faut voir aussi du côté de la chicorée sauvage, commune par ici, mais sélectionner en culture une lignée à grosse racine est très hypothétique. J'ai lu que les fruits du gaillet gratteron, torréfiés, donnaient le meilleur succédané de café (les deux plantes sont de la même famille), mais c'est une herbe que je n'ai pas ramassée jusqu'à présent, à l'automne elle a disparu, et puis ses fruits sont très petits.

9 octobre, 19 h 25

Après le four à plâtre, Maria entreprend de construire un four à pain sous un hangar derrière les Chasseurs.

Parce que, dit-elle, le moulin finira par tourner et qu'on aura du grain à lui fournir, ne serait-ce que pour une tranche de pain par personne le dimanche. Sa carte géologique lui a permis de localiser des grès peut-être pas franchement réfractaires mais qu'elle croit bien résistants au feu (après expérimentation sur place). On a trouvé deux sacs de ciment adéquat dans une maison à la restauration interrompue. Reste encore à dégrossir le grès, à le rapporter des collines du Bèveron et pas question de le faire à la brouette. Les ânes du Pas d'Âne commencent à s'initier à un transport plus lourd que les sacs de randonneurs, pas question pour autant d'en faire des bêtes de somme corvéables à merci. Les jeunes qui ont découpé la vieille 4L et lui ont adapté des brancards essaient de convaincre les cadichons d'y prendre place sans rechigner. Pour le moment ils protestent, mais ils finiront par comprendre que servitude non violente acceptée égale récompense (là, j'entre dans la case de l'oncle Tom).

"Tu viens demain avec nous à la battue ? m'a demandé Geoffroy ce matin (il porte toujours une sorte de bandage-turban, Marie me dit que c'est pour frimer car sa blessure est cicatrisée), on ne mange plus assez de viande, moi en particulier. On aurait pu y aller plus tôt mais avec tous ces trucs à mettre en route. J'ai un fusil pour toi. Ils sont là, il y a beaucoup de glands cette année, c'est possible aussi que le défrichage les attire, ça ramène des racines en surface, des bulbes, si on ne les limite pas ils vont faire des dégâts après les semis. Outre les vieux que nous sommes, il y aura aussi Julien, Denis, Matthieu, Jeannot et Georges. À 18 h 30 aux Chasseurs ?" J'ai préféré remettre à plus tard, cédant ma place à Arthur, qui a bien mérité une matinée de vacances. Sa blessure à la bataille du 2 septembre et son implication dans ce qu'on appelle en toute modestie le "développement agricole" l'ont naturalisé serrois. Ils nous raconteront.

9 octobre, 21 heures

Magali met la charrue avant les bœufs, elle démarre un levain avant qu'on ait la moindre idée du moment où le moulin va tourner, où l'on pourra compter sur assez de farine et où le four sera prêt à la chauffe. Elle emploie la farine des cuisines dont on a déplacé les réserves jusqu'à la resserre des Chasseurs. Gaël, de son côté, fabrique un pétrin en noyer avec le bois d'un vieux lit-bateau. Cette désinvolture me plaît : on fait comme si c'était gagné d'avance. Encore faut-il ne pas se montrer trop présomptueux : il ne coule pas beaucoup d'eau dans le Bèveron, le moulin est à la bonne grâce des nuages.

Robinson arrive à s'en sortir parce qu'il trouve dans le bateau naufragé de quoi manger pendant un bout de temps, des outils, des fusils, de la poudre et pas mal d'autres choses. Aux Serres on a une chance analogue, mais on est deux cents alors que lui est seul. Aux repas, on perçoit une certaine inquiétude car les menus se ressemblent de plus en plus, avec dominante de courge. Heureusement, les vaches donnent du lait pour les enfants et, grâce aux écrémeuses à manivelle, de la crème pour doper la valeur nutritionnelle des courges. On est en déficit de protéines, végétales et animales, et aussi de lipides malgré la bonne volonté des vaches. La battue aux sangliers programmée pour demain devrait permettre de varier un ordinaire plutôt terne malgré les efforts aromatiques de Magali, en attendant l'arrivée des brebis. Le bilan de santé ne montre pas de signes de dénutrition, en tout cas pour le moment, mais il ne faudrait pas réduire trop les protéines car pas mal de germes opportunistes sont prêts à se précipiter sur les terrains affaiblis, sans parler des atteintes aux muscles et au squelette. Il est vrai qu'on ne sait pas grand-chose de la nouvelle écologie des germes opportunistes.

On a continué aujourd'hui de recevoir l'alphabet (adulte) du village au dispensaire. On a fini les C et commencé les D. Toujours plus ou moins les mêmes observations, quelques pathologies chroniques maintenant difficiles à contenir, et surtout des signes du stress post-traumatique. Il va falloir en parler aux Chasseurs avec Germain, proposer quelques trucs pour au moins le réduire. Et on ira voir les enfants à l'école un prochain jour avec blouses blanches (si on en trouve) et stéthoscopes, on leur fera écouter leur propre cœur, ils vont adorer. Mais plus question de vacciner. A posteriori, les manifs de protestation contre la vaccination anti-covid du début des années 2020 semblent à la fois dérisoires et scandaleuses. Si les vieilles infections reprenaient du tonus, typhoïde, polio, tétanos, rage, et combien d'autres, nous ne pourrions que constater notre impuissance. On a perdu confiance dans la science médicale (pour ne parler que de celle-là) parce qu'elle s'est enfermée dans un discours opaque, impénétrable à la compréhension commune. Elle s'est compromise avec les pouvoirs et la spéculation, elle n'a cessé de déléguer son perfectionnement aux machines, nous étions réduits à des organismes incompréhensibles de leur propre conscience. J'ai emboîté le pas à cette science-là qui faisait des miracles, et ses miracles étouffaient toute question. Restent les questions, et plus de réponses miraculeuses.

Ce qui nous arrive au dispensaire, ce n'est rien d'autre que le nouvel état du monde. On ne sait presque rien sur la façon dont il va évoluer. Peut-être que de nos constatations sans autres repères savants que ceux qui nous restent dans la tête nous allons apprendre un autre regard sur le vivant, une autre façon de l'aider ? Ça ne pourra se passer que dans l'humilité, déjà pour éviter les déconvenues trop fortes. Les "non-spécialistes" cessent d'être regardés automatiquement comme des imbéciles quand les "spécialistes" sont tenus de les écouter. Et moi qui décèle des signes de stress post-traumatique dans le village, il se pourrait bien que j'en manifeste aussi : ressassement, sommeil moins réparateur, etc.

Quant à l'arrivée de la colombe… S'il faut attendre que les Eaux baissent, pourquoi ne pas commencer par installer l'olivier ? Tu n'en connais pas un, Noé, abrité dans un coin ensoleillé au-dessus de huit cents mètres ? On irait chercher un rameau pour le bouturer ensemble. Autant de temps gagné pour la colombe.

10 octobre, 7 h 30

Il fait beau. Je regrette un peu de ne pas être allé à la chasse, mais, même s'il n'y avait pas du travail au champ, au séchoir, à l'ensachage, etc., des coups de main sont attendus partout. Et en plus ce journal qui finit par nous dépasser ! Aujourd'hui, d'ailleurs, je commence par quoi ? Je vais aller rejoindre l'équipe au champ. On ne s'est pas vus au repas d'hier soir.

Mes “élèves” ont dû trouver l’armoise aurone. En écrivant ce nom, il me vient celui de la menthe-coq, la balsamite, une tanaisie à odeur de chewing-gum, elle aussi complètement oubliée. Où l’ai-je vue ? Sûrement près d’une ruine, mais où ? Je ne sais plus à quoi elle sert, c’était l’une des herbes des jardins médicinaux de Charlemagne. Allez, Noé, mets ta casquette et va dehors. Marie est déjà partie. Son duvet était presque froid quand j’y ai fourré le nez.

10 octobre, vers 20 heures

La battue a ramené deux sangliers, l’un de près de deux cents kilos, ce dont tout le monde se réjouit. La viande a été mise à maturer pendant quelques jours avant de passer à la casserole. La peau est mise à sécher tendue et grattée le mieux possible, moins pour le cuir que pour les poils, même s’ils plaisent aux germes ils pourront être employés à fabriquer les futures brosses à dents. Et l’équipe trouvera sa relève : Arthur est revenu enthousiaste, bien qu’il n’ait pas tiré une seule balle il sait que son admission dans le groupe ultra-fermé des chasseurs signifie qu’il a désormais sa place au clan sourcilleux des hommes du village. Pour la mixité, ça prendra un peu de temps mais les nouvelles habitantes sont en train de secouer les codes. L’époque des femmes aux balai, fourneau, vaisselle, lessive, etc., on ne sait même plus qu’elle a existé. Les chasseurs la perpétuent, en tout cas dans la colline, mais les attributions de genre en ont pris un sacré coup lors de la bataille du 2 septembre, où Jeanne, notre soldate presque inconnue, a perdu la vie en même temps que Francis. Peut-être va-t-il falloir aussi que les chasseurs se rééquipent car il n'y aura pas toujours des cartouches. Georges, qui s'y connaît en arcs, attend l'hiver pour couper du cytise, il dit que c'est moins bon que l'if mais supérieur au frêne. On a aussi des ifs par ici mais haut dans la hêtraie.

Je préférais commencer par les nouvelles positives. Celle qui suit, comment la qualifier ? La battue s'est aventurée vers le col des Trois Cabres où, par endroits, le chemin de l'Eau salée surplombe des ravins. Jeannot, qui pense mettre des ruches par là l'an prochain (outre les pins sylvestres et leur pollen, il y a des replats avec beaucoup de thym), est allé jeter un œil sous le chemin, a vu d'abord le vélo, et puis le corps. Les vautours étaient passés, n'avaient pas laissé grand-chose d'autre que les os, mais dédaigné un très beau collier en or. J'espère que le malheureux était mort avant de servir de repas. Les chasseurs ont recouvert les restes avec des grosses pierres et même planté une croix faite de deux branches. Ce n'était pas raisonnable de s'aventurer de nuit (même si elle était claire ce soir-là) sur une partie aussi dangereuse de la piste. Méolane est prévenu. On ne jugera pas Yvan Laurenti (mais on lui octroie un toponyme : "ravin de la Mort d'Yvan"). Pour le moment ça simplifie les choses, mais il va falloir penser à une réponse à caractère juridique aux inévitables conflits et délits qu'il faudra affronter. Jusqu'à présent ils sont le fait de gens venus de l'extérieur. On va demander au Conseil des anciens d'en débattre, il se met en place à l'allure des anciens. Pour le moment, il manque un(e) coach un peu versé(e) dans les questions de droit. Matteo n'a pas étudié le droit pénal mais c'est encore lui le mieux placé pour fournir des repères.

Quand on a rapporté la découverte à Manon, elle a dit "pauvre type, je n'espérais pas sa mort. Mais pourquoi avait-il pris mon collier ?"

10 octobre, 20 h 30

J'ai vu Manon. La nouvelle de la mort d'Yvan Laurenti la soulage sans la réparer. Sur le plan physique elle va plutôt bien. J'ai conseillé la plus grande immobilité possible pendant encore quelques jours. De toute façon, s'il y avait hématome cérébral, que pourrait-on faire ? Germain et moi, on ne croit pas à un traumatisme aussi grave. Comme l'arnica est dangereux quand il y a plaie, je suis le conseil de Noé et prescris des compresses d'infusion concentrée d'hysope, à renouveler plusieurs fois par jour. Plus arnica homéo par voie orale. Ses amis sont aux petits soins pour elle. Je la crois aussi bien à la Cité des Jeunes qu'au dispensaire. Elle a dit que le collier lui venait de sa grand-mère, qu'elle le portait tout le temps. Pourquoi Yvan l'a-t-il volé ? Est-ce que l'or intéresserait encore certains détraqués ? Elle ne veut plus le voir, elle le donne à la réserve de métaux du village.

Poursuite de la série alphabétique des villageois, jusqu'à G. Plus ou moins le même constat, mais deux histoires assez compliquées (adénome de prostate à surveiller, périphlébite) dont je ne vois pas bien comment on va les traiter (répétition…). Les gens du village ont parfois des bilans de labo et des scanners plus ou moins récents, mais c'est quand même l'exception. Maintenant l'expérience clinique décide de tout, et la mienne est mince. Germain, très bon clinicien, devient mon prof attitré.

Entre parenthèses, Germain, qui allait assez souvent aux Chasseurs dans l'après-midi, en passant dit-il, pour boire l'infusion du jour, semble en pincer pour Magali, et celle-ci, pour peu que la rumeur s'avère exacte, n'y serait pas insensible. Je fais la cancanière, façon aussi d'exprimer l'appartenance à un même équipage.

L'Ancien Testament ne parle pas beaucoup des "dégâts environnementaux" causés par le premier Déluge, ni de ce qui pourrait ressembler à un stress post-traumatique, à moins que la cuite de ton homonyme l'évoque (tu as sans doute remarqué, pas un mot sur les plantes, mais Noé le Patriarche, à peine débarqué, démarre une vigne) ? Il est vrai qu'il ne reste personne pour stresser ! D'eau douce le premier Déluge, puisque cette Montée des Eaux là était causée par les fameux quarante jours et quarante nuits de pluie. Nous qui étions déjà au mont Ararat, nous n'avons pas eu besoin d'embarquer sur l'Arche. Dieu, la première fois, promet qu'il "n'y aura plus de déluge pour ravager la terre" (j'ai trouvé une bible parmi les livres restés au dispensaire), nos prédicateurs n'étaient pas au courant il semble, on aurait pu leur clouer le bec avec ça. Ceci étant, la colombe est-elle revenue, et nous ne l'aurions pas encore vue ? Noé, prends tes jumelles chaque fois que tu sors ! Aucun déluge n'est crédible sans décrue. Sinon comment recommencer ?

11 octobre, 7 h 30

Ce soir on sort les gamelles, on va chercher la soupe et on dîne à la maison avec Antoine (et sa San Pellegrino, et peut-être quelqu'une a-t-il laissé entendre),

Julien, Matthieu et leurs compagnes. Arthur est aussi invité.

On remarquera en passant que je dis "à la maison", formule qui suppose ici, sinon un "foyer", en tout cas un abri où pourrait se remarquer une harmonie. Début août, je disais encore "chez moi".

Je reparlerai demain de la soirée à venir. Après le déjeuner, je prends besace et sacs et vais voir ce que les dernières pluies ont pu faire ressurgir côté moyen Bèveron. C'est un peu loin mais il y a par là le hameau ruiné de la Jasse d'Albert où je ne suis pas allé depuis des années, il réserve peut-être des surprises. Je prends aussi les jumelles, au cas où (colombe ?).

En partant, alors que je me mettais à ces lignes, Marie m'a ébouriffé les cheveux. Il m'en reste l'impression d'avoir traversé un buisson odorant – car elle me vole chaque matin une ou deux gouttes d'essence de lavande.

11 octobre, 17 h 30

Ce qui est bien avec la vie plus ou moins collective, c'est qu'on est débarrassé des obligations domestiques, en tout cas de la préparation des repas et de la vaisselle, sauf un jour ou deux par mois, le cas pour moi aujourd'hui où j'étais "de repas" aux Chasseurs. C'est la deuxième fois que j'y prends mon tour. C'est loin de l'obligation pénible, déjà parce qu'on peut y retrouver Magali et ses filles (elles-mêmes sont relayées), qu'on y parle avec les autres de service, que les sympathies (et aussi les agacements) s'y précisent.

On est une dizaine à éplucher les courges, à émincer les oignons (dont la réserve s'épuise) et désosser les poulets de Paul, bouillis la veille (on n'en a pas tous les jours), à préparer des desserts un peu fantômes car sans farine ou si peu. Tous les ingrédients sont remis avec une certaine cérémonie (le rire se substituant aux protéines) à Magali l'officiante souveraine. Jusqu'à présent elle est arrivée à tenir le pari, sinon de nous rassasier mais de nous nourrir à peu près suffisamment. Non sans rappeler volontiers qu'il est préférable, pour le bien du corps et la tranquillité de l'âme, de "sortir de table avec un léger appétit".

D'accord ou pas, on se retrouve à la plonge, où on emploie maintenant la cendre tamisée comme nettoyant, la saponification s'opérant avec le peu de gras des assiettes. Heureusement que l'eau ne manque pas. Les épluchures et les restes vont d'abord aux cochons de Sébastien et aux poules de Paul, les restes des restes aux chiens et aux chats. Caducée a oublié le temps des croquettes. Et du coup, les composts sont à la peine, il faudra chercher ailleurs. Le temps est déjà loin où les humains jetaient le tiers des aliments tandis que la famine menaçait un milliard d'entre eux.

Suite du bilan de santé. Peu de monde jusqu'à L, où l'on en aura bien pour deux jours. Des problèmes cardiaques à contenir (et plus question de stents) et ce qu'on appelait autrefois des "troubles hépatiques sévères". Leur cause probable supposant en bonne partie le café du coin, ils pourraient régresser d'eux-mêmes. Noé m'a semble-t-il parlé d'une plante qui stimule la réparation cellulaire du foie, un chardon.

Les copains arrivent, vite j'enlève mon tablier ! Les bigoudis ont-ils fait un miracle ? Où trouver un miroir dans cette fichue baraque de mec ? Un p'tit nuage de Soir sur les Eaux, et je vais toute pimpante jusqu'à la porte.

C'est Noé qui assure le secrétariat du repas tandis que je m'affaire aux fourneaux.

12 octobre, 19 h 40

Est-ce qu'on aurait déjà oublié le Déluge ? Marie et moi on a zappé la date (alors qu'on écrit chaque jour une date), jusqu'à ce soir où l'on a vu quelques-un(e)s qui lançaient leurs petits navires de papier. Au second service de midi, où je n'étais pas, Matteo a parlé d'une cérémonie annuelle le 12 août, disant que c'était aussi important de marquer l'anniversaire que, sans doute, de ne pas ponctuer toute l'année de sa tristesse. Chacun restant évidemment libre de la manifester. Je suis d'accord avec lui. On doit se revoir en petit comité lors d'un prochain repas à domicile.

À la Jasse d'Albert, plusieurs choses intéressantes. Un "rosier ancien" du type "gallica", celui qui trace et fait des fleurs au parfum sublime, je les espère doubles comme la rose de Provins ou la rose de mai. À revoir au printemps. Emplois médicinaux mineurs (quand même à vérifier) mais infusion délicieuse. Sauge, bien sûr, en grande quantité au bord des parcelles abandonnées. Tanaisie, dont j'ai ramassé une botte pour les oxyures (probables). Et surtout un mûrier noir, pas repéré quand j'y suis allé il y a des années, dont j'ai prélevé une douzaine de boutures, à mettre en caisse dès demain (ce n'est peut-être pas la bonne saison, à répéter dans un mois). Fruits de plein été, délicieux, très teignants (ce qui explique aussi la rareté de cet arbre arrivé en Europe bien avant le mûrier blanc à soie). On va lui trouver une place dans les lieux pas fréquentés du village. Il y a peu de fruitiers sur la commune et celui-là est des plus rustiques, mais de croissance lente. On n'a pas encore fait l'inventaire des poiriers et pommiers mais récolté leurs fruits, surtout ceux des poiriers, la plupart de type "poire curé" qui peuvent se conserver une partie de l'hiver, en tout cas jusqu'à Noël.

J'en avais plein les jambes mais, après hésitation, j'ai quand même fait le détour jusqu'au moulin en rentrant, histoire de voir où ils en sont. Martin, ex-futur ingénieur des Arts et Métiers, dernier contributeur extérieur à cette chronique, en est de fait le chef de chantier. Il m'a montré avec fierté la meule qui s'écarte et se rabaisse, la trémie neuve, et surtout la roue qui tourne et n'attend plus que l'eau. Le bief est colmaté. Il reste encore à réparer le barrage sur le Bèveron, ce qui exigerait au moins de la chaux et on n'en a pas encore. Il dit que, pour le moment où le débit est faible, on peut se contenter d'un empierrement épais, suffisant pour dériver l'eau dans le canal d'alimentation du bief. La pluie décidera de l'inauguration.

Je n'ai pas vu de colombe mais un couple de circaètes, ce qui m'a semblé bizarre en octobre. Peut-être sont-ils allés eux aussi jusqu'à leur terre d'hivernage et, n'en voyant plus rien, sont-ils revenus ici ? Ils nichent dans les premières falaises, où il y a aussi du moineau soulcie et le tichodrome. Tous ces gens-là ne vont-ils pas se retrouver comme nous avec des problèmes de ressources alimentaires ?

Pas mal de russules dans la chênaie, les roses, celles qu'il faut goûter une à une car c'est presque impossible de distinguer à vue les bonnes des brûlantes, et il suffit d'une seule mauvaise pour se retrouver avec un plat immangeable. J'en ai ramassé au moins trois kilos, m'attendais à une moue soupçonneuse de Magali, mais non, elle m'a quand même demandé "tu es sûr que ça se mange ?" Et comme je lui ai dit que j'avais l'habitude d'en ramasser depuis des années, que de toute façon ce n'était pas toxique, elle a décidé de les mettre dans le prochain "riz à la serroise", comme on appelle ses confections aussi goûteuses qu'improbables. Alors, fais vite, je lui ai dit, ça ne se conserve pas.

La soirée. Si c'est trop long à raconter le rapport s'étalera sur deux jours.

C'était surprenant de se revoir faire des gestes d'avant comme ouvrir la porte et se reculer pour laisser le passage, dire "entrez ça fait vraiment plaisir de vous retrouver ici", des choses banales et rassurantes. Antoine avait bien pensé à la San Pellegrino, il était accompagné de Julie, sa collègue à l'école (et désormais davantage, il semble). Julien et Flora apportaient une miraculeuse boîte de poires au sirop retrouvée au fond d'un placard, Flora l'a posée un peu honteusement sur la table en faisant chut, on a ses faiblesses, c'est la dernière. Matthieu, mon autre vieux copain, et Charlotte sa nouvelle amie (après avoir nourri les ragots du village elle le sidère maintenant par ses hautes aptitudes bricoleuses) disparaissaient presque derrière un gros bouquet d'asters. Arthur, lui, vient avec quelques figues blanches cueillies dans une ruine, tout en s'excusant d'en avoir déjà mangé le quart.

La grosse soupe de Magali, velouté de cèpes s'il vous plaît, épaissie à la maïzena, consolidée avec le blé du moulin, longtemps cuit à part m'a-t-on dit, et un riz aux lardons des Chalus (lardons épars mais on en trouvait quand même), composaient un menu pas bien équilibré sur le plan diététique mais il y aura bientôt du sanglier (les diabétiques ont des repas sourcilleux sur les glucides mais, les pauvres, ils sont exposés à d'autres déséquilibres). Marie et moi, on avait sorti le beau couvert Sarreguemines de tante Élodie, ajoutant les quelques fraises tardives des pieds remontants du jardin, pas encore découragés à la presque mi-octobre.

Super bon moment ! Aussi communards qu'on soit, de longue date ou récents, se retrouver à sept autour d'une table, hors du tumulte dînatoire d'une centaine de personnes, c'est comme un chant de grive après l'orage ! Quand j'ai sorti feuilles et stylo-bille, on m'a demandé si j'étais le correspondant du journal local (ce qui m'a suggéré de démarrer vraiment un journal local, au moins hebdomadaire, au cas où l'on trouverait encore du papier et un moyen de multiplier les textes). Là, j'ai avoué que je prenais des notes pour une chronique tenue depuis le 12 août, à laquelle Marie collabore maintenant mais il vaudrait mieux ne pas l'ébruiter car on risque de devoir se faire chroniqueurs à plein temps et il y a tellement d'autres choses à faire. Demande écoutée poliment, tout le village connaît notre petite entreprise.

Chacun a parlé de ses attributions aux Serres, Antoine et Julie de l'école (qui va bien et même très bien), Julien, animateur polyvalent, se retrouve impliqué dans plusieurs projets (c'est à lui que je vais parler en premier de l'idée de journal), Flora incite les Serrois à faire des enfants pour, comme elle dit, retrouver le boulot qui l'intéresse (entre-temps, elle s'échine avec d'autres à tirer parti du fichier désordonné de notre population), Matthieu raconte son travail à la mise au point d'un récepteur radio qui capterait peut-être, sinon le bout du monde, en tout cas les Hautes-Alpes, Charlotte craint de voir les pneus des vélos s'user, les chambres à air (quand il y en a encore) passer à la pelure d'oignon et ne sait pas bien comment prévenir cet avenir dégonflé.

Enfin Arthur : notre jeune agronome à neuf doigts et demi voit les terres abandonnées repasser à la production (surtout seigle et pois chiche, vu le sol, mais, pour ce qui nous concerne, c'est beaucoup plus intéressant que le genévrier), espère l'arrivée des chevaux de labour, craint qu'il faille les attendre longtemps "et je ne vois pas tout le village en ligne avec des houes !"

Marie et moi on a bien sûr parlé de la collaboration obligée entre vraie médecin de fraîche date et herboriste médiéval, la table répondant que beaucoup d'îles devaient se retrouver moins bien loties, qu'en plus on supposait que, on espérait même, enfin on imaginait, peut-être même à l'église, ça ferait tellement plaisir à cette chère Mme Faure ! Marie et moi on s'est regardés en prenant l'air du vieux couple blasé, pour ensuite éclater de rire. Je n'en mettrais pas ma main au feu mais Marie la tenace aurait pu rougir.

Est arrivée la double question inévitable qui continue de faire le tour des tables aux Chasseurs : pourquoi l'eau est montée, comment elle a pu le faire en une nuit ? Antoine alors a déclaré c'est le moment d'ouvrir la San Pé et de savourer une dernière fois l'eau à bulles de l'ancien temps. Poursuivant aussitôt sur sa théorie de la dilatation en rappelant les observations qu'on avait conduites ensemble sur les poids comparés de l'eau douce de nos ruisseaux et de l'eau assassine. Observations bien sûr diffusées dans le village, et jusqu'à Méolane avec nos envoyés du 13 septembre. Différence de poids spécifique : 335 grammes, un tiers de volume en plus pour un litre de l'eau salée, enfin c'est ce qu'on peut penser puisque le volume d'huile pour un kilo de liquide dépasse celui de l'eau. Pas la peine de tenir compte des quelque 30 grammes en plus du litre d'eau de mer "normale". Mais comment ça s'est propagé aussi vite ? Le peu de physique que je connais, dit Antoine, ne me permet pas d'avancer la moindre réponse, pour autant que la physique permette une réponse.

Pourquoi ? Alors là. En ce moment le village privilégie un coup d'extraterrestres expérimentateurs, ils auraient saupoudré les océans d'un truc à gonfler l'eau de mer et scrutent attentivement les réactions des humains dans la panique. Ceux qui croient à un Deuxième Déluge n'ont pas l'air plus nombreux que lors de la visite des prédicateurs méolanais. Les jeunes, dit Arthur, penchent plutôt pour ce qu'ils appellent (sans rire) une émergence, l'avènement brutal d'un nouvel état de l'eau causé par l'impact des diverses atteintes au milieu marin, à commencer par les milliards de milliards de microparticules de plastique, avec le concours de l'une ou l'autre des nombreuses substances dissoutes dans l'eau de mer, de l'iode au calcium, du magnésium à l'or, sans parler de l'une ou l'autre des innombrables molécules d'origine industrielle dispersées dans tous les écosystèmes. Ça pourrait s'accorder au fait que l'eau salée seule s'est dilatée.

On reste dans l'hypothétique et il est probable qu'on s'y tiendra longtemps. Si la pensée s'immobilise dans la croyance, l'idée de Deuxième Déluge pourrait finir par prévaloir, donc celle d'une punition de l'humanité, donc la soumission obligée à une volonté extérieure, etc. Les sociétés théocratiques ou très imprégnées de religieux en seront dopées là où elles subsistent. Pour vérifier les hypothèses rationnelles, il faudrait disposer de moyens d'investigation et d'analyse qui n'existent peut-être plus nulle part. On peut donc craindre, à terme, une nouvelle dépendance aux croyances simplificatrices, et il est rare que la croyance ne se veuille pas hégémonique, d'où nouvel âge obscur. (En me relisant, c'est toujours le prof qui apparaît. Je crois que si j'étais vêtu de peaux de renard ou de lièvre, je m'exprimerais encore de la même façon !)

— Ça me va, dit Matthieu, d'être d'un village gaulois particulièrement réfractaire, et même plus que ça puisqu'on doit mettre à plat toutes les habitudes, on a une bonne longueur d'avance sur Robinson ! Pour ce qui concerne le pourquoi de la Montée des Eaux, ça me passe par-dessus la tête, sans vouloir faire du mauvais humour. Pendant des millénaires, et davantage, les humains ont cherché à savoir pourquoi ils étaient autre chose que rien, ça ne les a pas tranquillisés, même si ça leur a fait mûrir les idées. Aujourd'hui, on peut d'abord se demander pourquoi il reste des survivants, pour aller plus loin dans les mêmes questions, pour avoir enfin de bonnes raisons de baisser les bras, pour faire mieux avec beaucoup moins ? Puisque je fais partie des élus, je choisis la troisième option, ce qui a aussi l'avantage de laisser les questions en suspens et, qui sait, de passer le relais aux enfants que je ne désespère pas d'avoir, en dépit des circonstances.

Bien sûr, on regarde tous Charlotte en essayant de dissimuler le petit sourire entendu qui la fait rougir. Je fais remarquer à Matthieu qu'il jurait de ne jamais avoir d'enfants dans ce monde sans avenir, tu disais, où on leur laisse tous nos problèmes. Le monde aurait donc de nouvelles chances ?

— Eh les mecs, dit Marie, on vous fait des enfants si on veut bien ! Le repeuplement de la Terre attend d'abord notre consentement ! On a déjà pas mal de choses urgentes à faire. Au cas où vous l'ignoreriez, les grands n'ont même plus de quoi se torcher !

Assentiment des trois autres filles, pas si appuyé que ça tout compte fait, surtout par Flora qui attend d'ouvrir la crèche. Il faudra bien songer un jour ou l'autre à étendre encore les terres cultivables (et à coudre des couches).

(Épuisement des batteries, et du chroniqueur. Suite et fin demain. Je monte dormir auprès de ma fiancée nullement déclarée mais désormais quasi officielle, Caducée tenant fidèlement son rôle de gardien des limites sacrées.)

In extremis : voir s'il y a encore de l'eschscholtzia dans les jardins du village, surtout ses graines. La mettre en culture l'an prochain (insomnies).

13 octobre, 6 h 40

Limites sacrées, tu vois juste, Noé. Ceci dit, il ne faut quand même pas attendre un événement aussi grave et universel que la Montée des Eaux pour rappeler à mon chat que les nuits, si elles fraîchissent, restent belles et propices aux balades de chats. Le passage d'un vol d'oies sauvages pourrait suffire, à défaut de colombe avec olivier au bec (élaiophore ? On peut dire ça ou c'est farfelu ? J'invente le mot dans la foulée de "photophore"), ou l'arrivée d'un dauphin sous le village, s'il reste des dauphins. Il nous faut guetter les signes, et aussi bien vers les Eaux, quelle que soit la répugnance à regarder de ce côté-là. Mais j'aime bien cette carte du Tendre où (dans un paysage violent sans pâtres gentils ni flûtiaux, mais hier j'ai entendu des gens passer dans la rue en chantant, tu imagines ?) nous avançons l'un vers l'autre aussi légèrement que le permet le poids des jours (pas lu *La Princesse de Clèves*, désolée).

Suite du bilan de santé général, toujours assez correct dans l'ensemble, même si confirmation de l'impact du désastre : pas mal d'insomnies, etc. Je conseille aubépine, mélisse, valériane (tu n'as que peu de celle-ci), c'est faiblard à côté des benzodiazépines (il faut apprendre à s'en sevrer pour de bon). Les anciens restés au village, ceux qui n'ont pas été engloutis avec les EHPAD, tiennent plutôt bien la route. Une hypertension lourde n'aura bientôt plus ses béquilles, on devra passer à la feuille d'olivier, remède symptomatique selon ce que tu en dis, Noé, on le prescrira donc à l'aveugle. Souci aussi du côté des antalgiques pour sciatiques, arthroses, etc. Là, pas grand-chose à proposer sinon la reine-des-prés, dont tu dis qu'elle peut avoir des effets secondaires ennuyeux (note de Noé : penser à récolter les feuilles de bouleau, et surtout la sève dès la fin février). Eczéma chez trois enfants, apparu après le 12 août, probable stress post-traumatique. Tu suggères des plantes dont je ne connais évidemment pas le maniement, comme plantain et fleurs de sureau.

Les applications externes suffiront-elles ? Je compte sur l'effet placébo dans ces histoires. Germain a repéré une probable maladie de Crohn, de traitement problématique dans les circonstances, même si le gluten n'est plus très présent dans les menus. Ailleurs sur Terre, le manque de recours doit entraîner résignation, découragement, abandon. Ici, ta présence oblige à se retrousser les manches. Noé, tu dois bien savoir que tu es à toi seul, désormais, nos multinationales pharmaceutiques. Hélas, maintenant, les tisanes sont gratuites, le monde est mal fait !

Roman, un ex-futur biologiste pour le moment occupé aux champs, souhaite aussi recevoir ce que je peux transmettre en médecine. Comme je suis déjà sollicitée par Joseph, Juliette et Pauline, on va pouvoir démarrer un enseignement suivi dès que les plus urgentes urgences seront bouclées. Joseph apprend déjà les plantes médicinales avec toi. Je leur propose de commencer à se former sur le tas en assistant aux entretiens du bilan de santé. Ils apprennent le secret médical avant tout le reste. Germain et moi on les initiera pas à pas à la clinique. La relève est en route !

Il est 7 h 30, premiers rendez-vous du matin avant le repas. Est-ce que je vais secouer Noé ? Allez, je te passe mon poignet parfumé sous le nez, tu vas sans doute embrayer sur un rêve de champs de lavande avec Japonais just married qui sautillent entre les lignes. Reverrons-nous jamais des Japonais ?

Dimanche 14 octobre, 20 h 30

On a beaucoup parlé. C'était presque une soirée entre amis comme avant, sauf qu'on essayait je ne sais quelle huile de friture réformée et juste filtrée, pas pour autant désodorisée (et polluante), dans la lampe made in Les Serres. Et les questions basiques reviennent : est-ce qu'on a vraiment de quoi tenir tout l'hiver ? Est-ce qu'on va vers la monodiète de mouton ? Des choses comme ça. Mais les inquiétudes passaient sur la pointe des pieds, on avait presque envie d'en rire. J'avais préparé un ersatz de thé en torréfiant légèrement un mélange de feuilles de ronce et de noyer, plus un peu de l'anis étoilé qui me reste. Pas mal. Le vrai thé (mais où l'ai-je mis ?), on le garde pour des moments exceptionnels comme Noël ou la Saint-Jean, ou le jour du reflux, qui sait ?

À un moment on est revenus aux enfants, cette fois sans rire. Antoine a rappelé que l'école marchait fort.

— Beaucoup des questions, dit-il, tournent autour de la Montée des Eaux. Leurs dessins ont presque toujours à voir avec l'événement, par exemple quand on travaille autour du thème de la forêt l'expression libre fait apparaître des images de forêts englouties avec des poissons qui passent entre des arbres sans feuilles, quelquefois des oiseaux morts au sol, sans parler des noyés dans les branches. Le traumatisme est très profond. La question du pourquoi revient tout le temps. Chacun d'eux a perdu des proches, beaucoup heureusement étaient venus ici avec leurs parents, d'une certaine façon ils conservent des repères plus sûrs que la plupart des adultes. Vous savez qu'Adama et Koffi interviennent aussi à l'école ? L'un est océanologue, l'autre potier-art-thérapeute. Ils ont beaucoup à nous apprendre. Koffi fait des prélèvements dans le golfe des Serres (un nom qui cherche à dédramatiser, est-ce que ça fonctionne ? Personne n'en use) et tente de les analyser avec les moyens du bord, il n'avance pas beaucoup. Certains le regardent avec suspicion. Il est venu nous parler de l'étagement de la vie marine dont il redoute le bouleversement. Pour finir, dans une situation qui pourrait être perçue comme du dénuement total, j'ai le sentiment de faire l'école de façon plus passionnante que jamais. Les interventions extérieures changent tout, sans parler des catastrophes !

— Pareil pour moi, dit Julie. Je n'ai jamais eu de classe aussi intéressante, on finit par oublier le contexte. Adama a trouvé une argile presque pas calcaire et il compte monter un four avec l'aide de Maria. Chaque enfant veut déjà cuire un ou deux objets. L'avenir de la vaisselle est assuré, on peut se permettre des scènes de ménage ! Et la participation de gens comme Mme Faure ajoute, comment dire, une dimension temporelle formidable. Elle fait le lien avec un passé que les enfants n'ont pas connu. Imaginez que Geoffroy nous a même proposé de venir leur parler de la chasse au sanglier !

Antoine a rappelé les bonnes raisons de s'impliquer dans les actions communes, comme la récolte des champignons ou du frêne, et il en propose à l'intention exclusive de l'école : trouver des bois creux et en faire des nichoirs à installer dans le village, remettre en état des jardins abandonnés, préparer des abris pour les hérissons, etc. Tous les enfants sont enthousiastes, archi-concernés, on dirait que les jeux vidéo n'ont jamais existé ! Sans doute il y a un choc énorme mais l'école a trouvé la bonne direction, je crois qu'on va ensemble vers de la réparation, dit-il. L'école des Serres était fermée depuis 1986, je vous rappelle. C'est quand même terrible qu'il ait fallu cette histoire terrible pour la remettre en route, et sur une bonne route !

Pas possible de tout relater. Je crois avoir rapporté l'essentiel. On était bien ensemble, on a partagé avec une certaine mauvaise conscience mais en levant les yeux au ciel les poires au sirop, les quelques fraises et les dernières figues (encore des boutures à faire !).

Aujourd'hui je suis allé voir comment se portent celles de mûrier noir, c'est idiot parce que je n'en verrai rien de neuf avant le printemps mais j'ai tellement envie de propager cet arbre ! Les amis que j'appelle mes élèves ont trouvé l'armoise aurone et l'ont bouturée. La pluie d'il y a trois jours a nourri mais aussi tassé la terre, on a donc biné et commencé à pailler. Bernard nous a déversé trois ou quatre mètres cubes de paille à moitié pourrie, l'idéal. Avec le fumier de chez Sébastien, on avait déjà préparé le sol pour les nitrophiles et démarré un compost. On a encore fait des plans pour ce qu'on appelle ironiquement la rizière, où l'on voit déjà plein de consoude, de salicaire et de guimauve. Maya a évoqué un étang avec des canards. Où sont les canards au fait, et les goélands ? L'eau est-elle montée trop vite pour eux aussi ?

Et je n'ai pas parlé des potagers où, pas bien loin de notre jardin médicinal mais en dix ou douze fois plus grand, une équipe s'active à préparer le sol, commence semis et plantations : épinard, mâche, ail, etc. Dès le printemps, ces nouveaux espaces de production horticole accroîtront nos ressources alimentaires.

Il est tard, la lampe donne des signes d'épuisement (pas grand soleil aujourd'hui), le rédacteur fait de même. Clap de dernière scène pour ce soir. L'épée qui ronronne a sûrement repris sa place au milieu du lit. Quand reviendra la colombe, il faudra avoir trouvé la boîte de sardines magique capable de rompre le charme félin.

15 octobre, 20 h 10

"Ce soir je te dicte, Noé, si tu veux bien. Le récit de la journée viendra après, s'il arrive. Il y a en moi trop de mauvaises images, j'aimerais les mettre dehors mais je ne peux pas y arriver seule. Il ne s'agit pas de ce que je rumine comme tout le monde à propos de ceux qu'on a perdus mais de la nuit où les choses ont basculé.

La plupart d'entre nous ne se sont rendu compte du drame que le lendemain matin, sinon quelques jours plus tard, moi j'ai vécu le moment même de l'événement, je n'arrive pas à le dépasser, ça revient tout le temps. Peut-être que te le dire et que je le relise après le mettra à distance. En tout cas ça pourrait ébranler des choses qui tournent à l'obsession, elles reviennent même durant les pauses de la journée. J'en ai marre.

Tu sais que j'étais aux Blaches avec deux amis de la fac, un couple, pas envie de dire leurs noms, ils sont avec les milliards qui n'ont plus de nom. On avait loué un petit gîte sur deux niveaux pour une semaine. C'était notre dernier jour. On avait programmé une balade tranquille jusqu'à la source de l'Eau salée et les cheminées de fées qui sont par là, tu les connais, le pique-nique était déjà préparé dans le frigo. Mes amis dormaient en bas, moi à l'étage avec Caducée. La fenêtre était ouverte, il pouvait sortir sans difficultés avec le toit d'un appentis en dessous. Comme c'est un chat peu aventureux je ne m'inquiète pas. Je ne sais pas vers quelle heure, 4 ou

5 heures, il y a eu un bruit énorme, comme d'explosion, après je me suis dit que des fenêtres avaient dû éclater sous la pression de l'eau. Je ne comprenais pas ce qui arrivait, j'ai voulu allumer, mais rien, j'ai appelé Caducée qui miaulait à hurler. Alors je me suis rendu compte que mon lit était entouré d'eau, il y avait des reflets de lune sur des vagues dans la chambre, je croyais encore que c'était un rêve comme lorsqu'on a bu beaucoup trop de bière la veille et que l'envie d'uriner fabrique tout un tas d'images aquatiques, et même il arrive qu'on se réveille trempé. Et puis je me suis retrouvée dans l'eau, j'ai compris que je ne rêvais pas, je me suis mise debout sur le lit, il entrait un vrai flot par la fenêtre, presque tranquillement, pas une houle qui se serait brisée contre la maison, une eau qui montait régulièrement, c'était effrayant cette marée montante, tu comprends Noé, j'ai vécu la Montée des Eaux en direct.

Ensuite il y a eu seulement des gestes. En tâtonnant j'ai trouvé le portable sur la chaise près du lit, mon sac et des vêtements sur le dossier. L'eau continuait de monter tranquillement, le plus effrayant c'était cette tranquillité, tout semblait décidé d'avance. J'ai vu Caducée sur le bahut quand j'ai allumé la lampe du portable, j'avais déjà de l'eau jusqu'à la taille, je pensais que c'était fini, j'ai réussi à sortir et je suis montée à l'étage au-dessus, Caducée dans les bras. En haut la porte heureusement était ouverte, si elle avait été fermée je ne serais sans doute pas ici pour te le dire. Une petite chambre sous les combles, pas faite, comme oubliée, un lit sans draps ni couvertures. L'eau montait toujours, elle a recouvert le sol sur une vingtaine de centimètres et s'est arrêtée, comme ça, je l'ai vue s'arrêter, tu comprends, j'ai aussi vu la Montée des Eaux s'interrompre sous mes yeux alors que je n'étais plus rien qu'une peur énorme debout sur le lit inondé, à claquer des dents.

Je m'investis au maximum dans ce qui se passe ici, je sais qu'on a besoin de moi, c'est pour ça que j'ai fait médecine. On se parle, on se rapproche toi et moi, j'ai confiance en toi, pas parce que tu es mon sauveteur, pour ce que tu es toi, un homme de bien, d'autres visages me rassurent aussi, et déjà tant d'épreuves partagées, mais ça ne suffit pas à chasser l'image de l'eau qui monte, elle revient tout le temps, rien ne la décourage. Ma vie tient aux quelques décimètres qui n'ont pas été gagnés par l'eau, et cela vaut pour toute la Terre, pour toute la Terre, comment accepter ça ? Il y a d'autres gens sur Terre qui vivent avec cet étonnement insensé, ils ont attendu la fin et ça s'est arrêté peut-être à cinq centimètres, très calmement, comme si tout le boulot avait été fait et qu'on pouvait être content. J'ai en permanence cette impression du contentement des Eaux, ça me fait horreur.

Mes amis dormaient sur une mezzanine en bas, ils se sont fait piéger exactement comme des rats. Ce n'étaient pas des rats, ils étaient beaux, ils riaient, ils s'aimaient. J'en ai marre de tout ça, j'en ai marre tu comprends, le médecin attentif, disponible à toute heure du jour et de la nuit en a marre, j'en peux plus, j'en peux plus !"

Elle pleure à gros sanglots effondrée sur la table la tête cachée dans les bras. La lumière faible de la petite lampe solaire fait de la scène un étrange Georges de La Tour aux tonalités froides, presque incolore. Caducée, à moitié endormi sur une chaise, lève les yeux et regarde sans comprendre. Je pourrais te rappeler, Marie, que tu m'as dit, une nuit difficile, de ne pas m'en vouloir si j'appartenais à ceux qui sont restés en vie, mais ce serait quoi ce rappel ? Un mauvais jeu de mémoire, un tout petit gain d'assurance pour moi et chez toi sans doute une amorce de défiance. Je me suis levé, je me suis penché vers toi, t'ai entourée de mes bras. J'ai posé la joue contre ta tête, tes cheveux sentaient le savon de Marseille (on n'a plus de shampooing) et la lavande. On est restés longtemps comme ça. Tu as mis tes mains sur les miennes. Tu as dit "on est ensemble, Noé", à quoi j'ai répondu "ça c'est sûr, Marie, on est ensemble au moins jusqu'au Troisième Déluge !" Cette idiotie nous a fait rire. Alors tu as renversé la tête et tu m'as effleuré les lèvres de ta bouche. Ça a suffi pour dénouer le sort.

16 octobre, 6 h 45

J'ai dormi blottie contre toi dans mon duvet en essayant de ne pas trop coincer Caducée. Les chats ont des territoires de sommeil variables, parfois au cours de la même journée. Ils peuvent rester fidèles pendant quelques semaines à un fauteuil, par exemple, et puis ils passent sur le bahut ou le canapé, presque toujours à une certaine distance du sol. Mais il leur arrive aussi bien de se fourrer dans un panier ou derrière des livres sur une étagère. Des éthologues ont dû analyser ça. C'est difficile de dire pourquoi un chat se sent bien ici ou là et pourquoi, à un moment, il déplace ailleurs son envie de bien-être. Pour Caducée qui n'a jamais dormi avec moi auparavant, l'idéal ces temps-ci se situe entre nos deux duvets. J'ai l'impression que ça arrange tout le monde. De toute façon, un jour, il trouvera plus confortable, à côté du poêle sans doute, quand on l'allumera et c'est pour bientôt (même s'il fait toujours anormalement doux pour octobre, à peine si la forêt commence à roussir sur les hauteurs).

Pour ce qui concerne le bilan, on est arrivés à la lettre L. Est-ce l'influence de l'automne ? Les signes de stress sont plus nombreux, insomnies, cauchemars et fatigue n'étant pas spécialement associés aux caprices de l'alphabet, plutôt à la décompensation. Il va falloir trouver une "réponse sanitaire", comme on disait avant. Encore un poids sur les épaules de l'équipe municipale, et d'un dispensaire déjà bien occupé.

Quoi encore ? Pauline, la sœur de Juliette, voudrait devenir infirmière. Il va falloir élargir le champ de notre enseignement médical. Mais la fin de toute institution ne doit pas conduire à une nouvelle forme d'institution. Reconstruire par petits morceaux bricolés finirait par rendre notre travail impossible et serait désastreux pour la transmission. Il paraît que les débuts de l'écriture, voici plus de cinq mille ans, ont surtout concerné des listes et des sortes de fichiers classificatoires. C'est exactement ce qu'on fait, et qu'il faut s'arrêter de faire au plus vite. Suse doit être sous les Eaux, nous pas (je ne sais pas à quelle altitude est Suse).

Dormir contre toi m'a beaucoup apaisée. Caducée, lui, se demande encore pourquoi on a voulu l'étouffer, hein Caducée ?

16 octobre, 7 h 40

Marie est presque toujours partie quand je descends. Sa présence incite à me lever plus tôt mais ce n'est pas vraiment mon rythme. Avant, il m'arrivait de dormir jusqu'à 9, sinon 10 heures, sans culpabilité aucune. Il est vrai que je me couchais tard et que l'option est annulée faute de lumière. Ça ne rend pas les levers matinaux plus faciles. Conclusion : je dors davantage. Comme il paraît que qui dort dîne, je devrais me sentir rassasié plus que les autres mais ça reste à voir.

Puisque nous avons tous plus de raisons qu'avant de passer de vie à trépas prématurément (entre défaillance cardiaque, pneumonie, mauvaise chute et j'en passe), je me suis dit qu'il fallait déjà préciser mes sites de récolte sur une carte à l'intention des successeurs/successeuses. Pour le moment c'est une connaissance très petitement partagée. Élise m'a accompagné dans plusieurs localités mais je suis loin de lui avoir fait connaître tous mes périples. Comme je n'ai pas envie d'y consacrer ma belle carte au 1/25 000 toute neuve, j'ai demandé l'autre soir à Antoine s'il n'avait pas une version ancienne à me passer. Antoine a suggéré que, la carte une fois établie, elle revienne à l'école où il l'affichera dans une classe. Je la compléterai à mesure de mes trouvailles.

Du coup ça lui suggère plein d'itinéraires de sorties. Les élèves découvriront à chaque fois un végétal, herbe, arbuste ou arbre, et son milieu, et un peu ses emplois. Occasions aussi de parler de cartographie, de topographie, de sols, d'écologie, d'usages agricoles, etc., de mémoriser des localités et d'en suivre l'évolution d'une année sur l'autre. Idée formidable qui va compenser en partie la fin de la transmission intergénérationnelle. Antoine le naturaliste imagine la même démarche pour ce qui concerne les oiseaux, les mammifères sauvages, les champignons, les sources, etc. La génération qui reprend l'école aux Serres connaîtra bien son territoire. Comme je partage l'enthousiasme d'Antoine, j'attends le printemps avec encore plus d'impatience, où je les accompagnerai sur le terrain. On va décalquer les fonds de carte avec des carbones (ah, les temps bénis de la photocopieuse !). La mairie a du papier A3 qui servait aux affichettes, ça ne couvre pas tout mais on peut rabouter.

Une carte des productions et des usages invisibles, ignorés ou plus ou moins oubliés d'un territoire, voilà qui nous change des chemins de grande randonnée avec vues superbes, gîtes d'étape confortables et méconnaissance complète de ce qu'on traverse en vrai. Il va falloir associer les chasseurs à ce projet, ce sont eux qui ont la connaissance la plus fine du pays, d'autant plus que le noyau dur est aussi éleveur en plus ou moins extensif, donc bien au fait des ressources annexes du territoire (faute de lièvres, ils rapportent champignons ou salades des champs). La chasse : plus de permis mais un jour aussi plus de cartouches. En attendant le bon moment pour couper le cytise, Georges a recyclé ses arcs de la Saint-Michel dans un stand où il enseigne le tir à la cible à une vingtaine de passionnés. Vive les flics à la retraite !

16 octobre, 20 h 50

Marco, un ex-étudiant en agronomie monté après la Saint-Michel rejoindre les bergers de Plan-Haut (il s'entend bien avec Vincent et souhaite continuer côté troupeau), est redescendu voir si les choses sont bien en place à la nouvelle bergerie de Berle. On n'y a pas encore transporté tout le frêne. Il pense qu'il faut prévoir une nouvelle ramée car il y a beaucoup de bêtes à nourrir. S'il y a de la neige longtemps, les brebis ne sont pas des chèvres, rappelle-t-il, elles ne se hissent pas sur les pattes arrière pour attraper les bourgeons. Si le frêne manque, il est encore temps de couper du chêne, moins nourrissant mais mieux que rien comme complément. Marco pense aussi que, toutes grandes qu'elles soient, les salles ouvertes à l'ancienne colonie de vacances ne suffiront pas à recevoir toutes les bêtes. Du coup, il a prévenu Sébastien que sa bergerie, inoccupée depuis des années, allait bientôt reprendre du service, ce que Sébastien avait déjà prévu en apportant les vieilles litières au champ médicinal. Comme il faut de la paille, beaucoup de paille pour les litières et les composts, les agriculteurs-éleveurs partagent ce qu'ils ont, ils envisagent de faucher des friches pas trop envahies par les ligneux pour augmenter l'apport de matières organiques, mais c'est en même temps véhiculer des graines pas forcément bienvenues (la vieille génération paysanne voulait du "propre", maugrée quand on parle de permaculture). On récupère aussi les vieux gros ballots de paille abandonnés au bord des champs. Dans le même registre, une bonne nouvelle pour les paysans : plusieurs maisons du village et abords ont encore des citernes de fioul bien pourvues. Les moteurs des tracteurs ne font pas la différence. Encore un sursis pour les machines.

On va programmer une proche nouvelle journée à la ramée. Le temps est favorable, les chênes restent verts aux bonnes expositions. Dans la foulée on ramassera encore des glands. Et puis, autre raison de contentement, temps doux et pluies régulières favorisent les champignons. Il y a de nouveau des cèpes dans la hêtraie, donc prochaine cueillette collective en vue. À cette saison, aux temps anciens, chaque entrée de chemin forestier avait son attroupement de 4×4 et autres bagnoles citadines, sans parler des quads en pleins bois. Ça décourageait de prendre le panier. On sait bien ce que signifie maintenant la forêt à nous seuls mais on n'en éprouve pas moins une sorte de tranquillité égoïste. Le malheur des uns, etc.

Ce matin je me suis réveillé dans une confusion bizarre. Je ne savais plus si j'avais accédé à la réalité ou si je rêvais encore. Ça a persisté un bon moment, il me revenait des images fabriquées dans la nuit et certaines ont persisté longtemps, se mêlant au réel de façon étrange, un peu comme si je vivais deux vies en même temps. Je crois que cet état a un nom mais je ne le retrouve pas. Ce n'est pas vraiment angoissant, c'est comme une oscillation entre rêve pas fini et réalité pas complètement atteinte, on se demande si on se rappelle des choses vécues ou s'il s'agit d'un rêve qui se poursuit, par moments on ne sait pas bien si on pense ou si on dort encore. Marie doit en savoir davantage là-dessus, je lui demanderai demain, après une journée qu'elle m'a dite épuisante elle dort déjà (rajouté en marge par Marie : possible petit ictus amnésique). Moi non plus je n'ai pas fait état de l'emploi de cette journée, pour autant que je m'en souvienne encore. Tout ce qu'on vit n'est pas mémorable. Mes parents me manquent aussi, ils reviennent dans les rêves.

Il faut aller dormir dans l'espoir d'un sommeil aussi neutre que possible.

17 octobre, 6 h 40

Hier, quoi hier ? "Tout ce qu'on vit n'est pas mémorable", écrit Noé. On a repris à la lettre L le fichage médical de nos concitoyens. Le stress post-traumatique se manifeste de façon de plus en plus nette. Peut-être faudrait-il déjà prévoir une autre fête, sûrement pas Halloween et ses fantômes. La bibliothèque propose des soirées lecture plus ou moins thématiques, en commençant par des contes. Elle rassemble maintenant les livres de toutes les maisons, nombreux car certaines résidences secondaires avaient déménagé ici ceux de la principale. Avec service de prêt un jour par semaine, s'il vous plaît, assuré par Mme Faure (désormais sur tous les fronts) ou Mme Latil, autre vieille dame souriante, grande lectrice ravie (mais pas forcément heureuse) d'avoir désormais accès à l'ensemble des bouquins du village, qu'elle restaure si besoin avec délicatesse et gomme arabique. La lecture ne suffit pas à guérir l'angoisse mais fait une diversion bénéfique, et là je crois que Mme Latil et ses comparses accomplissent du bon travail. Il faut déjà engager les gens dans des actes dérivatifs, peut-être en leur faisant dire des poèmes, jouer de nouveau du théâtre, la Saint-Michel est loin d'avoir tout épuisé. N'importe quoi de doux qui puisse diriger la pensée vers autre chose que le drame diversement vécu par chacun mais présent en chacun.

Hier encore, recours au SAMU de la Maison Verte (comme on appelle maintenant le centre de soins, allez savoir pourquoi : peut-être la couleur des volets ?).

Georges est arrivé en courant au dispensaire : Nelson, l'un des nouveaux habitants, s'est coupé la paume de la main gauche avec une scie sur le chantier du moulin, il suit en quad avec Jules. On a interrompu l'alphabet, demandé aux gens de revenir plus tard. Nelson est l'un des jeunes du Pas d'Âne, il était en stage de randonnée asinoportée au moment de la Montée des Eaux. Il voudrait s'occuper des chevaux, quand on en aura. À côté de ça, batteur du groupe Le Brame des Serres.

Main gauche vilainement labourée du pouce au petit doigt, pas profond semble-t-il. On l'a désinfectée avec les moyens du bord, Germain a repris aiguille et fil, j'ai posé le pansement imprégné de macération de résine stérilisée comme antimicrobien de fortune. Nelson a été courageux : on n'a pas d'anesthésiant local et pas possible d'employer la morphine pour des interventions mineures. Il arrive à bouger tous les doigts, ce qui est bon signe. Il est à jour pour la vaccination antitétanique. Tout travail difficile est évidemment exclu pour une bonne semaine. Il m'a demandé si c'était fichu pour la musique, mais non, heureusement, tu as juste à patienter une quinzaine de jours je lui ai dit, ta main fonctionne, il n'y a pas d'atteinte profonde, il faut surveiller, si tu as mal reviens nous voir tout de suite.

Vers 16 heures, reprise des entretiens. Beaucoup de gens évoquent des cauchemars récurrents, du découragement, de la peur sans cause immédiate, un sentiment de vide, sinon d'inutilité totale. Les moins visiblement affectés sont les jeunes et les vieux. Noé dit que la contrainte terrible où nous nous trouvons, si elle pousse à se rassembler comme les animaux apeurés, produit aussi de la démocratie active.

Ainsi, les "vieux" se retrouvent bien davantage qu'avant où c'était plutôt le chacun pour soi avec la télé pour compagnie quasi exclusive. Les infusions de l'auberge des Chasseurs, si elles peuvent faire du bien aux articulations (j'en doute, tant on essaie de les rapprocher du vrai thé), en font surtout à l'humeur, plutôt détendue si j'en crois mes quelques visites à la mi-journée et les rires qu'on entend en traversant la place, qui font du bien. Au malheur partagé peut répondre aussi une dynamique sociale nouvelle. Quant aux jeunes, leur propension au grégarisme s'exacerbe au point qu'on peut se demander s'ils n'en font pas un choix de vie définitif. C'est surtout le groupe d'âge moyen qui peine à se (re-)construire un équilibre, il ne peut plus s'en remettre aux stratagèmes du dehors, il est confronté à des nécessités immédiates qui excèdent l'aptitude au changement.

Raconter à Noé mon réveil aux Blaches le 12 août m'a allégée. Jusqu'à la fin de mes jours je me rappellerai la lampe sur la rive en face et le radeau improbable qui s'approchait au matin. Je me demande encore pourquoi l'eau n'est pas montée un mètre et demi plus haut, ce mètre et demi auquel je dois d'être encore en vie. Possible qu'il se crée un jour une hiérarchie des rescapés, ceux qui se sont retrouvés dans l'eau jusqu'au cou, ceux qui n'ont eu que les pieds trempés, ceux qui ont vu l'eau s'arrêter à dix centimètres au-dessous du menton, vingt, trente, etc. J'aurai peut-être droit à un rang honorable d'avoir été convenablement trempée. Encore que ceux dont juste le nez dépassait… Voilà des pensées parfaitement idiotes pour commencer la journée ! Mais plaisanter sur le sujet est plutôt bon signe.

Ah, il y a une deuxième fille enceinte. Il va bientôt falloir trouver un lieu approprié pour la crèche souhaitée par Flora.

17 octobre, 19 h 50

La daube de sanglier : fameuse ! On s'en est léché les doigts. Le contentement général rappelait celui des enfants à un goûter d'anniversaire. Le vin pour la sauce vient sûrement de la cave des Chalus. Mieux vaut ne pas se demander si la réserve tiendra tout l'hiver. En tout cas il faudrait trouver de la bouture de vigne. Peut-être finira-t-on par oser une expédition nautique à certaine distance, sur une embarcation plus sûre que les radeaux bricolés. Encore faut-il la construire, et surtout réunir un équipage. Les gens ont tous horreur des Eaux, ils préfèrent sûrement boire celle des sources *ad vitam aeternam* plutôt que du vin d'un raisin venu de quelque terre d'outre-mort.

Il a bien plu la nuit dernière, la retenue d'eau du moulin commence à se remplir, ont dit les gens de l'équipe au repas du soir, ils sont impatients de voir tourner la meule et que le bâtiment se remette à sentir la farine, nous de pouvoir casser la croûte au sens propre. Rien que d'y penser… Entre daube et pain croustillant, la page du jour vire à la chronique gastronomique ! Dans les dépendances du moulin il restait encore pas mal d'outils à traction chevaline, rouillés mais en assez bon état pour valoir la réparation : deux charrues, semoir, barre de coupe, râteau-faneur, etc. Ce genre de matériel n'intéresse pas les pilleurs de maisons abandonnées qui recherchent le petit outillage "ancien". On a quand même trouvé des scies à moitié tordues et des coins à fendre les bûches, choses qui ne s'emportent pas facilement dans un sac à dos.

Moi qui y suis repassé aujourd'hui, j'ai découvert un trésor : quelques pieds d'aunée dans un fossé au bord de l'ancien jardin. J'ai prélevé des éclats de souche pour nos plantations. Plante autrefois célèbre, complètement oubliée, je n'en sais à peu près rien mais c'est encore une à tester en regard de ma doc, avec le concours de la Maison Verte. La diversification et la réexpérimentation de la pharmacopée végétale s'imposent quand on ne dispose plus des médocs industriels, certes actifs mais qui se faisaient de plus en plus éloignés de l'appréhension commune, et non sans de parfois lourds effets secondaires. Tout ceci déjà dit, mais c'est désormais le refrain de la "foutue école de phytothérapie des Serres" – s'exclame Marie quand une plante encore non identifiée la fait tousser dans la réserve aux remèdes.

Tandis que j'écris, elle potasse Cazin dont elle me dit "quel type, quel esprit clair, précis et généreux, s'il avait vécu aujourd'hui il se serait retrouvé prof de fac, encore que sa passion pour les remèdes végétaux l'aurait sans doute fait mettre au ban". De temps à autre elle me regarde de la façon qui oblige à poser son stylo-bille et à se laisser aller dans quelque chose comme midi pour l'alouette – excessivement lyrique, d'accord, et qu'on n'aille pas supposer que je cherche à me comparer à cet oiseau-là. Je me verrais plutôt en vilain petit canard, le cygne n'étant pas prêt à prendre son envol (pour autant qu'il atteigne jamais l'âge adulte), sauf dans tes bras ma belle amie.

18 octobre, 8 h 15

Marie est déjà partie, bien évidemment. Avec les jours qui raccourcissent, mon sommeil tend à s'allonger. Caducée, complètement acquis à son rôle d'écuyer angélique, attend maintenant mon lever après le départ de sa maîtresse. Le jour va venir où la lune, un appel d'oiseau, un bruit de loir sous les tuiles va l'inciter à s'attarder dans la nuit, sans parler du grand événement à venir que nous nous sommes plus ou moins donné comme limite, à quoi en fait, à la réserve ? Mais nous ne sommes pas réservés. À la chasteté ? Mais nous ne pensons qu'à ça, enfin, dans les moments où nous avons le loisir de penser.

Je vais participer à la coupe de la ramée de chêne blanc, le moins loin possible de la colo à cause du transport. Le troupeau descend ces jours-ci. Là-haut les bergers rangent le gîte et le préparent à passer tout seul la mauvaise saison. Les jours qui viennent restent très remplis !

18 octobre, 20 h 30

Il s'est passé un événement incroyable. Vers 14 heures, alors qu'on descendait les premiers ballots de feuilles, un petit avion nous a survolés et a lâché des papiers. On lui a fait des grands signes alors il est repassé à basse altitude, pas trop bas à cause du relief, et il a balancé ses ailes en signe de salut, il a ensuite viré et on l'a vu repartir en direction nord-ouest. Comme on sait que les terres à Méolane sont trop pentues pour permettre un atterrissage, on s'est dit qu'il devait venir de plus loin. C'est le premier signe du monde extérieur en plus de deux mois – Méolane et Les Serres, on le vit comme un seul territoire, en dépit des échanges compliqués. Même si toute administration centralisante a disparu, Méolane reste le chef-lieu de canton. C'est là qu'on allait au marché le samedi matin, du temps de la vallée.

On a fini par trouver deux des messages – polycopiés, donc ils ont de l'électricité, et du papier. En voici le contenu :

> Ami(e)s rescapé(e)s.
> Le petit coucou vient de l'aérodrome de Mont-Dauphin dans les Hautes-Alpes. On représente la Communauté des villes et villages du Briançonnais-Queyras (Marmottes & Co.). Notre autonomie de vol va jusque vers Méolane au sud et La Grave au nord-ouest.
>
> On n'est pas des prêcheurs, on ne propose aucune religion de salut, on ne prétend pas expliquer pourquoi, on cherche à communiquer, à échanger, à reconstruire ensemble.
>
> C'en est fini du temps où l'on disait "le plus fort c'est celui qui gagne".
>
> Et encore moins "après moi le déluge !"
>
> On est maintenant chargés de refaire un monde plus jamais autosatisfait, ni injuste ni cruel ni destructeur de tout. C'est une tâche qui justifie l'effort commun.
>
> Difficile pour le moment de s'entraider à distance, mais on y arrivera !
>
> Si vous êtes d'accord avec ce tract, dites-le en gros cailloux blancs sur un pré, on le lira d'en haut. Le jour viendra où on pourra se rencontrer.

Merci de ne pas nous avoir tiré dessus !
Tenez bon les ami(e)s !

La Communauté Marmottes & Co.

Comme il faut économiser le carburant, on ne survole que les habitats groupés. À vous de diffuser notre message.

On va bientôt mettre en place une radio ("Tous dans l'mêm' bain") qui pourra s'écouter sur FM 101.5. On a la chance d'avoir l'électricité d'un barrage. Vous avez probablement du photovoltaïque.

Au repas du soir on ne parlait que de ça. On n'est plus seuls au monde ! Ils sont dans la même situation que nous et ils se préoccupent de ce qui se passe ailleurs. Même si certains soupçonneux par nature, tel Sébastien l'ombrageux, s'interrogent sur cette visite, subodorent une manœuvre qui pourrait précéder "l'invasion" à moyen terme, la plupart se regardent en souriant, fiers comme des enfants qu'on a complimentés : nos idées sont partagées par d'autres. Cela nous rassérène, vient épauler une confiance toujours hésitante. Du coup, les "ingénieurs" (comme on appelle le groupe des étudiants qui n'ont pas eu le temps de le devenir) imaginent de construire un ULM ou quelque machine volante analogue qui permettrait d'aller jusqu'à Mont-Dauphin par les airs. Je ne crois pas que ce soit pour demain.

Plus réaliste : nettoyer et aplanir une friche qui pourrait être convertie en aérodrome de fortune. Pour le moment, après un long débat, on a retenu la litho-réponse suivante : "On y croit ! Merci. À bientôt." Dès demain un groupe va aller l'écrire en gros cailloux blancs au plus près possible du village, sur une friche qu'on aura fauchée pour la circonstance (celle qui pourrait devenir le "terrain d'aviation" ?). C'est le retour à la civilisation nazca, dit une jeune Lyonnaise pré-archéologue, sauf qu'on ne s'adresse pas à des dieux mais à des frères et sœurs comme nous naufragés des montagnes.

Il est tard. Je vais aller rejoindre Marie qui doit déjà dormir. Marie et Caducée le bienveillant. À la pleine lune peut-être va-t-il nous laisser nous dépatouiller avec notre histoire d'humains. C'est dans trois semaines. Il pleut beaucoup. Bientôt on pourra peut-être retrouver le goût du pain.

19 octobre, 7 h 30

Pas dit bonsoir à Marie hier soir ni bonjour ce matin, on vit sur un rythme de citadins surbookés. Au lieu de me réjouir du survol de l'avion (qui m'encourage pourtant aussi bien que les autres), j'ai pensé durant la nuit à tous ceux qui l'ont vu passer au loin en emportant encore un bon morceau de leur espoir. Je n'ai pas la carte du pays sous les yeux mais je sais qu'il y a pas mal de maisons isolées au-dessus de huit cents mètres, certaines sont dans une situation difficile sinon désespérée. Que faire quand on n'a pas de quoi construire un radeau (pour autant que l'étendue à traverser ne décourage pas tout de suite), quand il n'y a pas de réserves, pas de jardin, pas de troupeau au-dessus, peut-être même pas d'eau potable, etc. ? Combien survivent dans l'angoisse, quand ils ne sont pas déjà morts de soif ou de faim ? Ou alors ils ont choisi le suicide. La Montée des Eaux n'a pas cru bon d'établir de distinction nette entre perdus et sauvés. Ici, même si nul n'en parle, trois petits hameaux et plusieurs maisons ont été noyés avec des gens qui y vivaient à demeure, comme Roland et Béatrice du Jas Neuf, vers la vallée, ou bien passaient des vacances sur la commune. Le pire sans doute c'est de s'être retrouvé comme Marie au dernier étage d'une maison presque entièrement ennoyée sans personne à qui faire signe, de mourir de froid et de frayeur. Alors l'avion et son message, oui, ça conforte, mais ça doit aussi en accabler certains encore plus, là où il reste des gens pour s'accabler.

La journée commence par le coup de blues. À quoi bon ? On est devant un état du monde complètement incompréhensible, les normes anciennes ne s'appliquent plus. Possible que l'anthropophagie réapparaisse çà et là, amorçant des régressions épouvantables. Et ceux qui survivent comme nous, optent-ils tous pour la mise en commun, l'invention au quotidien ? Même si on avance ici vers du plus clair, en tout cas vers du plus accordé aux réalités nouvelles, on doit aussi mettre des œillères pour ne pas se faire avoir par le surcroît d'impensable, pour être forcés de regarder vers l'avant. Sinon, le désespoir peut surgir sous chaque caillou et faire buter les plus tenaces.

Sans doute aussi allons-nous devoir nous endurcir encore, en simplifiant, sinon en schématisant nos rapports sociaux, en rétrécissant nos projets de vie (on sait que des maladies graves ne seront plus soignées…). Mais peut-on s'empêcher de tendre vers une pensée unique d'autosatisfaction (toute relative serait-elle) ou, pire peut-être, de fatalisme ? Trop de démocraties, insoucieuses des risques, se complaisaient dans l'idée qu'elles étaient les meilleures, qu'il suffisait de les imiter pour progresser dans le bon sens. En l'écrivant je vois bien que c'est la forme sous-jacente de notre comportement (en tout cas du mien) : on reste des petits égoïstes masqués et ça risque de perdurer (Robinson aurait-il partagé sa poudre ?). Il va falloir débattre de ça lors d'un prochain café philo (démarrés depuis peu, ils refusent du monde). Sans tomber dans l'autocritique de style soviétique, aussi humiliante que reculpabilisante !

Après le repas, je prends sac et bâton et vais encore explorer de vieilles ruines au-delà de Pierregrosse. Je n'y suis jamais allé, pas sûr que j'arrive à les retrouver même si elles figurent sur la carte d'état-major, certaines pas nommées. Il reste souvent quelque chose de vivant dans les ruines, en tout cas d'utile. Plusieurs d'entre elles auraient sûrement été remontées pour la résidence secondaire mais il n'y a pas d'eau, pour certaines plus d'accès.

19 octobre, 20 h 30

La plaie de Manon se répare bien. À vingt jours de l'agression des suites embêtantes ne sont plus à craindre. Mais Geoffroy m'inquiète. On ne peut pas lui faire un taux de glycémie mais je pense qu'il est très perturbé. Noé m'a parlé de l'épine-vinette, plus précisément de la berbérine, son principe actif (pour mémoire…). L'arbrisseau est peu présent par ici, bien plus répandu côté Méolane. Comme c'est le bois qu'on emploie, la récolte reste possible (en vue d'une teinture). Il est prévu un nouveau déplacement là-bas dans les prochains jours et il faudra trouver le temps d'en ramasser. D'après Noé, c'est bardé d'épines très petites mais vaches. Pour le moment, j'essaie d'empêcher le plus possible l'excès de glucides tout en veillant qu'ils soient quand même présents. Ça se fait complètement au jugé. On a reparlé avec Magali de la nécessité d'établir des menus particuliers pour les rares diabétiques ou prédiabétiques du village, sans parler des intolérants au gluten et autres fruits à coque (ceux-ci peu présents dans notre alimentation puisque les noix sont réservées à la pression pour l'huile d'éclairage ; quant aux cacahuètes !). Les diabètes induits et le surpoids devraient régresser car on n'a presque pas de sucre, et le miel est réservé aux moments festifs ou à la Maison Verte. Un certain nombre de maux seront résolus par épuisement des causes.

La suite du bilan général de santé nous amène ce soir à la lettre N. Observations analogues : deux cancers à évolution lente qu'on pourra seulement suivre, des déprimes à prendre en charge vite, de probables carences nutritionnelles, un possible début de parkinson, etc. Dans l'ensemble, les enfants et les jeunes vont bien, aidés qu'ils sont et par leur âge et surtout par l'effet de groupe où l'on se serre les coudes pour les ados du pré- au post-, pour les enfants par des projets initiés par la formidable école. Comme on peut déjà se hasarder à une estimation globale de l'état sanitaire, c'est très possible que la situation moyenne soit meilleure que celle de la société d'avant dans son ensemble. Mais nous avons peu de gens âgés, la plupart ont disparu en même temps que les EHPAD, et un taux élevé de jeunes surpris aux Serres pendant les vacances scolaires ou universitaires. Sélection cruelle mais qui conforte aussi les chances d'avenir.

Noé est à une réunion à la mairie où j'ai renoncé à me rendre. Trop de sollicitations croisées (dans une société de quelque deux cents personnes, c'est quand même un peu fort !). Mon chat est sur une chaise proche de la mienne, il me regarde de temps à autre d'un air à la fois énigmatique et interrogateur. Cher Caducée, tu as été témoin de la vie d'avant mais tu l'as sûrement effacée de ta petite mémoire (petite, qu'est-ce que j'en sais ?). Je suis heureuse que tu aies été sauvé en même temps que moi, tu as beau avoir une importance mineure au regard de celle d'un humain, tu as vécu le drame de beaucoup d'animaux piégés, nous partageons le même passé, nous sommes des survivants. Et si je continue sur ce ton lamentable tu vas te mettre à miauler de consternation, moi à pleurnicher de honte. On va se coucher ?

20 octobre, 7 h 40

Très bonne surprise hier. Sur le mur sud de la maison aux trois quarts effondrée du Jas de Barras, un pied de vigne a tenu bon depuis peut-être un siècle. Les tiges, restées bien vivantes mais presque défeuillées en cette fin d'octobre, avaient produit une quantité de ramifications enchevêtrées, un vrai buisson recouvrant les décombres. J'ai pu cueillir quelques grappes un peu sèches d'un raisin rouge clair bien sucré, pas mauvais du tout en dépit de la petitesse des grains, celle-ci répondant sûrement à l'absence de taille et de fumure. Comme je ne sais rien de l'époque favorable au bouturage du raisin, j'ai prélevé dans les cinquante sections d'une quarantaine de centimètres, mises en jauge au champ dès mon retour. J'avoue avoir mangé une grappe sur place (le tribut du récolteur !), cueilli une autre pour Marie et la douzaine qui restait à l'intention des enfants de l'école. Si ça reprend, j'envisage d'installer à l'automne prochain des treilles sur les façades les mieux exposées du village, voire une plantation haute sur perches dans le lieu le plus ensoleillé et abrité qu'on puisse trouver. De toute façon je retournerai prélever d'autres boutures dans un mois pour les mettre en terre sous abri. Que d'ivresses en perspective ! Outre la garantie de pouvoir un jour disposer d'alcool pour le dispensaire. Ceci dit, est-ce qu'il y a encore des risques de phylloxéra, est-ce qu'il faudrait greffer sur des pieds américains ? Où sont les porte-greffes américains ?

Au Bèveron, le torrent reprend un cours sinon abondant, en tout cas décidé, et le bief se remplit vite. L'équipe des ingénieurs et techniciens, après qu'elle aura vu tourner la meule, envisage une mini-centrale hydraulique au plus près possible du village, réemployant les alternateurs des voitures et produisant du douze volts. Il existe déjà plusieurs mini-barrages à fins anciennes d'irrigation, tous depuis longtemps crevés par les crues, dont il faudrait remonter et consolider un ou deux. Un gain notable d'énergie pourrait être obtenu avec une conduite forcée en terre cuite moulée. On attend ici encore la contribution de Blaise à la forge, pour la turbine, et d'Adama au four à poterie pour les éléments de la conduite. On a des fers à béton pour retenir les galets. L'important est d'avoir de l'électricité à la mauvaise saison mais il est peu probable que le projet puisse aboutir cette année, le Bèveron ne s'y prête que jusque vers la fin du printemps, après quoi il reprend un cours estival maigrichon de torrent plus méditerranéen qu'alpin. Reste à savoir ce que sera le climat dans les mois qui viennent. J'ai tendance à penser que les précipitations vont augmenter, ne serait-ce que par effet d'entraînement.

Si on a de l'électricité, les ordis pourraient reprendre du service ! Peu probable qu'un quelconque réseau internet marche encore, mais il y a déjà ce qu'on retrouverait dans les mémoires, qui pourrait éventuellement servir (sans négliger le dépôt d'une clé USB mémorielle dans la fameuse jarre bien scellée des falaises, à l'intention des archéologues de l'an 3000. Mais pas sûr que les clés USB survivent un millénaire). Pour autant, faut-il relancer une technologie de toute façon condamnée à disparaître ?

C'est un jour gris. Comme il continue de faire doux, nos réserves de champignons vont encore s'accroître, on doit en avoir déjà une trentaine de kilos secs et une centaine en bocaux. Les espèces qui peuvent se sécher, comme cèpes et petits-gris, sont privilégiées car ça évite bien des préparations. Est-ce que Méolane développe aussi cette ressource ? Il y a surtout des champignons de conifères vers chez eux. Il faudrait que je participe à la prochaine expédition là-bas, ne serait-ce que pour l'épine-vinette.

J'ai le sentiment que notre vie, en dépit des secousses, se met à ressembler de plus en plus à ce qui avait cours il n'y a pas bien longtemps dans les anciennes campagnes, partout dans les régions tempérées : la bonne saison est employée à la préparation de la mauvaise, les fêtes ponctuent le travail, on annonce des naissances, on redoute les maladies, etc. Il ne manque que les croyances mais elles ne vont pas tarder à repointer leur nez. Il paraît que la bonne Mme Faure, sans avoir rien demandé, a été sollicitée pour animer des soirées à caractère d'enseignement spirituel. Des jeunes aussi sont demandeurs.

Comme quoi les catastrophes quasi ultimes ne suffisent pas à régler son compte au vertige métaphysique. Ça me rassurerait plutôt sur la ténacité de notre espèce, à condition que ça ne conduise pas encore à des extrémismes, serait-ce dans mille ans. J'irai faire un tour à ces réunions.

Et si je ne pose pas le stylo-bille, je rate le premier service du matin.

20 octobre, soir

Fatiguée de préciser l'heure. Et puis il faudrait peut-être que je me décide un jour à restituer ce journal à Noé. Quand j'ai accepté d'y faire un intérim, je ne soupçonnais pas que ça prendrait plus ou moins l'allure d'un échange privé. Il est vrai que je ne parle pas de ce qui se passe côté plantes, ni lui des questions médicales. Chacun élargit la perspective d'ensemble. Mais alors ne faut-il pas requérir aussi le concours de ceux qui travaillent au moulin, aux champs, au four à plâtre, aux bergeries, etc. ? On ne peut pas doubler par écrit, même de façon succincte, les vies visibles ni surtout celles plus ou moins secrètes de tout un village ! La chronique collective n'est peut-être pas une bonne idée ; mais celle de publier une feuille hebdomadaire reste valable, à condition qu'elle ne débouche pas sur le tabloïd ! Tout le monde a des choses à dire, et favoriser leur expression, dans notre situation en tout cas, ne peut que faire du liant.

Ceci dit, puisqu'on bute tout le temps sur les contingences matérielles, aurons-nous à la longue suffisamment de papier alors qu'il faut déjà l'économiser ? La question du papier ne semble plus concerner beaucoup de monde (je m'en suis moquée moi-même) ; il faudra en parler à Antoine, principal consommateur à l'école, et en débattre bientôt plus largement. Est-ce que le bois mort ne pourrait pas servir de matière première de base, on n'en manque pas. Mais il y a aussi la colle, les presses, etc. En fait je ne sais pas comment on fabrique du papier, je laisse ça à Noé (qui, entre parenthèses, ne parle plus de pénurie, en tout cas depuis que nous traçons ici, chacun et ensemble, nos chemins de Petit Poucet avec forcément la rencontre miraculeuse, etc., après quoi mariage et beaucoup d'enfants). De toute façon, c'est l'automne et, une fois les feuilles tombées, on verra plus loin quand on montera dans l'arbre, peut-être aussi plus clair.

Pendant que je fais ma rédac du soir, Noé fabrique du sachet et du sachet avec des enveloppes kraft. Je ne vois pas bien comment il s'y prend mais, une fois l'enveloppe remaniée et collée, il en résulte un sac, même qu'il tient debout. Ça ne fait que reporter le problème car le jour viendra où il ne restera plus d'enveloppes. S'il faut mettre le papier au rang des urgences, chaque jour plus nombreuses puisqu'on est bientôt en novembre, il semble que la nourriture sera suffisante pour tenir l'hiver, un pas gigantesque pour la confiance (le mot magique de Noé, et c'est vrai qu'il convient mieux à notre situation qu'"espoir", lui sans dynamique propre).

J'aime bien comme Noé met d'attention à ce travail répétitif. Quoi qu'il fasse, cueillette d'armoise ou de frêne, binage ou thé du soir (il nous en reste du vrai, mais chut !), il s'y adonne complètement, avec autant de soin que s'il bordait un bébé (tiens, tiens, les futures mères m'auraient-elles émue ?). Même si nous sommes encore en vie par hasard (ne pas s'attarder là-dessus), c'est sûrement grâce à de telles présences aux choses et aux actes que notre monde si durement amputé a des chances de figurer aux prochains jeux paralympiques des mondes estropiés.

Un jour, Noé, je viendrai vers toi avec la médaille de Chevalier de la Réparation du Monde décernée par la Fédération des Archipels antifascistes (FAAF), épinglée sur coussin de velours et puis à ton blouson. Si je ne trouve pas de velours ce sera du linon, et si pas de linon, posée sur la soie de mes paumes (plus franchement soyeuses). Mais restons modeste : le Grand Événement Libérateur (aïe, ça donne GEL !) ne s'est pas encore produit. À force, allons-nous savoir le reconnaître ? La carte du Tendre va finir par couvrir des mètres carrés, et, encore une fois, le papier manque.

Dimanche 21 octobre, vers 20 h 30

Aujourd'hui c'est dimanche, on ne s'en serait sans doute pas rendu compte sans le rappel de la cloche. Tout le monde s'est dit "ça alors la cloche !" C'était à la fois complètement irréel et familier. Certains ont redouté quelque nouveau danger, mais c'était bien un carillon (à une seule voix !), pas le tocsin. Même les plus irréductibles des incrédules sont allés voir ce qui se passait à l'église, ils n'avaient pas entendu ou pas voulu entendre la rumeur comme quoi elle allait reprendre du service sur un mode pas vraiment catholique. Noé l'étourdi avait oublié, il était parti pour la matinée faire son tour des ruines avec une gamelle de soupe remplie au passage à l'auberge, non sans m'avoir proposé de venir me prendre dans les midi pour une “simple balade” m’a-t-il dit. Avec sa curiosité permanente, les simples balades se convertissent presque toujours en recherche de quelque chose. Je vais donc parler de la messe, un nom pas vraiment adapté mais on trouvera plus adéquat.

L’église était pleine. Mme Faure, bien sûr, s’y trouvait, mais pas en maîtresse des cérémonies. Ce qui m’a surprise, c’est la participation des jeunes, ils étaient tous là, aussi passionnés qu’à la Saint-Michel. Il n’y a pas eu de discours ni de prêche, mais de la musique et des lectures. Adama sur une sorte de violon à deux cordes, bricolé avec une caisse de guitare au manche improbable (tuyaux de plastique rigides, clés en écrous et boulons à ailettes), Koffi à la percussion non moins revisitée sur boîtes en bois, casseroles et couvercles, ont chanté en s’accompagnant un air poignant, quasi linéaire et en même temps très modulé, dont on ne comprenait pas les paroles mais très bien la tristesse éclatante. Une fille dont le nom m’échappe a lu avec émotion mais sans fioritures un texte en alexandrins de Victor Hugo, “Les pauvres gens”, plein de bons sentiments mais aussi d’une justesse intemporelle quand il s’agit de devoir ordinaire et sacré, de partage et d’accueil. Beaucoup de gens s’essuyaient les yeux, moi aussi. Et puis, quand même, lecture par Mme Faure du passage de l’Évangile selon Luc où la femme pécheresse trempe les pieds de Jésus de ses larmes et les sèche avec ses cheveux au scandale des pharisiens ; une leçon originelle ! D’autres, des textes musulmans ou bouddhistes de même tonalité. Cela s’accordait si bien à notre dénuement que tous les gens, à la fin, se sont levés et ont gardé le silence jusqu’à ce que les Ivoiriens et le groupe Les Voix des Serres détricotent la gravité avec une sorte de gospel déjanté qui parle de recommencement sans haine, de plantations de vergers et d'amours buissonnières sous l'œil bienveillant du Père Éternel (catastrophé par un déluge qu'il n'a pas plus programmé que le premier). À la fin, l'église entière, enthousiaste, a repris le refrain idiot qui dit "C'est le SAMU de la Terre blessée / On a du boulot pour mille ans / Mais quand même de moins en moins pressé / Suffit d'avoir le bon élan !"

Cette messe improbable nous a fait un bien fou. En sortant de l'église, les gens se souriaient, s'étreignaient, et presque tous se sont retrouvés à l'auberge comme après un match de foot mais (hélas ?) sans alcool, pour commenter l'événement, poursuivre le plaisir d'être ensemble, taper le carton, revivre !

L'après-midi, engagement tenu, on est partis en balade au-dessus du moulin, l'itinéraire préféré que tu empruntes souvent. Le bief est presque plein, l'eau est à dix centimètres du repère planté dans la digue par les ingénieurs, il dira le bon moment pour ouvrir la vanne et relancer la machine mais l'alimentation par le Bèveron est encore insuffisante. Après quoi, peut-être du pain ! (Sébastien a décidé qu'il fallait lui réserver un fût entier de grain pour le semis, malgré la grande improbabilité germinative ; qu'on ait, dit-il, le plus possible de semence à l'automne prochain.)

On a trouvé les toutes dernières cornouilles du cornouiller mâle, fruits semblables à des olives rouge cerise foncé avec un noyau long à quatre nervures, plutôt acides, pas bien savoureux mais bienvenus quand on manque de fruits (c'est toi qui m'en apprends et le nom et l'emploi, à première vue j'aurais dit c'est du poison). On en a sans doute mangé en excès, mais aussi cueilli une bonne quantité pour la cuisine (beaucoup sont au sol à cette saison, pas du tout abîmés). Tu dis que ça accompagne bien le sanglier, dans une sauce un peu sucrée (?). On va voir ce qu'en pense Magali. Tu dis aussi que ça se prépare au sel comme les olives. Encore une ressource bonne à prendre.

Et plein de russules, les rouge clair, dont tu m'as montré comment les goûter une à une au risque de se brûler la bouche, seule façon sûre (mais cuisante) de distinguer et rejeter les sosies immangeables. On les a tout de suite nettoyées de la terre et des feuilles mortes. Ça nous changera des cèpes. Ces jours-ci, on a une table fastueuse !

Je rencontre un petit monde dont la science ne m'avait rien dit. Il complétait la base alimentaire des chasseurs-cueilleurs (mais on s'est très longtemps méfié des champignons traîtres). Les circonstances, et d'abord la réduction terrible du nombre de consommateurs, lui redonnent de l'importance. Je rencontre un homme que cela concernait bien avant la catastrophe. À l'égard de ces offres il n'a jamais donné dans la prédation, il est d'abord sourire content, et puis cueillette respectueuse : on en laisse une part suffisante pour les oiseaux et les blaireaux, on conserve un champignon sur cinq ou six pour que les spores arrivent à maturité. Aucune dévotion à des puissances supérieures mais conscience des interconnexions, fraternité sans affectation. J'aime ce respect qui va de soi, dans l'évidence d'un partage où le plus malin n'est pas privilégié. Bien sûr, on s'accorde (localement) la plus grosse part, mais ce qui subsiste suffit au projet de perpétuation des espèces, d'habitude elles en font trop pour assurer la réussite d'un peu.

"Si on a la bonne idée d'avaler les noyaux des fruits crus et d'aller se soulager un ou deux jours après derrière un buisson, dis-tu, ils parviennent au sol tout enrobés d'engrais, pleins d'ardeur germinative. Les renards ne font pas que voler des poules ni les blaireaux dévaster les jardins. On doit manger de temps à autre des fruits bien mûrs avec pépins ou noyaux et s'en aller restituer aux milieux ce qu'ils nous ont donné. Tu crois que le village se servirait d'une carte des endroits favorables à la satisfaction des besoins et en même temps à l'écologie de telle ou telle espèce ? J'appellerais ça « chier intelligemment dans la nature ». On l'afficherait aux Chasseurs." J'ai beaucoup ri, voilà une cartographie à laquelle je ne m'attendais pas ! Je t'ai serré contre moi, grand frère sagace du cornouiller, mais le signe qui libère n'est pas encore là.

En rentrant, on a croisé le chemin d'un chevreuil qui nous a regardés un bon moment comme si on débarquait d'une autre planète, avant de s'enf(o)uir dans les fourrés.

22 octobre, 7 h 40

Il se crée dans la maison une sorte d'atmosphère irisée comme il y en avait sur des plateaux télé où l'on accueillait des stars. Pourtant on n'a pas déroulé de tapis rouge ni mis le champagne au frais. L'air y est plus doux encore que la gorge de Caducée (qui se pâme quand on la caresse). C'est l'effet d'une attente à la fois violente et tranquille. On a envie de danser comme jadis Ginger Rogers et Fred Astaire, mais, si l'on néglige l'apprentissage des claquettes, c'est bien sûr le manque de place qui limite l'expression du vertige !

Tous ces détours pour dire que, passé le seuil de la maison de Saint-Pons (c'est le nom du quartier, mémoire d'une chapelle disparue il y a longtemps, je n'ai jamais rencontré quelqu'un prénommé Pons), on entre maintenant dans un espace un peu magique où l'on communique sans paroles, où l'on se comprend sans explication aucune, où l'on mène chacun une vie toute nouée aux regards de l'autre, dépendance même pas voulue qui, contrairement aux idées reçues, nous agrandit la liberté.

Une équipe se constitue pour un nouveau voyage à Méolane. Quand on échange avec le vieux "téléphone sans fil", chaque semaine, il nous vient toujours des choses hésitantes. Je me demande comment ils parviennent à construire un équilibre acceptable. S'ils ont bien plus de territoire que nous, la redistribution de la population et surtout des rôles complique les choses. Quand on s'est jeté corps et biens dans les sports de neige, auxquels, pour compenser le défaut de neige, se sont ajoutées des activités estivales comme le VTT, qu'on a fini par leur sacrifier presque tout de l'usage millénaire des milieux, quand les saisons touristiques se sont substituées aux saisons agraires, la remise en route d'une société désormais tenue de faire avec les ressources locales est un pari difficile.

On vérifie encore une fois que la soumission au modèle urbain et à ses extensions diverses complique beaucoup le passage à une économie juste acceptable quand tout lien est défait, ou presque, avec les milieux cultivés et les espaces qu'on qualifiait de “naturels”. Qu’en est-il aujourd’hui des mégapoles émergées, comme Mexico, comment une transition (ce mot suspect, employé volontiers par ceux qui n’en voulaient surtout pas, sinon sonnante et trébuchante !) peut-elle s’opérer sans trop de dégâts avec la disparition des sources d’approvisionnement, sans parler de la fin de la monnaie comme du troc (bananes contre home cinéma !) ? Le fric avait tiré ses rideaux épais devant tout emploi simple du monde. Dans un réel rétréci de partout, l’humanité est maintenant plus perdue que les mouettes (s’il en reste) au-dessus de ce qui fut des plaines agricoles et des villes.

Voici des réflexions qui me feront encore taxer d’intello sentencieux ! Je préfère de loin cette qualification à celle de consommateur aveugle, pour autant qu’il reste quelque part des gens à qui l’appliquer encore.

Marie, partie avant mon réveil, m’a laissé un mot : “Ne rate pas le repas du matin car le frigo est vide, mon rendez-vous chez la coiffeuse m’a empêchée de faire les courses. À ce soir, cher scribe (presque) sans papyrus, tu peux être sûr de la bienveillance d’Isis !” Je n’ai pas bien compris le détour par l’Égypte.

22 octobre, 20 h 20

Descente des troupeaux ! Marco était arrivé en avance hier avec Cédric du Pas d’Âne, monté là-haut pour aider à la conduite des baudets. Qui reviennent avec sur le dos un barda à décourager plus d’un âne mais on leur a dit à l’oreille que, ensuite, c’est de nouveau les vacances. Mensonge éhonté car ils vont bientôt reprendre du service, et déjà pour la deuxième visite à Méolane.

Au moins la moitié des Serres était en début d'après-midi au carrefour de Saint-Jean-de-Bèveron (un village maintenant englouti), d'où démarre le chemin de Plan-Haut. Avant, c'est là que les camions déposaient et réembarquaient les brebis qui passent l'été sur l'alpe. Pas de camions cette année, on ne commente pas les raisons de leur absence, mais des gens fébriles, impatients comme des enfants, s'exclamant quand ils repèrent le troupeau à un détour de la draille. "Ils arrivent ! Tu les vois là-bas au coin de la pinède !" Cette année les chemins sont détrempés, il manque le nuage de poussière qui annonce d'habitude l'arrivée des bêtes.

Sous la direction d'Antoine et de Julie l'école a travaillé sur (feu) la transhumance, les enfants ont fabriqué pompons et guirlandes pour les béliers, ânes et chiens, les pompons avec la laine d'un lot de vieilles chaussettes de couleur détricotées, les guirlandes en feuillages d'automne. Vincent et ses acolytes sont visiblement sensibles à ces attentions et se prêtent volontiers à la cérémonie, d'autant plus qu'on a aussi prévu des couronnes de lierre pour eux, et un pot à l'arrivée.

Pompons au collier, couronnes au cou ou sur la tête, le troupeau et ses meneurs gagnent la nouvelle bergerie de Berle (où les toitures ont été réparées, une laiterie installée avec les moyens du bord, où l'on a transporté toute la ramée). Les bergers vont en tête, le village qui sait les hiérarchies pastorales laisse passer tout le troupeau et lui emboîte le pas. À Berle, les deux tiers des bêtes sont rentrées dans les anciens réfectoires (aussitôt remplis par la bonne odeur de suint et de migou), l'autre tiers parqué dans une clôture électrique (merci le soleil) en attendant de poursuivre jusque chez Sébastien à un petit kilomètre. Devant l'ancienne colonie de vacances on a installé une table à tréteaux avec, s'il vous plaît, une vraie nappe blanche en vrai tissu. Deux cubis des Chalus. Des verres en pyrex dépolis par des années de vaisselle. Petit discours de Matteo comme quoi c'est une grande chance pour la commune d'avoir mis les pâturages de Plan-Haut à la location il y a déjà longtemps, et que ce soit Vincent et ses aides à s'y rendre depuis trois ans. En dépit du malheur qui a frappé la Terre entière et pas mal d'entre nous en particulier il y a ce privilège inouï de survivre, vous contribuez de très près à ce qu'on passe un hiver à peu près tranquille côté nourriture, etc. Les moutons qui se reposent et ruminent tranquillement dans leur parc ne se doutent pas, heureusement, qu'on parle d'eux convertis en ragoût et autres côtelettes.

On boit avec respect un vin sans originalité, plus fait pour la daube que pour l'apéro mais c'est du vin, on discute pendant une heure. Vincent raconte les loups qui ont tenté d'isoler une bête blessée et de se s'en emparer, la semaine dernière. "Sans mes chiens !" Les deux chiens noirs lèvent sur lui des yeux amoureux. "Il va falloir se montrer prudents cet hiver, leur territoire a beaucoup rétréci, ils pourraient s'aventurer jusqu'au village, maintenant on n'a plus les moyens de les contrôler." Marco dit qu'il est tard pour ressortir avec les bêtes, d'ailleurs elles sont fatiguées, elles ont de l'eau, ça va pour aujourd'hui. Demain matin Sébastien nous montre le parcours.

On va voir le troupeau dans la bergerie. La plupart des animaux sont couchés. Le logement où les bergers vont résider par roulement a été meublé aussi soigneusement et joliment que possible (sans fanfreluches). Il y a même un bouquet d'automne. "Ça nous change de là-haut, dit Vincent, je me demande si on ne va pas se le disputer." À voir son air, je me dis qu'il est loin de la guérison et qu'il faudra le surveiller du coin de l'œil. Du moins a-t-il tenu bon jusqu'à octobre.

Le rituel est maintenant de s'accorder l'un à l'autre quelques mots en début ou en fin de journée. Que vais-je te dire, tout parfumé Soir de Berger que je sois encore (douche au mieux demain, si les capteurs ont récupéré assez de calories) ? Un jour on aura peut-être du temps, on ira goûter à l'eau des sources salées, ou remonter le Bèveron jusqu'à la vasque en bas des falaises à genévriers de Phénicie, où au printemps prochain nichera peut-être encore ce gros papillon de tichodrome. Il reste tant à voir de ce pays aux deux tiers effacé. Il nous faut rencontrer le monde comme si on venait juste d'y débarquer (d'une autre planète, d'un sommeil de mille ans, d'un rêve irracontable) et qu'il nous avait attendus pour reprendre de l'élan. Le plus improbable est accompli puisqu'on s'est rencontrés.

23 octobre, 7 h 20

J'ai évoqué la fin de ma participation à cette chronique, mais j'aime trop notre petit pas de deux pour passer déjà en coulisses. Supposer que nos écrits intéresseront un jour les historiens de la Montée des Eaux compte moins que planter chaque jour, plus ou moins en même temps que toi, le petit jalon qui nous prouve à nous les vivants que les choses évoluent, que les êtres suivent comme ils peuvent, mais suivent.

Je ne sais plus d'où vient l'habitude maintenant partagée d'écrire "Montée des Eaux" avec des majuscules. Le Déluge biblique, on n'aurait pas idée de l'écrire sans le D majuscule. Le nôtre n'est pas tombé du ciel mais monté de la mer, on n'a pas trouvé le mot adéquat. "Montée des Eaux " sera peut-être encore d'usage dans mille ans. En tout cas, l'archéologie sous-marine, si elle renaît, aura du pain (très détrempé) sur la planche.

Tout ça est futile, c'est l'immédiat qui prime. Au dispensaire on arrive à la lettre R, avec plus ou moins les mêmes observations. Un homme de quarante-six ans présente un vilain bruit thoracique mais on ne peut pas en savoir davantage. Il a beaucoup fumé, dit-il, continue comme il peut avec des plantes sèches roulées dans du papier journal. Pas de nicotine mais saleté quand même. J'ai préféré ne pas le questionner sur la nature précise du succédané de tabac (si toutefois il la connaît). Certaines addictions sont à l'épreuve du Déluge. Je lui ai dit de faire son possible pour arrêter la cigarette, par exemple en mâchouillant des rameaux (de saule, de noyer…), que je verrais ce qu'on avait à proposer pour l'encombrement bronchique. Interrogé, Noé pense au marrube en poudre : trop amer et peu actif en tisane (faible solubilité dans l'eau), s'emploie en macération dans du vin (encombrement bronchique) mais on doit économiser le vin ; le dispensaire a du miel pour faire passer les poudres rebutantes. Par ailleurs type sympa, piégé aux Serres avec femme et enfants.

J'espère qu'il s'agit au pire d'un truc du genre emphysème.

Encore au rapport du dispensaire, la main de Nelson : cicatrise très bien, aucune inflammation. C'est possible que la dilution alcoolisée de résine y ait contribué. On enlève les points dans trois jours.

C'est vrai, Noé, toute une bergerie semblait te suivre quand tu es rentré hier soir. J'aurais sans doute préféré que tu arrives d'une serre tropicale avec jasmins, mais sois sûr que j'ai connu bien pire les nuits de garde ! Suint ou pas, sans couronnes ni pompons, je t'accueille avec un sourire de bonne ménagère, mais (in petto) c'est pour mieux te manger, mon enfant ! (L'odeur des moutons, c'est de toute façon préférable à ce que je peux véhiculer de senteurs plus ou moins antiseptiques.)

23 octobre, 19 h 45

Cinq nouveaux venus en fin d'après-midi, deux quadrupèdes à robe noire montés par trois bipèdes, une femme et un homme, lui avec enfant de huit-neuf ans dans le giron. L'un des chevaux tire une carriole rafistolée, à pneus usés, pleine de bric-à-brac où l'on reconnaît des harnais et autre bourrellerie. Annoncés par le vélo veilleur, ils arrivent de Méolane (on ne peut venir que de Méolane) et sont reçus vers 18 heures sur la place où les accueille le staff municipal au complet. D'abord on s'intéresse moins aux gens qu'aux chevaux mais, ceux-ci ne manifestant pas la moindre envie d'expliquer, on finit par s'adresser aux cavaliers.

“Vol aggravé, dit Matthieu en forçant sa voix de baryton, deux belles bêtes de trait, plus ou moins de portage, et la sellerie ad hoc, franchissement non annoncé de frontière sans visa des Communes libres de l'Archipel sud-alpin, votre compte est bon, braves gens !" L'enfant cache sa tête en pleurant dans le cou de son père, et Matthieu désolé qui lui dit "c'est pour rire, je ne voulais pas te faire pleurer, ici il n'y a ni ogres ni grands méchants loups, descends que je te présente à tes nouveaux copains, et vous les grands, venez, on va boire un verre, c'est bientôt le repas".

Judith et Baptiste, leur fille Lison et les deux Mérens n'arrivent pas clandestinement de Méolane. Là-bas, ils ont plus de chevaux que ne l'autorisent pour le moment la ressource fourragère, et surtout le matériel agricole approprié. Et pas question de les manger ! La commune avait cru bon d'investir dans un projet de déplacement en troïka pour la population hivernale des stations (malgré la neige de plus en plus rare) mais on ne laboure pas avec des traîneaux, et plus possible d'acheter du fourrage à l'extérieur. Souhaitent en échange un couple d'ânes, à la fois pour le transport bâté sur leur territoire pentu et tenter des croisements en vue d'obtenir des mulets, plus adaptés à la montagne que le cheval. Judith et Baptiste, en formation à la traction animale chez l'éleveur des Mérens, viennent à la fois pour nous initier et négocier le troc. Disent à demimot qu'ils espèrent rester chez nous. "Ici, vous formiez déjà un groupe soudé avant la catastrophe, à Méolane, même si l'entraide fonctionne encore, la société s'est beaucoup fragmentée, la plupart des anciens paysans sont devenus hôteliers ou commerçants, ceux de la station n'avaient plus grand-chose à faire des hameaux, sinon pour ce qu'on appelait le développement touristique, en précisant durable,

durable, vous vous rendez compte !" Comme ils sont venus avec enfant et bagages, on suppose que la perspective de s'en retourner ne les enthousiasme pas.

"Vous savez, dit Julien, si vous ne manquez pas à Méolane, on vous accueille volontiers. Je ne vous cache pas qu'on fait un tri des arrivants, même s'ils sont rares. On n'a guère de compétences dans votre domaine, c'est urgent de réapprendre. Maintenant il faut voir ce qu'en pensent les âniers, ils tiennent à leurs bêtes et ne vont pas les troquer comme du bois ou du plâtre." Jessica remercie Julien de ne pas prendre de décision à leur place, elle dit que les ânes ne peuvent pas se substituer aux chevaux dans le travail de la terre, qu'on va avoir grand besoin de chevaux, si leurs ânes sont bien traités et nourris ils n'ont aucune raison de s'opposer à l'échange. On met la proposition d'accueil aux voix à la fin du repas du soir. Résultat, trois nouveaux habitants aux Serres, promesses de labours et autres travaux pénibles sans autre carburant qu'herbe et avoine (Judith et Baptiste en ont aussi apporté un sac, il n'est pas trop tard pour la semer) ; applaudissements, embrassades, etc. Quand Méolane se sera stabilisé, je suppose qu'ils pourront aussi voir débarquer des gens des Serres en quête de nouveaux horizons, sinon de vie plus citadine ! Les ânes partiront bientôt avec la deuxième délégation.

À l'ubac des Trois Cabres, le chemin continue à se dégrader. Il va falloir envisager une action internationale comme dit Julien, sinon ce sera bien pire au printemps prochain. C'est un travail lourd, qui suppose l'intervention d'au moins un tracteur et pas mal de main-d'œuvre, à réaliser avant les froids.

On en reparlera sûrement à Méolane, où il faut déléguer l'un de nos ingénieurs.

Ce que je viens d'écrire, c'est ce qui pourrait convenir, en plus concis, à une feuille d'information hebdomadaire. Il faut en reparler avec Julien.

Pas d'intervention de Marie aujourd'hui. Le bilan général de santé, même s'il reste correct dans l'ensemble, lui fait souci (comme on disait en Provence) car il continue de révéler des maux impossibles à prendre en charge. Du coup, elle profite ce soir de la lumière pour s'essayer à lire des romans, non sans invectiver, sinon injurier, de temps à autre texte et auteur(e). "On ne peut plus lire des trucs comme ça, c'est des pensées d'un autre temps, pour ces gens-là l'avenir, ouvert ou compliqué, c'était un avenir qui s'offrait. Ça ne nous concerne plus, marre des archéologies relationnelles ! Pour nous l'avenir se fabrique au jour le jour, on le propose le matin on en rediscute le soir ! Qu'est-ce qu'on a encore à apprendre chez Malraux, Duras, Le Clézio ou Murakami ? Presque tous les romans du XXe siècle sont à recycler. Voilà une bonne source de papier à exploiter !" Je dis qu'on ne va pas imiter les nazis brûleurs de livres, le jour viendra où certains se préoccuperont encore d'archéologie relationnelle, comme tu dis, et ce sera une bonne chose parce que, de ce côté-là, les travaux de fouille ne sont jamais terminés. Elle répond ouais, ouais, il faut d'abord nourrir les gens, et faire en sorte qu'ils ne meurent pas trop vite. Et l'amour là-dedans ? je demande. Elle me scrute de son regard irracontable. "On ne parle pas de recyclage pour l'amour, à chaque fois c'est du neuf."

24 octobre, 7 heures

J'ai rêvé de cornouilles grosses comme des quetsches, on les pressait dans la main et il en sortait du vin délicieux, une étiquette aussitôt apparue précisant qu'il était réservé aux "agneaux de deux mois". Après quoi tout le village se pressait en bêlant sur la place. Pas très futé, mais c'est les rêves ! Ah, en fait, le chevreuil avait ton visage, je me disais que ces petites cornes t'allaient pas mal du tout, mais comme on pouvait les convertir en instruments de chirurgie capillaire (c'est ce que j'ai compris), il faudrait sans doute demander à Germain d'en faire l'ablation. Qu'en pense le Dr Noé, fin psychologue ? Pour ce qui me concerne, je me garderais bien d'interpréter !

Suite mais sans doute pas fin du bilan de santé. Débriefing dans quelques jours avec Lucile et Germain. Et ensuite, beaucoup moins simple, mise en place d'une "politique de santé" cohérente. On espère que la mairie va débloquer la grosse enveloppe qui permettra d'acquérir le matériel de base et surtout de remplir la pharmacie d'antiseptiques fiables, d'anesthésiants, d'antalgiques, etc. Et même, si on pouvait hériter d'un échographe…

Je dois aussi aller chez Geoffroy qui nous a demandé de passer. Son diabète est classique mais difficile à gérer dans les circonstances, d'abord à cause des limites étroites de nos possibilités alimentaires. J'ai demandé à Noé de se débrouiller pour dénicher son épine-vinette au plus vite avant le déplacement à Méolane, et à Magali de faire son possible pour privilégier, à son intention, légumes et protéines dans un menu quotidien trop riche en glucides (tout ceci déjà dit, il me semble ; mon ordi a perdu la fonction "rechercher").

Et puis, rendez-vous avec une troisième fille qui se croit enceinte elle aussi ! Les jeunes auraient-ils décidé d'amorcer le Grand Remplacement (d'autant plus que, aïe, il y a deux ou trois musulmans parmi eux !) et d'abaisser encore la moyenne d'âge de la commune ? Si ça continue, et avec les risques de mortalité plus élevée du troisième âge, les vieux finiront par devenir des raretés précieuses – nantis d'une sagesse dont ils n'auraient pas forcément fait preuve durant leur vie.

24 octobre, vers 20 heures

Et comment on fait avec le support ? demande Matthieu, alors que, avec Julien, Adèle, Arthur et Carole, on discute d'un "hebdomadaire grand public". On a vite écarté toute idée d'un quotidien, trop gourmand d'heures et de papier. On refuse tout autant l'idée d'un panneau rempli à la craie, effaçable chaque semaine. Un journal ne peut plus rappeler les feuilles éphémères d'avant : aussi reconsultables qu'elles pouvaient l'être en bibliothèque ou en ligne, elles s'oubliaient aussitôt lues. Ici, c'est de mémoire commune qu'il s'agit, un manuscrit collectif où sera consignée l'histoire en construction du pays des Serres, une mémoire qui doit être accessible en permanence – dûment cousue et reliée à chaque fin d'année pour être déposée aux archives municipales –, la carte de notre cheminement, de nos réussites comme de nos erreurs, ce qui fera référence pendant des siècles !

Le papier reste un problème, même si on est loin d'avoir épuisé le stock de copies vierges. Adèle suggère l'écorce de bouleau mais, outre que ça tuerait ou mutilerait beaucoup d'arbres, les dimensions variables du matériau rendent difficile un archivage quelque peu ordonné, sans négliger le côté préhistorique de l'entreprise. La peau d'agneau doit pouvoir se substituer au vélin mais quel boulot, et à quel prix ! D'autant plus que les cuirs sont maintenant requis dans de multiples fonctions. On en revient donc au recyclage du papier évoqué par toi l'autre soir, contre lequel je m'élevais en rappelant les trop nombreux autodafés de l'histoire. Si on rassemble les polars de bas étage et autres bouquins de tourniquets de gare trouvés aux Serres, conservés par respect de l'écrit plus que pour leur intérêt propre, on dispose de plusieurs années (?) d'autonomie, y compris peut-être pour les besoins de l'école. Leur recyclage est probablement à notre portée. J'ai visité il y a quelques années le vieux moulin à papier de Fontaine-de-Vaucluse, un atelier tout entier mû par l'énergie hydraulique qui convertissait les tissus blancs usagés en feuilles de papier un peu grossières, mais là n'est pas le problème. Il y a aussi les questions d'apprêt ou de colle, les tamis, les presses, etc. Voir aussi côté bois mort, comme tu l'as suggéré, certains sont quasiment de la pulpe, mais sans doute plus de fibres solides. Quant à la colle ? Le jour où l'on récoltera suffisamment de pois chiches ? Colle de peau ? Nouveau défi pour les ingénieurs. Pour ce qui est de la sélection des livres condamnés à la métamorphose, on met en place une équipe transgénérationnelle a priori sans partis pris idéologiques.

Ce serait bien de pouvoir démarrer ça au début de l'an prochain, avec nos pages comme introduction : nous, dans mille ans, en couple mythique rédacteur des premières pages du Nouvel Ancien Testament d'après le Second Déluge ! Mais il peut y avoir, à deux pas d'ici, quelqu'un(e) d'occupé(e) à rédiger chaque jour une chronique analogue. Ces nouveaux manuscrits de la (Grande) Mer morte devant nourrir, je l'espère, les recherches historiques futures. Pour autant, que cela ne soit JAMAIS pris pour paroles fondatrices, encore moins comme des repères premiers sur lesquels construire de nouveaux pouvoirs (puissent-elles être terminées, les dérives atroces des appareils religieux de tout bord !).

On a fini par retenir un titre sans prétention aucune, *L'Hebdo*, après plein d'idées farfelues comme *Chronique des îles nouvelles*, *Le Castor embêté* ou *The Robinson Weekly* (ce dernier rappelant toutefois la nécessité de poursuivre la pratique des langues étrangères). Maintenant on passe le bébé aux techniciens, sans supposer un instant que ça pourrait ne pas les concerner. En tout cas, fabriquer du papier hand made, donc forcément plus beau et durable que l'industriel dépareillé, redevient une nécessité.

On ne s'interroge pas encore sur la manière dont on va mettre l'idée en application. Les futurs contributeurs devront sans doute écrire sur une ardoise qu'un(e) calligraphe expert(e) recopiera sur les belles feuilles "artisanales" destinées aux siècles. Mme Faure ? Mais elle est déjà sur plusieurs fronts. Arthur évoque Lili, une jeune de leur groupe, qui était en école d'art, Adèle va la contacter. On pense aussi à des dessins, pourquoi pas des enluminures ? Un nouveau Livre de Kells ! Cette entreprise nous excite comme des enfants qui préparent un spectacle d'anniversaire.

Méolane nous apprend au radiotéléphone qu'ils ont aussi été survolés par l'avion. Il a lâché le même tract. Avec leurs terres partout pentues ils ne voient pas ce qu'ils pourraient aplanir pour permettre un atterrissage, en tout cas pour le moment, mais, comme ça s'est passé aux Serres, le message les dope, "leur sort la tête de l'herbe", dit le gendarme au bout du sans-fil. À part ça, les réticences diminuant en même temps que les réserves, la redistribution de la population s'organise, plusieurs groupes approchent une autosuffisance alimentaire de quelques mois après "fractionnement raisonné" *(sic)* des ressources (surtout le fond des hôtels), chasse au chamois (contrôlée) et augmentation de la part aqueuse dans les menus. On en saura davantage après le prochain déplacement là-bas.

24 octobre, 20 h 40

Il fait bien trop doux pour une fin d'octobre. Sébastien et Bernard poursuivent les semailles. On finit de défricher une belle parcelle assez proche du village, qui mérite la remise en culture pour le maraîchage. L'irrigation, installée dans les années 1970, concernait surtout la vallée et le bas des pentes. Elle a contribué à l'abandon des terres de la "céréaliculture sèche", dit Noé, et comme le pâturage local régressait en même temps, la lande en a profité. On regagne aujourd'hui les parcelles hautes abandonnées à l'enfrichement.

À Méolane ils ont sans doute un moyen de contrôler la glycémie, Geoffroy ne peut plus rester dans l'approximation, on va lui tirer un peu de sang le matin de l'expédition, au cas où. On tente de lui offrir des repas le plus équilibrés possible mais il a des moments de dérapage manifeste, ça ne peut pas se prolonger indéfiniment. Notre diabétique n'en programme pas moins une nouvelle battue avec ses copains, prétextant les dégâts que les sangliers ne manqueront pas d'infliger aux semis. Mieux vaut le voir piquer du nez dans les bois qu'il parcourt depuis sa jeunesse que s'éteindre dans son lit, sans doute avec douleurs. Mieux vaudrait surtout que ne survienne ni l'un ni l'autre. Noé n'a pas encore trouvé l'épine-vinette.

Pas envie d'aller à Méolane, où notre dernière visite date de plus d'un mois. Je vais une nouvelle fois céder la place à Germain, d'ailleurs plus rompu que je ne le suis aux rencontres officielles (aussi peu qu'elles le soient maintenant), et surtout content d'y accompagner Magali, elle chargée d'enseigner à nos plus proches voisins la bonne gestion des tablées collectives. On n'a plus grand-chose à troquer sinon des connaissances, et cela veut dire séjourner un bout de temps sur place, ce qui ne me tente guère (moi qui aimais tellement voyager !). On verra pour des vacances utiles au printemps.

Demain on reçoit M. le maire et son épouse Eva, Carole et Martin, et une nouvelle fois Charlotte et Matthieu, que j'aime beaucoup. La pression sociale ne cesse de croître ! Quand on aura fini de dépouiller les données de santé, il sera temps de passer à l'enseignement, un défi qui m'épuise d'avance. Là-dessus aussi il faudra voir avec Méolane.

Sacré melting-pot ce soir ! J'en ai mangé un bout de crayon. Je me rassure en pensant que l'Ancien Testament est fait d'histoires raboutées. La Montée des Eaux certifie mieux que tout à quel point l'histoire n'est pas linéaire. Voilà au moins un bienfait de cette saloperie : la catastrophe est tellement absolue qu'on peut se permettre n'importe quelle hésitation, d'avance excusée.

Noé, fatigué par ses périples d'aujourd'hui, m'a laissée seule en bas. Tout à l'heure, en montant prendre une petite laine, je suis restée un moment à le regarder dormir. Son air de bébé ravi, un peu souriant, m'a tellement émue que je me suis crue d'un monde à jamais préservé des catastrophes.

25 octobre, 7 h 10

Un temps à se remettre au tricot ! La pluie ne favorise pas les travaux au-dehors mais profite aux semis. Les équipes d'extérieur se retrouvent aux Chasseurs où on a lancé le poêle – un gros, récupéré dans une villa, à double combustion s'il vous plaît, qui chauffe au moins trois cents mètres cubes.

J'adore l'ambiance pub de notre bistro-resto même s'il manque bière et café. La capacité d'accueil a presque doublé depuis l'adjonction (abattage d'une cloison) de l'ex-future salle de billard qui n'a jamais vu de billards (les derniers proprios avaient la folie des grandeurs), le fond est aménagé en coin salon avec canapés, tables basses et même piano (les maisons de vacances sont inépuisables). Il y a sur les murs des affiches ringardes et quelques peintures dont beaucoup d'entre nous espèrent qu'elles seront vite remplacées, sans oublier les faïences de Moustiers et autres bassinoires (encore merci les villas !). On y expérimente une sorte de frênette-hydromel fabriquée par Jeannot et ses aides, de saveur imprécise mais plutôt bonne, en tout cas on s'y habitue, et ça mousse ! Pas plus d'un verre par personne, et au-dessus de dix-huit ans. Donc jours de pluie égale tiédeur, rires, conversations futiles ou sérieuses, belote et rami, contentement d'être ensemble à distance des tâches habituelles, au sens strict au four et au moulin (sans parler du champ ni du bois). École et dispensaire, eux, tournent toujours !

Qu'on raconte ainsi des moments heureux peut signifier une amorce de réparation collective. Mais peurs et larmes restent en coulisses. Hier Geoffroy se disait mieux. Possible qu'il joue la comédie pour détourner mon attention avant la nouvelle battue de samedi. Il dit que Georges va expérimenter un arc de chasse en cytise, dont il a trouvé du bois sec en parfait état (mais difficile à travailler). Flèches en cornouiller. Empennage fourni par les poules de Paul. Pointes forgées à partir du stock de cuillères. Si on peut fabriquer des pointes de flèche avec des cuillères, pourquoi pas de l'outillage médical ?

Qu'est-ce que je peux ajouter ce soir au repas de l'auberge ? Le jardin n'a plus rien, sauf quelques poireaux conservés pour la semence (ces derniers jours, l'herboriste a cependant semé un reste de graines d'épinards et de la mâche, l'hiver s'en occupera). Une compote de ces cornouilles dont Noé vient de rapporter des quantités ? Trop acide sans sucre. Avec le fond de miel qui nous reste ? Considérations triviales pour une chronique censée passer à la postérité des postérités. Allez, au boulot ! Et Noé qui descend les yeux bouffis, et me demande "encore à travailler ?" Ce à quoi il faut répondre par "tu ne sais pas où j'ai mis les clés de la voiture ?" Ainsi débute la journée sur un grand rire, et (j'avoue ma faiblesse) sur une étreinte silencieuse qui donne envie de pleurer.

25 octobre, vers 8 heures

Marie l'a dit (Marie lady !) hier soir : je n'ai pas trouvé l'épine-vinette dans le coin où je suis à peu près sûr de l'avoir vue il y a longtemps. Les terrasses avec des oliviers, c'est maintenant hors d'accès, sur une pente chaude au pied d'une falaise complètement ennoyée de notre côté. Il reste quelques arbres, j'ai pu les voir aux jumelles. Pas sûr de trouver des volontaires pour aller en radeau y prélever des boutures. Du moins l'olivier survit. Par contre j'ai traversé des friches avec une grande abondance d'églantiers couverts de cynorrhodons. Après le début des froids qui les amollissent et les sucrent, on fera des récoltes fabuleuses, ce sera une source de vitamine C bienvenue dans notre régime où les végétaux frais sont désormais quasi absents. Dans une petite grange en ruine non pointée sur la carte au 1/25 000, un râteau-faneur bien rouillé mais sans doute récupérable. Au pied d'un mur, un amandier qu'il va falloir débarrasser du gui avant qu'il n'en meure. Un tas de bois presque pourri peut-être à récupérer pour le papier. Beaucoup marché, pas pour rien. Par moments la topographie ou les arbres cachent les Eaux qu'on s'efforce tous de ne pas voir, mais leur lueur s'impose presque partout comme d'un ciel renversé.

Marcher seul m'a toujours été bon. Je vois plein de petits êtres et de petites choses qui m'intéressent ou m'émeuvent, souvent les deux à la fois. J'avoue me donner une importance idiote en pensant que, du moins ici, je suis le seul avec Antoine à me réjouir, sinon à m'extasier quand je survole, comme aujourd'hui dans un taillis sec, une vaste canopée de germandrée petit-chêne, forêt miniature sous les arbres éponymes, magnifique (à mes yeux) en fin de printemps. Elle ouvre alors une quantité de petites gueules d'un rose soutenu, dépourvues de lèvre supérieure, l'inférieure lape la lumière éparpillée du sous-bois, offre aux bourdons et autres abeilles un drive-in à l'usage des consommateurs aériens où il est facile et tranquille de se poser. J'ai noté sur ma carte aussi précisément que possible l'emplacement de cette localité précieuse aux humains pour la cure dépurative et le soin des douleurs articulaires. On y reviendra en juin prochain.

Croisé une famille de sangliers qui s'en allait à la glandée. Certains ont tourné la tête vers moi indolemment, surpris par une rencontre pour eux de moins en moins probable puisque presque tous les bois sont maintenant laissés à leur seule fantaisie. Vais-je les dénoncer à l'équipe des chasseurs ? Ils connaissent mieux que moi les circulations de ces bêtes dont on constate l'extension, et la moindre prudence depuis qu'on ne les harcèle plus.

Pause au moulin, où l'eau du bief arrive au niveau requis. Martin et ses copains m'ont offert un breuvage de leur invention, feuilles de ronce torréfiées et coques d'amande (au goût de vanille, j'en avais parlé aux Chasseurs), un peu thé fumé, pas mauvais du tout. J'ai discuté avec eux des possibilités de presser de l'huile, noix surtout pour l'éclairage, amandes pour le soin. Comme le pressage est une tout autre technique que la meunerie, ils demandent à voir en fonction du matériel disponible. Quand j'ai parlé d'un moulin à papier, là ils étaient pliés en deux avant de me demander si je voulais qu'on installe une cité industrielle au bord du Bèveron, avec scierie hydraulique, fonderie, forge, tannerie, etc. Mais je les sens prêts à tout expérimenter, ça les passionne autant que des enfants un Lego (je n'ai pas osé les interroger sur ce qui semble bien être l'ébauche d'une forge sous un hangar dont ils remontent les murs).

J'ai résumé le projet de manuscrit collectif hebdomadaire à l'intention des siècles, suggéré qu'ils fassent déjà l'historique de la remise en route du moulin à farine, sans trop de détails techniques faute de papier justement mais il est prévu dessins et enluminures. Ça les enthousiasme tellement qu'ils m'ont offert avec le thé une demi-cuisse de lapin par eux piégé, rôti et fumé, mais tu ne vas pas le raconter dans tout le village, ce à quoi je me suis engagé solennellement (sauf que je le raconte ici). J'ai aussi demandé si la Cité des Jeunes, qui grouille de talents, pouvait aussi proposer des dessinateurs, ou des graveurs si vous pouvez fabriquer une presse à imprimer, à quoi ils ont rétorqué que presque tout était possible avec les matériaux de base et l'outillage approprié, par exemple construire un hors-bord à pédales avec une vieille Citroën C3. On s'est quittés en se poilant, mais ça turbinait dans les méninges.

Marie est partie faire ses visites du matin. Ce soir, nouvelle réception, avec rapport dans vingt-quatre ou trente-six heures (sauf effondrement du rédacteur). Il tombe un crachin obstiné.

Lire ce que tu as écrit avant mon lever me donne aussi envie de pleurer. Pas la peine d'en chercher les raisons ce sont de bonnes larmes.

26 octobre, 7 h 20

Les amis frappent à la porte, on leur ouvre en souriant, même si on s'est vus dans la journée c'est un autre temps qui s'ouvre. Le collectif, au départ vécu par nécessité et puis accepté, sinon bien supporté, n'en a pas moins ses bornes : on a besoin d'un espace social limité à l'intérieur du territoire établi pour tous, où des gens choisis partagent nos coups de cœur, apaisent ceux de colère, nous soutiennent avec justesse et nous critiquent avec bienveillance tandis qu'on essaie de leur rendre la pareille. Dans le cercle miraculeux des proches, recevoir de nouveaux venus avec qui on pressent des affinités, c'est, comme quand on est enfants, accueillir de rares élus dans la clairière sacrée du petit bois derrière la maison, là où une cabane en branchages et vieilles planches s'est fait le centre du monde (la Montée des Eaux favorise la métaphore robinsonnesque).

Charlotte et Matthieu sont arrivés les premiers. Très épris, ils se cherchent constamment des yeux. Du coup on s'est sentis un peu décalés, Marie et moi, nous regardant en haussant vaguement les épaules comme des gens qui ont raté un train mais pas inquiets parce que le suivant va bientôt passer. Et puis Carole et Martin. On les connaît peu, Martin nous a fait remettre une page pleine de suggestions passionnantes, son café philo démarre à fond. Carole, la fille de Germain, est aussi remarquable par sa chevelure éclatante que par sa réserve, elle s'accorde plusieurs secondes de réflexion avant de vous répondre, on dit que c'est une bosseuse obstinée, je voudrais voir avec elle s'il est possible de trouver un mode de collaboration autour des plantes-remèdes même si elle est loin d'avoir été formée pour ça. J'ignore comment elle et Martin se sont trouvés, il paraît que la Saint-Michel a été (comme jadis) une bénédiction pour les rencontres.

Eva et Matteo sont arrivés en s'excusant du retard, après avoir déposé Luca à la Cité des Jeunes, où les enfants préparent un spectacle (outre qu'ils adorent se retrouver avec ces grands qui leur enseignent plein de trucs), il fallait finir de faire le beurre (le beurre !). On leur a vite pardonné quand le pot de crème a été posé sur la table, objet improbable qu'on a regardé dans un silence de cérémonie religieuse avec onction de crème sainte, avant que Marie défasse le charme en mélangeant la moitié du contenu dans le potage potiron-champignons-poulet (base végétale 30 %, eau 60 %, part animale 8 %, aromates et divers exhausteurs de goût 2 %, menu du soir aux Chasseurs). On s'est attablés contents !

Comme la dernière fois avec Antoine, Julie et les autres, la soirée a été riche d'idées, drôle, passionnante. Matteo, quand il a posé sa veste d'élu, tenue qui lui fait aussitôt adopter un ton sentencieux que tout le village imite en l'exagérant (il pouvait déjà le prendre du temps où l'on montait des saynètes à la salle des fêtes), redevient le type plein d'humour que les circonstances empêchent désormais de rencontrer souvent en public. Eva et lui ont parlé de leurs vaches du ton qu'on emploie pour les ados de la famille dont les études vont bien et qui pourraient prétendre à un bel avenir. Leur propos est de convertir un troupeau à viande en production laitière, même si la race qu'ils élèvent n'est pas adaptée. Tentent des croisements avec la race de Bernard, lui producteur laitier (il réserve déjà un veau pour la reproduction). Finie l'insémination artificielle ! On a évoqué l'idée de faire le prochain voyage à Méolane avec une vache laitière et son veau, ils ne ralentiront pas beaucoup les ânes. Bernard sera sans doute d'accord.

Après les questions à l'éleveur on s'est adressé au juriste. Qu'aurions-nous fait si Yvan Laurenti ne s'était pas tué et qu'on avait fini par mettre la main dessus ? Ça revient beaucoup dans les conversations à l'auberge. J'y pense souvent, dit Matteo, instaurer des tribunaux populaires expéditifs comme au Far West, avec la sentence forcément au bout d'une corde, c'est retourner à la sauvagerie. Mais la prison suppose de loger et surveiller un criminel, de lui assigner une tâche elle-même sous surveillance, etc., on ne peut pas gérer ça. Quant au bannissement sur un radeau, s'il laisse de vagues chances de survie, ça n'en est pas moins une peine de mort en différé. Sans négliger qu'un coupable puisse quand même s'en sortir et commettre d'autres forfaits ailleurs.

On essaie de fonctionner avec les lois d'avant sans plus avoir les moyens de les appliquer. Heureusement qu'on a trouvé des alliés à la gendarmerie de Méolane, même si, de ce côté-là, ils ont l'air de patauger autant que nous. À propos de Méolane, ils font des progrès dans la gestion des ressources et la distribution des tâches, mais le commandant me disait hier qu'ils doivent encore convaincre des gens, des citadins piégés il faut dire, et que, non, il n'est pas question d'abattre tous les moutons maintenant, qu'il fallait penser à l'hiver, à l'an prochain, etc. Pour certains, c'est toujours l'idée de consommation immédiate qui prévaut. Désespérant !

Eva, elle, en est à penser que la société qui s'est constituée aux Serres depuis la mi-août est plus intéressante en dépit du drame initial que celle d'avant où c'était le règne du chacun pour soi. Il y a tous les risques d'un monde où la médecine, déjà, doit faire avec le peu qu'elle a encore sous la main, Marie ne va pas me contredire, donc on vit davantage dans l'appréhension de la maladie ou des accidents, mais c'est aussi ce partage formidable ! Autant à la nouvelle école qu'à la Cité des Jeunes, Luca n'a pas le sentiment d'apprendre, il vit davantage, tout simplement, ce soir il dort là-bas et on n'a pas la moindre inquiétude. Alors la table, Matteo compris, se laisse aller aux commentaires vaseux comme se demander s'il faut des catastrophes pour réorienter les humains vers plus de justesse, etc. Et en arrive à la conclusion qu'on tient à peu près le discours des prédicateurs de Méolane, ce qui ne nous rend pas spécialement fiers.

"Et alors, dit Martin en levant le doigt en l'air, c'est ici que le café philo intervient. On est en train de débattre exactement d'un sujet qu'il faut aborder un de ces soirs aux Chasseurs, si l'équipe municipale, les officiels et les officieux comme toi Noé (j'enregistre) sont d'accord. Demain matin je me réserve une partie du tableau des annonces et j'écris : « Samedi après le dîner, café philo, au programme : Est-ce qu'il faut des catastrophes pour réorienter les humains vers plus de justesse ? » Vous en pensez quoi ?" Ce qu'on en pense !

(La suite ce soir, sinon j'y passe la matinée et rate le repas.)

26 octobre, vers 20 heures

Je n'en crois pas mes yeux : Marie tricote ! Une brassière pour le futur premier bébé de la nouvelle génération des Serres. La laine, les aiguilles, le modèle viennent des maisons "acquises à la collectivité" comme dit joliment la mairie. "Ma mère m'avait appris à tricoter, dit Marie, j'ai fait une remise à niveau avec Mme Bernard, j'aime ça, c'est apaisant. Après, si tu veux, je passerai à une entreprise plus sérieuse, te faire un pull à col camionneur archi-chaud, au cas où l'hiver finirait par se décider, on a récupéré des magazines de tricot avec plein de modèles."

Une femme qui tricote, le poêle à petit régime, un chat en boule sur une chaise à côté, la lumière basse où un homme écrit, l'image parfaite de ce que tu n'as même plus envie de dénoncer parce que ce n'est plus la peine de s'acharner là-dessus. J'avoue que, vécu du dedans, c'est un moment béni, mais chut, des fois que le Comité de renaissance féministe des Serres aurait délégué des espionnes !

Carole, sa réserve m'intimide, j'hésite à la questionner en présence de Marie. Elle n'a guère parlé depuis le début du repas, très attentive par contre à tout ce qui se dit. Je sais qu'elle communique avec la pharmacienne de Méolane via la mairie. Les regards brefs qu'elle lance à Martin, tandis que son visage s'adoucit, incitent à les penser plus proches qu'ils ne veulent bien le montrer. À propos de la morphine, elle dit que les choses avancent mais il manque du matériel, par exemple pour titrer les principes actifs. En tâtonnant on va y arriver, dit-elle. Pour ce qui concerne les autres remèdes, antiseptiques et antalgiques en premier lieu, elle avoue que les connaissances acquises à la fac ne s'appliquent plus, qu'il va falloir tout repenser. Marie, un peu énervée, lui rappelle qu'on y pense depuis deux mois et que sa contribution serait bienvenue, mais c'est aussi, admet-elle, que les médecins se méfient des pharmaciens et réciproquement, les seconds se méfiant plus encore des herboristes, qui se méfient des deux.

Après quoi on admet que l'info ne passe pas toujours bien aux Serres, où il faut éviter de reconstituer les corporatismes (rire général), que le corps médical doit laisser tomber ses crispations, ça ne sert vraiment plus à rien, et on lève le verre (avec frênette) à une transversalité où, cette fois, même un herboriste est admis.

Le petit moment de tension détend plus qu'il n'agace. Marie, qui avait tendance à me regarder quand je regardais Carole la flamboyante, inquiète peut-être de me voir trop impressionné par son éclat, baisse la garde, la prend à part et entame avec elle une discussion où l'herboriste n'est pas convié. Du coup les non-spécialistes reviennent à leurs marottes. Matteo reparle de Méolane où il semble décidé que la prochaine délégation sera accompagnée de deux ânes, d'une vache et de son veau mâle, une vraie caravane. Comme Martin lui demande comment il arrive à gérer à la fois la ferme avec Eva la fonceuse et la mairie avec une bande de Mohicans plus ou moins rebelles à toute autorité, il dit c'est exactement ça que j'avais espéré en acceptant de prendre la tête de la liste municipale, sauf que le rythme actuel, s'il se poursuit, devrait en toute logique me faire vieillir avant l'âge. D'où tollé, proposition de le déclarer jeune trésor vivant à préserver, etc.

Charlotte annonce fièrement qu'elle a quasiment mis au point un aérogénérateur avec alternateur de voiture couplé à une batterie mais qu'il lui faut encore l'aide des ingénieurs pour l'hélice, ceci afin d'alimenter l'émetteur-récepteur sur lequel planche Matthieu. Charlotte construit en ce moment le support mobile et l'empennage avec des cornières métalliques et des plaques de métal trouvées dans un garage. L'ensemble tourne sur un moyeu de moto. Quant aux boulons, tout le monde sait que Mme Barthélemy a pieusement rapporté aux Serres la réserve gigantesque de son mari. Si on avait la tôle, assure Charlotte, sa réserve permettrait de construire un porte-avions.

Je ne dis pas qu'on va capter Mexico, dit Matthieu, mais si on pouvait répondre à Briançon quand ils vont se mettre à diffuser, ça nous élargirait la vie. Je connais les nombreux talents de Matthieu et je crois l'informaticien tout à fait capable de convertir un autoradio en station émettrice (prouesse pour moi incompréhensible). Bientôt Le Brame des Serres sur les ondes ?

Tout ceci dans la précarité des choses un jour ou l'autre vouées à l'obsolescence (réapparition de l'indécrottable moraliste !). Mais c'est aussi perpétuer la capacité d'invention et amorcer des techniques nouvelles.

Passe un nuage quand, Marie reprenant son tricot, Charlotte se cache le visage dans les mains. On est devenus coutumiers de ces coups de déprime soudains quand une chanson, un geste, un objet rappellent un(e) ou des disparu(e)s. "Ma sœur Lisa, dit Charlotte entre larmes et rire, quand son amie Nabila s'est retrouvée enceinte, elle avait commencé à tricoter pour le bébé. C'était vraiment pas son genre à Lisa, vous imaginez la petite bobo punky à tricoter une mini-veste à capuche en mélange laine et soie ? Elle avait dû piquer les pelotes et se donner un nouveau défi pas méchant. Tout ça est perdu, perdu !" Ce qu'on a appris à faire, alors, c'est serrer dans ses bras et dire "pleure tant que tu veux, tu sais que tu n'es pas seul(e), ici on est tous des survivants, on peut compter les uns sur les autres". Mais Matthieu nous a précédés, elle s'est blottie contre lui, on n'avait plus qu'à servir les cornouilles cuites avec le reste de miel et ennoblies de crème fraîche. De quoi, sinon guérir les peines, peut-être les apaiser un moment.

Comment conclure sans répéter ce qui s'est écrit la première fois ? On est bien quand on se retrouve entre amis proches (ou souhaités tels), sans que cela contredise le plaisir des partages avec un plus grand nombre. Serions-nous en vue de la société idéale ? En tout cas c'est mieux que l'anonymat mortel qu'on devait affronter comme un brouillard toxique dès qu'on sortait de la cellule consommatrice-protectrice-réductrice dans feu la société urbaine.

"On est ensemble, a dit Marie après que tout le monde était parti, on est ensemble toi et moi." Je me suis demandé un moment si elle était encore dans l'appréhension après mes regards sur Carole. On avait déjà connu un moment plus ou moins comme ça et j'ai dû répondre, en substance, à peu près la même chose qu'alors. Tu crois que Monsieur Merle aurait envie de courtiser Madame Grive ? Les croisements entre espèces, aussi chanteuses soient-elles, et ne va pas croire que je parle pour moi, ne m'ont jamais concerné. Outre que ça produit des œufs stériles. Nous, on est de la même espèce et on va vivre le plus longtemps possible ensemble dans le vieil arbre creux et savourer le passage des saisons. Alors elle est venue vers moi et s'est enfouie dans mon cou. On est longtemps restés comme ça, je caressais sa tête qui voulait s'enfoncer de plus en plus entre mon épaule et mon menton volontairement mal rasé comme tu dis, c'était tellement bien qu'on aurait sans doute protesté si le monde avait décidé de rebasculer à l'envers.

27 octobre, vers 7 h 40

Je juge bon de reparler des sujets que Noé considère comme excessivement triviaux : le PQ et les tampons (aux médecins l'indicible !). En ce qui concerne le premier, on en est toujours aux magazines, *Politis* rejoignant *Le Point* et même *Capital* (trop glacé) dans la fonction ultime de nous torcher le cul – et encore avec la plus grande économie de surface possible. Les maisons du village dont j'ai fréquenté les toilettes n'ont jamais fait apparaître *Valeurs actuelles*, ce qui, je dois dire, m'aurait bien embêtée car, et encore plus dans les situations de crise extrême, on doit respecter les fondamentaux du fondement : pas question de se torcher avec des torchons. Considérations qui ne changent rien au constat d'épuisement des magazines qu'on découpe en morceaux de plus en plus petits. On évite le sujet mais il faut en débattre. On ne va pas se servir du futur super beau papier recyclé fait main. La saison des feuilles est passée (et sèches, elles ne sont plus de grand secours !). On ne semble pas avoir pu ou su adopter l'eau, d'ailleurs est-elle adaptable à nos règles d'hygiène (les plus rigoureuses possible) ? Il faudra voir avec les ex-musulmans de la commune (ex-musulmans comme ex-chrétiens ou ex-polythéistes, sinon ex-athées : La Mecque, Rome, Jérusalem, Bénarès, etc., sont engloutiess), encore faudra-t-il outrepasser des tabous.

Côté tampons et autres "garnitures périodiques" comme disaient les pubs, les choses sont plus simples et avancent bien. Peut-être aussi parce que, entre femmes, on sait dire facilement les choses du corps, ce que les hommes, inaptes à les exprimer sans culpabilité, transforment de façon habituelle en plaisanteries plus ou moins lourdes (quand ils ne les contournent pas en s'aidant de grossièreté bornée). Ce qu'on a trouvé de mieux : les coussinets de mousse débarrassés des impuretés, lavés, séchés-stérilisés au four, enveloppés dans une bande de coton deux fois repliée en longueur, qu'on relave tandis que la mousse va au compost. L'absorption, pas aussi bonne que celle du coton, est cependant correcte. Il faudra veiller à ne pas épuiser les localités de récolte, dans la hêtraie en particulier. Une équipe s'est constituée, dont le boulot va du ramassage (que celui des champignons peut agrémenter) à la fabrication des serviettes. Cela occupe deux pièces entières à la Cité des Jeunes, baptisées Ragnagnas' Club par celles qui les gèrent (tout en travaillant le chant choral ou le théâtre). Pas sûr que les Chasseurs puissent espérer les crises de fou rire, ni même les discussions de haut vol qui s'y passent, entre déclamations de Molière et vocalises. Avec la chute de la moyenne d'âge aux Serres, clientèle assurée pour un bout de temps !

Passer un moment avec elles aujourd'hui m'a stimulée, comme d'habitude. Je vais une fois par semaine leur enseigner des éléments de gynéco, mais ce que j'ai pu dire jusqu'à présent à propos de contraception n'est pas vraiment suivi d'effet… Finis préservatifs, pilules, stérilets, mais aussi ces grossesses de jadis vécues comme une fatalité jusqu'à la ménopause. Encore faut-il ne pas retourner tête baissée à la méthode Ogino ! Bien moins formatées que les hommes en dépit du (ou, qui sait, grâce au) statut de bécasses où elles furent si longtemps tenues, les femmes manifestent maintenant une inventivité libre d'a priori, non bridée par les techniques, libérée de la pression consumériste. Les enfants sortent de nos jupes sans appréhension parce que chacune d'entre nous, et aussi de plus en plus les hommes, assouplissent les vieilles limites, décoincent les attributions.

Sois tranquille, Noé, tu n'as jamais fait partie des oppresseurs empressés ni des soudoyeurs souriants ! J'aurais plutôt tendance à te voir sur la limite où la naïveté rejoint l'insouciance angélique, certes pas tout le temps, mais dans une constance contre laquelle les peurs (dont les miennes) finissent par se briser le nez. Tu es un bon spécimen des humains de la nouvelle ère. Tu protestes ? Alors l'un des meilleurs spécimens échappés de l'ère d'avant !

27 octobre, 20 h 25

J'ai trop la flemme d'ajouter quoi que ce soit aux pages écrites ce matin par Marie, dont le sujet, il est vrai, ne me concerne qu'à moitié (mais je me porte volontaire pour aller ramasser la mousse). Quand je te lis je me sens toujours emprunté. Est-ce que je ne pourrais pas me mettre un peu en vacances de la chronique, cette fois sans prétexte de foulure au pouce ? Ou alors m'en tenir au registre le plus immédiat, qui s'accorderait avec la forme à la fois économe et ouverte qu'on ne cesse d'annoncer, mais c'est *L'Hebdo* qui devrait la privilégier, bientôt j'espère.

Impossible toutefois de passer sous silence le scoop du jour : le moulin tourne ! Martin dit que ça grince un peu et qu'il reste des réglages à faire, mais ça tourne. Il est arrivé au resto ce soir avec un petit sac plein de farine, grossière mais c'est bien de la farine ! Tout le monde veut aller au Bèveron voir la prouesse. Martin a fait venir l'équipe autour de lui, il a dit que la remise en état du moulin relevait d'une inventivité collective formidable, où le savoir des ingénieurs aurait buté sans le recours au système D des artisans. On les a applaudis longtemps. Magali attend d'avoir une quantité suffisante de farine tamisée pour faire deux ou trois gâteaux inauguraux à l'intention des enfants et des réparateurs. Les autres attendront un jour de fête, dit-elle à notre désappointement faussement rigolard. On s'est passé le sac de main en main : malgré l'ancienneté des grains, ça sentait la bonne farine de blé. L'odeur, qui a aussitôt éveillé les idées conjointes de croustillant et de mie à beurrer, nous a quasiment fait tourner la tête. Le pain est donc encore possible ! Voilà qui conforte la reconstruction d'une réalité habitable.

Le système de blutage est très endommagé, la rouille a crevé les grilles par endroits et il faut reforger, sinon refaire des pièces. Magali, qui dispose de tamis aux cuisines, a fait un tour de salle du regard en disant qu'il ne manquerait évidemment pas de volontaires pour séparer la farine du son, celui-ci très attendu par les poulaillers, qu'elle était déjà prête à prendre les inscriptions, qu'il ne fallait surtout pas se bousculer. Au peu de succès de cette invite, elle a conclu : pas de tamisage pas de pain, pas de biscuits avec l'apéro, pas de bûche à Noël, ce qui a soulevé un murmure dépité. Après quoi pas mal de gens se sont levés pour s'inscrire et Magali a dû rappeler qu'elle n'avait que trois tamis et que les volontaires, qui pouvaient évidemment se relayer, auraient droit aux premiers biscuits, d'où nouvelles protestations, etc.

Martin n'a pas manqué d'ajouter qu'avec l'énergie hydraulique on pouvait envisager de faire tourner, sinon une industrie (rumeur dans la salle), en tout cas des machines simples, et faciliter ainsi certaines tâches. Nos bureaux planchent déjà sur ces projets, a-t-il dit, et nous pensons entamer bientôt une levée de fonds pour les financer. En attendant la cotation en Bourse. Ce à quoi plusieurs ont réagi en se précipitant aussitôt pour souscrire mais les bons ne sont pas encore disponibles.

Marie tricote tout en s'efforçant de lire Cazin dans la lumière basse. De temps à autre elle s'exclame "quel type, mais quel type !" Les jours raccourcissent beaucoup (on est à deux mois de Noël), les deux lumignons incitent peu à la veille ; je vais poser mon Bic, passer trois minutes dans une salle de bains déjà froide et monter rejoindre mon duvet de pseudo-célibataire.

Dimanche 28 octobre, 20 h 20

(Presque) tous encore à l'église ce matin (à 11 heures, c'est dimanche). Marie me l'a rappelé avec insistance hier soir car j'avais zappé dimanche dernier. Le plaisir des retrouvailles collectives, la beauté des textes, les voix, les instruments (tout bricolés soient-ils, accordéon excepté) l'emportent sans doute sur un partage de foi quelconque, mais on sent aussi le besoin d'une expression commune à velléités transcendantes, ça nous apaise, ça éloigne des choses ordinaires, les questions insolubles s'oublient un moment, elles n'y trouveraient pas de réponse mais on repère toujours des jalons utiles. "Cette drôle de messe, c'est un truc qui te nettoie la tête", nous dit Arthur à la sortie.

Ce dimanche Mme Faure avait choisi de lire l'histoire de la femme adultère, celle où Jésus dit aux pharisiens ces mots révolutionnaires (bien loin d'être encore entendus de tous les humains au mois d'août dernier, je les cite approximativement) : "Que celui d'entre vous qui n'a jamais péché lui lance la première pierre." Je crois que ça en a remué plus d'un qui n'avait jamais lu les Évangiles ni mis le pied dans une église, et aussi montré à quel point les paroles de justice les plus essentielles ont des rattachements lointains, et pouvaient tomber dans des oreilles sourdes. "Sacré Jésus, nous dit Juliette quand on se retrouve sur la place, je n'aurais jamais pensé qu'il pouvait dire des trucs comme ça, c'est un féministe avant l'heure ! Ça n'a pas empêché les chrétiens, pour ne citer qu'eux, de bâillonner les femmes pendant deux mille ans, ni de brûler des dizaines de milliers de sorcières, peut-être davantage !" J'ai cru bon de lui rappeler que les humains n'étaient pas doués pour tenir compte des mots de bien, et que même maintenant chacun peut toujours les ignorer, ou en faire une mouture à sa convenance. "Alors, ce genre de messe, puisqu'on l'appelle comme ça, ça ne sert à rien ?" J'ai répondu que ça servait à dire les mots de bien et que, à force, ils pouvaient ébranler, sinon les pierres, en tout cas les plus incertains d'entre nous. Je ne me considère pas comme chrétien, je lui ai dit, l'histoire chrétienne est trop pourrie pour qu'on ait envie de lui donner une suite, mais les mots fondateurs gardent leur puissance, ils ont modelé les morales et même les politiques, ce sont des sociétés chrétiennes qui ont rédigé la Déclaration universelle des droits de l'homme. D'accord, on n'a pas cessé de la bafouer depuis la fin des années 1940, mais ça ne minimise en rien le message (en me relisant : si j'ai vraiment parlé comme ça à Juliette, elle doit penser que je cache bien mon âge : au moins quatre-vingts balais !). Là-dessus, on a convenu qu'elle viendra dîner un prochain soir à la maison avec sa sœur, Magali et Germain, et Mme Barthélemy si le retour dans la nuit ne l'inquiète pas trop.

Adama et Koffi ont joué un air bouleversant de chez eux. Adama a expliqué que c'était une chanson de pêcheurs. Un jeune homme part en mer poser ses filets et prend un poisson si gros qu'il ne peut pas le hisser à bord. Alors il décide de le relâcher en ayant soin de ne pas le blesser mais son filet est fichu. Tandis qu'il regagne la côte en se demandant ce qu'il va devenir, voilà que le poisson surgit hors de l'eau et crache une perle dans la barque. Le pêcheur y voit la reconnaissance d'un dieu marin, le remercie à genoux, part à la ville où il vend cher la perle et achète des filets neufs pour lui et ses amis du rivage, leur demandant de rejeter à la mer tous les trop petits poissons qu'ils prendront afin de leur permettre de grandir.

Lecture à plusieurs voix de textes superbes de Rilke.

Finale avec le groupe Les Voix des Serres. Ils ont étoffé leur répertoire depuis la semaine dernière, dit Marie. Mais où trouvent-ils le temps de répéter, sur les chantiers ? J'ai adoré la version déjantée de *When the Saints*, que toute l'assistance a repris (j'espère qu'on ne va pas virer au pentecôtisme ! Ni s'en tenir à des tubes ringards).

Et là s'est ajouté un moment de grâce. Khaled, celui que j'avais vu effondré sur la place, à la mi-août, a chanté a cappella un air (haute-contre) de je ne sais plus qui, Pergolèse je crois, tellement "céleste" (c'est Mme Faure qui le dit) qu'on s'est agrippé à nos bancs par crainte de disparaître dans une douleur à la fois délicieuse et sans recours.

Après la messe, Marie et moi on est allés chercher des pieds-de-mouton et des chanterelles dans les pins noirs du Défens (qu'on va faire évoluer vers la futaie mélangée). On a surtout trouvé des baveux, mais, là, je crains la suspicion de Magali. Si c'est le cas, je nous les garde car c'est un champignon délicieux (à condition de bien peler le chapeau glutineux que la cuisson rend encore plus gluant). À l'époque où on était focalisés sur le petit-gris et le pied-de-mouton, il restait tous ces oubliés dans la pinède.

"Khaled, a dit Marie, il est mal dans sa peau, il m'a parlé au dispensaire et je dois le revoir, c'est un gay, les autres mecs le charrient, gentiment mais il en souffre, eh oui, la bienveillance absolue n'est pas encore de ce reste de monde. Je me demande s'il ne pourrait pas aller faire le prof de chant quelque temps à Méolane, c'est bien plus divers qu'ici, il a plus de chances de rencontrer quelqu'un là-bas. Je te le dis sans trahir aucun secret parce que tout le monde au village le sait, sauf toi. Ce n'est pas parce qu'il nous bouleverse le dimanche qu'on doit accepter de le voir dépérir le reste du temps. Tu en penses quoi ?" J'ai regardé un moment le bout de mes chaussures pleines d'aiguilles de pin humides. "Tu crois qu'en ce moment Méolane se soucie d'un prof de chant ?" Elle a ri. "Et si le plaisir qu'il leur donnait avec son chant les amenait à vouloir des cours de chant ? Pourquoi on aurait envie d'expression artistique aux Serres et pas chez eux ? Il faudrait lui demander s'il accepte de faire un moment le délégué culturel des Serres à

Méolane. À mon avis, c'est au moins aussi important pour eux que les ânes, la vache et son veau."

J'ai vaguement nettoyé mes chaussures avec une branche morte, geste quasi animal de diversion. "C'est ce qui vaut le mieux pour lui qui importe, on n'a aucune raison de le séquestrer parce qu'il nous fait du bien le dimanche, ni davantage de l'inciter à partir soi-disant pour son bien à lui, sans parler de l'écoute là-bas. On va voir s'il a envie d'être du prochain voyage, par exemple pour un récital, qu'il faudrait organiser à l'avance, mais c'est possible aussi qu'il redoute la séparation d'avec ses potes, tout agaçants soient-ils. Et je te rappelle que, dès que la neige arrive, le chemin devient impraticable. Imagine qu'il soit malheureux à Méolane et qu'il doive y passer l'hiver." Elle s'est gratté la tête. "Tu as raison, on n'a pas à interférer, tu vois mon aptitude à privilégier les solutions simplement logiques. Là, en plus, c'est aussi éloigner un problème qui me dépasse, le refiler à d'autres en quelque sorte. Qu'est-ce que c'est nul ! Je vais énormément baisser dans ton estime." J'avais fini de faire semblant de nettoyer mes chaussures. "Tu ne baisses pas dans mon estime parce que tu dénonces ton erreur toi-même. Et moi je ne veux pas t'apparaître comme une sorte de vieux sage aux commentaires décisifs. On va rentrer, tu marches devant, et gare à toi s'il y a encore un écart !" Après quoi on a repris le chemin bras dessus, bras dessous et c'était bientôt le soir.

29 octobre, 7 h 40

Les grandes nouvelles se succèdent. Matthieu, s'il n'a pas encore construit d'émetteur, a réussi à bidouiller sa radio de voiture associée à des batteries solaires et avec ça il a pu capter des bribes de paroles (italien) et de musique ! La fréquence de Briançon, elle, n'est pas encore active. On s'est tous précipités à son atelier (d'ex-réparateur ordi-radio-télé, donc bourré d'outils et de matos) pour écouter les voix. D'après Eva, ça vient du Piémont. Outre les bouffées de musique, dans ce qu'elle a pu comprendre il y avait une invite à ne pas baisser les bras et des recettes pour tanner les peaux ! Les deux nous intéressent, le premier message faisant dire à Matteo qu'il y a peut-être un effet de tri altitudinal : au-dessus de huit cents mètres, la moindre influence urbaine, une fureur consommatrice restreinte auraient déjà pu sélectionner des populations moins enclines à la démission et plus au partage que celles des basses régions, ce qui a failli lui valoir des coups de la part de ceux qui n'avaient pas entendu la plaisanterie (pas nette il est vrai).

Entre la prochaine radio briançonnaise et cette station piémontaise miraculée (ou post-délugéenne), une société un jour capable d'échanger à distance se reconstitue. À chaque fois on gagne en courage. Dès que l'émetteur sera mis au point, Eva viendra dire que sur l'ex-versant français non plus on ne baisse pas les bras. Matthieu prévoit une amélioration de la réception avec une antenne haubanée (et l'avis des Monuments historiques, de la Commission des sites ?), laquelle soutiendrait aussi le système émetteur (je n'ai pas de mots plus précis). Il envisage même un relais au sommet du Mourre de Verjaud, au-dessus de Plan-Haut, qu'on voit d'ici. Portage à dos d'âne, etc. L'alimentation en électricité revient aux aérogénérateurs de Charlotte, mais ils ne sont pas encore produits en série. Le monde s'ouvre.

À l'intention de l'avion, l'équipe "Communications extérieures" (sans rire) a bien dégagé une friche près du village et choisi d'écrire (en gros galets blancs) "Complètmt d'acc avec vous ! Piste atterriss au N.E. Fraternellmt". Les raccourcis parce que c'est épuisant de transporter en brouette les pierres du Bèveron. Dans le même temps, on s'efforce d'aplanir le mieux possible ce qu'on nomme déjà le "terrain d'aviation", appellation excessive (mais moins qu'"aéroport" proposé par certains) pour une bande de terrain sec à peu près horizontale, bien débarrassée des pierres, des genévriers et autres épineux (surtout des souches), assez longue on l'espère (impossible de trouver des données fiables) pour permettre l'atterrissage et le décollage d'un petit avion. L'orientation est celle du vent dominant (nord-ouest/sud-est). Les obstacles topographiques (collines, grands arbres) sont à bonne distance. C'est au-dessus de l'ancienne colo. Bernard a passé le rouleau à plusieurs reprises mais le sol a déjà une bonne compacité. Comme on se dit que la prochaine visite n'aura forcément pas lieu un jour de pluie, le sol très filtrant devrait avoir ressuyé. La Cité des Jeunes a récupéré une machine à coudre à pédale et fournit la manche à air, cousue d'après ce qu'on m'a dit avec des taies d'oreiller rouges et blanches. Pour cercles, de l'osier.

La charbonnière est en train de se monter dans la hêtraie de Fuyara. Blaise refuse du monde en dépit des nuits qui fraîchissent. Il dit que le bois est trop sec et qu'il faudra bien surveiller. L'allumage devrait avoir lieu dans deux ou trois jours. Après quoi la forge aura priorité sur le barbecue. Laquelle forge dispose déjà d'un foyer construit à la cisaille et au marteau avec un fût récupéré parmi les toujours peu nombreux restes flottants qui s'échouent sur nos rivages. La soufflerie convertit une meule à manivelle en turbine à air avec le concours de divers tuyaux de radiateurs, tôles et cornières. Le prochain déplacement à Méolane devrait rapporter l'enclume. Il faudra prévoir au moins un âne supplémentaire, mais on ne peut pas diviser l'enclume !

Si je poursuis, je rate le premier service (c'est plutôt maintenant un repas étalé, plus facile à gérer aux cuisines).

29 octobre, 20 h 20

Comme tout le village connaît notre entreprise d'écriture (de loin, mais pour combien de temps encore ?), Magali m'a demandé tout à l'heure si elle pouvait y ajouter sa page, "comme le bruit court que tu rassembles les témoignages de ceux qui ont des trucs à raconter sur le passage entre avant et maintenant, dis-moi si je me trompe". C'est à peu près ça, j'ai répondu, on ne l'a pas ébruité jusqu'à présent, c'était déjà difficile à gérer en journal personnel et maintenant je ne sais pas bien quelle forme ça va prendre avec les apports extérieurs, en tout cas sois sûre qu'on accueille volontiers ce qui nous est proposé, surtout venant de gens comme toi. Elle n'a pas manqué de me demander "on ?" J'ai dû avouer que le journal était passé à deux voix mais ça ne contredit pas du tout les autres interventions, etc. Là-dessus elle m'a fait le célèbre clin d'œil que pas mal d'entre nous essaient d'imiter quand il reste trop de choses à dire, mais aussi parce que ça évite de se creuser la tête. J'insère ici son témoignage :

“C’est bizarre : autant, dans la société d’avant, on était transparent à moins d’occuper une position publique quelconque entre champion de foot, star de cinéma ou fier menteur politique, ce qui te rendait, toi, à peu près aussi importante que la fourmi de base, autant ici c’est l’inverse, les gens prennent tous une grande importance, celui ou celle qui défriche les terres vaut exactement autant que ceux qui réparent le moulin, font du bois, soignent les autres ou travaillent aux cuisines. Notre petit nombre le facilite, bien sûr, mais je crois que ça pourrait encore fonctionner si on était dix mille, en tout cas si chacun avait pris conscience qu’il est vraiment irremplaçable.

J’ai milité chez les écolos jusqu’en 2022. Tu te rappelles la pulvérisation de la gauche aux présidentielles cette année-là ? Les seules choses qu’elle partageait, mais alors à 100 %, c’était l’orgueil et les calculs politiques minables. À cette époque-là, moi, je fermais boutique à la Pointe Rouge, un mini-resto pour les pas riches mais pas pour imbéciles ! J’en étais presque à pouvoir cuisiner du tout bio, ça marchait super bien mais les rentrées n’étaient pas assez élevées pour qu’on puisse se payer, même au lance-pierre. Inutile de dire que les banques me riaient au nez quand j’allais leur demander de l’aide pour louer un local plus grand, on n’avait pas le profil de la start-up.

Après des mois compliqués j’ai trouvé un boulot en collectivité, un lycée privé pas idiot qui cherchait à faire entrer du bio à la cantine et s’efforçait de limiter le plus possible le gaspillage alimentaire, une démarche déjà amorcée un peu partout, et tu connais l’impact de la guerre à l’Est. À partir de ce moment-là j’ai fait de la cuisine de qualité, enfin de la meilleure qualité possible, pour des enfants de bobos mais pas que, en tout cas j'ai aussi inscrit mes filles dans cette boîte et elles s'y trouvaient bien.

Mes filles, ce serait difficile pour elles que je dise « c'est ma raison de vivre », « elles sont tout pour moi », des trucs comme ça qui te font un sacré poids sur les épaules quand tu entends ta mère le dire, alors je précise « c'est ma première raison de vivre ». Depuis le départ de leur père, un chouette type mais il en avait marre de me voir tout le temps le nez dans le guidon, il s'était mis à faire du photojournalisme en free-lance, j'espère qu'il est encore en vie, à partir de ce moment-là, et de ma reconversion, on a vécu sur un tout autre rythme qu'au resto, j'avais plus de temps libre, j'ai retrouvé Pauline et Juliette, on a partagé plein de choses, jusqu'à cette décision commune de passer deux semaines ici en août. On en avait marre des plages de Marseille, aussi sympas que bondées avec le sable plein de mégots. Et le 12 août est arrivé.

Tu connais la suite. Je me suis retrouvée aux fourneaux des Chasseurs sans bien savoir comment. Sauf que j'étais d'abord la seule à m'y retrouver avec deux cents personnes à nourrir et pas grand-chose à cuisiner. Les groupes arrivés en rando ont ajouté pas mal de bouches nouvelles mais rien aux réserves. Je dois avoir un penchant pour les situations ingérables. En toute logique on devrait tous maigrir à vue d'œil mais il paraît que la Faculté ne s'alarme pas. Le plan d'économie des ressources mis en place tout de suite par la mairie était une idée géniale. Je ne sais plus trop comment les équipes se sont constituées, en tout cas ça tourne bien, je forme déjà quatre jeunes à la restauration collective en temps de crise, si on peut dire, et ça c'est vraiment super. Ils iront ailleurs diffuser leurs connaissances, quand ce sera plus simple d'aller ailleurs.

Le grand choc, vous le connaissez tous, c'est la bataille du 2 septembre. Quand les deux salopards ont forcé la porte de l'auberge et que Juliette a dû les suivre un canon sur la tempe, je n'ai même pas eu le temps de me proposer en otage à sa place. Entendre les tirs c'était comme commencer à mourir. Vous savez la suite. Juliette n'a pas été trop blessée. La solidarité a été formidable, tout le monde nous a soutenues Pauline et moi, j'ai pu consacrer tout mon temps à m'occuper de Juliette. Et voir à quel point Les Serres c'était pas de la frime. Il faut avouer ici le régime spécial dont Juliette a bénéficié, il a contribué à sa réparation : des œufs de chez Paul, lait et crème de Bernard et Matteo, et aussi les perdreaux que Geoffroy nous passait par la fenêtre de la cour en disant chut, c'est pour la blessée ! Du raisin sauvage apporté plusieurs fois par des jeunes. Tout ça nous a fait tellement de bien au cœur.

Il reste beaucoup de choses à dire. Aux Serres, même si on se retrouve coincés sur un bout de terre de rien du tout, il y a un avenir visible, plus d'avenir que j'aurais jamais pu en imaginer quand on était à Marseille. C'est à la fois plus dur et plus simple, plus humain surtout. J'espère pouvoir continuer de m'investir pendant longtemps dans ce qui se construit ici entre nous tous et toutes ! Tous les jours on me remercie mais c'est moi qui dois dire d'abord « merci le village ! Merci les humains ! » Aussi longtemps que je vivrai je ferai de mon mieux pour que ma soupe soit le moins claire possible et pour vous voir contents aussi bien un soir de fête que chaque soir."

30 octobre, vers 13 heures

Antoine m'a demandé ce matin si j'avais observé les marées. Comme on s'applique tous, sauf lui et Koffi, à ne jamais regarder les Eaux, j'ai fait non de la tête, avec un certain agacement car tout ce qui nous y ramène est rejeté d'emblée. Il a bien perçu ma gêne mais a quand même pris mon bras en disant suis-moi, juste trois minutes, il faut que tu voies. Je l'ai accompagné de mauvaise grâce là où la route des Blaches s'ennoie. Il m'a montré la frange grisâtre sur les bords.

— Ça, a-t-il expliqué, c'est l'estran, la zone découverte à marée basse, c'est le cas à cette heure-ci aujourd'hui, ça correspond à ce qui aurait dû être une grande marée de l'océan d'avant, maintenant le battement est faible, au plus dans les cinquante centimètres.

— Mais pourquoi tu veux me faire voir ça ? j'ai demandé. Tu sais bien qu'on a du mal avec cette histoire.

— Je sais, répond-il, mais c'est aussi notre monde, si on s'obstine à l'ignorer sous cet aspect-là, ça finira forcément par produire de la mauvaise croyance, un dieu des eaux vengeur, des néo-sirènes, des monstres marins qui sortiraient la nuit pour enlever des enfants dans le village, des trucs de ce genre. J'ai décidé d'amener l'école constater ça, ici, tout à l'heure. Il faut expliquer que c'est bien du réel, que ça répond toujours aux cycles cosmiques, à l'attraction lunaire. Sinon, la représentation du monde risque de régresser avant Copernic.

J'ai compris qu'il avait raison, les Eaux détiennent une puissance terrible qu'il faut exorciser par la raison. Alors j'ai serré Antoine dans mes bras en lui disant merci, tu es bien plus sage que nous tous.

30 octobre, 20 h 50

J'ai lu ce passage à Marie. Elle m'a regardé gravement en hochant la tête. "Ton Antoine, a-t-elle dit, c'est vraiment à un type comme ça qu'il faut confier des enfants. Je suis sûre qu'il a conscience du sacré, sinon il ne serait pas autant passionné d'oiseaux, de fleurs et de papillons. Et en même temps il a le savoir exact des limites où doit se tenir l'être humain pour ne pas succomber aux charmes qu'il invente lui-même. J'espère qu'Antoine sera toujours ici quand nos enfants auront l'âge d'aller à l'école." Ça m'a coupé le souffle ! "Nos enfants ? – Ben quoi ? On s'échinerait autant pour juste regarder les autres prendre le relais ? Quand ce sera un peu stabilisé aux Serres, tu vas voir, avec des parents comme nous, ça donnera plein de petits Mozart, ou de Klee, ou de Marie Curie, ou d'Ariane Mnouchkine. – Plein de ? – Enfin, juste assez pour réparer un peu plus le monde."

C'était la bonne occasion pour reprendre ma respiration dans son cou à la lavande, lui dire à l'oreille que oui, dans cette tonalité-là, la réparation du monde était assurément une tâche urgente. Ce qui ne nous a pas empêchés de monter nous coucher côte à côte le plus chastement du monde car l'alouette n'a pas encore chanté.

Note de Marie : Tu es tellement doué pour la pirouette finale que c'en est déprimant ! Rassure-toi, je ne me vois pas en mère de famille nombreuse. Pas mon fort, la marmaille, d'autant plus que c'en est fini des allocs, et qu'il y a le boulot, entre autres pour s'occuper des futures naissances. Non, non, au max trois, pour occuper toutes nos mains quand on va aux champignons (ceux qui portent les paniers, en tout cas à l'aller, sont au bout de chaque côté). À moins qu'un durcissement du pouvoir n'instaure un quota d'enfants !

1er novembre, 20 h 10

J'ai le sentiment que les études de médecine, autant elles compliquaient l'appréhension du corps, nous apprenaient à schématiser les rapports avec les personnes, elles de toute façon rencontrées de plus en plus hâtivement. Je crois faire partie des médecins qui ne réduisent pas les patients à des cas, c'est aussi pour ça que je préparais gynéco, mais je n'en suis pas moins marquée par un principe de simplification. Quand j'ai parlé de Khaled à Noé, la gestion d'un cas précédait la complexité de la personne. Quand on enseignera, j'aurai cet exemple en tête, j'espère savoir expliquer la différence entre attention aux êtres et (tentative de) réparation de leurs problèmes. Les deux doivent aller de pair sans que la seconde l'emporte jamais sur la première.

Et c'est un herboriste de village qui me le réapprend ! Tu entends, l'herboriste de village ? Serais-tu plus perspicace encore que je ne le pensais ? Il va bien falloir que je te trouve de gros défauts quelque part. Sinon, qui pourrait vivre sereinement à côté de la sagesse même ? Il est vrai que, dans cette chronique, tu as reconnu ici et là des faiblesses, sinon davantage. Si j'en ai le temps, je vais en dresser un florilège (mot bien approprié !) pour te les ressortir au cas où. Et là, je perds encore un ou deux points sur l'échelle de ton estime. Au secours ! Une bouée ! Un sourire !

Je te lis ce que je viens d'écrire, je te vois approuver, et puis faire une grimace de clown, et tu dis "ben quoi ? On est là pour se perfectionner les uns les autres, attends un peu, tu trouveras forcément de bonnes raisons pour me descendre !" Après quoi tu viens te mettre la tête dans mon cou et tu me dis "ma sœur, ma fiancée".

1er novembre, 20 h 20

Ce matin on était tous de ramée, cette fois du chêne, vers la colo-bergerie de Berle (on dira toujours "colo"). Avec cet automne plus doux que la normale, les arbres sont encore verts. On a dû en ramasser plus que du frêne en septembre. La récolte est rentrée sous des hangars où il faudra la retourner tous les deux jours pendant huit à dix jours. Une fois sec c'est bien moins cassant que le frêne mais moins nourrissant (et sans doute pas génial en menu principal à cause des tannins). Pour le moment, les bêtes sortent sur les friches où il y a une bonne repousse. Vu leur nombre, si on continue en extensif (mais que faire d'autre ?), il faudra faire paître de plus en plus loin pour ne pas épuiser les parcours. À la Cité des Jeunes on se dispute pour les postes de bergers. Chacun se voit volontiers dehors avec cape (couverture en laine, reconfigurée), bâton, chiens gentils et livre dans la poche. On préfère rire des loups.

Comme pour le frêne, pas mal de coupures. Lucile et Marie ont failli manquer de pansements. Germain manie la serpette avec une aisance de vieux paysan, il dit que ça le repose du bistouri (ces temps-ci, heureusement, le bistouri reste dans son tiroir). Tout le monde aime ces travaux collectifs avec des pauses où l'on mange de la polenta (un peu) sucrée au miel et boit de la merlette, si possible allongé sur l'herbe (après l'essai de mielette qui sonnait mal, le nom d'oiseau désigne maintenant l'association frênette-hydromel qui fait notre boisson courante, à dose très modérée). Carole et Martin ne craignent plus de se montrer ensemble, ils se tiennent farouchement la main.

Et maintenant la grande nouvelle du jour : l'avion est revenu ! Il a lu l'inscription au sol et s'est dirigé de notre côté. Ça tombait bien avec tout le village dans les taillis au-dessus de la colo. À peine si on a pris le temps de poser la serpe ou le couteau de cuisine sur les toiles (aussi pour ne pas faire craindre de mauvaises intentions !) et on est descendus en courant vers le terrain qui allait peut-être connaître son baptême du sol. Plusieurs ont la bonne idée d'apporter les bouteilles qu'ils dressent vers le ciel, d'autres agitent un drap de cueillette. Après deux tours (où l'on nous observe sans doute à la jumelle), l'avion se met face au vent (faible) et fait un atterrissage impeccable – et l'on voit que la piste qui a coûté beaucoup de sueur est plus longue que nécessaire. “On ne leur tombe pas tous dessus, crie Matteo, ça peut les effrayer, on y va d'abord à trois ou quatre (il s'adresse aux premiers arrivés), toi Léa, toi Martin, toi Manon et toi Noé, les autres vous attendez un moment.”

On avance cérémonieusement l'un après l'autre. Je pense aux sauvages qui reçoivent comme des dieux les conquistadors hirsutes et puants qui vont les exterminer. Ici, ni armes ni pièges à l'ouverture des portes mais trois sourires chaleureux, deux hommes et une femme qui tombent la veste molletonnée et s'avancent vers nous la main tendue. "Alma, Victor, Edgar le pilote, dit le plus vieux, on est venus vous voir de plus près !" Comme nous on est plus démonstratifs, on les prend dans nos bras avec force mots de bienvenue, on leur demande si on peut faire venir les autres, si ça ne va pas les effaroucher, à leurs rires on fait signe aux amis qui attendent sur la lisière, et voici quasiment tout le village avec bouteilles et fanions qui débarque sur la piste en criant comme les gosses autrefois à l'arrivée du cirque.

Encore une fois, impossible de tout dire. Des gens caressent l'avion comme un âne céleste. Edgar nous félicite pour la qualité de la piste, ce à quoi on rétorque "seulement par temps sec". On leur verse des mugs de merlette. On les conduit à la bergerie, puis au village. Oui, les visiteurs peuvent passer la nuit chez nous, ils ont prévenu Briançon par radio (par radio !). Peu de vent, inutile d'arrimer l'avion. Tout le monde s'entasse aux Chasseurs. Une dizaine se précipitent aux cuisines pour épauler Magali qui va ajouter des pieds-de-mouton au menu. Julien débarque avec deux cubis du vin des Chalus (seraitelle vraiment inépuisable, la réserve ?). Les visiteurs sont impressionnés par le décor chaleureux de l'auberge (les emprunts aux maisons perdues – comme on dit maintenant – ne cessent d'y ajouter au point qu'il faut crier stop). Et puis trop de questions croisées pour qu'on puisse en résumer le dixième.

Le pays de Briançon a toujours de l'électricité et capte des radios du Piémont et de Savoie. Il conserve des facilités de communication par les cols, Montgenèvre, Galibier, Lautaret. Il est en lien avec un vaste pays de montagne, et de grandes stations qui ont beaucoup de réserves. Si la population d'ensemble se compte par dizaines de milliers, elle semblerait capable de s'adapter aux impératifs d'une économie de partage, déjà sur le plan alimentaire. À Briançon même, l'hôpital fonctionne mais, comme ici, les médicaments se raréfient. Les moteurs tournent mais, comme ici, on économise au maximum le carburant. La part proprement agricole de la société est aujourd'hui restreinte et pas évident de la développer du jour au lendemain. Comme nous, ils ont la chance d'avoir des transhumants. On peut étendre les beaux jardins de montagne. Cueillette et chasse ne fournissent qu'une ressource marginale. Des cuisines collectives ont repris leur fonction dans les lycées, les écoles, les maisons de retraite. Les habitants, qui ont droit comme nous à deux repas par jour, vont s'y approvisionner.

Le but de leurs visites aériennes : dépanner de petites communautés isolées dans des zones sans atterrissage possible en leur larguant du riz ou de la polenta. Quand on peut atterrir, prendre contact, rapporter des idées. Nos ambassadeurs attitrés, Denis, Germain, Léa, Matthieu, Carole, expliquent où nous en sommes, et comment on y est arrivés avec presque pas d'électricité mais beaucoup d'invention et d'obstination. On insiste sur la nécessité absolue de préparer l'hivernage des troupeaux, d'autant plus que chez eux l'hiver est long et neigeux. Pas trop tard pour récolter du frêne encore abondant là-haut.

Denis demande s'ils ont des gens pour expliquer les techniques d'émonde, celles qui respectent le plus possible les arbres, etc., Léa s'inquiète de l'inventaire des ressources en outillage et matériaux.

Je crois qu'on les déstabilise. Chez eux aussi, la prééminence du tourisme et des sports de neige a beaucoup restreint les activités rurales. Ils finissent par demander si quelqu'un d'ici ne pourrait pas les accompagner à Briançon pour échange d'informations, l'avion peut embarquer jusqu'à quatre personnes. Mais pour le retour ? demande Denis, dont on sait qu'il est à l'aise dans le rôle d'ambassadeur-conseil, outre qu'il lorgne avec une insistance mal dissimulée la Briançonnaise qui s'appelle Alma (Alma !), médecin à l'hôpital de Briançon, envoyée chez nous au cas où (elle a beaucoup parlé avec Marie, Germain et Carole). Victor, qui s'est présenté comme membre du conseil communal, accessoirement copilote, répond qu'il y aura sûrement un autre vol avant la neige, ne serait-ce que pour le ravitaillement des hameaux isolés. Matthieu parle de l'émetteur-récepteur en cours de fabrication, qui va permettre de poursuivre l'échange. On a déjà leur fréquence.

Après le repas les musiciens ont joué quelques airs, des gens se sont mis à danser après avoir poussé tables et chaises. Tout le monde voulait approcher et questionner les Briançonnais. On a vu Khaled parler avec enthousiasme à Victor. Même si les Eaux empêchent les rencontres, si le carburant finira de toute façon par manquer, on sort de l'isolement, des liens se nouent, on a le sentiment heureux de voir se refaire un pays, fût-ce un archipel sans ports ni navires. Nos ingénieurs finiront bien par construire un ULM à pédales qui survolera mer et montagnes !

Il est déjà 22 h 30. J'arrive au bout de la batterie. Marie est encore aux Chasseurs à discuter avec Alma et les autres. Je tombe de sommeil. Caducée, qui a mangé sans réticence quelques restes de table, a déjà repris sa place au milieu de notre lit, fidèle à un engagement de chasteté dont les raisons finissent par m'échapper. La suite demain.

2 novembre, 7 h 40

Je pense ne pas être le seul à avoir oublié le jour des Morts. C'est qu'il y en a trop, ils se rassemblent en un chœur muet qui nous suit partout, invisible mais toujours proche. Presque à tout moment ils sont là, pas la peine de les appeler, chacun d'entre nous est suivi de ses disparus, ensemble ils sont tellement plus nombreux que la population du village. Cette foule nous accompagne au champ, dans la forêt, à la charbonnière, au moulin, à l'école. Le soir, leur compagnie assiste à nos repas, elle nous regarde nous attarder un peu sous les lampes faibles, se repose (mais cherche aussi à se venger) dans nos rêves. Il faudra trouver des façons dignes de l'éloigner car c'est usant à la longue, son insistance. Jadis on laissait pour les morts du pain sur la table, ou des châtaignes, ou du riz, on déposait des plats simples sur les tombes. Ces attentions apaisaient les âmes incertaines et assuraient aux vivants la poursuite d'un partage délivré des interférences malheureuses.

Jour des Morts, jour de la Montée des Eaux. Pour nous les deux se confondent. Il suffira du 12 août pour célébrer l'un et l'autre. J'ai envie de le dire aux Chasseurs tout à l'heure. Libres à certains de se retrouver à l'église, où aucune cérémonie particulière n'est prévue.

Marie a encore fourré sa tête dans mon cou avant de partir. Depuis la phase ébouriffage des cheveux on a gagné en intimité. Quels mots idiots ! Elle m'offre une présence plus tranquille dans les jours, la force de me tourner vers les morts avec plus de paix que de douleur.

2 novembre, 20 h 35

L'avion est reparti en fin de matinée. Les conditions météo étaient bonnes, ciel clair, peu de vent. Au vu de son gros sac, Denis nous a quittés pour un bout de temps, ça nous étreint car sa bonne gueule à la fois fine et sauvage est partout dans les entreprises de la commune, en bonne place dans les échanges. Edgar a un peu tiqué car on lui a confié un sanglier dépouillé-dépecé (avec l'accord des chasseurs qui en ont encore ramené trois dimanche). Emballée en plusieurs paquets dans de vieux draps, la bête sera larguée chez des isolés. Comme Denis est d'un plutôt petit format et le sanglier à peine plus lourd, ils ont décollé sans problème. Denis nous a dit qu'il serait du voyage de retour, qu'il n'avait aucune envie de s'installer en ville, mais ses attentions (aussi peu manifestes que possible mais il n'est pas doué) auprès d'Alma, qui n'en paraît pas agacée, pourraient le démentir. On a regagné le village plutôt tristes, contents malgré tout de voir l'un des nôtres partir conseiller la capitale.

Cette visite nous laisse incertains. C'est magnifique d'avoir pu rencontrer des gens qui semblaient inaccessibles à moins d'entreprendre des expéditions hasardeuses en montagne, mais comment donner suite ? Ceux de Briançon parviendront aussi au bout des réserves de carburant. Mais ils ont l'électricité, donc beaucoup d'outils qui fonctionnent, tandis que nous, c'est entièrement à partir des restes d'avant et, en tout cas pour le moment, sans autre énergie que celle des têtes et des bras qu'il faut trouver des solutions de remplacement plus ou moins provisoires. L'avion nous rappelle l'étroitesse de nos limites.

Passage d'idées grises et la moindre faiblesse ajoute à l'inquiétude, à la fin nous ralentit tous. Je pourrais les taire et poursuivre le travail, le travail, le travail, qui ressemble parfois au parcours des mouches sur la vitre : on doit avancer et quelque chose d'incompréhensible l'empêche. Une intelligence extérieure sait-elle pourquoi il nous faut buter, alors que nous savons, nous, la nature et la fonction des vitres, à jamais inexplicables à la mouche ? Mais on doit regarder comme du positif la visite des Briançonnais, activer les moyens de lui donner suite. Ce qu'ils détiennent en possibilités médicales, je le vois comme une chance susceptible de nous concerner un jour, pas comme un privilège hors de notre portée. Eux, de leur côté, peuvent nous envier l'organisation agricole qui s'est mise en place en même pas trois mois, peut-être plus utile à long terme qu'un service de radiologie.

Mais il y a aussi la fameuse “douceur du foyer”, ce qui se reconstruit de simple dès que j'ai passé le seuil de la maison. Même si, Noé et moi, nous devons prendre garde de ne pas devenir vieux couple sans avoir vraiment vécu en jeune couple. Et puis je me demande si l'état suspendu où nous nous trouvons n'est pas lié, outre les deuils respectifs, au fait que c'est lui qui a reçu mon appel et m'a secourue, et moi celle qu'il a sauvée. Cela, qui nous lie fort, peut aussi distancier en nous figeant dans des rôles établis : lui le sauveteur, moi la naufragée, partage qui contribuerait à la stratégie de distanciation. Ces pensées font des boucles explicatives complètement vaines, jusqu'à ce qu'un événement extérieur vienne contredire le sort. Ni lui ni moi on ne veut dormir cent ans.

3 novembre, 20 h 20

Pas grand-chose à ajouter à ce que Marie a écrit hier soir, où je trouve à réfléchir. Il faut s'efforcer de fermer les yeux sur ce qui décourage, sinon c'est l'enchaînement des raisons de tout laisser tomber (déjà dit cinquante fois).

Et puis c'est encore un jour à bonnes nouvelles. Les ingénieurs sont parvenus à remettre en route le crible du moulin, obstruant avec des plaques rivetées les cylindres plus ou moins mangés par la rouille. Ils sont arrivés à 18 heures aux Chasseurs sous les vivats avec un bon sac de farine sans doute pas d'appellation "fleur" mais assez bien blutée pour laisser Magali interdite avec ses tamis. D'où promesse de pain car, simultanément, Maria a terminé ce qu'elle appelle son four-prototype, construit derrière l'auberge à la fois en pierres de murs effondrés et, pour ce qui concerne le four proprement dit, en ce grès qu'elle pense réfractaire (dans les vieilles maisons, les foyers l'ont requis depuis longtemps). Les ânes ont assuré le transport depuis un affleurement rocheux pas très éloigné du village, crétacé dit la carte géologique, Antoine et les enfants de l'école y ont trouvé des ammonites, Magali promet une tartine à chacun, dimanche prochain après la célébration.

À propos des enfants : tous ceux qui se sont retrouvés ici étaient dépendants du smartphone, plusieurs sans doute accros aux jeux vidéo. Et les voici à découvrir la réalité en vrai : le moulin qui se remet à tourner, les fours de Maria, à plâtre et à pain, le troupeau qui prend ses marques à la colo, la fromagerie d'Eva et de Matteo, l'obstination des vieux arbres lichéneux, les gîtes dans les haies, les traces d'animaux, le vol du geai entre les chênes, les restes d'un repas de blaireau, le tournoiement lointain des vautours, les fossiles patients dans la pierre depuis soixante-dix millions d'années. Antoine et ses assistant(e)s les conduisent dans ces merveilles avec compétence et plaisir. Au point qu'on peut se demander si, dans vingt ans, la population des Serres ne sera en bonne partie composée de naturalistes-paysans ! Musiciens aussi, car l'éducation artistique tient une bonne place à l'école, entre la chorale conduite par Mme Bernard et la batucada de Koffi, où tous, absolument tous les enfants jouent d'un improbable instrument d'origine agricole (bidons d'engrais, caisses à fruits), horticole (arrosoirs, tuyaux), ménager (casseroles, bassines, couvercles, etc.), sans oublier les enjoliveurs de roues, particulièrement appréciés en cymbales. Le talent de Koffi fait que ce bric-à-brac propice à la cacophonie produit du rythme aussi juste dans les temps qu'équilibré dans les timbres, promesse de super-carnaval au printemps !

Tout ça marche bien. C'est beaucoup pour ça que nous nous démenons chaque jour. Alors, parions déjà sur les enfants, même si l'appendicite, la coqueluche, la rougeole et plein d'autres maux les menacent, ils sont l'élan. Imagine que la Montée des Eaux se soit passée en octobre ou en mai : Les Serres n'auraient pu qu'aller vers la décrépitude, tout avenir aurait été interdit. Dans mes coups de blues, maintenant je pense à eux, je les vois déjà me devancer, ils oublieront les temps d'avant, le nouveau monde sera leur monde ordinaire, j'espère qu'ils n'auront plus jamais peur. Donc ta leçon de l'autre jour à propos d'enfants me travaille plus que je ne le manifeste ! Pour le moment, on avance à leur suite, en attendant de leur donner la main.

4 novembre, 7 h 20

En cherchant bien, vers le bas de la hêtraie du côté de l'Eau salée on repère la petite fumée bleue de la charbonnière. Ils sont huit là-haut avec Blaise. Ils ont monté leurs tentes de randonneurs du mois d'août, apporté du sanglier dont ils font des plats paléolithiques sur des grilles de frigo où la viande alterne avec les pieds-de-mouton récoltés sur place. Ils boivent l'eau d'un petit torrent dont les pluies ont relancé le cours, heureux comme des scouts, persuadés que deux jours suffisent à convertir des citadins en vieux trappeurs. Je suis passé les voir en redescendant de l'Eau salée, où je n'ai pas trouvé la moindre trace de salicorne ni d'aucune autre plante halophile (d'où Antoine tient-il cette info ?), mais revu les aulnes dont l'écorce va nous servir à faire de l'encre, et découvert un grand peuplement de menthe sylvestre où il y aurait assez à prélever pour la distillation (essence antiseptique respiratoire), quand on aura pu faire un alambic. Ceux du "chantier sel" y ont transporté un gros chaudron de soupe à cochons où ils font évaporer l'eau, à deux pas de la source. Il y a beaucoup de bois sec sur place. On ne sait pas bien ce qui est associé au sel dans ce qu'ils obtiennent, des cristaux un peu rosâtres dont on se sert déjà aux Chasseurs. On se dit que de toute façon un apport de minéraux peut nous être utile, l'arsenic n'étant pas de leur nombre, on l'espère. En tout cas c'est bien du sel qui sale, et pas suspect de participation à l'immersion universelle.

Pour en revenir à la charbonnière : Blaise et ses aides ont démarré fort en montant une meule de dix ou douze mètres cubes, qu'il faut surveiller tout le temps et surtout modérer (à cause du bois très sec) en obstruant avec des mottes la moindre velléité d'échappement du feu, tout en conservant un tirage suffisant. Ils se relaient deux par deux toute la nuit. La phase d'extinction est prévue dans les quarante-huit heures. Après quoi, descente des sacs à dos d'âne jusqu'au village, démarrage de la forge quand on aura récupéré l'enclume. Les vieilles housses de couette un peu remaniées-consolidées font des sacs-bâts très convenables tout en octroyant à nos baudets une allure pop (quand une vieille housse d'ado figure Prince ou David Bowie) ou bucolique (s'il s'agit de coquelicots).

Et moi j'ai plusieurs teintures à préparer pour le dispensaire (grâce aux alcools blancs des Chalus), même si les préparations de plantes sèches ne valent pas celles de plantes fraîches qui mobilisent davantage les principes actifs. Il va falloir aussi commencer à réaménager la maison en prévision de l'arrivée de ceux qui passeront l'hiver avec nous. On ne sait pas encore qui, la mairie s'arrache les cheveux car tout le monde semble avoir déjà trouvé son territoire de prédilection (la question de partage du chauffage est pourtant déterminante). Perspective peu enthousiasmante pour Marie et moi, puisque, si on excepte la surface importante laissée aux herbes sèches, la maison n'est pas prévue pour plus de trois personnes, quatre en se tassant. La chambre restera quand même un territoire indépendant. On verra bien.

Il se met à pleuvoir beaucoup ; avec la douceur des journées, qui persiste plus ou moins la nuit, cela pourrait relancer les champignons). Te voir dormir, ton chat pelotonné contre toi, me donne envie de prendre sa place. Sauf que cette maudite bête joue à la perfection son rôle de (petit) dragon gardien du trésor.

4 novembre, 20 h 10

Matthieu a capté "Tous dans l'mêm' bain" pendant trois minutes. Il l'a annoncé fièrement au repas du matin, précisant toutefois que l'antenne actuelle est insuffisante pour recevoir par-delà les barrières montagneuses qui séparent Briançon des Serres, il faudra installer un relais avant que l'hiver rende les sommets inaccessibles. Ce travail n'enthousiasme pas grand monde. Y aura-t-il du matériel pour fabriquer ce retransmetteur ? Et l'alimentation électrique ? Et l'entretien ? Comme si l'élargissement des échanges avait pris une importance secondaire. Expliquer que la radio permet aussi de sauver des vies, que l'avion peut embarquer une personne blessée pour la conduire à un hôpital encore en fonction a convaincu assez de gens pour qu'on envisage d'accomplir cette tâche avant la neige. Mais Matthieu doit d'abord finir de mettre au point l'émetteur, fabriquer le relais et ses antennes, etc. Il achoppe sur plusieurs problèmes, attend l'assistance de Léon, condisciple de Martin à Lyon, qui se retrouve disponible après la remise en marche du moulin. J'ai tendance à penser que la communication radio ne sera pas au point cette année.

Ce qu'il a entendu parlait d'un bilan de santé général à débuter la semaine prochaine. Où l'on a compris aussi que notre expérience sert toujours d'entraînement dans les autres communautés, alors on est bêtement fiers, on se regarde avec une moue satisfaite, on irait presque jusqu'à se taper dans le dos, pareils à une équipe de foot de village qui a reçu les éloges du journal local.

En l'écrivant, je rencontre une nouvelle fois les aspects répétitifs de cette chronique, reflet des jours habituels aux Serres, mais mieux valent des jours qui se suivent plus ou moins à l'identique que les épisodes difficiles, les faits divers anodins que les soubresauts de la politique internationale. Pour le moment (et longtemps je l'espère) la relative horizontalité des jours dit aussi qu'ils ne rencontrent pas trop d'obstacles.

Il fait anormalement doux pour un début novembre à notre latitude-altitude. Antoine et d'autres pensent à un effet secondaire de la Montée des Eaux, sans que je puisse bien rendre compte de leurs arguments. Antoine dit que, même si les Eaux revenaient à leur niveau d'avant (hypothèse qui nous fait rire), les océans auraient de toute façon monté de plusieurs centimètres, voire décimètres, car les glaciers littoraux, tous ennoyés au-dessous de huit cents mètres, auraient accéléré leur fonte, tandis que la hausse des températures accroît la dilatation des mers. Ces spéculations nous font imaginer un nouveau rivage, certes à l'arrière de l'ancien mais avec un possible retour du chardon bleu des dunes et surtout des barques de pêche aux couleurs vives avec des gens qui se hèlent. Impossible d'imaginer, même dans un futur très lointain, la réapparition des gros chalutiers dévastateurs accompagnés de leurs navires-usines. Pour autant qu'une certaine vie marine ait pu survivre à la catastrophe.

Tout cela, une fois encore, dans un nouvel état des relations avec le temps : le passé n'est plus qu'un rêve dont on voudrait surtout oublier ce qui l'a interrompu, l'avenir une idée à la fois ténue et obsédante dont nos journées fabriquent tant bien que mal les possibilités d'avènement. Beaucoup de gens ont abandonné la montre, se fient désormais à la célébration et au chômage dominicaux pour se situer dans les semaines. La précision temporelle de cette chronique, c'est aussi pour empêcher notre soumission à la volonté permanente du temps d'effacer la mesure humaine, de se l'approprier et de la convertir en un bloc immobile où, pour finir, l'indifférence triompherait. Comme Robinson taille des encoches dans le bois, un trait plus long le dimanche, afin de continuer d'habiter un temps humain et ne pas se perdre dans le flot confus des jours, des mois et des années.

Pour ce qui concerne mon aujourd'hui à moi, j'y ai poursuivi la fabrication des teintures, entrepris un grand rangement des réserves de plantes, hésité à balancer les plus vieilles au compost, préféré attendre le printemps. Surtout, j'ai découvert derrière des sacs une grosse boîte inentamée de ce thé japonais grillé que j'adore. Le devoir l'emportant sur l'envie de la cacher encore mieux pour y puiser en catimini (au moins le dimanche), j'ai décidé de l'apporter à Magali – après en avoir soustrait une centaine de grammes en récompense de mes facultés d'oubli. Demain matin j'essaie de me réveiller avant toi pour t'en monter une tasse !

Dimanche 5 novembre, 11 h 40

Même s'il m'a fait regretter un moment les croissants, le thé que je continue de boire à petites gorgées en me remettant vaille que vaille à la chronique (dont j'approuve ce que tu dis sur sa fonction de jalonnement du temps) est un bonheur à fermer les yeux. Reconnaissance à ta propension à l'empilement et à ta capacité d'oublier !

Je ne t'en ai pas parlé hier soir : Geoffroy a frisé le coma diabétique, ça aurait pu mal tourner sans les morceaux de sucre qu'on a pris soin de réquisitionner. Pas facile de lui établir un menu journalier type sans possibilités de mesurer la glycémie. Ne parlons pas de l'insuline. Et tu le connais : dès que son état semble s'améliorer, il sort le fusil et repart aux sangliers. Avec Germain, on ne parvient pas à trouver la bonne approche. Il devrait être vu à Briançon mais encore faudrait-il que l'avion revienne bientôt, et surtout que cette tête de mule accepte d'y aller. Je ne trahis pas le secret médical puisque tout le village est au courant, sauf toi bien sûr.

Comment fais-tu pour dîner aux Chasseurs sans entendre la moitié de ce qui se dit ? Il est vrai que ton aptitude à ne pas entendre et à ne pas voir fait aussi partie de ce que j'apprécie chez toi. Tu réserves ton attention à ce que tu rumines, mais on te trouve complètement présent et ouvert quand un écho finit par te revenir. Sans bien le savoir tu es aux aguets de ce qui se concrétise de tes attentes, et tu retournes aussitôt à d'autres attentes. Tu vas voir : je me considère comme la meilleure de tes attentes, pas question de te laisser distraire par quelque p'tite fleur de rien !

(À toi de raconter la cérémonie œcuménique.)

5 novembre, 20 h 35

Ce matin, flemme d'écrire (et de se lever). C'est dimanche !

On n'était pas tenus à deux épisodes quotidiens de la chronique, je ne sais pas ce qui a entraîné ce concours de rédaction, en tout cas je ne suis pas sûr du tout que j'aurais eu la constance de poursuivre sans ton intervention qui a entraîné l'échange à deux voix. Merci au rocher glissant, au pouce entorsé, à la découverte de quelques filons de papier, à ton obstination, etc. J'avoue un contentement de bibliophile maniaque en soupesant aujourd'hui le manuscrit, soigneusement rangé dans un classeur lui-même conservé au plus haut d'un placard (comme si on redoutait encore quelque mauvais coup des Eaux). C'est notre premier enfant !

Magali a respiré le thé en fermant les yeux et en s'exclamant “Seigneur ! Il faut le réserver pour les grandes circonstances sinon je n'en ai plus dans une semaine”. Elle suggère d'en garder une part pour la comparaison avec les substituts à l'essai, une autre pour les visites venues de l'extérieur. En tout cas elle le tient à l'abri des convoitises. Je n'ai pas osé lui avouer que j'en avais conservé à peu près le vingtième, l'argument comme quoi tout le monde fait un peu la même chose (sauf les absolument intègres comme Matteo) n'étant pas recevable. Je suis sorti des Chasseurs avec un vingtième de honte.

Maintenant on attend tous la "messe" dominicale, sans plus se demander pourquoi on a conservé le nom de cette cérémonie éculée. Si j'étais anthropologue, je décrirais la naissance d'un culte sans divinité mais non sans sacralité. Ce regain de ferveur (dominicale mais pas seulement) commence par valider le constat d'impossibilité d'une intervention divine dans la violence absolue du 12 août : si Dieu est bon, il ne peut pas nous infliger cette horreur, s'il punit indistinctement "bons" et "méchants" on ne peut que s'en détourner avec dégoût. Reste que, plus puissant que le doute et le rejet, le besoin de transcendance refait surface (métaphore malheureuse). C'est tout simple : si on veut regarder ailleurs que vers la négation universelle, il faut trouver des repères à la hauteur du désir de continuer, la beauté devient un renfort majeur. Voilà encore du Noé peu intelligible ! Ça convient à l'obscurité toujours à l'affût derrière nos petites clartés (tu retrouves mes dons pour la pirouette !).

Tout ça pour dire encore une fois à quel point les paroles et musiques du dimanche nous font du bien. Aujourd'hui, outre des poèmes superbes (dont Mahmoud Darwich le magnifique) et la lecture devenue incontournable de Mme Faure, cette fois la multiplication des pains dont elle a su dire qu'il valait mieux ne pas trop compter dessus mais plutôt poursuivre les défrichements (car l'Esprit préfère le courage des humains à l'inclination pour le miracle – murmures d'approbation dans l'église), on a de nouveau entendu Khaled. Il a chanté des airs marocains traditionnels en s'accompagnant sur un oud qu'il transporte partout avec lui, dit-on. Plus personne n'a envie de le moquer. Même les chasseurs les plus durs à cuire ont laissé entendre, avec les détours d'usage, qu'ils étaient touchés.

L'après-midi, retour aux champignons pour beaucoup d'entre nous. On trouve toujours des pieds-de-mouton et des chanterelles d'automne. Il faut les ramasser jusqu'à ce que l'hiver en décourage la repousse car la soupe des Chasseurs tend à se faire de plus en plus claire. Un sanglier s'épuise en trois ou quatre repas (rappel : pour deux cents personnes !), et avec bien plus d'eau que de viande. La part des glucides baisse malgré le butin des Chalus. L'ortie, qui verdit la soupe de temps en temps, reste anecdotique, on n'en a pas trouvé assez, en tout cas en un état de développement favorable à la récolte. On sait pouvoir compter sur la viande de brebis mais c'est difficile d'en parler ouvertement aux bergers, ils ne veulent pas abattre eux-mêmes leurs bêtes, hésitent à confier le sale boulot à d'autres. On espère la décrispation avant l'hiver. Un temps de disette commence.

6 novembre, 21 h 25

Les plantations vont plutôt bien, sauf récidives d'attaques sur les racines charnues. On n'a pas encore trouvé de parade, c'est trop tard dans l'année pour essayer des associations. Temps doux et pluies stimulent les herbes indésirables comme le gros chiendent, mal extirpé après le labour. Avec Maya et Joseph on a biné et paillé. Élise et Adèle sont à la cueillette du lichen d'Islande sur l'affleurement gréseux, le temps humide le rend plus visible, il faut tester ses propriétés antibiotiques. L'hysope fait plaisir à voir. L'aunée a déjà poussé une ou deux feuilles nouvelles. Après quoi on s'est interrogés sur les rigoles de ce que Joseph appelle maintenant le "jardin frais", en contrebas de la terrasse. Le sol est très filtrant, je ne suis pas sûr qu'on puisse le tenir un tant soit peu humide en été. Comme l'argile n'a pas d'affleurement à proximité du village, entreprendre d'amender serait un travail colossal.

Je note aussi en résumé ce que je viens de lire à propos d'un emploi de l'écorce de bouleau dans la taïga de Sibérie orientale : les fines couches intérieures liégeuses ont été employées avec grand bénéfice en pansement souvent renouvelé sur des brûlures profondes (c'est dans un superbe mémoire de master d'anthropologie d'Elina Kurovskaïa, en 2021. Je l'avais gardé sous le coude et ne m'y plonge qu'aujourd'hui). On a des bouleaux épars en altitude, il va falloir en situer les stations sur la carte.

Chronique tardive aujourd'hui. C'est qu'il y avait soirée poésie aux Chasseurs où l'on s'est attardés jusque vers 21 heures, chose inhabituelle car les limites des possibilités d'éclairage incitent à se replier at home dès la tombée du jour. Bien plus de monde qu'attendu. Le gros poêle n'y est pas pour rien, même si l'automne reste doux et qu'on pourrait très bien veiller sans autre chaleur que celle des participants. La soirée a bien évidemment été organisée par la Cité des Jeunes (une nouvelle fois, je me demande où ils trouvent le temps de mener à bien toutes leurs activités annexes). La "bibliothèque centrale" comme on l'appelle désormais, qui rassemble la majeure partie des livres du village, a des ressources surprenantes. Alors qu'on aurait pu croire à un mixte médiocre, polars mal pensés-mal écrits et autre littérature de bas étage, deux ou trois maisons forcées ont livré des trésors (selon nos critères). S'ajoutant aux bibliothèques des quelques intellos de la commune, à commencer par celles de Mmes Faure et Latil, on dispose d'un fonds de qualité, avec de grosses lacunes certes mais non sans merveilles.

Donc Apollinaire, Cadou, Char, Yeats, Redda, Jaccottet, Rilke, Dickinson, Plath, et d'autres célèbres ou méconnus, lectures alternant avec quelques textes mis en musique par Brassens, Ferré ou par les chanteurs de la Cité des Jeunes eux-mêmes. L'accompagnement à la guitare reste sommaire car les partitions manquent, on joue d'oreille, mais l'émotion est plus forte que toute velléité critique. La salle, où les visages à la petite lumière des lampes de douze volts apparaissent soudain amaigris, sinon creusés, écoute dans un silence aussi intense qu'à l'église hier matin. La beauté pour compenser la raréfaction de la nourriture ? C'est la seconde qui permet d'appréhender la première, celle-ci ne palliant pas la faim. Reste que, en deçà d'une limite que nous n'avons pas atteinte, la tolérance aux privations s'éclaire au passage des mots de ferveur, comme on gagne en courage dans un printemps gris en entendant les vols de migrateurs remonter vers le Nord au-dessus des brumes.

Marie n'a pas écrit ce matin, est montée se coucher ce soir après avoir mis la tête dans mon cou plus longuement que d'habitude. J'ai le sentiment d'une simplification des jours dont ne resterait que l'essentiel : actes chargés d'eux-mêmes, tous imbriqués (pas moins ni plus que dans la société d'avant mais maintenant de façon visible : on sait qui fait quoi et pourquoi), quelques pauses sublimées, douceurs fugaces. Entre ces moments, le moins possible de pensées au second degré, sauf, en tout cas pour Marie et moi, quand on essaie de rendre compte de ce qui s'est passé de notable à nos yeux ou pour la communauté.

7 novembre, 13 h 20

Dans les 11 heures, on était rentrés à la maison prendre des affaires pour les tâches de l'après-midi et Julien est arrivé, l'air sombre. Il a dit tout de suite "j'ai une mauvaise nouvelle". On l'a invité à s'asseoir et à boire un faux thé, on s'est assis en face lui. Il nous a regardés en secouant la tête. "C'est Annette, elle est venue dire à la mairie que Geoffroy n'était plus là quand elle s'est réveillée, il avait laissé ça." Il nous tend une feuille griffonnée :

"Ma chère Annette, ma chère épouse, pardonne-moi de te faire cette grande peine. Je me sens trop malade pour continuer. Je sais que vous faites tout votre possible pour me tenir en vie mais ça devient trop difficile pour vous et pour moi. Lors de la dernière battue, je me suis vu partir, j'ai avalé le sucre que m'avait donné Marie. Quand j'ai repris mes esprits j'ai demandé aux copains de ne pas dire un mot de ce qui était arrivé. Mais là je suis encore agité, je tremble, j'ai des palpitations, je vois trouble, ça ne diminue pas et je deviens autant coléreux que faiblard, il n'y a pas de remèdes dans la situation qui est la nôtre. Je ne veux pas t'imposer ça, je ne veux pas de régime spécial avec plus de laitages et de viande, les autres en ont déjà si peu !

J'ai eu une bonne vie, en grande partie grâce à toi, et sur le tard encore avec ce qui se passe ici, le recommencement de tout, même à l'église et tu sais à quel point j'ai pu en rire. L'avenir des Serres est entre de bonnes mains.

Vous me trouverez là où on se réunit pour le départ des battues, un peu au-dessus, là d'où on a la belle vue sur le village et les champs.

Vis jusqu'au bout dans la tranquillité et le courage, tu en as bien plus que moi. Je t'aime fort. Je te remercie pour tout. Dis aux autres, à tous les autres, que je les aime, et d'abord à nos fils, j'espère que tu les reverras un jour. Je n'ai pas toujours été un bon père mais je crois qu'ils m'ont pardonné.

Je demande pardon à ceux que j'ai pu blesser, et aussi aux sangliers que j'ai tués, on était plus copains qu'ennemis, je n'ai jamais tiré sur un marcassin ni sur une mère, on a toujours recherché une bête blessée.

Embrasse mes copains de toujours. Je sais qu'ils me comprendront comme toi tu me comprendras.

Pense à moi. Ton Geoffroy qui t'aime.

Donne mon express Browning à Arthur, il est des nôtres maintenant. Les deux autres fusils, gardes-en un si tu veux, tu peux aussi les donner à Bernard et Sébastien, ils choisiront. Paul ne chasse plus beaucoup et il a un bon fusil."

Difficile de se remettre à parler après ça. On avait les larmes aux yeux tous les trois. "Je ne sais pas comment il a pu aller jusque là-bas, et encore presque de nuit, a poursuivi Julien, on l'a trouvé là où il dit, assis au pied d'un chêne, il regardait le village, il s'est tiré une cartouche dans le cœur. Il est mort de la même façon que les bêtes qu'il chassait, ce genre de mort n'est pas offert à tout le monde. Ce soir veillée funèbre aux Chasseurs. Il a le visage serein, presque content. Voilà." J'ai demandé "et Annette, comment elle va ?" Julien m'a regardée avec presque le sourire. "C'est difficile à croire, elle que tout le monde prenait pour le modèle de l'épouse effacée, répondant oui à tout ce que pouvait dire Geoffroy, eh bien là elle dit toujours oui mais pas à un fantôme, à elle-même, de façon décidée, elle pense qu'il a eu raison de partir comme ça, qu'il a ajouté ce grand geste à sa vie, ce grand geste, vous vous rendez compte ! Je te tire mon chapeau, Annette." On ira la voir dans la journée.

Il repose sur leur lit, dans la chambre simple où je lui ai rendu visite plusieurs fois ces derniers temps. L'air tranquille en effet, avec son habit de chasseur taillé dans cette toile de camouflage qui n'a jamais leurré le moindre lièvre, tranquille et doux, le Geoffroy du dedans, le type chaleureux et bon. Il avait plusieurs fois demandé qu'on l'enterre dans ses habits de chasse. Annette, de temps à autre, vient serrer sa main froide dans les siennes, caresser son front. Tous les copains sont là, les yeux rougis. On a ajouté nos larmes aux leurs. Il y avait quatre ou cinq bouteilles sur la table, on ne s'est pas demandé d'où elles débarquaient. Chacun a bu un coup et raconté ce qu'il savait du disparu. Matteo a dit qu'il allait voir avec le conseil communal pour lui attribuer une rue en débaptisant l'une ou l'autre du quartier neuf, appelées bêtement "des Merles" ou "des Chênes". Parce que Geoffroy c'est aussi un héros du 2 septembre, avec Jeanne et Francis, auxquels on réservera le même honneur.

On enterrera Geoffroy demain à 16 heures.

7 novembre, 20 h 50

Au repas du soir on a mangé en silence. Ceux qui connaissaient bien Geoffroy racontaient des anecdotes à voix basse. À la fin, avec l'accord d'Annette, Manon a lu sa lettre d'adieux, non sans s'interrompre à plusieurs reprises pour se sécher les yeux. Tout le monde s'est levé, beaucoup pleuraient. Bernard, Paul et Sébastien se tenaient par les épaules. Matteo a fait plus que le discours de circonstance. Il a dit qu'on venait de perdre un brave type parmi les braves types, dont on aurait eu encore bien des choses à apprendre, un homme généreux, passionné par son travail de paysan. Geoffroy ne l'a jamais dit, quand il a cessé son activité, il a refusé des offres de reprise importantes et vendu ses terres pour une somme bien inférieure, à des gens d'ici, Bernard et moi, qui avons des enfants ou pouvaient l'espérer. Il croyait à un avenir pour Les Serres, et vous voyez, c'est ce qu'il dit encore avant de nous quitter. Il est mort aussi nettement qu'il avait vécu, comme le chasseur intègre qu'il était. Là, Matteo n'a pas pu retenir ses larmes, il s'est caché le visage. Annette est venue lui mettre le bras autour des épaules. Je me suis dit qu'elle étreignait en même temps leurs enfants, dont elle ne sait rien, qui ne sauront peut-être jamais rien.

Les anciens des Serres ont raconté des choses de leur jeunesse. Les copains ont remémoré quelques grands moments de fêtes et de chasse, la vie contente de se vivre. Arthur a dit combien il avait donné courage à tous le 2 septembre, et ce que la battue avec lui et l'équipe, sans téléphones mobiles, sans 4×4 ni chiens, lui avait enseigné, à lui le citadin prompt à la moquerie, sur un vécu de la campagne qu'il avait tendance à dénigrer. Et puis Annette, sans pleurs ni larmes, a rappelé qu'elle avait été la compagne heureuse d'un homme qui, certes, avait son caractère, mais surtout bien plus d'écoute qu'on ne pouvait le penser à première vue, de la générosité à revendre, sans envie ni violence, cherchant le bon accord avec les choses et les gens. Elle a ajouté "et nos enfants", mais là c'était trop, ses amies sont venues l'enlacer. On a la larme de plus en plus facile, chaque fois elle évacue un peu de la douleur commune.

On a encore buté sur les limites de nos aptitudes à soigner. Aux Serres, les "patients" sont tous des amis, on ne fait pas de différence. C'est d'autant plus dur de les perdre dans ces circonstances. Difficile d'accepter la contrainte de ne plus pouvoir mettre en œuvre ce qu'on a appris, surtout quand il s'y perd des vies. Mais ce qu'on sait nous distingue toujours du Moyen Âge : début des cours de médecine la semaine prochaine. Je suis loin d'être prête.

Noé s'est attardé aux Chasseurs. La mort de Geoffroy l'affecte beaucoup. Il le connaissait depuis l'enfance. Est-ce qu'on finira par célébrer d'autres événements que des disparitions ? La Saint-Michel reste ternie par l'agression de Manon, on préfère ne pas l'évoquer. Je vais parler de PACS à Noé (et à Matteo, même s'il est peu probable qu'on bénéficie des aides sociales attachées au statut de pacsés). Ce sera une bonne occasion de faire la fête. Mais pas tout de suite, à moins de s'en tenir au sanglier rôti, comme les Gaulois d'Astérix ! Avec du pain du blé de l'an prochain. Je dis n'importe quoi. Bonne nuit l'archéen, si toutefois tu me lis avant de te coucher.

8 novembre, 7 h 20

L'archéen, ça me va bien. Je suppose que tu évoques l'arche de Noé, à cause de mon prénom. Tu dois savoir qu'on avait nommé archéens les terrains les plus anciens de l'ère primaire, quand apparaît la vie. Je me reconnais dans cette indécision primitive : il pleut pendant des millions d'années et les bactéries, premières apparues, se mettent à libérer l'oxygène qu'on respire encore. Entre-temps arrive la conscience réfléchie dont les humains sont seuls à pouvoir débattre, entre clartés et accablements. Et maintenant c'est comme un nouvel Archéen, on ne sait pas du tout ce qui va en sortir, la Terre est à la fois lavée et salie, on est dans un monde à rebâtir, pas à partir de l'Archéen, heureusement, mais avec la conscience réfléchie, aussi blessée soit-elle.

On est juste un tout petit bout d'humanité isolé sur un plateau riquiqui entre les Eaux et des hauteurs peu franchissables. Détenons-nous assez de diversité positive pour que la sélection nous juge aptes à produire une descendance capable de perdurer ? Comme ces questions paraissent lointaines, sinon absurdes ! Nous sommes seulement deux cents personnes regroupées en bonne partie par hasard, qui tentent de faire avec ce que les ressources des milieux mais aussi le hasard mettent à leur disposition. Assez de hasard pour satisfaire l'évolution ? Interviennent ici la ténacité, l'aptitude à contourner pour progresser, l'invention réfléchie, le choix du partage, et il ne faudrait pas l'oublier celui-là, le grand contremaître : l'instinct de survie. Hasard ou pas, on a choisi de continuer. Pour ce qui est du tri darwinien, merci de bien vouloir repasser dans dix mille ans.

Je ne vais pas raconter en détail l'enterrement de Geoffroy, les enterrements tiennent déjà trop de place dans ces pages. Tout le village valide était présent. L'équipe des battues avait mis la tenue verte ou camouflée et chacun a tiré en l'air un coup à blanc (il faut économiser les cartouches) quand le cercueil est descendu dans la fosse. Arthur a lu un poème de Rilke, "Seigneur, donne à chacun sa propre mort". Mme Faure, qui fait désormais office de pasteure laïque, a lu un beau texte sans rattachement religieux particulier, et ensuite quelques lignes de Mme Coste, notre doyenne, que son mal aux jambes tient cloîtrée chez elle. Je les transcris ici :

"Mon cher Geoffroy. Ce n'est pas normal que tu t'en ailles avant moi mais c'est ainsi. Je me souviens de toi petit, tu étais un enfant curieux et malin, tu voulais toujours jouer avec les grands et on t'acceptait parce que ton enthousiasme nous plaisait. Tu as mené une vie honnête. Tu étais le meilleur chasseur des Serres. Tu m'as souvent apporté du sanglier, de temps en temps un lièvre. Tu me demandais de vous faire du pâté de hure, tu sais que je le fais bien, tu me laissais plusieurs bocaux pour ma peine. On se reverra bientôt, cher Geoffroy. Comme il doit y avoir foule à l'entrée du paradis ces temps-ci, on patientera ensemble au purgatoire. Je t'embrasse. Ta vieille Anna."

La chorale de la Cité des Jeunes a chanté la *Chanson pour l'Auvergnat*.

Encore beaucoup de larmes. Et puis retour à l'auberge, où l'on a bu une sorte de grog, très économe sur l'alcool et le sucre mais grog quand même, et beaucoup parlé de Geoffroy, de son courage le 2 septembre, de sa discrétion ensuite, d'une fin aussi digne que sa vie. Ses amis n'étaient pas à court d'anecdotes, au point que je me suis dit qu'il fallait recueillir tous les témoignages possibles sur Geoffroy et en composer un manuscrit particulier à l'intention de ce que j'ai envie de nommer les "Archives des Serres", entamées avec cette chronique.

La vie obstinée continue. Comme le temps se maintient au doux, c'est trop tôt pour ramasser les cynorrhodons. Il va falloir en récolter le plus possible et en faire la base de l'infusion courante aux Chasseurs où l'apport vitaminique se raréfie dangereusement. L'argousier serait préférable mais il est la fois rare et loin (vers les Trois Cabres, dans les ravines des marnes), et le temps de sa récolte doit être passé. Il faudra plutôt monter vers Plan-Haut, où une plantation d'épicéas mal en point exsude beaucoup de résine, prélever celle-ci avec le moins possible d'impuretés et la préparer comme antiseptique. J'ignore si elle se fluidifie au bain-marie. Cette récolte demande la journée, je vais en parler à l'équipe, toujours prête à crapahuter. Moi, en fin de saison, j'ai tendance à me cantonner aux territoires d'accès facile où l'on ne trouve plus grand-chose, mais bon.

Si je poursuis sur ce ton, je manque le repas du matin. Marie y est déjà. On a la vie de ces couples urbains qui se retrouvent le soir, souvent trop fatigués pour échanger beaucoup, d'autant plus qu'une bonne partie de la veillée est consacrée à cet écrit (déraisonnable au vu des circonstances).

8 novembre, 20 h 25

Ça y est, on a fini le bilan de santé du village, et même sur la lettre Z, Zoé, une fille de la Cité des Jeunes. À peu près les mêmes remarques que précédemment, si ce n'est que le suicide de Geoffroy souligne encore plus crûment nos limites. Le stress post-traumatique est toujours là, mais peut-être circonscrit par les nouveaux repères qui ponctuent maintenant la vie. La "messe", en particulier, a un impact plus important qu'on n'aurait pu le penser. La cérémonie dominicale a été citée à plusieurs reprises comme une preuve de rebond salutaire, on s'y rend non seulement avec plaisir mais pour se "reconnecter" (mot souvent employé) avec soi et les autres, retrouver un "sens" à la fois différent et complémentaire de ce qu'on vit au quotidien, où les tâches multiples tendent à "disperser" plus qu'à "recentrer". Dans l'ensemble, les gens se sentent mieux depuis que l'église a repris ses fonctions, aussi décalées soient-elles. Dans cette néo-célébration sans intentions spirituelles explicites, la rencontre de la beauté et le partage d'émotions sont regardés comme de "l'énergie bénéfique". Nouvelle preuve qu'aucune société ne peut tenir sans des rituels qui unifient, cela doit nous inciter à considérer aussi toute fête sous l'aspect, sinon thérapeutique, en tout cas réparateur.

Deux histoires prostatiques relèvent probablement de l'adénome. D'après Noé, la phytothérapie a des moyens de le traiter, au moins de le contenir, mais ni coqueret ni paliure dans nos réserves, ni sur les terres accessibles. Un nodule suspect au sein. Allons-nous oser la chirurgie ? Est-ce envisageable sans anesthésie ? Comment déléguer à Briançon, qui a déjà fort à faire avec sa population ? Comment y transporter une patiente si l'avion ne revient pas avant longtemps, et l'accepteront-ils ? Une fois de plus, inutile de commenter plus avant.

Mais encore une possible grossesse à la Cité des Jeunes. À quoi bon y donner des conseils en contraception ? Si la population continue de croître à ce rythme, il faudra défricher d'autres terres !

Bien évidemment, on constate les effets de la sous-nutrition : les gens maigrissent, se plaignent de chutes d'énergie, d'étourdissements. Il faut espérer que les moutons vont pallier le manque de protéines. Pour le moment, l'apport de farine nous épaissit la soupe et donne l'impression (un peu vraie quand même) de manger plus nourrissant que le bouillon basique, qui s'éclaircissait de jour en jour. Le miel et le lait vont en priorité aux enfants. On a ramassé des tonnes de glands, on les a fait sécher écorcés pour les consommer après ébullition dans plusieurs eaux. Ils deviennent alors à peu près insipides mais ils ont aussi perdu les tannins dangereux. Comme on les cuit dans les plus grandes bassines qu'on ait pu trouver, à l'extérieur sur un feu de bois pour économiser le gaz, on qualifie ce qui en résulte dans nos assiettes de "soupe à cochons". Du moins nous sustente-t-elle passablement, sans réactions secondaires (constipation) trop ennuyeuses. C'est encore aux connaissances de Noé qu'on doit cette ressource, et la manière de l'apprêter.

Les temps difficiles arriveraient avant l'heure ? On aurait mangé notre pain blanc en premier ? On n'avait même pas de pain gris et, si lui est revenu, il reste rare. Je préfère croire à un hiver où l'on va se serrer un peu plus la ceinture qu'à des mois de méchante disette. Qu'en penses-tu, mon pain quotidien ?

9 novembre, 20 h 10

J'avais encore la flemme d'écrire ce matin. Il est temps qu'un événement bienfaisant nous octroie quelques jours de vacances : manne tombée du ciel ? pêche miraculeuse ? Mais nul n'irait lancer une ligne dans les Eaux mortes.

Si je suis ton pain quotidien, tu es le vin à venir, pour le moment les deux sont rares. Et pour contredire le ton biblique : viendra le jour où nymphes et faunes sortiront des bois et viendront danser avec nous sur la place ! Mme Faure mettra sa robe blanche plissée et jouera de la syrinx. Il y aura le bon Geoffroy en Dionysos. Grand moment panique aux Serres ! Qu'on s'y prépare !

En attendant, nouvelle visite à Méolane, sans doute la dernière de l'année. Nos envoyés : Léa (experte en bilans d'expéditions), Pauline (elle poursuit son apprentissage et, dans le cadre scolaire, doit faire un rapport sur la façon dont les gens là-bas vivent les problèmes de santé), Carole et Martin, Blaise (pour récupérer l'enclume), Sébastien (pour conseils aux paysans, et aussi dit-il parce qu'il a besoin de prendre l'air). La caravane, comme prévu, suit (ou pousse) un couple d'ânes ainsi qu'une vache laitière et son veau mâle. Blaise et Sébastien se hasardent en mini 4×4 (moins d'essence que trois motos), ramèneront l'enclume et ceux qui font l'aller à pied. La piste est sèche. On apporte de quoi manger pendant cinq jours pour ne pas ajouter aux difficultés locales. En prime, un sanglier à partager entre deux mille personnes (à eux de se débrouiller). Carole fera le point sur la situation médicale de part et d'autre de la "frontière", et sur l'avancement des travaux côté morphine (heureusement, elle n'a pas resservi depuis l'appendicite). Martin souhaite échanger dans le domaine des techniques. On attend impatiemment le rapport du voyage.

Là je vais reprendre le roman italien trouvé dans une maison sans plus de maîtres, *Jours à Leontica* de Fabio Andina : une merveille de simplicité et d'humanité partageuse, un texte encore lisible dans notre situation où beaucoup de livres, quelle que soit leur valeur propre, semblent tellement décalés qu'ils vous tombent des mains. Marie est à mes côtés, Caducée à sa place favorite. Peu m'importent la nuit dehors et le silence des Eaux.

10 novembre, 20 h 15

La gendarmerie de Méolane a appelé, les envoyés sont bien arrivés, quant aux animaux ils n'ont pas posé de problèmes. Le 4×4 a franchi sans trop de difficultés les mauvaises passes mais, d'après Léa qui en est à son deuxième voyage, le chemin s'est encore dégradé depuis septembre.

En revenant à bicyclette de la dernière glandée, je me suis arrêté chez Paul. Il sortait du poulailler dans sa vieille salopette rapiécée, l'atelier couture vient d'y ajouter des touches de couleur vive ce qui lui fait une allure d'arlequin. J'avais le temps de lui poser quelques questions avant la soupe, après quoi on pouvait regagner le village ensemble. J'ai expliqué la démarche à Paul comme aux autres contributeurs à la chronique, je recueille un témoignage de tous les gens des Serres, etc. Pas la peine d'y revenir. André nous a rejoints dans la cuisine et m'a proposé de la frênette maison, que j'ai trouvée bien supérieure à la merlette des Chasseurs, il en a été content au point de me demander deux ou trois fois si je le pensais sérieusement. Et puis Paul a dit qu'il préférait écrire lui-même sa contribution et qu'il me la passerait bientôt.

En regagnant le village, André dit que faire l'aller-retour matin et soir pour les repas est à la fois une perte de temps et de l'effort mal employé. “C'est pareil pour tous ceux qui habitent à distance. Le soir, en plus, on n'a pas tous une frontale ou une lampe au guidon, on ne voit pas grand-chose, si on se flanquait dans le fossé on pourrait bien y rester jusqu'au matin.” On est vite arrivés à la conclusion que ceux des écarts devaient être logés au village, et au chaud à cette saison, regagner leur travail le matin et en revenir avant la nuit, comme les autres. Ça concerne une trentaine de personnes à commencer par des gens comme Sébastien, il doit approcher les soixante-dix ans, est plus à l'aise à courir après le sanglier qu'à vélo. Encore une urgence pour la mairie mais je suppose qu'ils y pensent déjà.

Pas d'intervention de Marie aujourd'hui. Elle dit qu'elle raconterait à peu près la même chose qu'avant-hier, elle me laisse le soin de trouver du nouveau à dire. À considérer ce soir l'intérêt de mes propres écrits, on peut se demander en effet si je ne fais pas dans l'automatisme. Donc j'arrête et monte retrouver mon livre et le calme sous surveillance féline.

11 novembre, 21 h 15

C'était peu après le repas du matin. Je me rendais aux cultures. Antoine remontait en courant du bord des Eaux. Koffi et lui y font un prélèvement chaque semaine et le scrutent au microscope (d'écolier) avec l'espoir d'y trouver quelque signe de vie mais rien ne se manifeste, en tout cas à leurs moyens d'investigation limités. Ce sont bien les seuls d'entre nous à s'intéresser à ce qui se passe dans les Eaux. Antoine avait l'air bouleversé. Il m'a pris par le bras en disant juste "viens voir, viens voir !" Comme je connais ses lubies, je me suis dit qu'il avait peut-être une nouvelle hypothèse à me faire partager sur ce qu'il est le seul à appeler la "dilatation de la mer".

Arrivés sur le bord, il me regarde d'un air inquiet et demande "tu ne vois rien ?" Le liseré gris de plantes mortes et de terre salée-salie était peut-être un peu plus large que le jour où il m'avait montré les preuves d'une marée, je lui demande donc "c'est toi qui m'as fait découvrir l'effet de marée, il est plus marqué aujourd'hui ?" Il reste silencieux un moment. "Prends un repère, une branche ramifiée qui dépasse de la surface, et observe bien." Je me suis dit il obéit encore à sa tendance imaginative, elle plaît beaucoup à ses élèves, pour les grands c'est parfois pénible, mais j'ai suivi ses directives : parmi tout ce qui dépasse des Eaux, j'ai choisi la petite tige d'un lilas avec deux fourches émergentes.

Au bout de cinq minutes il y a trois fourches. Je regarde Antoine sans rien commenter. "Tu as vu, dit-il, les Eaux baissent, c'est la fin du Déluge." Je regarde encore le lilas, il émerge à vue d'œil, la quatrième fourche s'annonce. "Tu te rends compte, reprend Antoine, si ça se passe ici, ça se passe aussi sur toute la Terre, tu entends bien, sur toute la Terre. Les océans se sont dilatés en une nuit, là ça va se résorber en un jour ou deux, c'est dingue, j'ai beau scruter le ciel, je ne vois toujours pas de Père Éternel en train de contempler l'ébahissement des survivants de la fourmilière !

J'ai la tête pleine de pensées contradictoires où l'abattement domine.

— Pourquoi ça continuerait comme ça, ça ne fait peut-être que se rajuster, qu'est-ce qu'on peut savoir avec cette saloperie ?

— Reste un moment, on est samedi, les affaires se calment.

Au bout d'un quart d'heure l'eau a baissé d'un mètre, on voit apparaître le premier étage des Blaches, mais surtout ce qui n'était qu'un liseré s'est fait bande grise, la crasse d'une baignoire où auraient barboté des enfants après un jeu dans la boue. Je préfère ne pas voir la suite.

— Je monte au village prévenir les autres, ça me donne envie de vomir.

— Reviens voir quand même, ça n'a lieu qu'une fois tous les cinq mille ans !

Il n'y avait plus grand monde à l'auberge. Je me suis arrêté un moment à la porte de la salle et j'ai dit sans enthousiasme "les Eaux baissent". On m'a regardé en silence, je ne m'attendais pas à la jubilation générale et j'y ai vu le reflet de mon incertitude. J'ai répété "allez voir par vous-mêmes, les Eaux baissent je vous dis". Mme Latil, qui s'attarde après le repas avec d'autres anciens, sous prétexte de Scrabble ou de rami mais d'abord pour commenter passionnément les dernières nouvelles du village, a répondu "je le croirai si je le vois, pour le moment je n'y crois pas". Quelqu'un en moi comprenait si bien ce doute que je ne savais plus quoi dire, j'ai fini par ajouter "les Eaux baissent à vue d'œil, là le rez-de-chaussée des Blaches a déjà dû apparaître, faites comme vous voulez".

Il fallait en parler à Marie, elle était peut-être au dispensaire. Lucile me dit qu'elle voit un enfant malade et qu'elle ne va pas tarder. Je lui demande "tu te rappelles le jour où on vous a pris en remorque sur les Eaux ?" Elle en laisse tomber une casserole avec les seringues qu'elle vient de stériliser. Elle crie "merde et merde ! Il faut tout recommencer !" Heureusement il n'y a pas de casse. "Tu crois que je peux oublier ça ? Toutes les nuits je rêve qu'on ne peut pas attraper l'amarre et qu'on dérive vers un puits noir, un gouffre ! Mais pourquoi tu me demandes ça ?" Elle sanglote. Je ne sais plus où me mettre. Marie n'a pas tort quand elle me reproche "une certaine approximation psychologique dès que tu ne te parles pas à toi-même". Je tente d'expliquer à Lucile. "Pardonne-moi, je suis désolé, par moments quand je veux dire certaines choses difficiles je prends des détours tordus et ça empire." Elle me regarde les yeux pleins de larmes. "C'est quoi, ce que tu as de difficile à dire ?" Le retrait des Eaux entraîne déjà des soupçons, mes doutes doivent être contagieux avant que je les exprime, je ne suis même plus capable d'en juger. "Les Eaux baissent, elles sont descendues de plusieurs mètres et ça continue." Elle ferme les yeux. "Alors on va découvrir tout le désastre, hein ? Il valait mieux que ça reste comme ça pour l'éternité."

C'est exactement ce que je voulais ne pas penser.

Marie a déjà vu le bord des Eaux qui se découvre. Quand elle arrive elle remarque les yeux rougis de

Lucile et me demande, à moitié en colère, si j'ai encore fait preuve de mon tact bien connu. Je bafouille que je ne savais pas aborder ça de but en blanc, j'ai fait allusion au jour où on les a secourus, c'était vraiment nul comme entrée en matière, etc. Lucile dit "je sais bien que tu n'avais aucune intention ironique, je suis complètement à cran, je n'ai pas envie d'ajouter de nouvelles images à mes cauchemars et là c'est la boîte à cauchemars elle-même qui s'ouvre". Je réponds qu'il nous faut tenir bon alors que je ne sais pas plus qu'elle à quoi me raccrocher.

On n'est pas retournés voir la décrue. Je parlerai plus tard des réactions à l'auberge.

La lampe vacille, comme nous. Ce soir, les Eaux avaient baissé de peut-être cent mètres. Je préfère ne pas dire encore ce que leur retrait révèle.

— Maintenant on devrait pouvoir retrouver les corps, dit Marie alors qu'on s'apprête à monter, si la décrue ne les a pas emportés. Je ne veux pas voir ça, je ne veux pas voir ce que sont devenus mes amis aux Blaches, les autres n'en parlons pas. Tu n'as pas l'impression que ça contredit d'un coup tout ce qui se passe ici ? Un seul désastre, ça suffisait, au moins c'était fait proprement, là on nous colle sous le nez les effets du désastre, est-ce qu'on va s'en remettre ? Mais qu'est-ce ou qui est-ce qui tire les ficelles de tout ça ? Tu as une idée, même farfelue ? J'aimerais que tu me proposes une idée farfelue, Noé.

— Pour le moment, aucune. Antoine imagine un effet de la pollution par les microparticules de plastique, à un moment ça aurait produit la dilatation des océans. Il ne dit pas comment.

— Et le retrait ?

— Allons nous coucher, pas la peine de s'encombrer la tête inutilement. Peut-être qu'un labo sur les hauteurs du monde a déjà trouvé la réponse, peut-être qu'il faudra attendre des siècles.

On s'est endormis main dans la main, ça m'a rappelé le moment où tu es descendue sur le radeau il y a trois mois, je te tendais la main, la tienne était glacée mais aussi très douce, elle m'avait fait penser à un oiseau trouvé sur la neige, là elle est chaude, elle appartient au monde d'en dessus, celui qu'il faut désormais défendre contre la nouvelle peur venue d'en bas.

Dimanche 12 novembre, 7 h 20

Le paysage marin s'est vidé. Jusqu'à l'horizon c'est du gris chapeauté de vert et d'ocre. La ligne de démarcation est implacable, on a l'impression d'y reconnaître une volonté d'annuler méthodiquement les trois quarts du monde : on trace un trait, tout ce qui vit au-dessous doit disparaître.

Plein de cauchemars confus. À un moment j'ai crié, je traversais un pont sur un fleuve en crue aux eaux violentes et les piles s'affaissaient sans bruit, presque doucement, je voyais la chaussée se déformer et s'engloutir, je glissais vers l'eau tourbillonnante, personne n'entendait mes cris. Ça m'a fait une peur si forte que j'ai failli réveiller Noé mais il dormait profondément comme si rien ne s'était passé la veille, pareil à Caducée le bienheureux. Le voir aussi loin, peut-être à rêver, lui, de cueillettes d'alchémille (j'exagère), en tout cas, semblait-il, dans un monde heureux, m'a tranquillisée. J'ai poussé Caducée jusqu'à nos pieds, ce qui n'a pas semblé l'affecter particulièrement, je me suis tortillée dans mon duvet pour me rapprocher de Noé jusqu'à pouvoir me serrer contre lui et poser ma tête dans son cou. Tu as vaguement murmuré quelque chose, sans doute "c'est toi, c'est toi ?" (qui ?), et puis "on devrait". Je me suis interrogée sur cette invite, pas longtemps car ton calme m'a gagnée, je me suis rendormie sans plus de rêves, en tout cas pas de ceux qui effraient.

Ce que nous nous sommes tant efforcés de ne pas voir est maintenant exhibé. La souillure s'était dissimulée sous un voile de soie, aubes et soirs ne faisaient pas la différence. Un jour on aurait fini par les trouver magnifiques sans plus de questions, on aurait oublié les profondeurs, appelé "îles" le reliquat des continents, un jour plus lointain encore des légendes auraient raconté une seconde Atlantide, la vieille humanité perdue sous les eaux. Les routes, qu'on voyait s'enfoncer dans les profondeurs, dont on ne savait plus les anciennes destinations, en auraient certifié l'histoire. Des bateaux légers auraient su reprendre un large plus large qu'il ne le fut jamais, on aurait ouvert des ports dans les basses montagnes, pêché crabes et homards dans les villes en ruine sans plus penser qu'ils s'étaient nourris de nos corps. Les goélands auraient niché pas loin des aigles. La Terre entière serait devenue légende.

Qu'est-ce qui me prend ? Attention, Marie, de ne pas te faire engloutir par les mots comme l'ancien monde par les eaux. Le moment est propice à l'exaltation, on va voir revenir les prédicateurs de Méolane avec de nouveaux arguments-chocs. Certains d'entre nous peuvent s'y laisser prendre.

Quand j'ai ouvert la fenêtre tout à l'heure j'ai vu un paysage en deux états de part et d'autre d'une ligne horizontale jusqu'aux lointains. Celui du bas, de loin le plus vaste, est dessiné en noir et gris, celui du haut est en couleurs. En bas c'est comme un fusain qui représenterait la fin d'un hiver terrible. Les champs et les prés sont des vases à marée basse où restent des flaques, sur les pentes les bois noirs ont des feuilles même pas tombées. Les maisons, hameaux et villages sont de la même dominante cendreuse, de loin ils semblent intacts, ils sont pleins de morts. Dans la partie supérieure est représenté un automne polychrome. La rupture est violente entre le mal et non le bien mais ce qui reste de vie avec ses espoirs et sa peur immense. Un monde à deux visages, l'un à désespérer, l'autre qui voudrait surtout ne rien voir. Car les Eaux, toutes sournoises qu'elles étaient, disaient encore la mer, une mer prise de folie mais une mer quand même. On aurait peut-être fini par l'aimer dans très longtemps. Est-ce qu'on peut vivre avec sous les yeux plus que le crime, un immense paysage de mort ?

Au tout début de cette chronique, le jour de la Montée des Eaux, tu écris que tu es sorti sans regarder la vallée. Je vais faire la même chose, je vais monter à l'auberge en ignorant ce qui se passe derrière moi, je retrouverai la tiédeur de la salle commune, mes frères et sœurs perdus. De nos retrouvailles viendra peut-être une paix comme celle que peuvent connaître les brebis rentrées au bercail après un massacre de loups, mais les brebis ont la chance d'oublier vite, elles regagnent des territoires dangereux dont les menaces se sont perdues. Nous, il va nous falloir trouver la meilleure façon d'empêcher, non plus les Eaux mais leur désastre par défaut (si on peut dire ça) de monter plus haut encore que le village, jusqu'à nos petites âmes effrayées.

12 novembre, 20 h 10

Inutile d'ajouter quoi que ce soit à ce que tu as écrit ce matin. Tu m'as autorisé à le passer à Matteo, ce que j'ai fait deux heures avant la messe. Bien entendu, tu me connais, je vais quand même y ajouter. Le village est dans la sidération. Hier soir, atmosphère plombée à l'auberge, les gens se taisaient ou parlaient bas. L'hypothèse d'un retrait des Eaux comme aux temps bibliques n'a jamais effleuré personne : montées une fois, c'était pour toujours. Vaille que vaille on s'adaptait à l'état rétréci de la Terre, on tentait de repartir avec ce qui restait d'espace, d'idées, de moyens techniques, d'astuces, d'espérance. La confiance regagnait du terrain. Pourquoi sommes-nous à ce point abattus alors que le monde tout entier nous est restitué ? D'ailleurs il n'est pas dit qu'il ne sache pas se réparer, Hiroshima et Nagasaki sont bien redevenues des villes où les gens avaient dépassé la catastrophe, des commémorations en apaisaient la mémoire, certains s'élevaient même contre l'excès d'indifférence.

On attendait que Matteo nous parle. Ses mots du 12 août avaient amorcé le début du commencement de l'apaisement. On sollicite le barde quand on ne sait pas mettre des paroles sur l'indicible, on le moque (sans malice) parce qu'on reconnaît, un peu à contrecœur, qu'il sait nous apaiser quand on n'y parvient pas nous-mêmes. Hier soir Matteo était aussi tétanisé que les autres. Demain à la messe a-t-il dit, après avoir consulté, consulté vous vous rendez compte, comme si les jouets démolis se consultaient pour empêcher le retour de colère d'un enfant. Je dois vous entendre d'abord, ça m'aidera à préciser les choses, et aussi ceux du conseil communal. Je ne suis qu'un petit barde de rien du tout, je n'ai plus rien à célébrer. Comment je pourrais célébrer le départ de ce qui a presque tout tué ? C'était plus facile quand il y avait les Eaux d'un côté, leur indifférence, et les vivants de l'autre. Je suis comme vous, je ne sais plus bien où se situe la limite, laissez-moi jusqu'à demain.

À l'église, un silence gris remplace le petit tumulte des autres dimanches. On s'est assis même pas dans l'attente d'une consolation quelconque mais parce que s'asseoir à l'église ce matin rassure déjà un peu, on est encore presque tous là. Aussi perdus qu'on soit on fait groupe comme des oiseaux que le froid rapproche (l'image a déjà servi, je n'en vois pas de meilleure).

D'abord Mme Faure a lu un extrait de la Genèse, le moment où l'Arche approche une terre émergée et la colombe revient avec le rameau d'olivier. Comme on s'agite et murmure sur les bancs elle rappelle qu'il s'agit de mythologie tandis que pour nous c'est la réalité, la Genèse se fiche complètement de ce que la Terre elle-même a subi, plantes, insectes et autres petites bêtes, champignons, sols, cela ne compte pas, seuls les animaux dignes de survivre sont sauvés par Noé, c'est de la discrimination faussement positive, dit encore Mme Faure, rien ne peut survivre loin de tout le reste, nous on le sait. Alors maintenant il va falloir aussi prendre soin du monde qui a été englouti, c'est une sacrée affaire, on compte sur vous ! On compte sur vous tous ! clame-t-elle en levant les bras comme les pitres de l'ancienne politique et là l'église se décrispe, on rit et on applaudit. Premier petit miracle de la journée.

Suit la chorale des jeunes. La plupart ont l'air fatigué, on dit qu'ils auraient répété une partie de la nuit. Le manque de partitions les amène à reprendre leurs tubes avec de nouvelles paroles. Réapparaît ainsi la *Supplique* de Brassens, avec ce refrain : "Le monde qui nous est rendu est plein de boue, / et bien que ça dérape il faut rester debout / pour nettoyer champs et villages. / Un jour, d'ici, d'ailleurs, une herbe va venir, / sa vaillance va entraîner tout l'avenir, / Alors ne perdons pas courage !"

L'église reste un moment interdite. Comment ont-ils pu arriver à pondre un truc pareil en si peu de temps ? Nul ne relève le côté nunuche du poème de circonstances, on se lève, on applaudit, on se regarde en approuvant. Second petit miracle.

Et puis Matteo, l'air plus épuisé encore que celui des choristes. Pas sûr que lui ait fermé l'œil du tout. Il hésite, regarde l'assistance, regarde en l'air, finit par se lancer (j'ai noté son discours dans les grandes lignes, tente de le restituer ici en m'efforçant de reconstruire les manques) :

"Chers amis, pas la peine de raconter une nouvelle fois ce qui vient d'arriver. Contrairement à ce que les Martiens, les habitants de Ganymède ou d'Andromède auraient pu penser, on le vit très mal. On n'est pas des ludions. J'ai demandé leur avis à plusieurs d'entre vous car je n'étais pas sûr du tout de pouvoir m'en sortir seul. Si ce que vous dit aujourd'hui

Assurancetourix semble déplacé, je peux donc en faire porter la responsabilité par d'autres ! Je remercie ceux qui m'ont conseillé, sans eux je ne vous parlerais pas ce matin.

Alors les eaux se sont retirées, je n'en sais pas la cause plus que vous, pas plus que les raisons de leur montée. Antoine pense à des réactions en chaîne causées par la pollution des mers. J'ai retrouvé une revue de 2021 qui parle de plusieurs dizaines de milliers de milliards de microparticules de plastique dans les océans. Les choses ont encore empiré depuis et ce n'est malheureusement pas fini. Elles ont pu réagir avec l'eau de mer, un milieu infiniment plus complexe que l'eau douce. C'est juste une hypothèse. L'aveuglement des sociétés humaines a pu entraîner le désastre, et aujourd'hui la mise à nu de ses effets. Un jour on comprendra ; on avait bien compris la nature et l'évolution de beaucoup de cancers avant de perdre d'un seul coup les chances d'en tirer parti.

On vit un drôle de paradoxe. On avait tous horreur des Eaux à cause du mal qu'elles ont fait. Et maintenant on a horreur de ce qu'elles découvrent, on se met à regretter ce qu'il pouvait y avoir en elles de terrible et de rassurant à la fois. Rassurant, vous allez dire il exagère, les Eaux ne nous ont jamais rassurés ! Et pourtant, vous ne pensez pas que c'était un repère de netteté absolu, la limite établie en une nuit entre le monde d'avant, celui qui s'épuisait partout, qui allait si mal, et celui que nous travaillons maintenant à consolider ? Nous qui avons eu la chance de nous retrouver du côté préservé, il nous fallait essayer de le conduire différemment sans crainte d'un retour au passé, sans nostalgie ni attentes irréalisables, et quel travail formidable nous avons fait en trois mois ! Nous avons sauvegardé la dynamique du partage. C'est peut-être nouveau dans l'histoire du monde.

Le risque, aujourd'hui, c'est de se sentir exposés encore plus qu'auparavant à la souillure, de voir le rêve de pureté se défaire sous nos yeux. On aurait dû débattre plus tôt entre nous de cette histoire de pureté. Viser la pureté ne contredit pas la terreur, souvenons-nous des nazis et de leur délire de pureté, il justifiait à lui seul l'élimination de tous les juifs, cela se manifestait de nouveau en Europe et ailleurs quand les Eaux sont montées. Nous, ce qu'on cherche, grâce en bonne partie à la diversité rassemblée ici, c'est le meilleur accord possible, pas seulement entre nous, pas seulement avec notre petite part de monde vivant, mais avec le futur. Beaucoup de nouveauté reste possible, on travaille tous à la construire, bien que des moments durs comme la mort de Geoffroy rappellent aussi nos limites. Notre objectif n'a pas changé, même si on se retrouve dans une situation au moins aussi compliquée que la précédente. Vous connaissez ma tendance à l'optimisme : il faut mettre en avant les aspects positifs de cette espèce de catastrophe à l'envers.

Vous y avez sûrement tous pensé, en bas dans les vallées, dans les villages et les villes, si les Eaux n'ont pas tout emporté il doit rester une quantité de conserves, des médicaments sous plastique scellé, des outils, des bouteilles de gaz, peut-être du carburant pas fichu, et plein d'autres choses qui peuvent nous aider à passer l'hiver plus facilement. Mais il faut rappeler tout de suite le grand risque de nous transformer en chiffonniers du monde détruit, et surtout de nous rassurer dans cet état où toutes les chances d'avenir se perdraient. Les romans dystopiques sont pleins de sales histoires où des survivants se battent contre d'autres survivants pour pouvoir extraire quelques restes des ruines. Les gens qui se satisfont des restes peuvent-ils espérer mieux qu'un avenir de rats ? Ce qu'un monde mort propose ne doit pas décourager nos efforts pour réparer ce qui est resté vivant (applaudissements, Matteo nous regarde en souriant, il fait le geste de s'éponger le front).

Une presque dernière chose : même si cette vacherie d'eau salée a tout recouvert pendant trois mois et s'est infiltrée dans les sols, elle n'a pas stérilisé la terre pour toujours. Des pluies vont laver tout ça, le sel se diluera et partira en profondeur ou aux rivières. Je vous parie qu'avant l'été prochain des pousses vertes vont lever çà et là, beaucoup de graines sont résistantes au sel, les oiseaux vont descendre plus vite que nous vers la vallée, après les pluies ils sèmeront des graines venues des hauteurs, elles lèveront. On ne reverra pas le paysage antérieur de sitôt mais il va se refaire peu à peu, la limite qui nous est insupportable aujourd'hui entre ce qui est resté en vie et ce qui est mort va s'effacer, l'an prochain déjà elle sera moins nette, vous verrez.

Le plus difficile : on ne sait pas ce que sont devenus les morts. Certains d'entre eux ont peut-être été emportés par la décrue, mais les gens piégés dans les maisons doivent s'y trouver toujours. Personne n'a envie d'affronter ça. On va attendre. S'il y a des volontaires au cœur bien accroché pour aller jusqu'au centre commercial de Chorgues, on essaiera de les munir de ce qu'il faut, on a du temps pour savoir quoi.

Je pense vous avoir dit ce qui me semblait le plus important. Je remercie encore ceux qui m'ont aidé,

Koffi, Antoine, Arthur, Marie, Julien, Léa, et d'autres dont les noms ne me reviennent pas, qu'ils m'excusent, chacun a contribué à construire cette intervention qui ne prétend pas tout cerner. On peut en reparler au repas ce soir, d'ici là je vais faire une sieste, Assurancetourix se retire pour quelques heures dans son arbre, merci de bien vouloir l'excuser. Heureusement, les vaches sont en bonne compagnie !"

Toute l'église se lève et applaudit longtemps. Matteo a encore réussi le pari de trouver les mots qui dédramatisent. S'il en va des autres comme pour moi, le village a des chances de repartir pour un tour.

Plus de messe sans la voix de Khaled. Il dit d'abord "sans partitions c'était impossible de trouver un air en accord avec ce qui vient d'arriver, dommage car il y a de belles pages baroques sur le Déluge, alors je vous chante encore une chanson de chez moi, elle parle d'une jeune fille qui va chercher de l'eau à la fontaine et rencontre un bel étranger. Ça ne finit pas bien, mais qu'est-ce qui finit bien ? Encore que, l'événement d'hier, depuis que tu nous en as parlé, Matteo, je me dis qu'on saura le dépasser, ça fait trois mois qu'on s'entraîne au dépassement, on est devenus des champions en dépassement, alors on continue, hein ?" (Rires et applaudissements.)

La chanson de Khaled est mélancolique, douloureuse, à la fin déchirante. Pas un bruit dans l'église. Jusqu'à un long silence où il pose l'oud à ses pieds, nous regarde, dit je ne peux plus, se cache le visage dans les mains et se met à pleurer au milieu du chœur de la petite église des Serres, au milieu de nous. Tout le monde se tait. Et puis quelqu'un lance "pleure tout ce que tu veux, Khaled !" Alors, plein de voix :

“merci Khaled ! Merci Khaled !” Il se redresse, se lève, hoche la tête, sourit avec un ravissement enfantin, nous regarde en s’essuyant les yeux, dit “merci, merci à vous tous, merci”.

Déjà dit : on pleure facilement aux Serres. Ce matin, l’assemblée s’est une nouvelle fois dispersée sur des larmes et des reniflements. Après quoi tous les gens ont regagné les Chasseurs, allégés comme des communiants après l’eucharistie. Magali, qui gère les réserves avec une attention redoutable et des petites largesses bien comprises, avait préparé du vrai thé, les vieux et les enrhumés (beaucoup se sont prétendus enrhumés) bénéficiant d’une micro-rasade de rhum venu des arrière-caves mystérieuses de l’auberge. C’était dimanche, beaucoup se sont installés dans le coin détente et les conversations ont repris. J’ai entendu parler de ce qu’on allait trouver d’encore utilisable dans la vallée, mais aussi affirmer l’importance de ne pas se convertir en “chiffonniers du monde détruit”, encore moins de se satisfaire d’un “avenir de rats”. Les formules de Matteo ont fait mouche. J’espère que l’unité des Serres saura perdurer.

Quand on est rentrés, la vallée se remplissait de brume.

13 novembre, 20 h 40

De brume et d’odeur. Une odeur d’estuaire à marée basse avec quelque chose de putride. Comme si l’ancienne station d’épuration s’était déversée sur les prés. Ce matin le putride dominait mais c’est peut-être qu’on le privilégie à cause de ce qu’on sait sur toutes les épaves de chair maintenant découvertes. Même les fenêtres fermées, l’atmosphère de la maison est polluée, au-dehors n'en parlons pas. Seul espace préservé, les pièces d'entrepôt des plantes, elles conservent leur bonne odeur de foin avec les dominantes habituelles de lavande et de coumarine (l'aspérule, le mélilot). J'ai proposé à Marie qu'on dorme cette nuit sur la mezzanine où elle s'était retrouvée le 13 août. Caducée, lui, lève de temps à autre la tête, renifle et nous regarde comme si on pouvait lui expliquer. Ce matin il n'a pas touché aux restes rapportés de l'auberge.

J'ai dit à Marie que ça n'allait pas durer, les pluies finiraient par avoir raison du sel et contribueraient sans doute à dissiper l'odeur. Pour le moment, vivre dans le rappel permanent de ce que cachaient les Eaux met tout le monde mal à l'aise. J'ai vidé un gros sac de lavandin pour le distribuer à l'auberge, conseillant d'en frotter un épi entre les mains et de les respirer de temps à autre. Cet après-midi, avec Marie et ceux que j'appelle pompeusement mes élèves, on est allés couper du genévrier cade sur une lande chaude, unique localité de cet arbuste méditerranéen dans la commune. Mis sur les poêles, il se carbonise lentement en dégageant une bonne odeur résineuse. J'ai facilement trouvé preneur.

Il semble que des pluies se préparent. Les zones exondées s'évaporent, la brume s'épaissit, elle gagnait le village quand la nuit est tombée. Ambiance propice aux craintes, tout le monde était à l'auberge bien avant le repas du soir. Mme Barthélemy rappelle que, de mémoire d'homme, Les Serres sont toujours restées au-dessus des brumes qui traînaient dans la vallée, dit qu'elle sent la pluie, que la pluie va commencer le “grand nettoyage”. Je souhaite qu'elle ait raison. On a demandé à la chorale de rechanter ce qu'ils intitulent (a posteriori) la *Cantate des canards sans mare*. Tout est bon pour tenir les affaires des Eaux le plus possible à distance.

Vers 18 heures, après la traite, Matteo, Eva et Luca nous ont rejoints. J'ai senti que l'arrivée de Matteo en apaisait plus d'un car l'ambiance s'est soudainement allégée. Certaines présences détiennent un pouvoir de rassurer qui ne les désigne pas pour autant comme autorités, surtout quand les intéressés se gardent d'y contribuer. Aussi portée soit-elle à l'anarchie (bien comprise), notre société a besoin de repères unificateurs ; elle ne s'en remettra pas pour autant à l'autoritarisme. Je me rends compte en l'écrivant : partager c'est travailler à la réalisation de soi dans la prise en compte des attentes communes, celles-ci exigeant en même temps l'attention aux cheminements personnels. Un cycle palpitant ! Une colonie de cœurs : ensemble de singularités favorables à l'unité, et réciproquement ; comme la Grande Barrière devenait plus qu'elle-même par ses bienfaits sur tout un océan. Et ici se manifeste une fois de plus ma propension à théoriser !

Marie et moi on évite les contacts depuis samedi. On se regarde sans doute davantage. On attend que la pluie vienne nous laver en même temps que les vallées, nous débarrasse de l'odeur qui, croit-on, s'amplifie sur nos vêtements et nos peaux, nous rend plus ou moins diffuseurs de l'exhalaison malsaine. Que le ciel nous octroie cette fois un petit déluge sans rage ni parcimonie, et qu'ensuite on reprenne courage !

14 novembre, 7 h 40

Tout à l'heure j'ai vu Caducée s'avancer en bas du jardin jusqu'à l'ancien bord des Eaux. Il a longtemps regardé le monde gris et puis plusieurs fois en arrière, peut-être pour s'assurer que ce qu'il connaît reste bien là. Il a levé la tête en hochant-humant à la façon des chats qui entrent pour la première fois dans une nouvelle maison, et il est revenu en galopant jusqu'ici, sautant sur le bord de la fenêtre où il a aussitôt miaulé, ce qui n'est pas dans ses habitudes car c'est un chat patient. Je lui ai ouvert, notant au passage qu'il avait eu le temps de s'imprégner des mauvais effluves d'en bas alors je l'ai frotté avec du lavandin, cela n'a pas semblé le satisfaire particulièrement mais il dort entre nous, pas la peine d'en rajouter. Un jour, bientôt sans doute, le petit aventurier franchira la limite et il faudra lui emboîter le pas.

Hier soir, Noé, qui m'avait pourtant dit "bonne nuit Marie, demain sera peut-être probablement qui sait un autre jour", s'est redressé sur un coude alors que je le croyais aussitôt endormi comme il sait faire. Il a demandé si on pouvait se parler deux minutes, j'ai répondu "bien sûr Noé", sachant à sa voix qu'on en aurait pour plus longtemps. (Je relate comme je peux notre dialogue.)

— C'est vraiment le bordel.

— Je le dirais d'une autre façon mais, en gros, d'accord.

— Les Eaux nous protégeaient, c'est dur de le reconnaître.

— Comment ça nous protégeaient ?

— Les Serres devenaient un territoire complètement à nous, préservé par les Eaux. On était piégés et en même temps défendus contre les menaces venues d'ailleurs. Méolane ne représente pas un danger, on avance plus ou moins dans la même direction, mais on ne sait pas ce que l'hiver leur réserve.

— Qu'est-ce que tu appelles ailleurs ?

— Parmi les communautés qui ont survécu, certaines peuvent engendrer de la terreur, on a vu en septembre à quoi ça mène. Comme elles n'arrivent pas à s'autosuffire, sans doute qu'elles n'y pensent même pas, elles s'approprient les réserves et asservissent les gens. Pas exclu que des formes d'esclavage réapparaissent. Une extrême droite xénophobe, ou suprématiste, ou survivaliste, ou encore des néostaliniens, des évangélistes bornés, tout ce que tu veux, peut prendre les commandes pendant un temps. Quand tu regardes la carte, tu constates qu'il y a très peu de villages et encore moins de petites villes au-dessus de huit cents mètres par ici, mais il y en a ailleurs. C'est de là que pourraient venir les pilleurs de ruines, et aussi les agresseurs des communautés qui fonctionnent, comme la nôtre. Quand Matteo dit qu'on équipera ceux qui descendront dans les vallées, il pense au risque d'y rencontrer des gens pas forcément disposés au partage, plutôt à l'affrontement, il pense à des armes. Est-ce qu'on va dériver vers la bonne dystopie à l'américaine ?

— Tu vois quelles possibilités ?

— On ne peut pas affronter des groupes hostiles plus nombreux que nous. S'il y avait des conflits, on serait vite dépassés, déjà faute de munitions, et là, finie l'utopie. On doit construire des alliances avec des gens sûrs, bientôt ce sera plus facile de rencontrer ceux de Méolane et de Briançon. Il faut communiquer plus régulièrement, s'épauler les uns les autres, mettre en place une ou des fédérations pas seulement idéales mais réalistes, vigilantes, capables de mettre les moyens de défense en commun. Avec le retrait des Eaux on en revient plus ou moins à la politique extérieure du monde ancien, en pire peut-être. Le rêve est fini, Marie, c'est ça qui m'empêche de dormir.

— Tu ne crois pas que ces gens d'ailleurs dont tu parles sont rebutés comme nous à l'idée de descendre dans les vallées ?

— Sans doute, mais ils peuvent aussi avoir moins de scrupules. Et les cartes leur montrent aussi bien qu'à nous les zones qui ont échappé à la Montée des Eaux.

— En tout cas ce n'est pas demain qu'ils vont débarquer. La route est longue entre nous et tes supposées menaces. C'est vrai qu'il faut en tenir compte mais on a du temps, ils ont leurs supermarchés à visiter avant de penser aux nôtres. D'ici là, j'espère qu'on aura su organiser la surveillance et la défense, mais ça ne sera pas forcément nécessaire. Tu ne crois pas que la plupart des gens maintenant comprennent la stupidité de la violence ? Est-ce que ce n'était pas le premier malheur du monde d'avant ? Est-ce que la Montée des Eaux n'a pas été une leçon suffisante ? Même les survivalistes les plus extrêmes n'ont plus de repères.

— Tu as raison, on a du temps. Attendons déjà demain. Et là j'ai largement dépassé les deux minutes. Bonne nuit chère directrice de conscience !

— Bonne nuit chère conscience tourmentée !

14 novembre, 21 h 15

Même si la tension a régressé depuis les paroles de Matteo hier matin, c'est toujours l'appréhension qui domine. Je ne suis pas le seul à associer le retrait des Eaux à l'éventualité d'un péril extérieur. Marie a raison quand elle privilégie la confiance (dont on ne cesse depuis trois mois de revendiquer la dynamique !), mais il y a aussi la mémoire du 2 septembre, la crainte d'un retour des pillards quand les routes redeviendront plus ou moins praticables. Les craintes se diffusent ; certains, ce soir, parlaient de couper les deux routes vers la vallée et de placer des guetteurs jour et nuit sur des éminences. Est-ce que la peur ne favorise pas l'avènement des désastres ? À l'inverse, l'oubli des éruptions, le riz ou la vigne sur les vieilles laves, les villages rebâtis sur les cendres n'ont jamais empêché le réveil des volcans. La bonne mesure est difficile à trouver.

Les gens sont partants pour des rencontres au plus tôt avec ceux de Briançon et de Méolane. Partants au figuré, car nul ne s'est encore porté volontaire pour descendre dans la vallée. Pas plus que pour aller jusqu'aux fermes et hameaux émergés. C'est aussi que l'odeur décourage. Elle ne vient pas forcément des cadavres, plutôt de tous les végétaux qui pourrissent après les trois mois d'immersion. On sort avec sur le nez un masque en tissu double faisant poche pour lavande ou thym. Si ce n'était le parfum (il arrive que certains en aient la tête qui tourne), on se croirait revenus au bon vieux temps des coronavirus.

On ne regagne les chantiers qu'en traînant les pieds. Comme les esprits pratiques trouvent vite des raisons de continuer, certains proposent déjà de descendre sous le village pour y faire des tas de plantes mortes (elles doivent ressembler à du marc d'infusion), premier stade des composts de l'année prochaine. Mais le sel ? Ils disent que les pluies auront tôt fait de l'évacuer, comme celui des algues marines qui servaient de fumure sur les côtes atlantiques. Pourquoi pas ? Mais pas non plus de volontaires pour le moment.

On était de ceux, beaucoup, qui se sont attardés aux Chasseurs après le repas. Matteo est très sollicité dans des discussions qui tournent toutes autour de l'usage qu'on va faire du monde d'en bas. J'entends qu'il y a quatre priorités : les aliments qui ont pu résister à l'immersion à commencer par les conserves, les médicaments, le carburant (si les réservoirs et les cuves n'ont pas tous été ennoyés) et le gaz. Si l'état des routes permet l'usage du 4×4. Sinon les ânes.

Longue conversation téléphonique entre le conseil communal et Méolane. Ils se retrouvent à peu près dans la même situation que nous. Comme ici, l'odeur décourage pour le moment de descendre dans la vallée (où leur zone commerciale a émergé). Comme ici, ceux qui précèdent dans la réflexion s'interrogent sur les risques de désintérêt envers les actions en cours, voire d'abandon au profit d'un retour, aussi bref soit-il, à la satisfaction immédiate. Comment le faire admettre par tous : ce qu'on pourra récupérer doit d'abord soutenir la nouvelle gestion des choses. C'est difficile d'avoir à en redémontrer sans cesse l'évidence. L'un des gendarmes a été blessé dans une rixe à propos de partage de farine, et maintenant l'agresseur apporte des chanterelles au gendarme : tout n'est pas désespéré !

La radio de Briançon évoque à peu près la même chose, répète qu'il ne faut pas se ruer sur des biens de toute façon finis, mais les employer à soutenir les entreprises durables. Matthieu a fait passer un message de Matteo sur son émetteur mais on ne sait pas s'ils l'ont entendu. On se réunira dès que possible, c'est-à-dire après qu'on aura pu établir la communication dans les deux sens.

Il commence à pleuvoir. Marie m'a ébouriffé les cheveux en passant. Ce geste m'a paru régressif, comme dans une mauvaise histoire en boucle. Je lui ai retenu la main en demandant "on ne redémarre pas de zéro, hein ?" Elle s'est baissée pour m'embrasser sur le front et m'a dit à l'oreille "idiot, c'est juste qu'on accumule des points d'éternité". Des points d'éternité ? Je ne comprends pas bien mais la formule me plaît. D'autant plus que, dans l'imprécision du moment, l'éternité reste peut-être la seule direction fiable.

15 novembre, 7 h 40

Il tombe des cordes. SVP là-haut, pas quarante jours et quarante nuits !

En ouvrant la fenêtre côté vallée, c'était plutôt une odeur de terre qui montait. La dominante putride s'est diluée dans du plus supportable. Encore faudra-t-il renifler après la pluie. Tout à l'heure j'irai visiter Lucile avec le mélange antigrippe de Noé (fleurs de sureau et de reine-des-prés, bourrache, thym, hysope, rester sous la couette à transpirer pendant deux jours). Elle a pris froid, dit-elle. Pourtant elle sait très bien que l'idée même de "coup de froid" n'a aucune pertinence. Il est vrai qu'on ne peut pas identifier non plus le probable virus qu'elle a croisé. Exemple parmi bien d'autres de l'imprécision à contenir (ou à intégrer ?). Si ce n'est que le "coup de froid" est ressenti, donc intelligible, le virus à une distance presque infinie de notre appréhension. Garder cet exemple en tête pour en rediscuter avec Germain et les étudiants.

Je vais sortir avec un parapluie de la collection de Noé. Des clients en oubliaient chaque année à son stand. Ce serait compliqué de fabriquer un parapluie, mais moins que des allumettes. De celles-ci, les Eaux n'ont pas dû préserver une seule boîte ! L'équipe "Lumière et flamme" (comme ils se présentent désormais) n'a pas encore inventé d'alternative. Nos ingénieurs devraient trouver moins archaïque que la giration de la pointe de bâton sur une planchette. Plus difficile de trouver un substitut aux allumettes que de réparer un moulin ou de fabriquer un poste émetteur !

Caducée, derrière la vitre, regarde la pluie d'un air lointain. Il sort peu depuis le retrait des Eaux, ne s'est pas aventuré plus que nous dans la zone grise. Noé fourgonne dans les réserves à la recherche de je ne sais pas quoi. Ce matin, on s'est fait du vrai thé, pour contredire les mauvais effets de la pluie sur l'humeur, dit Noé. Il est tellement bon qu'on en viendrait à souhaiter encore un mini-déluge.

15 novembre, 20 h 25

Il pleut toujours beaucoup. On entend le Bèveron en crue. Au moulin, ils ont eu des difficultés avec les vannes, l'eau débordait et menaçait les nouveaux terrassements. Ils profitent de l'excès d'alimentation du bief pour faire tourner la meule à plein régime, même s'ils savent que la farine ne peut pas se conserver en grande quantité, dans quoi d'ailleurs ? (La frénésie meunière plaît à certains : Paul a déjà retenu le son pour ses poules, parmi lesquelles des couveuses, enfin décidées, auraient besoin d'un p'tit supplément, dit-il). Plusieurs ont dormi sur place cette nuit, à la fois pour ne pas se faire tremper dans les allers-retours au village mais aussi parce qu'ils tiennent à leur machine plus que des enfants au mini-tourniquet entraîné par un filet d'eau.

Cette attitude rassure : nos ingénieurs ne manifestent pas la moindre velléité d'abandonner leurs réalisations au profit de quelque miracle mécanique venu d'en bas. Tout au contraire, ils planchent sur le projet d'électricité hydraulique, relancé depuis qu'ils ont vu, avec le retrait des Eaux, un peu en aval du village, la chute de quelques mètres sur le cours du torrent où ils imaginent déjà barrage, conduite forcée et turbine entraînant des alternateurs de voitures. Ceci pour alimenter en électricité quelques lieux stratégiques, sinon toutes les maisons, durant l'hiver. La distance au village suppose de disposer de batteries car le bas voltage ne circule pas loin. On évoque aussi un atelier au pied de la cascade, où l'outillage électrique pourrait reprendre du service. Tout ceci permettrait d'assouplir encore la transition dans le domaine des techniques (réparer un jour les alternateurs, pourquoi pas ? Quant aux batteries...).

Pluie ne rime donc pas ipso facto avec mélancolie. Tandis que certains en profitent pour cogiter, les autres, la majorité, se satisfont des échanges aux Chasseurs. L'eau du ciel (ô combien douce) et le gros poêle y favorisent, sinon l'oubli, en tout cas la mise à distance des Eaux et de leurs manigances. D'autant plus que, ce soir, l'odeur s'est encore atténuée. Les enrhumés ou prétendus tels ont droit au breuvage qualifié de grog, toujours alcoolisé avec parcimonie. Dans les discussions, les terres d'en bas se retrouvent déjà, sinon lavées de toute souillure, en tout cas plus accueillantes au retour des humain(e)s. Antoine essaie de calculer ce qu'il faut d'eau douce au mètre carré pour évacuer trois mois d'immersion dans de la saumure à vingt pour mille. Il dit qu'il lui manque trop de paramètres, sans parler de l'algorithme. Je lui souhaite bon courage. Mais savoir qu'il y a de toute façon lessivage et dessalage aide à l'optimisme.

Lucile a une bonne grosse grippe. Ce soir, depuis le fond du bain de sueur, elle se disait très fatiguée mais moins fébrile. Ses parents sont aux petits soins. Je leur conseille de prendre des précautions car il y a toujours risques de contagion. Ils n'entrent pas dans la chambre de la malade sans les masques (fiables ?) fournis par le dispensaire. Les enfants font signe à leur mère depuis la porte. Le temps humide et doux peut favoriser une épidémie de grippe qui serait difficile à gérer. À l'auberge, j'ai rappelé la nécessité de s'isoler et de faire appel à nos services dès qu'il y a fièvre, courbatures, etc. (en l'écrivant, je me dis que l'effectif des soignants, réduit ce soir aux deux tiers, n'est pas hors d'atteinte). La Cité des Jeunes, où les risques de contamination sont élevés, reste pour l'instant préservée : immunité collective à force de contacts croisés ? Impression de reprendre le discours désespérant des politiques à l'époque de l'épidémie de covid. Ils diffusaient la peur avant de virer à l'obligation, au lieu d'expliquer, de rassurer, de responsabiliser. Il n'y a plus de services de réa pour éponger la casse.

Noé traîne encore à l'auberge. Pas sûr que tu prennes bien la remarque ! Tu en as marre de nos évitements, jeu drôle au début mais à la longue machinal. C'en est assez du rituel où les journées se concluent sur des pirouettes verbales. Comment passer à un autre registre ? Est-ce qu'on n'a pas trop donné dans le contournement ? Je crois en être la première responsable, même si tu tiens avec vaillance (ou prudence ? ou à la fin évasivement ? ou tout à la fois) ton rôle de Tristan rencontrant une Yseult sauvée des Eaux avec chat incorruptible. Aucune envie qu'on finisse comme Tristan et Yseult. Pour le moment, le retrait des Eaux pèse plus qu'il n'allège. Avons-nous perdu l'aptitude au rebond de ces jeunes à l'inventivité sidérante ? La vieille douleur (vieille ? Trois mois !) reste la bride invisible qu'on ne cesse de rogner, son goût rassure autant qu'il immobilise, on en redemande sans se l'avouer.

Quel signe va nous délivrer, quand le retrait des Eaux n'a pas suffi ? Avons-nous fabriqué pour rire un charme indénouable ? Il faut en finir aussi avec ce foutu ton romanesque. On est cuits si on s'attarde plus longtemps côté vieux monde, déjà dit mais pas entendu de celle qui le dit.

16 novembre, 20 h 20

Vers 19 heures, il faisait nuit, on sortait des Chasseurs, plusieurs éclairs très intenses ont éclairé l'horizon sud-ouest, pas des éclairs de foudre mais comme des flashs lents montant du sol, chacun durant plusieurs secondes. "Après l'eau, le feu, dit un homme, le cycle est bouclé." Je reconnais la voix d'Antoine. "Vous savez ce que c'est ? Les réacteurs de Cadarache.

La noyade les a en même temps arrêtés et refroidis, avec la décrue le combustible a fondu, on vient de le voir exploser.” Aucun commentaire, tout le monde regarde vers le sud-ouest où persiste une lueur blanche pareille à celle d'une ville lointaine. “Alors c'est aussi la pollution nucléaire, maintenant ?” demande enfin une voix de femme. “Pas jusqu'ici, aujourd'hui le vent vient du nord, j'espère aussi dans les jours qui viennent, il va entraîner le nuage jusqu'à la mer, où c'était vraiment pas la peine d'en rajouter il faut dire. Et il y a encore les centrales de la vallée du Rhône, et toutes les autres, un peu partout. Tout ça est en train d'exploser. Inutile d'espérer revoir Marseille, la route est coupée pour longtemps. Bouquet final du grand bordel.”

Personne ne commente plus. Trop à la fois. Ceux qui étaient encore à l'auberge sortent tous et regardent l'horizon sans un mot. “Gardez quand même les fenêtres fermées cette nuit !” crie Antoine alors qu'on se disperse. Du moins cette catastrophe de seconde main est-elle intelligible. “Puisqu'on prétend que jamais deux sans trois, dit encore quelqu'un, le compte est bon, on peut dormir tranquilles !”

En combien d'années la Terre redeviendra-t-elle habitable ? Cela doit plutôt se compter en millénaires. Les océans sont-ils morts ? Question vaine : on ne les reverra pas avant longtemps, on ne pourra supposer leur devenir qu'à travers les incidences sur le climat, entre autres. Pendant les mois de la Montée des Eaux, aucun oiseau marin n'est venu au-dessus de ce qui fut la vallée, il est vrai qu'on s'efforçait de ne pas regarder la vallée. Maintenant que la mer s'est retirée, la colombe sera-t-elle une mouette ?

Dans l'après-midi, certains ont vu passer des vautours. La vallée devrait leur fournir de quoi se faire du gras pour l'hiver (à moins que le sel ne leur déplaise). Tandis que les nuages se dispersent avec le vent du nord, l'odeur a beaucoup régressé (ou bien on s'y habitue ?). S'il n'arrive pas de nouveau sale coup, on devrait se remettre à travailler sans plus d'appréhensions, ce qui ne veut pas dire en toute sérénité. Je me demande si je ne vais pas me porter volontaire pour descendre dans la vallée. L'équipe des chasseurs a peut-être un compteur Geiger encore en état de marche, histoire de vérifier quand même l'ambiance. Après Tchernobyl, les sangliers, bêtes fouisseuses mangeuses de racines et autres mycorhizes, étaient parfois radioactifs par ici, au point qu'on devait en jeter les carcasses. Cela peut-il se reproduire ? Mais il ne reste pas plus de batteries pour les compteurs Geiger que pour les lampes de poche. Béni soit le mistral (ou analogue) et sa force dispersante.

Dans tout ce désordre, une bonne nouvelle (tu la connais déjà) : l'auberge n'offre pas de quoi entretenir l'ivrognerie, je ne rentre pas soûl à la maison où je battrais mon épouse. Ceci dit, oui, on en a trop fait, on se retrouve coincés dans l'espèce de cage de Faraday anti-passionnelle où l'on a pris grand soin de s'enfermer. Il a beau passer un courant de cent mille volts, pas un cheveu ne grille. Qu'en serait-il si l'électricité revenait en vrai ? Tu vois, j'arrive toujours à m'en sortir par une pirouette, même quand il s'agit de quitter le mode pirouette. Là, j'ai le sentiment qu'on en a épuisé les bonnes et mauvaises raisons, on peut s'attabler avec un thé et le monde à réparer, ne plus voir que nous. Le signe qui lève le sort va frapper du bec à la fenêtre car maintenant les humains sont en droit de souffler, ils peuvent regarder les autres au fond des yeux, les horizons au fond du ciel (et tu peux le constater encore : le lyrisme tient bon). Il n'y a plus de traquenards mais des questions simples, des évidences idem : nous avons le droit de nous aimer.

17 novembre, 10 h 30

Ce matin au repas on lorgnait vers notre barde. S'il n'a pas les réponses, il sait dédramatiser les questions. On est tous à bout de coups et de contrecoups. On en arrive à baisser l'échine et à jeter des regards en arrière dans l'attente de la prochaine grosse baffe.

Je veux croire que nous avons subi le pire. De ce qui reste du monde on connaît maintenant le partage : ce qui peut nous revenir un jour et ce qui est perdu pour des lustres. Matteo l'a rappelé tout à l'heure, en lisant (une fois n'est pas coutume) un papier dont je donne ici la copie :

"On est tous fatigués, encore plus abattus qu'après le retrait des Eaux. Hier soir on n'en pouvait plus. Je ne suis pas plus solide que vous, je ne peux pas parler plus facilement que vous (murmures dans la salle). Aussi, ce matin, je ne fais que vous donner l'écho de nos conversations d'hier et de mes cogitations nocturnes. J'espère que ça pourra aider à faire le point.

Après les explosions, je veux penser moi aussi que la réserve aux catastrophes est complètement tarie, en tout cas pour ce qui nous concerne. Parce que si on pense aux autres massifs, des Vosges aux Pyrénées, et surtout à ceux qui bordent le Rhône où les radiations peuvent venir couronner le reste, ceux-là n'ont pas fini d'en baver et on ne peut rien pour les aider, en tout cas pas avant longtemps. La distribution des dommages reste complètement hasardeuse, il faut accepter cette vacherie supplémentaire.

Les vents nous ont été favorables. Les nuages dangereux sont partis au-dessus de la Méditerranée. Pour ceux qui peuvent venir de loin, on ne sait rien. J'espère aussi que les épreuves de la mer sont terminées et qu'elle va pouvoir se remettre. S'il repleuvait dans les prochains jours, surtout avec vent d'ouest, il faudrait se montrer prudents et rester dans les maisons. Il n'y a plus de responsables politiques pour certifier que les nuages radioactifs ne passent pas les frontières. Rappelez-vous que les essais atomiques du temps de la guerre froide ont fait plus de mal à la Terre qu'aujourd'hui l'explosion de toutes les centrales nucléaires, même si des régions entières à peine libérées des Eaux deviennent des zones interdites.

On ira bientôt voir ce qui se passe dans la vallée, ce qu'on en rapportera va nous aider, vous le savez tous. Plusieurs volontaires se sont déjà fait connaître. Je crois qu'on atteindra l'hiver sans plus de secousses. C'est toujours à partir d'ici, des Serres, qu'on doit reconstruire. On a jeté les bonnes bases, on est du côté le plus sûr et il faut continuer de s'en occuper au mieux en attendant qu'en bas ça se répare. Je vous l'ai déjà dit : un jour on ne verra plus de limite nette entre nos terres et ce qui a été noyé. On restera longtemps des gens d'en haut mais je ne pense pas que ça nous monte jamais à la tête ! On va faire du bois, du foin, du grain, des moutons, des vaches, du lait, des œufs, du théâtre, de la poésie, de la chanson, du rire, tout ce qu'il faut à une société pour aller vers le mieux. C'est toujours le même objectif qu'on partage, avec les mêmes parts de confiance et d'incertitude, j'espère un peu moins d'incertitude aujourd'hui. On est repartis pour un tour ! Bonne journée à toutes et tous !"

Même si le cœur n'y est pas, depuis sa lassitude chacun applaudit. On est fatigués. On retrouve encore des envies de marmottes : disparaître pendant quelques mois, ne plus avoir à faire avec l'humeur imprévisible des choses, rêver d'herbe neuve tandis qu'une bonne neige sépare et défend du reste du monde.

Pendant qu'on rumine nos idées confuses, des enfants courent et crient sur la place. Antoine les amène au bord de l'ancienne mer. Ils vont installer ce que notre instit appelle des "placettes de suivi" : de grands carrés délimités avec des piquets et de la ficelle, où ils noteront les changements au fil des semaines, la venue des insectes, la levée des herbes, etc. Prématurée à un mois de l'hiver, cette "leçon de choses" a l'immense mérite de faire franchir la frontière entre l'en haut et l'en bas. Les enfants passeront les premiers cette limite, explorateurs plus contents que ne le seraient les grands. C'est bien la première intention d'Antoine : apprivoiser la crainte qui commence à dix mètres au-dessous de notre jardin. Les adultes finiront bien par suivre.

17 novembre, 20 h 15

Après le dîner on ne s'est pas attardés à l'auberge, tu m'as entraînée sur le bord de ce qu'on appelle maintenant la “zone grise”, là où la route de Chorgues se perdait sous les Eaux. Comme si c’était le paysage habituel de novembre, tu as nommé les gros villages, Ribbes, Chorgues, Trévoux, Le Revest, Les Mourres-de-Salles, Saint-Symphorien et d’autres dont je n’ai plus le nom en tête, et les rivières, et les crêtes, et les montagnes infimes sur l’horizon ouest où le soleil se perdait. Tu dis que par temps clair on arrive à voir la Sainte-Victoire. Je sais que tu ne cherches pas à remémorer, mais à rendre une réalité vivante au paysage, l’envie de le parcourir encore à ceux qui le traversaient aux temps d’avant, quand on allait sans voir dans la beauté du monde.

Sans doute suis-je à bout d’épreuves, saturée de tensions contradictoires. Je me demande pourquoi Geoffroy n’est plus avec nous, il aurait sûrement su ironiser sur le retrait des Eaux, pas plus prévisible ni compréhensible que leur montée, imaginer une place pour le risque nucléaire parmi les problèmes insolubles qu’il faut pourtant affronter sans perdre espoir. Je ne peux pas ignorer non plus que, dans les pharmacies d’en bas, on aurait peut-être trouvé des kits d’insuline encore utilisables, ils lui auraient prolongé la vie. Mieux vaut ne pas penser à la non-synchronicité des attentes et des possibles, ou alors on entre encore dans un labyrinthe de questions sans réponse.

Marcher au bord de l’ancien rivage tandis que la nuit tombe m’a fait du bien. C’est la première fois que je regarde la vallée depuis mon arrivée aux Serres. Maintenant qu’il n’y a plus de lumières les installations humaines se confondent avec ce qui fut bois, champs et prés. Le soir défait les couleurs d’en haut, la limite est imprécise entre ce qui sort à peine de la mer folle et ce qui reste du monde d'avant ("là où tu gardes les pieds au sec", disait Geoffroy). Le temps viendra où, en plein jour, tu l'affirmes et je te crois, on ne verra pas davantage de différence que ce soir où l'ombre unifie.

Quelle promenade étrange au bord d'une mer qui n'est plus là, d'une terre qui attend de se retrouver. Dans le plus complet silence : aucun aboiement de chien que le crépuscule inquiéterait, aucun oiseau nocturne. Mais l'équipe du moulin, qui dormait sur place ces derniers jours, surveillant le trop-plein du bief (et les grillades de lièvre, tout le monde au village le sait, approuve), a entendu ce qu'ils interprètent comme des appels de loups. On n'a pas de cartouches à perdre contre ces bêtes maintenant libres de se multiplier. Mais il faut les limiter, si c'est encore possible.

On est tellement proches, Noé, et si loin, encore jeunes et si vieux. Tu imagines : entre nous déjà deux renversements du monde ! Et le troisième en cours, qui dépend de notre aptitude à conjurer ou pas une peur plus grande encore que celle de la zone grise : un futur insoucieux de nos attentes, vivant sa vie à lui, oubliant les humains. Je descendrai avec toi en bas quand l'expédition sera décidée, je veux voir de près dans quoi recommence le futur. Il faut des regards humains pour aider le monde perdu à se refaire une vie qui ne nous exclue pas. Même si nous nous en sommes déjà exclus en beaucoup d'endroits, pour très longtemps, à cause de trop d'envies déraisonnables. On va devoir dessiner une nouvelle carte du monde où le tracé des rivages importera moins que celui qui sépare les terres libres des zones interdites, ces espaces pourris chéris de l'ancienne science-fiction. On ne sait pas ce que ceux-ci généreront, pas des monstres mais sûrement des dangers, les loups y reviendront bien avant nous, peut-être en sortira-t-il aussi des choses étonnantes.

Une jungle (celle modeste de nos climats, sans léopards ni pythons) va finir par effacer les ruines, on devra en préserver les routes où se rétablissent les possibilités d'échanges. Cela ne pourra se faire que dans l'entente avec les autres communautés et suppose la mise en question de nos propres choix. Davantage de contacts, c'est à la fois plus de chances et plus de risques. Mais surtout, Esprit lointain qui suivez peut-être les péripéties de l'aventure humaine, un coup de pouce, s'il vous plaît, juste un coup de pouce pour que jamais le monde ancien ne renaisse !

Toi qui me regardes écrire, occupé comme souvent à potasser la pharmacopée du vieux Cazin (que tu prétends vouloir apprendre par cœur !), tu sembles ne pas t'interroger comme je le fais mais survoler tout ça de haut, j'allais dire comme un aigle mais c'est plutôt comme une alouette pas insouciante ni oublieuse de ce qui se passe en bas, que son propre chant libère un moment de l'inquiétude, mais ceux qui la cherchent et ne la voient pas sont allégés par ses longues invocations enthousiastes.

18 novembre, 17 h 20

Le village repartait ce matin à la ramée. Selon les bergers, ce qui a déjà été engrangé pourrait ne pas suffire. Comme les chênes sont encore verts aux expositions favorables, une dernière récolte est possible. Il y a aussi qu'on craint de nouvelles pluies, et alors, outre les difficultés du séchage, il vaudra mieux rester dans les maisons à cause des éventuelles retombées nocives (elles déconseilleraient aussi de manipuler les végétaux en grande quantité). Donc repas du matin avancé, fatigue le soir. Certains espéraient une nouvelle visite de l'avion !

La dernière grosse journée de travail en commun de l'année s'est bien passée : beau temps, bonne récolte, pas de blessures notables, atmosphère détendue. On rechigne devant les tâches collectives mais à chaque fois elles finissent par tourner au grand jeu de vacances. Les feuilles sont à l'abri à la bergerie et dans une grange chez Sébastien. L'avion n'est pas passé (il n'est pas synchronisé sur nos jours de ramée, il reviendra). J'ai regagné le village plus dispos que prévu. Marie, restée aux Serres où elle devait visiter plusieurs malades et préparer ses prochains cours, avait proposé qu'on dîne en tête à tête (moins le quart de rouge, les brochettes et le moelleux au chocolat). Dès mon retour je suis donc passé à la maison prendre le vieux pot à lait de tante Élodie, l'ai rempli aux Chasseurs, et quand je suis rentré

19 novembre, 20 h 20

Quand tu es rentré je t'attendais à la porte, un doigt sur la bouche. Je t'ai entraîné de l'autre côté de la maison, à la fenêtre qui donne sur le jardin et au-delà sur la vallée grise où s'amassaient de nouveau les brumes. Je t'ai dit :

— Regarde dehors, attends un peu, ne parle pas fort, ne te montre pas.

Tu devais déjà prendre ce même air acquis d'avance à l'étonnement quand la tante Élodie t'invitait à venir voir un gros crapaud sorti après la pluie, le lapin échappé du clapier, rêveur incrédule en son festin de salades.

— C'est quoi ?

— Attends, regarde le tas de bois.

La réserve de bûches est empilée sous des tôles en haut du jardin (ex-tentative de masquer les Eaux !). Le soir tombait, bientôt on n'allait plus rien voir. J'espérais le retour du petit ange orange. Même s'il ne m'avait pas dit "Marie vous êtes bénie, etc.", c'était l'Annonciateur. Il fallait que tu le rencontres et que toi aussi tu le reconnaisses puisque le monde doit basculer encore une fois et le passé finir.

Tu m'as serré fort la main quand il est apparu. Il venait des terres d'en bas. Qu'y trouvait-il ? Il franchissait la limite sans y faire attention. Il s'est posé un moment sur un bois qui dépassait, a regardé à droite et à gauche, en haut et en bas, comme pour solliciter l'attention d'un public qui, s'il s'était manifesté, l'aurait fait fuir, confirmant son audace d'un chant tout en dévidement précipité de petites perles, de bredouillis mi-tristes mi-joyeux, de soies enchevêtrées, un chant de lisière franchie, de mélancolie finissante, d'attente irrésolue mais sûre de son objet, un chant éperdu et confiant, un chant pour incertains pas désespérés. Et puis le petit prodige s'est faufilé entre les bûches.

Tu as d'abord dit :

— On va essayer de tenir tout l'hiver avec le bois qui est devant la maison. Au printemps, il finira peut-être par faire son nid là où il vient de chanter.

Et puis :

— Ça fait longtemps qu'on n'a pas vu de rouge-gorge dans le village. Il arrive peut-être des terres d'en face. Il fallait le retrait des Eaux. Les oiseaux seront bientôt beaucoup plus nombreux que nous.

— Et pour nous, ça change quoi ?

Tu m'as regardée avec cet air que j'aime bien, mi-hésitant mi-décidé, tu as répondu :

— Tu ne crois pas que la soupe peut attendre ?

— Et l'Épée de Tristan ?

— Il reste de ces sardines périmées ?

Je t'ai pris la main, je t'ai demandé :

— Dans la chambre ou au-dessus des herbes ?

— Avec l'odeur des herbes ce sera mieux, tu ne penses pas ?

On s'est marrés comme des baleines (sont-elles jamais venues jusqu'aux Serres ?).

Et alors je t'ai caressé le visage (de plus en plus mal rasé car les lames s'usent), tu m'as serrée violemment contre toi, serrée absolument comme une grande cause qui vaut qu'on y consacre sa vie, peut-être que tu pleurais mais on est restés si serrés l'un contre l'autre que je n'ai pas vu, tu m'as (ou je t'ai) entraîné(e) dans le printemps éternel de la pièce aux herbes, et je te disais :

— Viens Noé, viens mon arche aux fleurs, viens mon alouette, viens.

Mane, juin 2021-août 2022

REMERCIEMENTS

Les premières pages de cette histoire ont si bien exprimé le désarroi que l'auteur, saisi à son propre piège, avait jugé prudent de tout arrêter.

Le chantier n'aurait pas repris sans l'intervention de mon amie Virginie Besançon, artiste et art-thérapeute. En quelques mots, elle a su dédramatiser l'affaire, rendre à la fiction ce qui lui revenait, et en préserver la réalité. Du même coup, le livre est passé du découragement à l'envie de réparation, l'idée a prévalu de tenter une "contre-dystopie".

Merci aussi à celles et ceux qui ont accepté de me lire et de me conseiller. L'aide de Denise Delcour m'a été précieuse pour tout ce qui concerne les aspects médicaux, et certaines questions de ton. La lecture rapprochée de Dorothy Dore a relevé un bon nombre d'approximations et d'imprécisions. Virginie a rappelé l'impact majeur du stress post-traumatique. Sylvain Lieutaghi, rompu aux textes dystopiques, a proposé des directions judicieuses. Les encouragements de Pierre Judet de la Combe, grand familier de mes tergiversations, ont rassuré l'éternel hésitant.

La maintenance est assurée avec rigueur, souplesse et bienveillance par les docteurs J.-P. Calla et P. Cotronis.

Et sans l'attention aussi acérée que légère de mon éditrice, Aïté Bresson, ce livre n'aurait jamais atteint son rivage.

DANS LA MÊME COLLECTION
HORS-SÉRIES ROMANS DOMAINE DU POSSIBLE :

LE MAIRE QUI AIMAIT LES ARBRES, Jean Chalendas, 2017.

Écoutez les auteurs Domaine du Possible
dans une série de podcasts dédiés.

OUVRAGE RÉALISÉ
PAR L'ATELIER GRAPHIQUE ACTES SUD
ACHEVÉ D'IMPRIMER
SUR ROTO-PAGE
EN FÉVRIER 2023
PAR L'IMPRIMERIE FLOCH
À MAYENNE
POUR LE COMPTE DES ÉDITIONS
ACTES SUD
LE MÉJAN
PLACE NINA-BERBEROVA
13200 ARLES

DÉPÔT LÉGAL
1re ÉDITION : AVRIL 2023
N° impr. : 101926
(Imprimé en France)